本书出版得到2014年山东省高校人文社科研究计划资助经费项目"土改文学与现代民族国家想象"（J14WD23）、2013年菏泽学院博士基金项目"二十世纪土改文学叙事研究"（XY13BS08）资助。

程娟娟 著

土改文学
叙事研究

中国社会科学出版社

图书在版编目(CIP)数据

土改文学叙事研究/程娟娟著. —北京：中国社会科学出版社，2016.10
ISBN 978-7-5161-8795-1

Ⅰ.①土… Ⅱ.①程… Ⅲ.①中国文学—现代文学—文学研究 Ⅳ.①I206.6

中国版本图书馆 CIP 数据核字(2016)第 196842 号

出 版 人	赵剑英
选题策划	郭晓鸿
责任编辑	慈明亮
责任校对	王佳玉
责任印制	戴 宽

出　　版	中国社会科学出版社
社　　址	北京鼓楼西大街甲 158 号
邮　　编	100720
网　　址	http://www.csspw.cn
发 行 部	010-84083685
门 市 部	010-84029450
经　　销	新华书店及其他书店

印刷装订	北京君升印刷有限公司
版　　次	2016 年 10 月第 1 版
印　　次	2016 年 10 月第 1 次印刷
开　　本	710×1000　1/16
印　　张	21
插　　页	2
字　　数	339 千字
定　　价	76.00 元

凡购买中国社会科学出版社图书，如有质量问题请与本社营销中心联系调换
电话：010-84083683
版权所有　侵权必究

序

李锡龙

中国是农业大国，土地问题是中国现代化进程中的根本问题。长期以来，自给自足的小农经济是中国传统社会数千年来的主导经济形态，这种以家庭为组成单位的土地分散式经营的方式，缺乏必要的积累和储备能力，造成了生产效率的极端低下，限制了农业的发展，形成了"没有发展的增长"（黄宗智语）。小农经济本就难以抵御天灾人祸，而在20世纪上半叶，时局变幻不定，战争连绵不断，各种政权力量走马灯似的轮番上台，极力榨取农村有限的资源，这种竭泽而渔的做法使得农村问题更加雪上加霜。随着地方军事化和国家行政权力的分化，国家基层政权出现真空状态，传统的士绅退出历史舞台，而一些恶霸流氓借助武力趁机攫取了领导职位，大量的赋税差役被强行摊派到农民身上。士绅的消失使得原来存在于国家政权与底层民众的缓冲机制失效，国家内卷化的问题日趋严重。农民如闰土一样都面临着"多子，饥荒，苛税，兵，匪，官，绅"的多重压迫，徘徊在饥饿线的边缘，农村社会陷入凋敝萧条的泥沼之中寸步难行。

"穷则变，变则通，通则久。"解决土地问题，实现"耕者有其田"成为当时仁人志士的共识。孙中山曾经提出"平均地权"的设想，"当改良社会经济组织，核定天下地价。其现有之地价，仍属原主所有；其革命后社会改良进步之增价，则归于国家，为国民所共享。"[①] 试图通过规定地

---

① 孙中山：《军政府宣言》，《孙中山选集》，人民出版社1956年版，第78页。

价、照价征税、照价收买、涨价归公等方法,来解决土地问题长期以来的弊病。当时国家贫弱,内忧外患,根本没有经济力量把全国土地收买,而土地价格也未必都会上涨很多。这种以和平赎买来解决土地问题的方式显然没有具体的可操作性,并未得到国民党的认真执行。国民政府虽然也认识到农村问题的重要性,将国家行政权力下放到乡镇,使乡镇实现行政官僚化,通过各种方式来强化农村的保甲制,还曾大力推行"新生活运动",试图从政治体制到精神文化都对农村进行改革。不过,国民党政权依靠的是地主士绅,只能采取较为温和的改良措施,低下的行政效率与劣化的基层精英,并未使农村境遇得到些许改善,其变本加厉对农民的剥夺使得乡村社会的矛盾日趋尖锐。乡村成为各种罪恶与苦难的渊薮,也成了一个压抑已久的火药桶,一块酝酿着革命风暴的温床。

在20世纪二三十年代的国民党统治区还曾出现了众多农村改良的派别,这些有志之士都认识到了农村四大问题"愚、穷、弱、私"的严重性,希望脚踏实地在农村中进行新的建设,实现民族国家的复兴。其中影响较大的是晏阳初的河北定县实验、梁漱溟的山东邹平实验、黄炎培的江苏昆山实验、高践四的江苏无锡实验等。这些乡村建设实验为探索农村建设提供了宝贵的经验,但结果却收效甚微,随着抗战的爆发也就不了了之了。梁漱溟先生认为土地问题的解决不是一朝一夕之功,解决土地问题的关键却不在土地,而在人与人之间。"只有分散杂乱的一些势力,而未得其调整凝聚之一大力量;这是问题之所由来",因此,"调整社会关系形成政治力量,为解决土地问题之前提。"[1]

国民政府内无解决土地问题的魄力与决心,外有各种政治力量派别的抗衡冲突,而社会组织也是先天不足、后天无力。真正重视土地问题的是共产党,他们以一种轰轰烈烈、摧枯拉朽的气势改变了乡村凝滞不变的面貌。土地改革是共产党人最为基本的政策主张,中共成立不久就开始关注土地问题。1927年大革命失败后,共产党将工作重心从城市转到农村,开展以没收地主土地分配给农民为内容的"土地革命"。抗日战争爆发后,

---

[1] 梁漱溟:《乡村建设理论》,上海人民出版社2011年版,第361页。

共产党开始调整土地政策,实行减租减息和税制改革,使得乡村社会的土地财富开始分散,贫富的差距逐步缩小。不久,伴随着内战的隆隆炮声,以"依靠贫农,团结中农,有步骤地、有分别地消灭封建剥削制度,发展农业生产"为基本方针的土地改革在各大解放区迅速开展起来。为了尽快打开土改局面,部分地区在实施过程中出现了某些"左"的偏差,"家家点火,户户冒烟",中共中央对此迅速加以纠正。原来对政治毫不关心的农民,经过工作队耐心细致的宣传教育,有效地动员组织起来,成为革命的主要力量。土改为战争提供了源源不断的人力、物力的支持,正如毛泽东所总结的,解放战争就是靠土改发动广大人民群众打胜的,"有了土地改革这个胜利,才有了打倒蒋介石的胜利。"[1] 新中国成立后,又迅速对广大的新区进行土改,政策上更加成熟温和,对地主阶级不挖浮财,对富农经济由消灭改为保存。由于处于和平的环境,有了国家政权的支持,新区的土改工作更有组织性与计划性,进行得更为强劲彻底。

现在看来,土改只是农村一系列沧海桑田的巨大变迁的序曲而已。由于土改有可能再次造成土地集中、贫富分化的情况,小农经济为主体的农村无法向工业化和城市化转变,全国性土改工作基本完成后不久,在政府的倡导下,农村成立互助组,再发展到初级合作社与高级合作社,1958年建立了"一大二公"的人民公社制度,80年代末实行家庭联产承包责任制,使农民有了真正的自主权,生产积极性大大提高,农村呈现出一幅欣欣向荣的美好景象。到了90年代,随着农村人地矛盾加剧,乡镇企业的破产,农产品价格走低,农民税费负担加重,大量农民告别土地,如潮水般涌入城市中谋求生路。在快速工业化、城市化的过程中,部分耕地被转化为非农业用地的现象越来越普遍,农民面临着前所未有的身份尴尬——失地农民。他们既有别于自己的祖辈在土地上耕耘收获,又不同于具有生活保障的城市居民,成了一个弱势的边缘群体。土地原来是农民的命根子、心头肉,现在成了不得不放弃的"鸡肋"。半个多世纪以来,农民与土地的关系呈现出"分久必合,合久必分"的循环怪圈,农民在时代浪潮中的

---

[1] 毛泽东:《不要四面出击》,《毛泽东选集》(第5卷),人民出版社1977年版,第21页。

序

随波逐流、跌宕起伏的多变命运令人欷歔，而农村发生的一系列沧桑巨变，其中的得失成败更是耐人寻味。

土地改革是20世纪农村社会变迁过程中的关键一步。这场翻天覆地的革命运动并不是阶级矛盾激化的自然演变过程，而是政党力量宣传动员与组织实施的结果。土改不只是土地财产等经济资源的重新分配，更是政治权力与地位的再分配，文化心理结构的蜕变。伴随着阶级身份的划分与革命话语的输入，国家权力的触角全面渗透到乡村社会，群众运动的形式将底层民众纳入国家权力体系，农村成为国家政权链条的一环。这种从自然村落改造为国家基层体系行政组织的巨大转变，对于农村今后半个多世纪的发展起到了至关重要的作用。

土改对于现实层面的国家政权的夺取与建设所具有的决定性作用以及在精神层面上革命意识形态建构的必要性，使其成为当时工作的重中之重，这场乡村社会的大变迁自然也成为文学创作的重要题材。在土改期间，不少作家亲自下乡参加土改，他们作为党员和作家的双重身份，既决定了作家所具有的强烈责任感和使命感，又规约了作家的独立思考与个性书写。《太阳照在桑干河上》与《暴风骤雨》成为这一时期土改文学的典范之作。这两部作品都是以马克思主义阶级论观点来审视土改的过程，彰显土改旋转乾坤的意义，以豪迈有力的革命话语宣布黑暗腐朽的旧时代已经灭亡，预言了一个人民翻身做主人的新时代的到来。这些小说不仅记录了历史事件，同时也参与了革命历史的建构，展开了现代性的民族国家的构想。土改叙事用新的革命话语重新建构历史，颠覆了传统社会的乡村秩序，有效地转化利用民间文化理想，确立了意识形态的权威性，参与到"新中国"的想象与建构中来。由此构建了全新的以"写本质"为特征的社会主义现实主义的叙事规范。相比之下，50年代中后期的土改作品处于较为尴尬的地位，在题材上受到当时合作化大潮的挤压，已经变得不合时宜，在叙事上失去了"惩恶扬善"的道德张力，变得平淡乏味。经典土改作品建构的写作范式已经日趋僵化失去活力，到了80年代之后被彻底颠覆，历史不再是线性发展的革命的发展史与胜利史，而是偶然的、碎片化、个人化的历史，这种非时间化的叙述方式显示了作家的全新的历史认知视角和文学审美表达。

现在有不少学者用详尽的事实数据来重新论证土改的是非功过，但土改之于农村的社会历史变迁的巨大作用是毋庸置疑的。文学及时记录了时代的风云变幻与农民的命运起伏，更重要的是文学对于人性阴暗面的揭示与反思，是文学留给我们的宝贵历史、文化遗产。

目前学界对于土改文学的整体性研究还是比较欠缺的，该选题是具有研究价值意义的，程娟娟在搜集整理材料的基础上，选择了土改文学作为博士学位论文的研究对象。在开题时，我和其他老师认为时间范围应当扩展为整个20世纪，注意挖掘史料，以文史互证的方式来开阔视野，揭示文学与意识形态的复杂关联。程娟娟经过三年苦读，终于完成了博士论文，顺利通过答辩，获得了博士学位。现在这部著作就是在其博士论文基础上，按照外审专家的评阅意见进行补充修改而完成的。该书的特点，主要有以下几点：

第一，书中对于土改文学的资料进行了初步的整理和研究，具有一定的史料价值，为今后的研究打下了坚实的基础。作者在资料搜集整理方面下了很大的功夫，体现出认真严谨的学风。例如，该书对《暴风骤雨》中"三斗韩老六"与《东北日报》中的通讯《七斗王把头》进行了比较，发现原型与文本在暴力书写上的巨大差异。对于《东北日报》中的新闻通讯（特别是周立波夫人林蓝发表的通讯）与《暴风骤雨》的写作互动进行了探究，认为周立波的写作在很多方面受到报纸上的政策法规与事件报道的引导。此外，该书对于《暴风骤雨》的众多版本进行仔细的比较分析，在文本变迁的背后折射出政治语境的不断变迁。此外，本书还搜集了众多关于土改的文学作品，包括大量的诗歌、戏剧、散文、日记、回忆录，这些可贵的资料可以帮助读者更好地认识土改文学丰富驳杂的面貌。

第二，学术视野比较开阔，用比较的眼光来关照土改作品。从历时的层面看，依次梳理了40年代的经典叙事规范、50—70年代的路线斗争模式、80年代的颠覆性叙事方式，展示了主流文学规范从建立成熟到僵化刻板，再到瓦解分化，改头换面的过程。学界较为关注的是40年代规范的建立与80年代模式的解构，忽略了50年代的土改文学。该书对于50—70年

序

代的土改书写进行了较为细致的梳理，具有一定的开拓性。从共时的层面看，该书将港台地区的土改书写纳入研究范畴中，这点颇具新意。书中分析了张爱玲笔下对人性的关注，台湾的土改书写在意识形态上的尖锐对立以及寒山碧作为土改亲历者关于土改的记忆书写，这些都对于主流叙述构成了反拨和挑战。

第三，关注学术热点，积极开拓研究新思路。关于民族国家想象与中国现当代文学关系的研究一直是学界关注的热点，特别是在全球化文化背景下引发了学界对现代性问题的进一步思考。20世纪文学与现代民族国家想象紧密联系在一起，文学要实现现代性的追求，就必然以现代民族国家想象为写作的起点。而现代民族国家想象也必须借助文学的力量才能产生更大的影响力。本书第二章深入探讨了土改叙事与现代民族国家想象的关系，深化了学界对这一问题的认识，为整体把握中国现当代文学的现代性提供了有益的启示。

当然，关于土改文学是一个颇为宏大的课题，本书难免还有不完美的地方，很多方面可以更深入地进行分析与阐发，关于土改文学的比较研究，土改文学的多种体裁，土改文学引发的现代性思考及其在20世纪文学史中的地位等，这些还有待进一步的思考与开掘。

这本书是作者近几年来学术成果的总结，也是一部较为扎实、学术价值较高的专著。希望能在此基础上继续努力，深入思考，在学术的道路上继续行进。

是为序。

于南开大学范孙楼
2015年9月

目　录

绪论 …………………………………………………………………………（1）

上编　土改文学综论

第一章　土改叙事与时代语境 ……………………………………（23）
 第一节　土改文学创作概述 ……………………………………（24）
 第二节　"写政策"：政治指引下的文学书写 …………………（41）
 第三节　别样的叙述：多元文化背景下的历史书写 …………（53）

第二章　土改叙事与现代民族国家想象 …………………………（69）
 第一节　"新中国"：土改文学中的现代性想象 ………………（69）
 第二节　情感体验：发现苦难与解救苦难 ……………………（89）
 第三节　政治身体：土改文学中的身体形象分析 ……………（106）

第三章　土改叙事中农民文化心理的变迁 ………………………（129）
 第一节　血缘地缘的淡化与阶级意识的强化 …………………（130）
 第二节　屈辱感的消失与价值尊严的确立 ……………………（143）
 第三节　封建观念的破除与新的生活观念的建立 ……………（155）
 第四节　保守意识的延续与权威崇拜的加强 …………………（167）

目 录

下编　土改叙事文体论

第四章　叙事模式的发展演变 ……………………………………（181）
　第一节　翻身主题：历史代言者的正统叙事 ………………（183）
　第二节　立场问题：阶级观念强化的路线斗争 ……………（205）
　第三节　个人视角：解构历史的另类叙述 …………………（217）

第五章　人物形象谱系分析 ………………………………（233）
　第一节　典型化：地主形象的塑造 …………………………（233）
　第二节　纯粹化：成长中的农民主体 ………………………（244）
　第三节　边缘化：思想改造与知识分子 ……………………（256）

第六章　文本的生产与不断的改写 ………………………（272）
　第一节　作品的生成：与现实的互动 ………………………（272）
　第二节　版本的变迁：以《暴风骤雨》为例 ………………（282）
　第三节　文本的修改：紧趋形势的自我规训 ………………（293）

结语 ………………………………………………………………（306）

参考文献 …………………………………………………………（312）

后记 ………………………………………………………………（326）

绪　论

一　土改叙事综述

以 1946 年"五四指示"的发布为标志开始的土地改革运动是中国现代历史进程中的重大事件之一，这场影响深远的运动迅速改变了农村的面貌和革命的进程，也影响了人们的思想观念和文化意识。从经济角度看，它以革命的方式改变了传统的土地制度，真正在中国农村中实现了"耕者有其田"，这正是孙中山等先驱者早就提出却没有实现的奋斗目标。农民终于拥有了一份真正属于自己的土地，变革了传统的生产方式和生活方式。从政治角度看，土地改革通过土地等财产的再分配迅速有效地动员和组织了广大农民，彻底地改造了乡村权力组织结构，使农民对共产党政权产生了高度的认同感，激发了巨大的政治热情，为解放战争提供了充足的人力、物力、财力等后勤保障，从此，共产党权力全面有效地渗透到乡村社会，解决了长期以来"国家政权内卷化"的现象。[①] 从社会角度看，传统的农村社会权力结构被彻底翻转过来，原来因为财富、知识、声望等受到普遍尊重的地主被剥夺了私有财产与政治权利，沦为乡村社会结构金字塔的最底层，而原来处于社会最底层的农民则翻了身，从此扬眉吐气地成

[①]　杜赞奇在《文化、权力与国家——1900—1942 年的华北农村》中引入了"国家政权内卷化"（State involution）的概念，是指"国家机构不是靠提高旧有或新增（此处指人际或其他行政资源）机构的效益，而是靠复制或扩大旧有的国家与社会关系——如中国旧有的赢利型经济体制——来扩大其行政职能。"参见［美］杜赞奇《文化、权力与国家——1900—1942 年的华北农村》，王福明译，江苏人民出版社 1996 年版，第 67 页。

为村庄权力舞台的主角。从文化角度看，传统的乡村文化被完全改造成了革命文化，"劳动光荣"、"越穷越光荣"等文化价值观得以确立，阶级话语、社会主义等革命意识形态开始深入人心，重塑了全新的文化规范和价值体系，巩固了新生政权的合法性。

从时间上看，土地改革自1946年的解放区开始，一直延续到1952年后的全国各地，大致上可以分为三个阶段：（1）1946年5月4日《五四指示》的颁布，标志着土地政策由温和的减租减息转变为激进的分配地主土地，实现"耕者有其田"；（2）1947年10月10日颁布《中国土地法大纲》，要求彻底消灭封建剥削制度，废除地主的土地所有权，强调打乱平分，按人口彻底平分土地，从而掀起了土改的高潮；（3）1950年6月颁布《中华人民共和国土地改革法》，注意保存富农经济，照顾少数民族，对地主没收"五大财产"（土地、耕畜、农具、粮食、房屋），其他财产不没收。这是总结了经验教训、相对比较完备合理的土地政策，到1953年年初，除部分少数民族地区之外，全国范围内基本完成了土地改革。

土地改革是20世纪中国农村发生的重大事件之一，在1942年延安文艺座谈会讲话确立的文艺为工农兵服务的方针指引下，解放区作家开始投身到这场伟大的历史运动中去，以虔诚而积极的姿态记录下这一时代的巨大变迁，反映农村中进行的激烈的阶级斗争和农民翻身后的喜悦，以毋庸置疑的态度表现了土改的政治合理性和历史必然性。根据周扬1949年7月在中华全国文学艺术工作者代表大会上所作的报告，在入选《中国人民文艺丛书》的作品中，写土地改革及其他反封建斗争的，有41篇。[①]从文学体裁上看，为了实现配合土地改革宣传的任务，作家们围绕着土地改革创作了大量的诗歌、小说、戏剧，以及快板、评书、歌谣、鼓词、说唱等通俗文学艺术作品。其中一个重要的现象就是广大翻身的人民群众也参与到

---

① 这41篇作品中包括了反对封建迷信、文盲、不卫生，婚姻不自由等题材的作品，纯粹反映土地改革的作品大约有15篇，包括戏剧：马健翎的《血泪仇》、《穷人恨》，贾霁和李夏执笔《过关》；小说：丁玲的《太阳照在桑干河上》，周立波的《暴风骤雨》，王希坚的《地覆天翻记》，赵树理的《李有才板话》、《李家庄的变迁》，王力等的《晴天》，俞林等的《老赵下乡》；诗歌：李季的《王贵与李香香》，田间的《赶车传》，萧三、艾青、王希坚等的《佃户林》，阮章竞、张志民等的《圈套》，工农兵群众创作的《东方红》。

绪 论

文学活动中来，出现了大量的翻身戏和翻身诗歌，晋察冀边区提出了沿着《穷人乐》方向发展群众文艺运动的号召。① 农村中出现大量剧团，在土改斗争中起到了很好的宣传动员作用，促进了群众思想的转变，有力地推动了土改深入开展。荒煤在《关于农村文艺运动》中指出："今天边区农村文艺运动中还是以戏剧最为活跃，普遍，成绩最大。特别经过一年的土地改革运动，更是飞跃发展，无论在数量与质量上都前进了一大步。"② 农民诗人则以形象生动的语言、简单朴素的形式表达自己翻身后感激与兴奋的心声。很多报纸上也开辟专栏，刊载关于土地改革的文学作品。丁玲、周立波、赵树理、孙犁等知名作家响应号召，作为工作队成员亲自到农村参加土改斗争，感受农村发生的地覆天翻的变化和农民在运动中的思想感情所发生的重大转变。这是作家真正接触到的现实斗争，给他们留下了难以磨灭的印象，促使他们拿起笔来描绘土改的历史画卷。他们创作的《太阳照在桑干河上》、《暴风骤雨》、《邪不压正》、《村歌》等作品都有深厚的现实生活基础和明确的为政治服务的创作宗旨，是解放区反映土改运动的经典之作。

新中国成立后，土地改革从北方老区扩展到了新解放区，包括华东、中南、西南、西北等各大行政区，涉及约3.1亿人口，规模巨大，情况复杂。作为思想改造的重要方式，广大知识分子积极参加了新区土改，将现实的土改斗争与头脑的思想改造结合起来，从而掀起了第二轮的创作高潮。这一时期出现了大量的反映土改的作品，呈现出多姿多彩的面貌。主要包括陈学昭的《土地》（1953年，江南土改），陆地的《美丽的南方》（1960年，广西土改），李乔的《欢笑的金沙江》（1961—1963年，四川彝族地区土改），王西彦的《春回地暖》（1963年，湘东土改），梁斌的《翻身记事》（1978年，华北土改），陈残云的《山谷风烟》（1979年，广东土改），王希坚的《雨过天晴》（1978年，山东土改）等。这些作品具有非常鲜明的地域特色，表达的侧重点略有不同（如梁斌重点突出阶级斗争，陆地关注知识分子的改造，李乔侧重民族特色），不过创作目的和身份意

---

① 社论：《沿着〈穷人乐〉方向发展群众文艺运动》，《晋察冀日报》1945年2月25日。
② 荒煤：《关于农村文艺运动》，《人民日报》1947年8月15日。

识的共性使得作品呈现出某种模式化、类型化的特征。土地改革完成不久，自1953年又迅速掀起了合作化运动的高潮，再谈土改已经显得不合时宜。受到冷落的土改题材再次成为作家的写作对象，是在80年代之后的事情了。新时期以来，开放的文化语境为年轻作家们重新审视历史提供了可能，他们对于原有小说的强烈政治化叙事非常不满，着力淡化历史的政治痕迹，力图颠覆以往革命传统历史小说的模式化书写，展示鲜明的个人化创作立场。这一时期出现的涉及土改的作品包括乔良的《灵旗》（1986年）、张炜的《古船》（1986年），尤凤伟的《诺言》（1988年）、《合欢》（1993年）、《小灯》（2003年），刘震云的《故乡天下黄花》（1991年），苏童的《枫杨树故事》（1991年），池莉的《预谋杀人》（1991年），柳建伟的《苍茫冬日》（1994年），赵德发的《缱绻与决绝》（1996年），洪峰的《模糊年代》（2001年），尤凤伟的《一九四八》（2008年）等。

而在港台地区出现的描写土改的作品主要有张爱玲的《秧歌》、《赤地之恋》（1954年），陈纪滢的《荻村传》（1955年），姜贵的《旋风》（1957年），寒山碧的《还乡》（2001年）等。

现在距离土改已经半个多世纪了，农村又经历了合作化、承包到户等重大变迁，人们开始重新认识土改的偏差问题和意义价值。实际上，有些地区土改前土地相对较为分散，自耕农居多，贫富分化并没有那么严重，[①]这就对于土改是否真的促进了生产力的发展和解放了被压迫的农民产生了质疑。曾经历土改并参与农村重大决策的杜润生肯定了土改的重要价值，特别强调了土改在政治层面的作用。他指出，土改的意义不仅仅在于重新分配土地给农民，更在于重组了基层政权，改造了乡村社会结构。[②]

[①] 关于土改前土地占有情况，一般认为，"占乡村人口不到百分之十的地主、富农，占有约百分之七十至八十的土地。而占乡村人口百分之九十以上的雇农、贫农、中农及其他人民，却总共只有约百分之二十至三十的土地。"（1947年《中共中央关于中国土地法大纲的决议》）郭德宏在分析大量材料的基础上指出，在旧中国，地主、富农约占户数的6.87%，占人口的9.41%，占有土地的51.92%；中农、贫雇农等占户数的93.13%，占人口的90.59%，占有土地的48.08%。同时，在战争等的因素影响下，近代以来大部分地区的土地占有一直趋于分散。（参见郭德宏《中国近现代农民土地问题研究》，青岛出版社1993年版，第43、63页。）

[②] 参见杜润生《杜润生自述：中国农村体制变革重大决策纪实》，人民出版社2005年版，第20页。

绪 论

在重新认识土改价值意义的同时，对于与之相伴而生的土改文学也必然面对着如何重新评价的问题。在经典的土改作品中，由于受时代语境的规约和意识形态束缚，作家可能会放弃独立思考和价值追问，往往以圆满的想象性构造遮蔽现实的欠缺。他们或许有意识地忽略了实际土改斗争中出现的偏差，复杂的社会现实经过政治眼光过滤后在文本中呈现出单纯明净、乐观昂扬的积极姿态，在强调历史必然性和道德正义性的同时遮蔽了某些历史真相，从而失去了反思现实的力度和应有的人文关怀。特别是土改中暴力事件的叙述被一些再解读的学者批评为"缺乏人性、人情和人道光辉"，[①] 这种再解读在学界引起很大的反响。

从"写真实"的角度来看，客观性现实与表达性建构的不一致[②]深切地反映出生活与创作、真实与虚构的裂痕，特定时期的作家试图在真实的自我表达和客观的政治理性之间维持某种平衡，结果往往是前者不断向后者趋近，甚至完全淹没在其中。那么，是否可以在真实与否的层面上就对土改文学做出明确的价值判断，放弃对其深层原因的探寻了呢？显然，对于土改文学的关照不能脱离它的历史文化语境，作家的思想改造和身份归属，读者的审美接受维度，以及作品文本自身多重内涵的复杂性。把土改作品放到当时的文学语境中，就会发现文学与历史的不一致其实意味着作品有着更加丰富的内涵，它的沉默、空白、语焉不详、含混矛盾之处正显示了作者与意识形态的认同、迎合、质疑、反抗等复杂关联。而透过文本叙事层面的解读，文学自身的发展演变与外部因素的关系得以揭示和梳理。

本书以出现在 20 世纪的土改文学为研究对象，试图通过对出现在不同时期（40 年代、"十七年"、新时期）、不同地点（大陆、香港、台湾）的土改叙事进行比较分析，从社会环境、情节模式、文化心理、人物形象、性别视角等诸多层面切入文本，挖掘土改文学的内部发展演变的脉络，深

[①] 刘再复、林岗：《中国现代小说的政治式写作——从〈春蚕〉到〈太阳照在桑干河上〉》，唐小兵编《再解读：大众文艺与意识形态》，北京大学出版社 2007 年版，第 46 页。

[②] 黄宗智把官方（中国共产党及其政权）对于土改、农村阶级关系的叙述称为"表达性建构"，相应地将当时农村各地的实际情况成为"客观性现实"。参见黄宗智《中国革命中的农村阶级斗争》，黄宗智主编《中国乡村研究》（第二辑），商务印书馆 2003 年版，第 73 页。

绪 论

入认识文学与政治的复杂机制,揭示土改文学之于现代文学格局形成的重大价值,以求推动土改文学研究的进一步深化。

二 研究历史与现状

土改文学是和土改的现实发展密切相关的,为了推进土改的深入开展,迅速转变农民的传统价值观念,上级领导鼓励进行关于土改的文学创作。由于处于战争年代,土改政策又一度发生变化,早期的相关作品并不多,主要是一些短篇小说、翻身戏和翻身诗歌,并没有引起批评界的关注。直到1949年左右,丁玲、周立波、赵树理的土改作品纷纷问世,开始出现了比较重要的评论文章,在认同作品政治上的重要意义的同时,也对作品提出了相对中肯的批评意见。这一时期的文学批评是以"讲话"精神为圭臬的革命现实主义批评,注重作品能否正确地反映时代的主题,实现为工农兵服务的目标,艺术上将民族化、大众化作为审美的重要标准。由于对政治功利性的过分强调,对文学手法和创作主题的硬性规定,原本广阔的现实主义道路逐渐成了狭窄的荆棘之路。

陈涌的《丁玲的〈太阳照在桑干河上〉》肯定了作品的思想意义,具有反映农村阶级斗争复杂性和人物内心世界的优点,也指出作品语言运用的局限和对于中农政策认识的不足。[①] 冯雪峰的《〈太阳照在桑干河上〉在我们文学发展上的意义》高度评价了作品在文学史的重大意义,"这是我们社会主义现实主义的最初的比较显著的一个胜利"[②]。蔡天心的《从〈暴风骤雨〉里看东北农村新人物底成长》认为作品优点在于塑造人物生动形象,不过由于回避了土改中的重要问题,减弱了作品的现实意义。[③] 总的来说,这两部土改小说因获斯大林文学奖而受到领导和学界的高度关注和肯定,赞颂多于批评,这确立了它们在文学史上的重要地位。

而赵树理的《邪不压正》则引起了较多的争议。在《人民日报》上有

---

① 陈涌:《丁玲的〈太阳照在桑干河上〉》,《人民文学》1950年第2卷第5期。
② 冯雪峰:《〈太阳照在桑干河上〉在我们文学发展上的意义》,《文艺报》1952年5月25日第10号。
③ 蔡天心:《从〈暴风骤雨〉里看东北农村新人物底成长》,《东北文艺》1950年第1卷第2期。

绪　论

六篇批评文章，分为指责和维护两种对立的观点，其中党自强的《〈邪不压正〉读后感》批评作品忽视了党的领导作用，人物性格过于软弱；① 耿西的《漫谈〈邪不压正〉》肯定了作品的价值，认为这是文艺战线的新起点。② 稍后竹可羽的《评〈邪不压正〉和〈传家宝〉》指出作品的人物没有积极的斗争，不能给读者教育意义③；《再谈谈关于〈邪不压正〉》一文进一步从社会主义现实主义的高度批评了人物塑造的缺陷。④ 关于马加的《江山村十日》的评论文章都比较简短，只是以读后感的方式较为浮泛地肯定作品的思想意义，没有深入的分析。⑤

50年代初期的批评者多是从政策角度来考量小说的政治宣传作用，强调的是阶级斗争和英雄人物的塑造，不太关注小说的艺术审美层面。主流之外的作品受到了严厉的批判，孙犁的《十年一别同口镇》被"冀中导报"批评为"客里空"，《村歌》也被指责没有突出党的领导作用和人物的塑造流露出小资产阶级情调。⑥ 由于批评者的视角单一，这些评论或是大而无当，内容空泛，或是有感而发，只触及表面，研究始终停留在为政治服务的层面，尚不够深入细致。

50年代中后期，伴随着新区土改的进行，出现了又一轮土改写作的高潮，这时评论界关注的是革命历史题材和农村合作化的小说，土改文学不再受到评论者的青睐，只有一些较为零散的对作品的批评。不过对作品的思想意义层面要求更高，既要完整正确地体现党的政策，又要以农民的血泪史对新一代青年进行革命思想教育，一些作品因不符合政治标准的要求而受到批评。在《讨论〈美丽的南方〉来稿综述》中提到对于贫农韦廷忠形象的塑造，分为截然不同的两种对立意见。一种认为韦的转变是真实可

---

① 党自强：《〈邪不压正〉读后感》，《人民日报》1948年12月21日。
② 耿西：《漫谈〈邪不压正〉》，《人民日报》1949年1月16日。
③ 竹可羽：《评〈邪不压正〉和〈传家宝〉》，《人民日报》1950年1月15日。
④ 竹可羽：《再谈谈关于〈邪不压正〉》，《人民日报》1950年2月25日。
⑤ 冯雪峰：《马加的〈江山村十日〉》，《小说月刊》1950年第3卷第6期。沈起予：《读〈江山村十日〉》，《小说月刊》1949年第2卷第3期。许杰：《〈江山村十日〉笔谈》，《小说月刊》1950年第3卷第6期。杨朔：《〈江山村十日〉读后》，《文艺报》1949年第1卷第2期。
⑥ 刘敏：《孙犁同志在写作上犯"客里空"错误的具体事实》，《冀中导报》1948年1月10日。王文英：《对孙犁的〈村歌〉的几点意见》，《光明日报》1951年10月6日。

绪 论

信的,具有典型意义,另一种认为韦作为深受阶级压迫的贫农,他革命的一面即反抗性没有体现出来。对于领导者杜为人的塑造同样也有分歧,一种意见认为作者通过挖掘人物的内心世界刻画人物形象,真实可信;另一种则指出杜对爱情的暧昧和怕打针的软弱,是有损于人物的高大形象的。《春回地暖》则受到了评论者粗暴的指责,认为其为反革命复辟开路,作家本人也受到严重的冲击。彝族作家李乔的《欢笑的金沙江》由于正确地表现了党的民族政策受到赞许,没有塑造成功的汉族人物形象则成为作品的缺陷。沈澄在《三走严庄》中肯定了作者选取几个代表性的场面成功刻画出人物性格的成长的艺术手法。①

而早先被奉为经典的《太阳照在桑干河上》此时也受到了批评,认为"它没有写出农民的强烈的土地要求,它没有写出农民对地主阶级的仇恨,没有写出一个比较成功的新的农民的形象,没有写出土改斗争中党的领导形象,这不能不说是一种致命的缺点。"1958年丁玲被打为反革命集团成员,批判的调子越来越高,用语也越来越严厉,《太阳照在桑干河上》被认为是具有重大问题的反党小说,作者是用资产阶级的眼光来对待土改,蓄意丑化人民群众。②

50年代之后的文学批评更加强调社会主义现实原则,要求在作品中反映出历史的本质和人民的反抗精神,用高大完美的英雄人物形象和可歌可泣的感人事迹来激励后来的革命接班人,评论者关注的不是情节生动与否,而是是否凸显了激烈的阶级斗争,重视的不是人物真实与否,而是是否体现了阶级的属性。群众在面对社会变动时从犹豫不安到积极主动的转变过程本来是十分正常的,这些都被评论者以阶级观念的先入之见加以否定。政治标准是评论者的首要原则,甚至有研究者上纲上线,乱扣帽子,缺乏学术研究应有的理性和客观。这些文学评价的标准自然也会进一步干预作家新的创作,被作家内化为创作的注意原则,二者互相影响,逐渐形

---

① 《讨论〈美丽的南方〉来稿综述》,《广西文艺》1962年4月号。唐克新(署名):《为反革命复辟开路的〈春回地暖〉》,《收获》1966年第3期。冯牧:《谈〈欢笑的金沙江〉》,《文艺报》1959年第2期。沈澄:《三走严庄》,《文艺报》1961年第1期。

② 竹可羽:《论〈太阳照在桑干河上〉》,《人民文学》1957年第10期。王燎荧:《〈太阳照在桑干河上〉究竟是什么样的作品》,《文学评论》1959年第1期。

绪 论

成了土改历史的合法性的一致性认同，也导致了文学在政治的压力下逐渐丧失了自身的活力。

"文革"结束之后，评论界又回归到十七年的文学标准进行评价，文学研究方法并没有发生根本的变化。梁斌的《翻身记事》和陈残云的《山谷风烟》是70年代末出版的，此时的评价仍然是看重文本的政治意义和思想意义，认为其正确地再现了阶级斗争的尖锐复杂性，"这是一部小说，但更可以说是一幅历史的画卷，一部中国农民深沉悲愤的血泪史，也是一首中国农民翻身解放的叙事诗。"① 虽然作者和论者都在批判"文革"的"三突出"原则，作品中的主人公形象的塑造还是没有摆脱旧有原则的窠臼。与此同时，对其他作品的评价经历了从肯定到否定再到肯定的循环，研究转了一个大圈，又回到了当初的原点。

80年代初，评论界的注意力集中在资料的发掘和整理上，出版了大量的文集、年谱、传记、回忆录、研究资料等，由于缺乏新的研究角度和方法，对于小说文本的分析没有突破性的进展。刘锡诚的《谈〈暴风骤雨〉及其评价问题》是对小说进行"拨乱反正"的重评之作，对于"四人帮"污蔑该小说是"拼命宣扬布哈林的富农路线"的"反动小说"进行了反驳，重新肯定了小说在文学史上的重要地位。赵园的《也谈〈太阳照在桑干河上〉》高度评价丁玲面对现实独立思考的勇气，写出了生活的真实，突破了政治的框架，同时也肯定了文采、黑妮的形象塑造。董大中《重新认识〈邪不压正〉》认为小说具有极大的真实性和强烈的思想教育意义，肯定了艺术上的民俗特色，存在缺点的根本原因在于作者理论修养的欠缺。董文没有对赵树理创作"每况愈下"的现象进行深层的原因探析，其结论又回到了之前的研究定论。针对批评界认为《铁木前传》的主题是"反映社会主义和资本主义的两条道路的斗争"的共识，邱胜威在《悲歌友情的失落 渴求人性的复归——〈铁木前传〉主题新探》中

---

① 张绰、关振东：《别具一格的历史画卷——读陈残云同志的〈山谷风烟〉》，《作品》1980年第2期。关于《翻身记事》的评论文章主要有刘振声：《铁骨铮铮记翻身——〈翻身记事〉漫评》，《梁斌研究专集》，海峡文艺出版社1986年版；王昌定：《于朴素处见功力——读梁斌的长篇文章〈翻身记事〉》，《天津日报》1982年6月14日。

· 9 ·

绪 论

提出了不同的见解,认为小说是关于友情与人性的主题,孙犁敏锐地发现了土改后的人的"异化"现象,希望促进人性的觉醒和复归。邱文不拘于权威的定论,对于主题解读进行了新的探索,尽管不够深入,在当时还是难能可贵的。①

文学批评急于重新评价作品,又囿于传统思维的定式裹足不前,找不到突破点,这种现象因 80 年代中期新的文学理论和研究方法的输入而得到改观。1988 年掀起了一股"重写文学史"的热潮,对原先的政治式写作模式进行了质疑和反思,要以新的方法对文学史进行重新评价。王雪瑛的《论丁玲的小说创作》指出丁玲早期作品的成功之处在于自我的大胆投射与贯注,而《太阳照在桑干河上》是一部概念化的失败之作,已经完全丧失了作家的独特个性。她的结论与一年前严家炎在《开拓者艰难跋涉——论丁玲小说的历史贡献》中强调丁玲作为文学"开拓者"的突出贡献形成了鲜明的对照,这两篇观点针锋相对的文章引起了学界的关注,进一步推动了研究的发展。此外还有对赵树理的再评价,戴光中的《关于"赵树理方向"的再认识》从"问题小说论"和"民间文学正统论"两个方面对赵的创作进行了反思,认为这是一股"逆流",导致文学发展进入了死胡同。唐再兴在《文学史不能这样"重写"——评戴光中的〈关于"赵树理方向"的再认识〉》对戴文短短一年思想的突变进行了有力的反驳,认为现在仍有提倡"赵树理方向"的必要。②文学批评终于打破了传统的庸俗社会学批评的束缚,对于权威性结论提出了大胆的质疑,开始关注文学自身的审美价值,其出发点是反思文学史,某些结论却只是简单地否定作

---

① 刘锡诚:《谈〈暴风骤雨〉及其评价问题》,《社会科学战线》1979 年第 4 期。赵园:《也谈〈太阳照在桑干河上〉》,《芙蓉》1980 年第 4 期。董大中:《重新认识〈邪不压正〉》,《中国现代文学研究丛刊》1982 年第 3 期。邱胜威:《悲歌友情的失落 渴求人性的复归——〈铁木前传〉主题新探》,《武汉师院汉口分部校刊》1981 年第 2 期。

② 王雪瑛:《论丁玲的小说创作》,《上海文论》1988 年第 5 期。严家炎:《开拓者艰难跋涉——论丁玲的历史贡献》,《文学评论》1987 年第 4 期。戴光中:《关于"赵树理方向"的再认识》,《上海文论》1988 年第 4 期。唐再兴:《文学史不能这样"重写"——评戴光中的〈关于"赵树理方向"的再认识〉》,《文艺理论与批评》1989 年第 2 期。相关的争论文章还有郑波光:《接受美学与"赵树理方向"——赵树理艺术迁就的悲剧》,《文学评论》1988 年第 5 期;罗守让:《文学史能这样重写吗?——也谈对赵树理的再认识》,《文艺报》1990 年 5 月 26 日等。

绪　论

家的成就，批评者的思维方式还是二元对立的，对于文学生存的具体历史语境没有认真地探讨。不过，不同见解的论争毕竟为进一步研究的开展开拓了新的空间。此时多是宏大论述，批评家尚没有注意到具体文本的解读。

90年代学界掀起了"再解读"的风潮，刘再复、林岗的《中国现代小说的政治式写作——从〈春蚕〉到〈太阳照在桑干河上〉》从人道主义的立场出发，批评了某些作家讲述暴力事件时的冷漠态度，认为这是人性彻底消失的"冷文学"，缺乏文学价值。唐小兵的《暴力的辩证法——重读〈暴风骤雨〉》揭示了作品在语言形态上对农民语言的剥夺利用，起主导作用的是体制化语言，象征层面上暴力的语言需要借助身体的隐喻再现，试图发掘出文本背后的权力关系和运作机制。① 刘文的人文关怀、唐文的意识形态反思，代表了学者对传统的红色经典的再认识，研究向更深广的范围拓展延伸，出现了一系列重要的成果，包括李杨的《抗争宿命之路——"社会主义现实主义"（1942—1976）研究》（时代文艺出版社1993年版）、黄子平的《"灰阑"中的叙述》（上海文艺出版社2001年版）、李杨的《50—70年代中国文学经典再解读》（山东教育出版社2003年版）、蓝爱国的《解构十七年》（华东师范大学出版社2003年版），郭冰茹的《十七年（1949—1966）小说的叙事张力》（岳麓书社2007年版）、李遇春的《权力·主体·话语——20世纪40—70年代中国文学研究》（华中师范大学出版社2007年版）、阎浩岗的《"红色经典"的文学价值》（人民出版社2009年版）等。这些专著不是专门探讨土改文学的，但对于某些重要作品有所涉及，对于土改文学研究视野和理论方法的拓展提供了有益的借鉴。自90年代以来，土改文学研究非常明显地突出了多元化的特点，研究方法不断革新，视野更加开阔，出现了不少研究成果，主要有以下几方面：

（1）综合研究。关于土改文学的全面性综合研究并不算多，有两篇非

---

① 刘再复、林岗的《中国现代小说的政治式写作——从〈春蚕〉到〈太阳照在桑干河上〉》，唐小兵的《暴力的辩证法——重读〈暴风骤雨〉》，唐小兵编《再解读：大众文艺与意识形态》，北京大学出版社2007年版。

绪 论

常重要的论文。一篇是贺仲明的《重与轻：历史的两面——论中国当代文学中的土改题材小说》[①]，分析了土改文学的两代作家在创作态度、历史观念和艺术形式上存在的巨大差异，并试图通过时代语境揭示出原因所在。贺文对于解析两种文本的特点鞭辟入里，对重的宏大与偏执、轻的灵动与浮躁分析得十分透彻，分析原因和所得结论也较能令人信服。只是限于篇幅，一些问题没有深入展开。还有一篇是陈思和的《土改中的小说与小说中的土改——六十年文学话土改》[②]，这篇长文视野广阔，气势恢宏，严谨细致，对于60年来的土改小说进行了较为全面系统的梳理，指出当代文学史没有土改杰作的原因除了遇到政策上的问题不容易把握之外，深层的原因在于遇到了怎样书写暴力的问题。陈文还以《古船》为例解析了作者如何从人性角度反思土改中的暴力，并对暴力的产生做了心理学的解释，土改文学的价值就在于保留了真实的民间社会历史材料。陈文对于土改暴力叙事的思索深刻独到，非常有见地，是近年来有分量的一篇综合考察的力作，不过陈文在谈到40年代小说暴力的三种表达方式时，认为赵树理完全不涉及暴力土改，实际上《邪不压正》在人物对话中曾提到过本村斗地主的事情，丁玲也不是简单地将暴力喜剧化，钱文贵的出丑是打消其权势的一种策略，这些细节尚值得进一步探讨。

（2）比较研究。通过相关文本的比较分析，更容易发现事物的本质特性，新时期的比较研究视野丰富，包括历时层面和共时层面，进一步拓宽了研究的思路。共时层面上，主要将《太阳照在桑干河上》和《暴风骤雨》的比较，在中文期刊网（CNKI）上搜索大约有14篇相关论文，多是从主题、人物、语言、结构等方面进行比较。历时层面上，一是将同一作家的作品进行比较，透过文本的变迁来考察内在变化的轨迹。王进庄在《周立波：乡村叙事与现代民族国家想象——以〈暴风骤雨〉和〈山乡巨变〉为例》指出《暴风骤雨》呈现出作家和民族国家想象的一致，

[①] 贺仲明：《重与轻：历史的两面——论中国当代文学中的土改题材小说》，《文学评论》2004年第6期。
[②] 陈思和：《土改中的小说与小说中的土改——六十年文学话土改》，《南京大学学报》2010年第4期。

绪 论

《山乡巨变》显示出了二者出现的裂隙。① 刘海军、吴浪平在《从激进归趋温和——论周立波〈暴风骤雨〉、〈山乡巨变〉革命姿态的变迁》分析了作者的革命姿态由激进到保守转变的原因与意义。② 二是不同时空的土改作品进行比较，张谦芬在《从互文性评张爱玲与丁玲的土改书写》中分析了二人作品中叙事结构、人物关系、暴力描写、叙述立场的不同，张爱玲对丁玲作品某些生活细节的借用不是简单的模仿，而是形成了新的思考生长点。③ 该文观点新颖，论述比较全面。肖菊蘋在《〈赤地之恋〉对〈太阳照在桑干河上〉的借鉴》中详细比较了《赤地之恋》在人物语言、干部腐化、农民洗手动作等细节上多处与《太阳照在桑干河上》的雷同。④ 黄勇在《土改的两张面孔——〈暴风骤雨〉、〈故乡天下黄花〉叙事比较》中从土改的程序及背景、人物关系与设置、相应细节比对等方面对两个具有标本价值的文本进行了比较分析。⑤

（3）文本解读。一方面是重新发现有价值的小说文本，郭战涛的《当代文学史上一个罕见的地主形象——秦兆阳小说〈改造〉细读》⑥、张谦芬的《沈从文建国初期的土改书写》⑦ 关注的是50年代初受到批判或冷落的土改书写，对于研究范围的进一步扩展颇具启发意义。另一方面是用新的方法对经典文本进行解读，秦林芳的《"宏大叙事"中的细节瑕疵——〈太阳照在桑干河上〉"侯殿魁描写"献疑》⑧、黄曙光的《名家与败笔——重

---

① 王进庄：《周立波：乡村叙事与现代民族国家想象——以〈暴风骤雨〉和〈山乡巨变〉为例》，《名作欣赏》2007年第2期。
② 刘海军、吴浪平：《从激进归趋温和——论周立波〈暴风骤雨〉、〈山乡巨变〉革命姿态的变迁》，《船山学刊》2008年第1期。
③ 张谦芬：《从互文性评张爱玲与丁玲的土改书写》，《理论与创作》2006年第1期。
④ 肖菊蘋：《〈赤地之恋〉对〈太阳照在桑干河上〉的借鉴》，《长城》2009年第5期。
⑤ 黄勇：《土改的两张面孔——〈暴风骤雨〉、〈故乡天下黄花〉叙事比较》，《小说评论》2006年第1期。
⑥ 郭战涛：《当代文学史上一个罕见的地主形象——秦兆阳小说〈改造〉细读》，《当代作家评论》2008年第2期。
⑦ 张谦芬：《沈从文建国初期的土改书写》，胡星亮主编《中国现代文学论丛》（第3卷第1期），上海人民出版社2008年版。
⑧ 秦林芳：《"宏大叙事"中的细节瑕疵——〈太阳照在桑干河上〉"侯殿魁描写"献疑》，《中国现代文学研究丛刊》2009年第5期。

绪 论

读〈太阳照在桑干河上〉》①通过文本细读发现了小说文本的人物描写细节、标题与内容的不符的问题。运用叙事学方法解读文本的文章相对较少，李卫华的《试析〈邪不压正〉的叙事时间》从时序、时距、频率三个方面分析了文本具有传统小说与现代技巧杂糅的特点。②白春香的《赵树理小说的故事体叙事——以〈邪不压正〉为例》分析了赵树理故事体叙事的特征和存在的缺陷。③

女性批评方法的引入也为研究增添了新的视野，苏奎在《土改叙事中的女性形象研究》中肯定了妇女翻身解放的意义及时代限度，指出女人男性化是常见的叙事手法，命名与入党表达了女性翻身的彻底性。④该文对于土改文学中的女性形象进行了较为全面的梳理，不过将《三走严庄》(1962年)、《山村的早晨》(1957年)、《春回地暖》(1963年)归入新时期土改叙事似乎有所不妥。常彬在《延安时期丁玲女性立场的坚持与放弃》指出《太阳照在桑干河上》中丁玲放弃了女性立场，对于"政治化"了的"坏"女人进行无情的鞭挞。⑤常文意在梳理丁玲在延安时期女性意识由坚守到放弃的变化轨迹，没有对文本进行仔细的分析，而文本中实际上还留有作家性别思考的痕迹。

(4)现代性视角。刘云在《土改与现代民族国家的生成——重读〈暴风骤雨〉与〈太阳照在桑干河上〉》中从民族国家生成的意义上指出，这种"政治式写作"的"革命文学"是一种现代性要求下的必然产物。⑥该文从大处着眼，小处入手，具有一定的理论深度，对于研究的深入具有启发意义。秦林芳在《论〈太阳照在桑干河上〉的国民性批判》中认为作者对农民精神痼疾的批判表现了启蒙的诉求，文本中存在着革命与启蒙话语的并存。他在《在"传达意识形态的说教"之外——〈太阳照在桑干河

---

① 黄曙光：《名家与败笔——重读〈太阳照在桑干河上〉》，《名作欣赏》2009年第5期。
② 李卫华：《试析〈邪不压正〉的叙事时间》，《文艺理论与批评》2011年第2期。
③ 白春香：《赵树理小说的故事体叙事——以〈邪不压正〉为例》，《晋中学院学报》2008年第4期。
④ 苏奎：《土改叙事中的女性形象研究》，《文艺争鸣》2009年第10期。
⑤ 常彬：《延安时期丁玲女性立场的坚持与放弃》，《文学评论》2005年第5期。
⑥ 刘云：《土改与现代民族国家的生成——重读〈暴风骤雨〉与〈太阳照在桑干河上〉》，《小说评论》2008年第6期。

上〉中的人文精神》中认为作者深切的人文关怀已经突破了"意识形态预设",革命意识与人文精神的并存使作品具有丰富性和审美性。①

阎浩岗在《"土改"叙事中的道义问题——就〈太阳照在桑干河上〉、〈暴风骤雨〉的评价与刘再复等先生商榷》中从文学角度出发,认为作为"除霸复仇"的故事,受到压迫的农民具有报复的行为可以理解,对单纯地从人性角度对小说予以否定的思路提出了质疑。②农民的报复行为固然有一定的合理性,但这种狂热激愤、毫无理性的暴力行为究竟在多大程度上可以被接受值得进一步探讨。

(5) 社会学、人类学等成果的借鉴。关于土改的历史学、社会学、人类学等领域已取得较为深入的成果,对这些研究的适度借鉴可以有效地开拓研究的视野。万直纯的《〈太阳照在桑干河上〉中的农村宗法社会》从宗法视角来关照作品,认为阶级关系的复杂性正是宗法关系网络的存在造成的,土改的过程即是打破这个关系网络,消除农民的宗法观念,从而改造了乡村社会的形态结构。③袁红涛的《"一部关于中国变化的小说"——重评〈太阳照在桑干河上〉》从宗法社会与民族国家的冲突关系来解读作品,在历史大转折的时代,作品结构处于"旧现实主义"到"社会主义现实主义"的过渡转换的形态,这在一定程度上造成了对作品评价的变化,小说的意义在于是一部"新中国"的叙事。④这两篇文章的切入角度新颖独特,对过去的研究命题能够提供新的较为合理的解释。余晓明的《土改小说:意识形态与形式》则借鉴的是人类学的仪式理论,解读文本是如何进行意识形态再生产的,群众大会作为社会空间的建构仪式,是革命意识形态的介入、强化、确立的过程。⑤总的来说,研究对于跨学科成果的借

---

① 秦林芳:《论〈太阳照在桑干河上〉的国民性批判》,《齐鲁学刊》2009年第4期;《在"传达意识形态的说教"之外——〈太阳照在桑干河上〉中的人文精神》,《文学评论》2010年第1期。

② 阎浩岗:《"土改"叙事中的道义问题——就〈太阳照在桑干河上〉、〈暴风骤雨〉的评价与刘再复等先生商榷》,《海南师范大学学报》2010年第6期。

③ 万直纯:《〈太阳照在桑干河上〉中的农村宗法社会》,《中国现代文学研究丛刊》2000年第3期。

④ 袁红涛:《"一部关于中国变化的小说"——重评〈太阳照在桑干河上〉》,《中国现代文学研究丛刊》2008年第2期。

⑤ 余晓明:《土改小说:意识形态与形式》,《浙江师范大学学报》2006年第2期。

鉴还是相对较少的，在将来也许会成为新的学术生长点。

（6）相关史料、版本研究。龚明德的《不见于报刊的一次论争——〈太阳照在桑干河上〉问世前后》①、严家炎的《〈太阳照在桑干河上〉与丁玲的创作个性》②均披露了关于小说创作和出版的某些不为人知的史料，有利于研究的深化。相关的版本研究主要有龚明德的论文《〈太阳照在桑干河上〉版本变迁》③，专著《〈太阳照在桑干河上〉修改笺评》④以及金宏宇的论文《名著的版本批评——〈桑干河上〉的修改与解读差异》⑤、专著《中国现代长篇小说名著版本校评》⑥（第七章《桑干河上》）。龚明德梳理了不同版本之间的差异，有筚路蓝缕之功；金宏宇将研究进一步深化，分析了版本变迁对于结构、主题、人物产生的重要影响，在版本研究上取得了突破性的进展。对于《暴风骤雨》的版本变迁研究则相对冷落，只有胡光凡的《从手稿和版本看周立波对〈暴风骤雨〉的修改》⑦和佘丹清的博士学位论文《周立波新探》⑧有所涉及，但胡文论述较为概括，佘文关注的是标题、序跋、插图、封面等副文本，都没有较为系统深入地梳理版本的变化。总之，史料、版本的研究还是一个相当薄弱的环节，有待于进一步加强。

总的来看，对于土改文学的研究虽然出现了不少成果，主要集中于早期几部经典的作品，而50—70年代的土改小说以及其他体裁的土改文学（戏剧、诗歌等）还处于冷落的境遇，目前缺乏对土改文学整体性的研究，对于基本叙事模式的建构与发展、土改文学之于文学史的意义没有认真的梳理。这正是本书试图解决的问题。

---

① 龚明德：《不见于报刊的一次论争——〈太阳照在桑干河上〉问世前后》，《长城》2000年第4期。
② 严家炎：《〈太阳照在桑干河上〉与丁玲的创作个性》，《北京大学学报》2008年第2期。
③ 龚明德：《〈太阳照在桑干河上〉版本变迁》，《新文学史料》1991年第1期。
④ 龚明德：《〈太阳照在桑干河上〉修改笺评》，湖南人民出版社1984年版。
⑤ 金宏宇：《名著的版本批评——〈桑干河上〉的修改与解读差异》，《武汉大学学报》2004年第1期。
⑥ 金宏宇：《中国现代长篇小说名著版本校评》，人民文学出版社2004年版。
⑦ 胡光凡：《从手稿和版本看周立波对〈暴风骤雨〉的修改》，《社会科学战线》1987年第4期。
⑧ 佘丹清：《周立波新探》，博士学位论文，华东师范大学，2007年。

三 研究思路与研究方法

本书的研究思路是，对于20世纪的土改文学做一次全面系统的梳理，在对关于土改的大量文学作品进行文本细读的基础上，揭示文学叙述与政治语境的复杂关联，总结出不同历史阶段的叙事模式，综合研究土改叙事中潜隐的农民传统文化心理的嬗变，不同人物群像谱系的塑造，探究在文学与意识形态、作家与批评、创作原则与政策规定的互动中文学发展演变的复杂轨迹，揭示其在20世纪乡土文学史上的独特地位。

本书的研究范围是20世纪的土改文学，包括大陆40年代多种体裁的土改文学、50—70年代的土改文学、新时期的土改叙事以及港台地区的土改文学。本书主要从以下几方面展开论述：一是还原历史语境，考察创作主体如何在政治意识形态的指引下表现现实，作品的版本变迁真实地反映出在外界环境的约束下作家自动的调整与适应；二是梳理土改文学与民族国家叙事的深层关联，土改叙事以革命话语重新建构历史，参与了"新中国"的想象与建构；三是揭示土改文学中农民文化心理上发生的巨大变化，只有农民减弱传统的血缘地缘观念，接受外来的阶级观念，土改才能得以顺利进行，农民被整合为阶级的一分子，产生了对民族国家的认同感；四是按时间顺序梳理有关土改叙事模式的产生、发展与演变，40年代出现的是强调阶级斗争的正统叙事和满足大众审美需要的通俗故事，50—70年代强化了思想路线的斗争，港台地区以及新时期的大陆出现的是知识分子的另类叙述；五是通过分析作品中地主、农民、知识分子的形象塑造，揭示人物设置的微妙复杂的叙事策略；六是考察土改作品的版本变迁问题，作家对文本的不断修改反映出在外界政治环境的约束下作家自动的调整与适应。

作品的产生都离不开外部环境，时代语境对作家的影响是显而易见的，这并不等于说作品都是政策的形象化演绎、只是简单的政治宣传品。作家的创作是一个自主的审美活动，即便作家在选择素材、塑造人物、修改文本时要考虑到现实政治层面的需要，也会在具体的文本中留下一些裂隙、空白和含混之处。这都需要读者在文本细读中认真地体会。阿尔都塞

绪 论

曾提出"症候式阅读"方法:"对一个作品进行症候式阅读,就是要进行双重阅读:首先对显性文本进行阅读,然后,通过显性文本中出现的各种失误、歪曲之处、缄默和在隐(这些都是某个问题要被引发出来的症候),产生隐性文本并对隐性文本进行阅读。"[①] 土改文本并不是一个和谐统一的整体,它是由多种话语(知识分子话语、意识形态话语、农民话语)相互交织、冲突而组成的。在关注作者说了什么的时候,还要看作品中的沉默和空白,含混和矛盾。显在文本与隐性文本的断裂使得潜意识浮出水面,作者的被压抑的潜意识揭示了作品与社会环境、意识形态的复杂关联,这样可以重新认识文本的意义。

比较叙述学认为,"叙述盲区,是比社会禁忌范围大得多的空白区,是社会文化形态与叙述形式内容完美结合可能性之间的大规模的冲突。盲区的存在,往往使作者的所谓'创作意图'(即社会文化形态的个人表现)完全被阅读所颠覆,而使叙述的逼真性完全失去立足地。"叙述盲区"比明白说出的内容能揭示更多的东西,它们是作品不完美的'症状',它们无法造成逼真感。……它们讲出的是关于观念形态的真相,被意识形态所压抑的真相,存在于意识形态本身之中的真相。"[②] 运用叙述盲区的概念可以更好地理解文本中为何出现叙事的空白,作者如此处理素材的深层原因。土改文学中何以出现的多是恶霸地主,少有开明士绅和平民地主,划分阶级成分是否可靠,地主与家人在土改过程中的心理变化,在挖浮财时是否出现肉刑,斗争之后原地主的生活境遇如何,这些都在叙述中有意无意地省略了。而这些叙事空白处值得深入地探究下去,发现文本中被压抑的真实。

本书按照时间顺序梳理了不同时期出现的相关土改叙事文本,并总结出其中的叙事模式。以往的研究往往关注于大陆 40 年代的经典叙事和新时期的颠覆之作,忽略了 50—70 年代的土改小说以及同时期港台地区的作

[①] [英]约翰·斯道雷:《文化理论与通俗文化导论》,杨竹山译,南京大学出版社 2001 年版,第 160 页。

[②] 赵毅衡:《当说者被说的时候——比较叙述学导论》,中国人民大学出版社 1998 年版,第 254、256 页。

绪 论

品。通过土改叙事历时性和共时性发展历程的描述，本文试图呈现出相对完整的土改叙事曲折发展的过程，采用文本细读的方式揭示其中隐含的意识形态要求，探究文学叙事与政治要求的复杂关联。同时，在搜集大量原始资料的基础上，本书对于《暴风骤雨》的版本变迁进行了仔细的考察，关注其创作过程中与《东北日报》的互动关系。透过版本的变化，发现作家在新的政治环境下对作品不断进行调整，由此带来文本释义的重要差别。

本书的研究将在前人研究成果的基础之上，运用文本细读、叙事学、文史互现、心理分析、新历史主义等方法，结合社会学、历史学、人类学、集体心理学、精神分析学、女性文学等相关学科的理论资源，对土改文学与意识形态、作家创作与版本修改、读者批评与接受的复杂关联进行深入探析，以期对土改文学的意义和价值能有新的认识。

上 编

土改文学综论

上編

古代文學論

第一章　土改叙事与时代语境

中国现代文学的发展始终与社会现实特别是时代政治保持着密切的关联，在1942年延安文艺座谈会之后，文学创作的宣传性、政治性得到了更加明确的强调。"文艺是从属于政治的，但又反转来给予伟大的影响于政治。革命文艺是整个革命事业的一部分，是齿轮和螺丝钉，和别的更重要的部分比较起来，自然有轻重缓急第一第二之分，但它是对于整个机器不可缺少的齿轮和螺丝钉，对于整个革命事业不可缺少的一部分。"①土地改革作为发生在20世纪中国农村社会的深刻变动，许多作家积极投身到这一重大的历史变革中，记录了乡村社会发生的翻天覆地的巨大变化以及农民心灵变迁的律动，参与到"新中国"的想象与建构中来。

理解土改文学的发展演变，必须联系当时的时代文化语境。不可否认，改革开放以前政治表述的限制、土改政策的调整对作家的创作造成了一定程度的束缚，无论是叙事主题的确定、写作素材的筛选，还是人物关系的设定、故事情节的安排，都可以看出作家的思想认识趋于一致，创作个性受到了极大的制约。而在80年代以后多元开放的时代环境下，年轻作家对于原有小说公式化的叙事方式非常不满，开始着力淡化历史的政治痕迹，力图展示个人化的创作立场。于是，在不同的文化语境和政治背景之下，叙事文本在创作观念、艺术形式上呈现出截然不同的创作风貌，构成了在历史积淀中不断演进的文学序列。

---

①　毛泽东：《在延安文艺座谈会上的讲话》（1942年5月），《解放日报》1943年10月19日。为呈现历史原貌，本书引用了当时的文件。

上编　土改文学综论

第一节　土改文学创作概述

由于土改文学与现实政治联系的密切性，本书先从土改政策演变的角度来考察土改的实施过程，再以此为参照，对土改文学的发展全貌做简单的勾勒。

一　土改政策的推进与调整

20世纪初，土地问题一直受到社会上不同政党、阶层的关注。"中国农村的基本问题，简单地说，就是农民的收入降低到不足以维持最低生活水平所需的程度。中国农村真正的问题是人民的饥饿问题。"[①] 传统农村实行的是封建租佃制，生产力极为低下，一旦受到外界兵灾、自然灾害等的侵袭，便会毫无招架之力，立刻陷入崩溃的边缘。这样的状况显然无法适应中国现代化建设的需要，需要立即采取有效的措施解决濒于破产的农村经济。孙中山提出了"耕者有其田"的主张，他主张以和平渐进的方式来解决中国的土地问题，可是国民党对于土地问题的解决有心无力，中国共产党则十分重视农村问题，最终实现了"耕者有其田"的目标。

中国共产党的土地政策是根据现实的政治情况不断地进行调整的，在大革命时期实行"限租、限田"，在土地革命时期是"打土豪，分田地"，在抗日战争时期出于统一战线的考虑实行减租减息。抗日战争结束之后，阶级矛盾开始浮出水面，面对内战一触即发的紧张局势，为了彻底解决土地问题，动员广大农民参加革命战争，同时也是作为农村现代化进程的重要步骤，1946年5月4日中共发布了《中共中央关于土地问题的指示》（即《五四指示》），意味着土地政策出现了重大的变化。在《五四指示》中明确指出："在广大群众要求下，我党应坚决拥护群众在反奸、清算、减租、减息、退租、退息等斗争中，从地主手中获得土地，实现耕者有其田。"[②]

---

① 费孝通：《江村经济》，上海人民出版社2006年版，第187页。
② 《中共中央关于土地问题的指示》，中央档案馆编《解放战争时期土地改革文件选编》，中共中央党校出版社1981年版，第2页。

第一章 土改叙事与时代语境

《五四指示》与其他阶段的土地政策相比,主要有如下特点:

(1) 明显的过渡性。《五四指示》明确提出了"耕者有其田"的目标,比起之前"减租减息"的土地政策显得更为激进彻底,比起之后的《土地法大纲》要求彻底平分土地显然又较为温和。这种新旧交替的过渡性是由于产生的时代氛围决定的,当时国共关系没有完全破裂,军事力量对比悬殊,在制定土地政策上需要小心谨慎。"从'五四指示'当时的情况和环境条件来看,要求中央制定一个彻底平分土地的政策是不可能的。因为当时全国要和平,你要平分土地,蒋介石打起来,老百姓就会说,打内战就是因为你共产党要彻底平分土地。……为了既不脱离全国广大群众,又能满足解放区群众要求,二者都照顾,使和平与土地改革结合起来,结果就产生了'五四指示'。"[①]

(2) "一条标准"与"九条照顾"。《五四指示》中强调要满足贫雇农的土地要求,调动起群众的斗争热情,这是政策的基本出发点。同时,也在强调照顾中小地主、经营地主、抗日地主以及干属、抗属、烈属、中农、富农各色人等。[②] 这样的规定既照顾到群众的实际要求,同时又坚持按照原则办事,防止运动过激,不过这种从理论上看来没有矛盾的指导原则在现实中却遭遇到了困境。"这种片面照顾的观点,是不符合党的阶级

---

① 刘少奇:《在全国土地会议上的结论》(1947年9月13日),《刘少奇选集》(上卷),人民出版社1981年版,第386页。
② 《中共中央关于土地问题的指示》,中央档案馆编《解放战争时期土地改革文件选编》,中共中央党校出版社1981年版,第2—3页。具体来说,一条标准是指"在广大群众要求下,我党应坚决拥护群众在反奸、清算、减租、减息、退租、退息等斗争中,从地主手中获得土地,实现耕者有其田。""九条照顾":(1) 决不可侵犯中农土地,坚决用一切方法吸收中农参加运动,并使其获得利益。(2) 一般不变动富农的土地,如由于广大群众的要求不能不有所变动时,亦不要打击太重。应使富农和地主有所区别,应着重减租而保全其自耕部分。(3) 对于属于地主成分的抗日军人及抗日干部的家属,对于开明绅士,应有适当照顾,给他们多留一些土地。(4) 对于中小地主的生活应给予适当照顾,对待中小地主的态度应与对待大地主、豪绅、恶霸的态度有所区别。(5) 凡地主、富农经营的工商业不要侵犯,应予以保全。对待封建地主阶级与对待工商业资产阶级要有原则区别。(6) 对一切可以教育的知识分子,必须极力争取,给予学习和工作的机会。对开明绅士及其他党外人士或城市中的自由资产阶级分子,应继续和他们合作,以巩固反封建独裁争取和平民主的统一战线。(7) 对汉奸、豪绅、恶霸及其家属,应给他们留下维持生活所必需的土地。(8) 对逃亡地主及其家人等,应让其回家,并给予生活出路。(9) 在运动中所获得的果实,必须公平合理地分配给贫苦的烈士遗族、抗日战士、抗日干部及其家属和无地及少地的农民。

· 25 ·

上编　土改文学综论

政策的。要不要适当照顾地主富农呢？需要的。但必须首先照顾了贫雇农与中农，保证贫雇农得到应得的土地，保证贫雇农有饭吃，有衣穿；同时保证中农利益不被侵犯，只有在这个条件之下去适当照顾地主富农才是正确的。"① 在政策的实际执行中，土地资源是相对有限的，过多照顾地主富农显然会影响贫雇农的斗争情绪，产生一些错误的思想倾向。② 因此，现实中很难兼顾"一条标准"与"九条照顾"。

（3）尝试多种手段，并非完全强制没收。在《五四指示》中指出目前有多种解决土地问题的方式，"（甲）没收分配大汉奸土地。（乙）减租之后，地主自愿出卖土地，而佃农则以优先权买得此种土地。（丙）由于在减租后保障了农民的佃权，地主乃自愿给农民七成或八成土地，求得抽回二成或三成土地自耕。（丁）在清算租息、清算霸占、清算负担及其他无理剥削中，地主出卖土地给农民来清偿负欠。"③ 此外，中共中央还在陕甘宁边区某些地方实行了公债征购地主土地的方法，取得了相当大的成功。

《五四指示》发布后，各地纷纷掀起了土地改革的热潮，到1947年上半年，大约三分之二的解放区已经基本解决了土地问题。针对战争形势的迅速变化和土改不彻底的现象，1947年10月10日中共中央发布了《中国土地法大纲》（以下简称《大纲》），要求彻底消灭封建剥削制度，"废除封建性及半封建性剥削的土地制度，实行'耕者有其田'的土地制度。废除一切地主的土地所有权"。这意味着对于解决土地问题的态度由温和走向激进，方式由多元趋于单一。

---

① 邓子恢：《从鹅钱乡斗争来研究目前的土地改革运动》，《中国的土地改革》编辑部、中国社科院经济研究所现代经济史组编《中国土地改革史料选编》，解放军国防大学出版社1988年版，第294页。

② 在土改中出现了"《五四指示》不过是减租减息发展而已"等错误的思想倾向："这些错误出现的形式不同，归根到底，都是从强调九条照顾搞出来的，他们认为既有九条照顾，就不会是彻底消灭地主阶级；特别看到战争打起来了，如果把地主阶级消灭了，不是把我们的社会基础缩小了吗？"陶鲁笳：《根据中央局与区党委的总结对过去土改运动的检讨》，中共山西省委党史办公室编《陶鲁笳文集》（上），中共党史出版社2013年版，第24页。

③ 《中共中央关于土地问题的指示》，中央档案馆编《解放战争时期土地改革文件选辑》，中共中央党校出版社1981年版，第4页。

第一章 土改叙事与时代语境

《大纲》明确规定了彻底平分土地的原则，这种直截了当的分配方式，符合农民的平均主义思想，可以迅速有效地发动群众，满足贫雇农对土地的要求。对待地主不再强调适当照顾，对待富农也由"一般不动"改为征收其财产的多余部分。虽然其中也规定了地主可以分得同样的一份土地，但是在实践中很难贯彻实施，对抗日地主和军烈属地主的照顾"一般仅是纸上条文"，土地数量有限，"而地主、富农家庭一般人口较多，如人均留地超过中农半倍到1倍，村里可分配土地就减少许多"。①《大纲》没有重申《五四指示》对于中农的团结政策，在实施中会孤立中农，侵犯中农的利益。"贫雇起来的时候，往往有斗'富'思想，比他'富'的他都想斗，所以很容易盲目地排斥中农。可是当他上升为中农的时候，他也常常产生'割韭菜'思想。"②

《大纲》中特别强调贯彻群众路线，广大农民成了乡村的真正主宰者，在经济、政治等方面翻了身。领导者认为要把广大贫雇农发动起来搞轰轰烈烈的运动才是真正意义上的土改。而一旦将群众完全发动起来，又有了"大家要怎样惩办，就可以怎样惩办"③的政策撑腰，就会在运动过程中失去有效地控制，出现过激的现象，而一些干部出于"宁左毋右"的顾虑，在运动中不敢及时纠正出现的偏差，对其放任自流。④有的领导者对于缺乏有效控制的群众运动进行了反思，"许多地方，发现群众自发运动。实际上，这是为数不多的，盲目的，而为各种动机不纯的分子所鼓动起来的群众斗争（大部旧干部和地主、富农领导的）让其发展下去，必将造成许多脱离群众的恶果。故对此种自发运动，应很快派得力干部参加进去，

---

① 赵效民：《中国土地改革史》，人民出版社1990年版，第333页。
② 《太行区党委关于太行土地改革报告》，《中国的土地改革》编辑部、中国社科院经济研究所现代经济史组《中国土地改革史料选编》，解放军国防大学出版社1988年版，第371页。
③ 《晋绥边区农会临时委员会告农民书》，《中国的土地改革》编辑部、中国社科院经济研究所现代经济史组《中国土地改革史料选编》，解放军国防大学出版社1988年版，第425页。
④ 例如，在山西崞县，"个别地方将一些失去劳动力的鳏、寡、孤、独不得已而出租土地的错订成地主，个别村庄，由于干部思想不纯，'左比右好'、'宁左勿右'，怕说'包庇地主，立场不稳'等情绪，故问题较严重。"《谭政文关于山西崞县召开土地改革代表会议情况的报告》，中央档案馆编《解放战争时期土地改革文件选编（1945—1949年）》，中共中央党校出版社1981年版，第280页。

上编　土改文学综论

改造领导，以至完全掌握领导，使自发运动变为群众的自觉运动，而引向正确的发展"。[①]

针对土改中侵犯中农利益、乱划阶级成分以及对地主的肉刑等"左"的错误，中共中央 1947 年 12 月会议之后，中央就着手纠正"左"的偏差，对于如何划定阶级成分提出了具体的标准，同时提出按照各地的具体情况来实施土改，土改工作经过不断地调整走上了正轨。

新中国成立之后，在华东、中南、西南、西北等新解放区还有大约 3 亿人口没有进行土地改革，中共中央在 1950 年 6 月颁布《中华人民共和国土地改革法》（以下简称《土地改革法》），这是一次大范围的全国性土地改革。中国共产党七届三中全会确定了此次土改的总路线，即"依靠贫农、雇农，团结中农，中立富农，有步骤地有分别地消灭封建剥削制度，发展农业生产"。基于以往老区土改中的经验教训，这次的《土地改革法》与之前的政策相比，对待富农的政策发生了很大的变化。由征收富农多余的土地财产改为保存富农经济。刘少奇曾对这种政策的变动进行了说明，"这主要是因为现在中国的政治和军事形势已经根本不同。……我们允许了农民征收富农多余的土地财产，并对地主的一切财产也加以没收，以便更多一些地满足贫苦农民的要求，发动农民的高度革命热情，来参加和支援人民革命战争，打倒美帝国主义所支持的蒋介石政权。这在当时，是必要的和正确的。"[②]

政策规定对待地主只要求没收其土地、耕畜、农具、粮食、房屋，不再要求没收其全部财产。还明确要求保护中农财产不受侵犯，土地分配方式也不是之前的打乱平分，而是在原耕的基础上进行调整。

新区土改面临的情况比较复杂，需要解决一些特殊地区的土地问题，如城市郊区、少数民族地区、侨区等。《土地改革法》对于不同的地区如何适用同样的土改政策以及针对"和平土改"的反"右"倾向在土改的具

[①] 《习仲勋关于检查绥属各县土地改革情况的报告（1948 年 1 月 4 日）》，中央档案馆《解放战争时期土地改革文件选编（1945—1949 年）》，中共中央党校出版社 1981 年版，第 102 页。

[②] 刘少奇：《关于土地改革问题的报告》（1950 年 6 月 14 日），《人民日报》1950 年 6 月 30 日。

第一章　土改叙事与时代语境

体过程中不断进行调整。到 1953 年年初，全国已经基本完成了土地改革。

总的来看，土地改革以 1949 年为界分为老区土改和新区土改两大阶段：老区土改是在战争背景下进行的，政策上有过波动，经历了由温和到激进再纠左的过程，在摸索中不断进行调整；而新区土改是在政权稳固的情况下展开的，进行起来十分顺利，涉及范围更大。由于土改文学的创作与外在环境的密切关联，在作品中可以看出土改政策的变动对作家创作的影响。同时，反映老区土改与新区土改的作品由于产生的时代不同、政策的变动，在创作风貌上也呈现出姚黄魏紫的不同特色。20 世纪 40 年代的土改作品风格上昂扬明快，情感丰富，富有感染力，50 年代的作品则较为凝重，笔调沉闷，出现模式化的倾向。本书所探讨的土改文学是指反映 20 世纪 40 年代末 50 年代初将封建土地所有制变为农民土地所有制的农村土地改革的文学作品，包括同时代不同地域的创作以及后来作家对这一事件的再书写。[①]

二　土改文学的曲折演进

1. 20 世纪 40 年代解放区土改文学概览

在 40 年代，大批作家深入农村参加了土改运动，他们往往身兼工作队员与作家身份于一身，一方面他们积极地宣传土改政策，借助文学真切地反映了土改中农民思想改造的艰难过程，赞颂土改给农村所带来的新气象、新面貌；另一方面作品真实地记录了土改中出现的问题，如对待地主的暴力，土改果实分配不合理，村干部的堕落变质等，为土改运动的全面推广与政策规定的完善提供了现实的参照。从主题上看，"暴露"的作品要比"歌颂"的少得多，艺术表现上也较为隐晦曲折，结尾上会安排一个较为完满的结局。从体裁上看，为了更好地发动群众，采取了很多群众喜闻乐见的艺术形式来宣传土改，特别是发动群众自娱自乐，掀起翻身戏

[①] 由于解放区减租减息运动与土地改革在时间衔接，减租减息运动可以说是大规模土地改革的序曲，反映"双减"的文学在表现主题与手法上与土改文学十分相似，因此，本书所探讨的土改文学也包括部分反映减租减息的文学作品，不再进行仔细的区分。另外，土改文学涉及的体裁多样，包括小说、戏剧、诗歌、民间文艺、散文等，本书主要以小说为主体进行分析。

剧、翻身诗歌的高潮，取得了很好的动员效果，有力地促进了土改运动的深入开展。

小说

反映土改的长篇小说除了《暴风骤雨》、《太阳照在桑干河上》这两部扛鼎之作外，还有马加创作的反映东北土改的《江山村十日》。作品描写了江山村因为土改而在短短十日内所发生的翻天覆地的变化，具有浓郁的地方色彩和生活气息。作者也认识到自己作品的不足，"由于构思匆忙，故事太紧迫，文笔太拘束，人物的灵魂也挖掘得不深，有许多不足之处。"[①] 王希坚的《地覆天翻记》是一部以减租减息为题材的作品，形象地展示了农村变革过程中各色人物的面貌，体例上采用传统章回体，情节曲折生动。

中、短篇小说因篇幅较小在反映现实的迅捷快速上更占优势，《瞎老妈》（洪林）、《血海深仇》（俞原）、《移坟》（包干夫）等作品细致地描绘了农民在地主的压迫下家破人亡的悲惨遭遇，充满了对地主阶级的强烈仇恨。《乌龟店》（韩川）则控诉了地主阶级对农民的重利盘剥，以高利贷的形式榨取农民的血汗钱，林凤生一家被逼得倾家荡产、颠沛流离。

《村东十亩地》（孙谦）、《红契》（束为）、《减租》（萧也牧）等一系列小说再现了觉醒的农民与地主斗争的过程，无论地主如何威逼利诱，使出各种阴谋诡计，最后只能认罪伏法，农民翻身获得解放。《血尸案》（孔厥、袁静）、《水落石出》（峻青）揭示了土改中地主为了既得利益甚至会暗杀干部，酿成血案。最终在上级的帮助下，烈士的冤屈得以昭雪。

中篇小说《一个空白村的变化》（那沙）、《晴天》（王力）反映了一个村庄由暗无天日到重见青天的曲折过程。《老赵下乡》（俞林）、《莫忘本》（洪林）、《老许》（洪林）、《乡长夫妇》（洪流）都反映了土改中容易出现的村干部腐化变质的现象，批判了小生产者狭隘自私的落后意识。

赵树理的中篇小说《邪不压正》以软英、小宝的婚姻波折为线索讲述

---

① 马加：《江山村十日·新版小记》，春风文艺出版社1979年版，第213页。

第一章 土改叙事与时代语境

了土改的进程，目的是"想写出当时当地土改全部过程中的经验教训，使土改中的干部和群众读了知所趋避。"① 他的《地板》、《李家庄的变迁》、《李有才板话》都有明确而实际的创作目的，生动地反映了当时农村变革所遇到的问题。孙犁的《村歌》、《秋千》、《石猴》、《女保管》都以纤细敏锐的笔触再现了土改的某个侧面，与同时代土改作品粗犷豪放的风格形成了鲜明的对照。

戏剧

在土改文学的各种体裁中，戏剧的宣传效果是最好的，它可以借助简单的剧情、细腻的表演、生动的场景让目不识丁的观众迅速进入情境之中，在娱乐的同时接受革命意识形态教育。《白毛女》虽然不是关于土改的戏剧，但是其主题蕴含着革命合理性的问题：地主阶级对农民的压迫。与其内容相近的还有孔厥、袁静编剧的新歌剧《蓝花花》，讲述贫农女儿蓝花花被地主霸占后，在猪圈里生了孩子，双目失明，后来得到解救的故事。

马健翎的秦腔《穷人恨》、《血泪仇》在当时影响很大，在启发群众的阶级觉悟上发挥了重要作用。《穷人恨》讲述了地主强抓壮丁，强占佃户女儿，将农民逼得走投无路，农民在八路军的帮助下推翻了地主的统治。《血泪仇》写农民王仁厚一家，儿子被抓丁，儿媳被害死，一家人被迫逃难，在边区过上了安稳的日子，又与被派来当特务的儿子相遇，突出了国统区、解放区两个世界两重天的对比。

现代戏《阎王寨》（黄俊耀）、歌剧《三世仇》（虞棘）、四幕话剧《阶级仇》（谭碧波）、三幕歌剧《永安屯翻身》（张庚）等剧目在情节上十分相似，渲染了地主阶级的无耻罪行（强占土地、占人妻女等），农民在地主压迫下生活的困顿不堪以及土改后获得解放的喜悦。前半部旧社会的黑暗痛苦与后半部新社会的光明新生形成了鲜明的对照。秦腔《平鹰坟》（狄耕）、三幕话剧《地震》（贾霁）取材相似，都描写了农民不慎打死了地主家的鹰，被迫为"鹰爹"出殡的故事。

---

① 赵树理：《关于〈邪不压正〉》，《人民日报》1950年1月15日。

还有一批戏剧反映了农民如何解除思想上的包袱,敢于撕破脸皮斗争地主的过程,如河北梆子《变不了天》(张学新)、秧歌剧《减租》(袁静)、话剧《铁牛与病鸭》(王汝俊)、秧歌剧《万年穷翻身》(张学新)、眉户剧《王德锁减租》(西戎等)、话剧《王瑞堂》(王雪波执笔)。其中,《反"翻把"斗争》在当时的影响较大,曾获得东北局宣传部的奖励。该剧描写了地主孙林阁阴谋陷害农会主任刘振东,意图"翻把",农民在方队长的领导下,挖出坏根,打倒地主的过程。

秧歌剧《铁锁开了》(谭碧波)、《秦洛正》(贺敬之)则反映了中农在土改中担惊受怕、消极生产的情况下,在现实的教育中打消了顾虑,积极生产;快板剧《发土地证》(张学新)中的农民听信谣言,担心"二次土改",无法安心生产,领到土地证就如同吃了定心丸,激发了生产的热情。

值得一提的是,土改中,一些农民按捺不住翻身后的喜悦之情,开始自己编演戏剧,自娱自乐,掀起了"翻身戏"的高潮。1944年,河北省阜平县高街村剧团自编自演的大型戏剧《穷人乐》,被认为是"执行毛主席所指示的文艺为工农兵服务的新成就",上级指示各部门要"沿着'穷人乐'的方向,发展群众文艺运动,组织群众的文化生活。"[①] 在"穷人乐"榜样的鼓舞下,出现了护持寺的《苓少爷变成三孙子》、平山柴庄的《柴庄穷人翻身》、阜平高阜口的《抗战前后的冯林》、定县西魏村的《卖儿女》和定县西显阳的《变不了天》等一批反映真人真事的剧目。这种形式激发了农民的参与热情和创造能力,在此过程中也大大强化了他们对政权的认同和崇拜。

诗歌

土改还引发了"翻身诗"(或称"土改诗")的创作热潮,诗歌生动形象,形式多变,能够直抒胸臆,传达出土改中爆发的炽热情感,对阶级敌人的愤恨,对人民苦难的同情,对新生政权的赞颂。叙事诗《王贵与李香香》(李季)是以青年男女的爱情为线索来讲述农民的斗争生活,艺术

---

① 《中共中央晋察冀分局关于阜平高街村剧团创作〈穷人乐〉的决定》,《晋察冀日报》1944年12月23日。

第一章 土改叙事与时代语境

上采用了陕北民歌信天游的形式，大量比兴手法的运用增加了作品的艺术魅力。田间的《赶车传》讲述了贫农石不烂的女儿被地主抢去做妾，石不烂参加革命后回来解救女儿出火坑。

张志民的《王九诉苦》叙述了贫农王九在地主压迫下的血泪史，王九当长工的苦难生活成了广大贫苦农民生活的缩影。他的《死不着——五十七岁翻身农民死不着的回忆》处处使用对比的手法，将贫农的孩子死不着与地主的孩子来喜的生活境遇放在一起进行对照，贫富的巨大差距能够激发起读者的阶级仇恨。

《赵清泰诉苦》是现实中天水岭农民赵清泰对放债的"同泰会"的血泪控诉。

> 同泰会呀！
> 吃人虫呀！
> 真可恨呀！
> 你逼死我九口人呀！

有人评论说，"他不是在说话，而是在唱，在哀歌，一字一泪，是痛苦，也是愤恨，直诉到晕死过去。"[①] 作品淋漓尽致地表达了对恶霸地主的愤恨之情，艺术表现上颇为粗糙。

《佃户林》（王希坚）描写了佃户死后的凄惨景象。

> 远看草连草，
> 近看坟连坟，
> 不知名和姓，
> 都是穷苦人，

[①] 《赵清泰诉苦》，《东方红》，新华书店1949年版，第43页。收入《东方红》的还有《进了地主门》、《扛活歌》、《短工》、《要吃元亨饭》、《长工诉冤》、《农民盼撑腰》、《印子钱》、《翻身说理》、《佃户话》、《打倒王官家》等诗作，以生动的语言讲述了农民为地主做长工、短工所受到的非人待遇，高利贷的盘剥，苛捐杂税的重压，表现了人们在旧社会的苦难生活。

伺候大地主，
辛苦度一生。①

阮章竞《圈套——俚歌故事》讲述了地主设圈套意图诬陷村干部，后被人们识破诡计的故事。贺敬之的《笑》则描写了翻身农民发自内心的喜悦畅快之情。

我笑得那石头裂开了嘴，
我笑得那大树折断了腰。
我笑得那刘三爷门前的旗杆，
喀喳一声栽倒了！

艾青的《耙地》、《送粪》、《浇地》、《掏土》、《春雨》等短诗，描写了土改后农民积极生产的欢快图景。严辰的《爷爷牵了头牲口回来》记录了农民分到牲口后的兴奋之情。

此外，还出现了一批翻身后的农民自己创作的诗作，《舒兰民歌》是舒兰农民用歌谣的形式记录了自己翻身的经过，表达了翻身后的痛快之情。鸡泽吴管营群众编的《穷人和富人》、山西平遥梅槐头农民编的《想五更》描绘了在地主剥削下农民生活的艰难。《吐苦水歌》、《挖断穷根扎富根》、《翻身谣》、《减租谣》是发表在报纸上的诗作，对于土改运动中发动群众起到了很好的宣传作用。②

通俗文艺类的作品还有京韵大鼓《歌颂共产党》、中篇说唱《说唱朱富胜翻身》（王希坚）、鼓词《平鹰坟》（轻影）、鼓词《老雇农杨树山》（大成、思奇）、鼓词《翻身英雄郭宜昌》（李广平）、长篇说唱《晴天传》（刘品高）等。

---

① 王希坚等：《佃户林》，新华书店1949年版，第66页。其中收录的还有《弹唱小王五》（刘衍洲）、《被霸占的土地》（王希坚）、《催眠歌》（王希坚）等诗作。
② 《吐苦水歌》，《晋绥日报》1946年6月11日。《挖断穷根扎富根》，《晋绥日报》1947年6月9日。《翻身谣》，《人民日报》1946年10月31日。《减租谣》，《人民日报》1946年7月17日。

第一章 土改叙事与时代语境

散文类

在土改深入开展的同时,赵树理以杂文的形式反映了土改容易出现的问题,希望引起土改工作者的注意,包括《我们执行土地法,不许地主富农管》、《中农不要外气》、《休想钻法令空子》、《穷苦人要学当家》等一系列短评。与赵树理强烈的现实主义精神不同,孙犁以敏锐的眼光捕捉到了土改后人们的生活焕发出的新面貌,《王香菊》、《随感》写出了翻身后人们积极乐观的精神状态,《天灯》中人们以立天灯的方式宣告了新时代的到来,《渔民的生活》、《织席记》、《一别十年同口镇》、《新安游记》等散文则表现了农村中新的生活方式,人们忙于生产的热火朝天的场面。

萧也牧的《羊圈夜话》中的老羊倌为人们讲述了大恶霸贾亮所做出的惨无人道的坏事,强调如今的复仇是正义之举,不要被一时的同情心所麻痹。柳青的《在故乡》以回乡游子的视角记录了人们翻身后的生活,七老汉在人人都积极劳动的新社会里不好意思再出来讨饭,最后在新年到来之际结束了自己的生命。江帆的《离开的时候》、陆地的《爬犁及其他》、严文井的《乡间两月见闻》都以大量生动的细节记录了土改中挖浮财、分果实、斗地主的过程,以及农民翻身后的欢快之情。

通讯报告《天水岭群众翻身记》(朱襄)真实地记录了农民如何发动起来斗争地主的过程,通过历数"同泰会"盘剥穷人,逼死人命的罪恶,调动了群众的斗争热情,斗争了地主后,农民才真正地翻身。吴林泉《赵有功保田有功》则反映了赵有功如何组织民兵,消灭了前来复仇的敌人的事迹。吴伯箫的《孔家庄纪事》、华山的《头顶露青天》、高而公的《从中央社到解放区》、严文井的《一个农民的真实故事》等作品细致地描绘了农民翻身的曲折过程。刘白羽的《绿色的鸭绿江》反映了东北解放区完成土改后的新面貌。

同时代的纪实文学还有美国人韩丁的《翻身——中国一个村庄的革命纪实》①,国际友人柯鲁克夫妇的《十里店》②,美国人杰克·贝尔登的

---

① [美]韩丁:《翻身:一个村庄的革命纪实》,韩倞等译,北京出版社1980年版。
② [加]伊莎贝尔·柯鲁克、[英]大卫·柯鲁克:《十里店——一个村庄的群众运动》,安强、高建译,北京出版社1982年版。

《中国震撼世界》①。由于他们具有外来者的视角，没有来自意识形态的压力，能够较为真实客观地记录土改的真实过程，揭示土改中出现的暴力、村干部的堕落变质、分配不公正等现象，而这些内容在党内作家的笔下往往是避而不谈的。外国人士的纪实作品对于人们了解真实的土改提供了很好的参照。

2. 20世纪50至70年代中的土改文学

小说类

由于新区土改是在新中国成立后进行的，大规模的国内战争已经结束，早期土改所包含的动员民众、支援战争的潜在目标也就随之消失了，反映在文艺上的变化就是原来颇为流行的大规模的群众文艺运动减少了。这一时期的土改文学不再像解放区时期出现了多种体裁形式的探索尝试，形式上颇为单调，失去了民间文艺资源的滋养后日渐枯萎。在文学生产、传播的体制化压力下，作家要以党的政策为出发点来观照现实，要以生动的事例来验证政策的先验性和正确性，在政治的约束下，文学的活力逐渐萎缩。

这一时期出现的长篇小说有比较浓郁的地方特色，包括反映江南水乡土改的《土地》（陈学昭），反映四川彝族奴隶翻身的《欢笑的金沙江》三部曲（李乔），反映广西山区土改的《美丽的南方》（陆地），反映广东土改的《山谷风烟》（陈残云），反映湖南革命老区土改的《春回地暖》（王西彦），回顾华北土改的《雨过天晴》（王希坚）、《翻身记事》（梁斌）等。比较典型的有《欢笑的金沙江》中描绘了独特的彝族风俗，蛮勇冲动的打冤家，遇事请毕摩（巫师）打卦的习俗，招待贵客的打牲，优美动听的山歌，悠远的民间传说，这些描写夹杂在紧张激烈的民族矛盾、阶级矛盾之中，整部作品显得张弛有度，收放自如。《美丽的南方》中迷人的山歌萦绕在山间，马仔用山歌向银英求爱时唱道："河边码头步步高，天天见妹两三遭；真心情话难开口，石板破鱼难下刀。"② 与文本中出现的优美

---

① ［美］杰克·贝尔登：《中国震撼世界》，邱应觉等译，北京出版社1980年版。
② 陆地：《美丽的南方》，作家出版社1960年版，第90页。后来的版本修改为"河边码头步步高罗，妹呀妹，天天呀，见妹两三遭；真心情话难开口罗，妹呀妹，石板呀，破鱼难下刀。"陆地：《美丽的南方》，广西人民出版社1979年版，第85页。

第一章 土改叙事与时代语境

风景和地方民俗形成鲜明对照的是,在镇反、抗美援朝等政治事件的影响下,阶级斗争的形势也开始日趋紧张,社会氛围更加凝重严肃。小说中出现的地主不仅仅是经济上的剥削者,还是政治上的反动者,是国民党政权的忠实走狗,帝国主义留下的爪牙。

中篇小说《北黑屯纠纷》(戴石明)反映了土改中出现的问题:中农陈三的利益受到侵犯,他装病不愿出伕,村干部连山的强制命令作风,这些都在复员军人吕明休的领导下得到了解决。陈残云的中篇小说《山村的早晨》批判了农民中普遍存在的男权思想,《喜讯》则反映了农村中寡妇再嫁所遇到的舆论阻力。

短篇小说《改造》(秦兆阳)叙述了地主儿子王有德被改造成自食其力的劳动者的艰难过程和其间遭到的精神痛苦。《春节》(陈肇祥)描述了翻身的农民欢欢喜喜过春节的场景,他们恭恭敬敬地"请"来领导人的画像,感激革命领袖给农民带来的幸福生活。小说《王小二》(沈淀)中写主人公在土改后过上了幸福的生活,终于打破了"王小二过年,一年不如一年"的命运怪圈。《金锁》(淑池)讲述了叫花子金锁在旧社会艰难的生活。《土地》(王贞尊)中农民冯孝东的儿子来福病死了,他为了多分一份地,决定秘不发丧,装出儿子还活着的假象。《三走严庄》(茹志鹃)则塑造了一位在土改中逐渐觉醒的劳动妇女收黎子的形象,讲述了她如何从一位沉默的少妇成长为坚定的革命战士的过程。

散文类

由于新区土改中有大批知识分子下乡参加土改斗争,在社会实践中思想观点和阶级感情发生了变化,潘光旦、全慰天的《苏南土地改革访问记》是他们下乡土改的学习总结,对江南的封建租佃制进行细致的分析,强调土改必须进行激烈的斗争,改革方能彻底。"土地改革是一次相当成功的知识分子改造。但是,土地改革运动也主要是从政治层面来'分清敌我',认同新政权,还没有深入到思想层面来认同新政权。"[①] 在报刊上发

[①] 崔晓麟:《重塑与思考:1951年前后高校知识分子思想改造运动研究》,中共党史出版社2005年版,第124页。

上编　土改文学综论

表很多知识分子的思想汇报，介绍自己在土改学习的收获。① 这些千篇一律的表态性文章很难看出知识分子在参加土改的过程中的真实感受。而真实情感流露的文字也许只会存在于私人日记等非公开的形式中。

谭其骧的日记记录了下乡搞土改的过程，在发动群众的过程中，人们对于村干部的意见颇多，对于地主的仇恨并不高。日记中还详细记录了饮食起居，每次集合吃饭都吃不饱，稀饭与开水无异。② 吴宓虽未亲自参加新区土改，他在日记中也记录下了土改的一些消息。"虽破屋孤孀，亦以三十年前曾有薄田未自耕种，或其祖主曾行剥削，今当报仇，亦名列地主，而受铲灭与打击焉。"日记中还提到农民对地主的暴力，"裸体纳入水中，复缚悬于树，数日不许给饮食，以使寒且饥。"③ 作者对于物质上被剥夺、精神上受屈辱、肉体上被折磨的地主充满了同情之感，他的人道主义关怀态度与当时的主流观点背道而驰。阳翰笙的日记则较为详细地记录了在广西柳城参加土改的全过程。沈从文给家人的书信多次表达了要在土改中向人民学习，为祖国多做事的决心，他的信件似乎与外界的阶级风云并没有多大的关联，津津乐道于地方的风情景致，山间的翠竹，清冽的水塘，集市的老式酒坛，竹编的工艺品等。作家在土改的号角中还在保持着个人的审美眼光和生活情趣。

戏剧

四幕话剧《战斗里成长》（胡可）以赵石头在革命队伍中的成长为故事线索，由于地主杨有德霸占了赵家的土地，造成了赵家骨肉分离，石头

---

① 汪宣：《我在土改中的学习》，《新建设》1950年第2卷第4期。冯法禩：《土改工作思想总结报告提要》，《新建设》1950年第2卷第7期。陈振洲：《参加土地改革工作的一点体验》，《人民日报》1950年5月31日。吴景超：《参加土改工作的心得》，《光明日报》1951年3月28日。朱光潜：《从土改中我明白了阶级立场》，《光明日报》1951年4月13日。杨人楩：《跟农民学习以后》，《光明日报》1951年4月16日。陈垣：《祝教师学习成功》，《人民日报》1951年10月27日。侯仁之：《学习文件使我进一步端正了学习态度》，《人民日报》1951年12月30日。冯友兰：《参加土改的收获》，《学习杂志》1950年第2卷第2期。后有光明日报社结集出版的《土地改革与思想改造》，收入了贺麟、杨人楩、雷海宗、吴景超、左协中、李树源、雷敢、马特、潘光旦、全慰天、郑林庄、邢其毅、朱光潜、孙毓棠、苏竞存、资耀华、叶苍岑等人的文章。

② 谭其骧：《谭其骧日记选（之一）》，《史学理论研究》1996年第1期。

③ 吴宓：《吴宓日记续编》（第一册，1949—1953），生活·读书·新知三联书店2006年版，第205、66页。

出于个人复仇的目的参了军。他为了复仇不服从上级指挥犯了错误,经过革命教育之后,他提高了觉悟,重新认识了革命的意义。《槐树庄》(胡可)则以"子弟兵的母亲"戎冠秀为原型塑造了积极分子郭大娘的形象,在清算斗争中,郭大娘控诉崔家当年逼死她丈夫,拔锅封门的罪行,打掉了地主的威风。

四幕五场话剧《三人行》(阳翰笙)则以土改为背景,描写了三种类型的知识分子在社会变革中思想的变化。赵文浒积极参加土改运动,认真改造自己;吴思贤对政治并不热心,在土改的过程中还不忘收集矿石标本,被狗腿子罗三的假积极所蒙蔽;石人俊则是一个反面典型,表面上说得慷慨激昂,私底下却包庇自己的哥哥。

诗歌、故事类

诗歌《李德财苦史》(李彬)讲述了"记事就受穷"的李德财在地主压迫下的苦难生活,以及参加解放军后的激动之情。《长工和地主(民间故事三篇)》(康濯)包括《两顿合成一顿吃》、《别闲着和别叫唤》、《本领和福分》三篇故事,作者以诙谐幽默的笔致讲述了发生在地主和长工之间的有趣故事,地主自以为聪明,用各种名目来剥削长工,最后却弄巧成拙,被长工捉弄。

20世纪50年代文学中出现的土改主题很快被之后的合作化运动取而代之,自然影响了作品的数量和质量,而在其间出现的作品中失去了前期小说之所以成功的乡土气息,缺少了民间伦理规则的支撑,作品显得虚浮、缺乏活力。

3. 新时期的土改文学

小说类

经典的土改叙事曾被认为是认识历史的有效途径,在80年代的开放语境中,作家开始重新审视这段历史,发现了小说与现实的巨大缝隙。莫言认为,"压在我们头上的神太多了,有天上的神,有人间的神,但无一例外不是我们自造的。打破神像,张扬人性,一个古老而又崭新的口号。"[①] 在尤

---

① 莫言:《我痛恨所有的神灵》,《北京秋天下午的我:散文随笔集》,海天出版社2007年版,第319—320页。

凤伟看来,"许多事情原来并不像书中所描写的那样,甚至是南辕北辙的,于是就有了受到欺骗的感觉,同时加以质疑。"于是,"出于'以正视听'的目的",① 在新时期出现了大量土改题材的小说。

一是从个人欲望的角度切入历史,神圣严肃的革命历史被解构为私人欲望推动下的本能活动,以传奇性的人生故事取代了旧有的政治内涵。《预谋杀人》(池莉)中的王腊狗对地主丁宗望怀着莫名其妙的强烈仇恨,而这与阶级意识看不出有多少关联。《模糊年代》(洪峰)中的地主只是欲望化的符号,寻求本能的满足。

二是从权力的角度去解读历史,将土改看成不过是不同政治力量对权力的争夺,农民只是无意间被裹挟其中的参与者,不论权力争斗的结果如何,带给农民的永远只是伤害。《故乡天下黄花》(刘震云)中的历史就是权力之争的不断轮回。

三是从人性的角度反思历史,土改作为一场激烈的革命运动,与其伴随的暴力行动对地主及其家庭产生了巨大的伤害。《古船》(张炜)中的地主后人隋抱朴在痛苦地思考着整个历史的苦难与残忍,超越了对土改简单否定或肯定的二元对立模式。尤凤伟的《小灯》、《诺言》都展示了残酷的斗争中善良人性的可贵。阎欣宁的《以死者的名义》中地主的女儿游风杨被几个地痞用大号碌碡擀成了薄皮馅饼,游风杨的侄子游改发誓为姑姑报仇,而当年的犯罪者中唯一的幸存者洛子川已经八十多岁,他对自己的罪行毫无悔意,认为把账算在他一个人身上,很不公平。

四是从民间的立场书写历史,透过农民与土地关系的变迁,揭示了农民对土地的眷恋与失落的复杂感情。《缱绻与决绝》(赵德发)中记录了农民大脚辛酸的开荒史,土改让他的家庭过上了幸福的生活,可惜好景不长,耕作的土地又被收为公有,他的发家梦彻底破灭。莫言的《丰乳肥臀》中的土改为小人物的睚眦必报提供了机会,《生死疲劳》中塑造了一位土改中冤死的地主西门闹的形象,他不断轮回转世的原因就是无处倾诉的满腹冤屈。

---

① 尤凤伟:《一九四八·后记》,《西部》2008年第15期。

第一章 土改叙事与时代语境

散文类

报告文学《革命百里洲》（赵瑜、胡世全）从农民与革命的角度回顾了孤岛百里洲发生的风起云涌的历史事件，探究了土改中少数村干部腐化变质、大部分干部尚能廉洁自律的现象，生动描绘了土改胜利后翻身人大演翻身戏的热闹景观。纪实文学《红色山村》（吴军雄）介绍了大宁村张弛有度的土改斗争，排除了"雇贫路线"错误思想的干扰，没有出现过火的暴力现象，堪称"大宁经验"。《土地梦》的作者梁祖富曾是南方大学土改队的一员，作品详细记录了红豆乡实施土地改革的过程。阳翰笙主编的《柳江怒涛——柳城县土改回忆录》则是原政协土改二十团的成员对于当年土改生活的重新回顾。

邵燕祥在晚年写的《1951年到甘肃》回忆了自己作为工作队员在甘肃土改时的情形，在枪毙恶霸的震慑下，土改进行得十分顺利。关于土改的回忆类文章还有于是之的《"土改"小记》、庄启东的《在香坊搞土改》、冯增堂的《回味土改"三同"生活》等作品。

戏剧类

新时期的社会发展重心已经由乡村变为城市，关于土改的戏剧并不多，最有代表性的是锦云的《狗儿爷涅槃》。主人公狗儿爷的命运就是中国底层农民的缩影，地主祁永年是他仇恨的对象，更是他羡慕的对象，他梦寐以求的就是祁永年的生活方式，他们作为普通农民有着共同的人生目标，这就消解了传统土改叙事所设置的人物之间的阶级差别。

第二节 "写政策"：政治指引下的文学书写

一 主题先行与题材取舍

延安文艺座谈会之后在解放区已经确立了"文艺为工农兵服务"的方针，处于体制内的知识分子在思想上达到了前所未有的整齐划一。特别是在整风运动中确立了毛泽东话语为语言规范的权威，在认真学习整风文件反省自我、清洁思想的同时也需要模仿与体察新的话语权威的叙事方式，直至内化为自己的表达方式。① "延安整风在更深刻的意义上，是一次整顿言说和写作的运动，一次建立整齐划一的具有高度纪律性的言说和写作秩序的运动。"② 周立波、丁玲都是经过延安整风运动的文人，经历了一番脱胎换骨的蜕变之后，他们的创作风格发生了明显的变化，成功地转化了个体的言说方式，并且得到了话语权威的赞许。周立波真诚地反省自己偶尔感到的寂寞与对资产阶级艺术的迷恋，"我只希望我们能够被派到实际工作去，住到群众中间去，脱胎换骨，'成为群众的一份子'。"③ 丁玲则深深感叹，"回溯着过去的所有的烦闷，所有的努力，所有的顾忌和过错，就像唐三藏站在到达天界的河边看自己的躯壳顺水流去的感觉，一种翻然而悟，憬然而惭的感觉。"④

作家们在上级的号召下积极投身到土改运动中来，他们肩负着意识形态阐释和教化的功能，要表现土改的伟大历史意义，为现实的土改运动摇旗呐喊。土改文学的创作自觉地确立了写作的主题，"进行土地改革就需要农民自己的力量，组织农民的力量更需要共产党的深入而根据正确的阶级路线的领导。这是现在反映农村土改的作品的共通的主题。"⑤

在政治这个达摩克利斯之剑的制约下，作家需要认真地学习党的各项会议精神、政策文件，小心翼翼地将自己的思想倾向与当前政策统一起来。"学习文件的目的是习得一种与文件相似的话语方式，明白地说就是如何习得话语权威所要求的话语方式。学习者新的言说方式的形成，一方面要清算已有的言说方式，一方面要习得劳动者的常用语词、叙事范式，更重要的是从文件学习整套的学理术语，分析范式，

---

① 在20世纪40年代，毛泽东创造出一套新的意识形态，对于中国历史和革命建构了新的体系，开始成为延安的权威话语，受到知识分子的热烈拥护。在整风运动中，延安的干部认真学习《二十二个文件》，写读书笔记和反省笔记，同时开展改造文风、反对"党八股"的运动，俄式教科书语言和欧化"学生腔"被新式的革命话语所取代。参见高华《在革命词语的高地上》，《革命年代》，广东人民出版社2012年版，第207—216页。

② 李陀：《汪曾祺与现代汉语写作——兼谈毛文体》，《花城》1998年第5期。

③ 周立波：《后悔与前瞻》，《解放日报》1943年4月3日。

④ 丁玲：《文艺界对王实味应有的态度及反省——6月11日在中央研究院与王实味思想作斗争的座谈会上的发言》，《解放日报》1942年6月16日。

⑤ 冯雪峰：《马加的〈江山村十日〉》，《小说》月刊1950年第6期。

第一章 土改叙事与时代语境

推理过程,阐释模式,获取知识的方式等等,最终形成'健康'的言说方式。"① 经过不断地学习文件,作家们认真练习政治话语的表达方式,潜移默化为自己的叙事方式,随时剔除不合规范的个人"杂质",经历了如此一番艰难的思想改造之后才能坚定立场,改造头脑,创作出符合规范的作品。

土改政策的不断调整变化增加了作家对其接受的困难,"从我们的创作上看,我们对政策了解太差,例如纠偏布置下来了,我们便去找一个中农。我们在土地改革工作里,得到一些材料,但当带回来时,时间性已过去了,又要表现生产的新面貌了,那些材料除了写历史东西而外,都不能马上指导现实了。""我们跟在政策的屁股后面追,人家进行土改时,我们写减租减息;人家进行复查了,我们写清算,人家进行生产建设了,我们写土改……"② 作家从领会政策精神到寻找素材构思人物都需要一定时间的酝酿,然而很快又出台了新政策,规定了新的文学主题。这样就会使作家疲于奔命,紧紧跟随最新的时代主题,担心会落在时代的后面,心中充满了对言说合法性的焦灼感。

作家在创作之前就已经确定了主题,或者说是由当时的政治环境规定好了主题。政策在整体上决定了情节设计的思路,即表现农民与地主两大阶级的对立斗争,农民最后翻身得解放,积极生产参军的过程,论证土改的伟大现实意义和历史必然性。土改运动的实施过程即访贫问苦、发动群众、划分阶级、斗争大会、分配果实、参军支前,也成了故事情节的发展脉络。在人物设置上,必须构成地主、农民两大阶级的对立,表现出各色人等的反应:地主的狡猾奸诈,对土改的抗拒,中农的摇摆不定,贫农的苦大仇深,逐步觉悟的过程。阶级状况的分析必须符合政策的规定,即百分之九十的贫雇农、中农与百分之十的地富构成了尖锐的两极分化。

土地改革的政策是在不断摸索中逐步完善的,在具体的实施过程中难免会出现某些偏差,作家所亲身经历的错综复杂的现实斗争与土改政

---

① 文贵良:《话语卫生学:以延安根据地文学为例》,《中文自学指导》2006 年第 1 期。
② 艾青:《创作上的几个问题》(1948 年夏天在华北大学文艺研究室的发言),《艾青全集》(第 5 卷),花山文艺出版社 1991 年版,第 445 页。

上编　土改文学综论

策的规定可能存在某种程度的错位，作家需要谨慎处理这个问题，避免犯路线错误。丁玲对顾涌的阶级成分问题一直很犹豫，当时还未出台如何细致划分阶级成分的文件，像顾涌这样劳动起家的富裕农民土地被剥夺，这样的"左"的做法引起她的怀疑。"我感觉出我们的工作有问题，不过当时不敢确定，一直闷在脑子里很苦闷。所以当我提起笔来写的时候，很自然的就先从顾涌写起了，而且写他的历史比谁都清楚。我没敢给他订成分，只写他十四岁就给人家放羊，全家劳动，写出他对土地的渴望。写出来让读者去评论：我们对这种人应当怎么办？"[①] 对以顾涌为代表的富裕中农在土改中受到冲击的关注，显示了丁玲对现实的深刻思索，对人性的深切关怀。

《太阳照在桑干河上》中的黑妮出场时是一个性格鲜明的人物形象，令人遗憾的是作者并没有贯穿始终，到了后面人物形象越发模糊。作者将一个自己喜欢的人物塑造得虎头蛇尾，据说是因为曾在会议中被指责有"地富"思想，出于文本合法性的考虑，只好将许多设计好的场面去掉了。地主子女先天具有了剥削阶级的特质，按照阶级的血缘继承关系，地主子女也必然在道德上有所欠缺。在情节设计上丁玲将黑妮由钱文贵的幼女调整为钱的侄女，[②] 虽生活在地主家庭，却和程仁一样同属于被压迫的人。不过在作品中找不到任何钱文贵虐待侄女，把她当作丫鬟的迹象，相反，黑妮还有机会在学校念了四年书，成为妇女识字班的教员。这样，黑妮的阶级属性和道德品质发生了矛盾，作者无力解决这个矛盾，让一个地主家庭出身的人获得革命队伍成员的资格，只好草草结尾。

丁玲作品中存在的某些细节上的犹疑不定在周立波的《暴风骤雨》中已经剔除干净，这和他认真学习土改文件有密切关系。周立波在农村参加

---

① 丁玲：《生活、思想与人物——在电影剧作讲习会上的讲话》，《人民文学》1955年第3期。
② 龚明德在《〈太阳照在桑干河上〉版本变迁》中指出，"实际土改工作的经验教训以及从侧面得到的意见（主要是1947年10月间当时一位党政要人在抬头湾村全国土地会议传达讲话时对反映土改的作品的指责），促使丁玲于1948年4月底住到校址设在河北正定的华北联合大学，在索回的《太阳照在桑干河上》眷抄件上，对前五十四章来了一次全面修改，如将初稿中地主钱文贵的女儿黑妮调整为钱文贵的侄女。"参见龚明德《新文学散札》，天地出版社1996年版，第284页。

第一章 土改叙事与时代语境

土改，搜集了大量的材料，"往后我就研究中央和东北局的文件，追忆松江省委召开的县书联席会议以及好多次的区村干部会议。借着这些文件和会议的指示和帮助，重新检验了材料和构思，不当的删削，不够的添加。但是所用的材料，都是个人的经历和见闻，不知是不是典型？我借了东北日报登载土改消息最多的几本合订本，把半年多的二版上的文章和消息全部阅读了，把构思中的人物和故事，又加上一回修正，稀奇的删削，典型的留存。"①作家的创作过程进行了两次取舍，在会议文件的指示下初步确立了素材之后，又根据报纸上的文章选取了具有典型性的材料，这样，呈现的是明朗单纯的乡村革命图景。周立波和夫人林蓝参加了土改工作，他们在实际斗争中总结的先进经验在《东北日报》上发表，《栽槐树》的经验在作品中表现为"唠嗑会"，《如何团结中农》中提到的中农消极生产的现象也有所体现，《温凤山之死》与小说中赵玉林的葬礼有很多的相似之处。②

周立波曾指出"三斗韩老六"是根据现实中的"七斗王把头"改写的，在通讯《七斗王把头》中的第六次斗争时，王把头不肯说出埋藏的财产，"于是群众恨极了，用皮带狠狠的揍了他一顿，并逐个审问了他家里的人，结果又经过两三天的时间，连打带问，好容易才说出二百八十尺布，三百多件衣服，三付金钳子，其余再也不肯讲了。群众问他要'金牌子'（所谓'德政'牌），他说早已送礼卖掉了，虽一再追问拷打，他总咬牙不说。"在第七次斗争时，"周家岗小学校的操场，一时成了群众的战场和法庭，男斗男，女斗女，小孩斗小孩，口号声，皮带声，哭叫着，叫骂声，接连不断的整整热闹了一天。全村群众采取了轮番战术，你来斗一阵，他来打一顿，气愤得声音都嘶哑了，可是他们都啥也没有说出来。……几十根皮带，棍子，没头没脑地打起来。直到他大声喊叫着：'我说，我说，我有金牌子。'群众才住手不打。"找到金牌子之后，隔

---

① 周立波：《现在想到的几点——〈暴风骤雨〉下卷的创作情形》，《生活日报》1949年6月21日。

② 林蓝：《栽槐树——珠河元宝区煮夹生饭经验》，《东北日报》1947年3月12日第2版。林蓝：《如何团结中农》，《东北日报》1947年10月21日第2版。林蓝：《温凤山之死》，《东北日报》1947年11月6日第4版。

了一天，群众认为还没有斗彻底，又将王把头带到操场斗争，"群众打得他死过去，又用冷水喷过来，他始终咬着牙关不讲一个字。他的全家老小在群众的威力下，围着他哭叫着跪在他的面前，哀求他，骂他，要他讲出来，但他仍丝毫不动声色，犹如没有看见一样，最后群众气急了，拉着他的大儿子出去假枪毙，去村西头朝空放了两枪，再回来拉他的亲侄子和小儿子，群众说：'你不说大伙就一个一个毙！'这才把他吓住了。"① 从文中可以看出，王把头在被追问浮财的过程中经受了多次拷打，甚至被打晕过去，最后因为担心家人的安危才说出钱财的下落，群众的斗争显然非常过火，靠假枪毙的方法诈出浮财的去处，王把头当时要求保住性命，而找到元宝之后，群众还是将其处死。在《暴风骤雨》中斗争韩老六时，只是写当时群情激奋，场面混乱，韩老六非常狡猾，躺在地上耍赖，这样，对于韩老六的斗争只会让人觉得大快人心，不会对他产生任何同情。小说中群众在追问杜善人家的浮财时，没有使用任何暴力手段，是郭全海在杜家发现了搬运东西的蛛丝马迹，同时利用杜家内部的家庭矛盾找到破绽。而在现实中，暴力事件往往发生在追浮财的时候，一经发生，暴力将会像滚雪球那样难以制止。②

二 冷落与批判

作家的创作受到革命意识形态的限制是无可置疑的，这也可能是作品未能达到更高的艺术水准的局限所在。政治环境为作家提供了表现的主题，需要的题材，要求作品完成意识形态的教化和感染功能，关于"写什么"的问题作家早有默契，力图与现实政治保持同步的联系，而关于"怎

---

① 关寄晨：《七斗王把头》（下），《东北日报》1947年9月9日第4版。
② 张鸣指出："土改运动中人们挖地主浮财的积极性相当高，甚至高过了分配土地。滥用私刑，拷打致死的现象，多出于逼索浮财之时，而且最在意的就是地主的金银首饰、银元和金条。"张鸣：《在"翻身"大动荡中的乡村政治》，《乡村社会权力和文化结构的变迁（1903—1953）》，陕西人民出版社2013年版，第225页。范若丁认为，"最易引发逼供吊打等暴力行为的是挖浮财底财，《土地法大纲》明文不允。我听过李雪峰、杜润生这些中南大区土改高层领导、土改专家们的报告，都强调不挖浮财底财，但各地在执行中几乎都有此类问题发生。"范若丁：《一个沉重的历史话题——评程贤章的长篇小说〈仙人洞〉》，廖红球等编《广东文坛常青树——程贤章文学创作五十年研讨会论文集》，作家出版社2007年版，第104页。

第一章 土改叙事与时代语境

么写"的问题则是作家创作面临的难题,需要在叙述的微观层面的处理上,包括情节安排,人物设置,叙述角度,语言选择,保持与主题一致的政治正确性,以期获得权威意识形态的肯定。"以革命意识形态为人物言行、故事发展的动力和归属,这几乎成为保证主题的'政治正确'的一种创作惯例。在一目了然的主题层面上,几乎所有革命文学作品都可能赢得合法性,反之,也就没有公之于众的可能。所谓'大批判'式文学批评的规划、指导作用,以及最终的效果,恐怕更多地在于对文学作品的感性叙述层面的控制和规训上。这个感性的叙述层面是指叙述语言、人物的感知角度、故事结构的比例分配、叙事切入的角度、叙事注意力的分布形态、语言的阶级特征,也就是通常所说的小说的'感性方式'。"[①]

文学批评一方面大力宣传土改文学的典范之作,号召作家们从中学习文艺如何为意识形态服务;另一方面也在对不合规范的文学创作进行不断的规训,剥离出其中非革命体制内的审美趣味与表达方式,确立革命话语的绝对领导权,建立新的价值评判体系,规范指引着今后文学创作的方向。从创作主题上看,作家们的认识是一致的,作为革命的亲历者,都是真诚地记录这场重大变革,表现土改的伟大意义,迫切地想要得到主流的认可。《网和地和鱼》(李克昇)反映了土改后人们的幸福生活,《一个农民的真实故事》(严文井)反映了农民在斗争中觉悟翻身的过程,《中队部》(沈从文)再现了工作队进村土改工作的进程。这些作品之所以受到了批评界的批判或冷落,显然是革命主题之外的叙事层面触动了文学书写的某些禁忌。

《网和地和鱼》被指责为"是一篇很坏的小说","是一个色情故事","因为这个小说里所写的男女关系,乃是对劳动人民的污辱,乃是对现实的极端歪曲",其实作者写的是主人公被地主家的"美人计"所诱惑,所谓的色情不过是几句笼统的描述而已:"他倒在一个热热软软的东西上。立刻,他知道这是个女的,因为有两条光滑的手臂,缠绕在他脖子上——他想跳起来,但是,跳不起来。跳不起来,就不跳吧,但是心跳得真蝎虎。他妈的,这是怎的啦?全身象火烧似的,平生第一次,二十二岁,女

[①] 余岱宗:《被规训的激情——论1950、1960年代的红色小说》,上海三联书店2004年版,第8页。

的……你还问什么？"① 《暴风骤雨》也写到了"美人计"，用了更多更长的篇幅，在细节上也多加渲染，这样描写韩爱贞勾引杨老疙瘩："在灯光里，她穿着一件蝉翼一般单薄的白绸衫，里面衬的水红小褂子，前胸突出，下面穿一条青绸裤子。她的头发松松散散的，好像是刚睡了起来似的。杨老疙瘩神魂动荡，手脚飘飘了。"同时作者的鄙夷之情溢于言表，"民歌里说：'多少私情笑里来。'破鞋劲的女人本能地领会这一点。这女人用笑声，用她胖手背上的梅花坑，用她从日本人森田那里练习得来的本领，来勾引老杨。"② 可见，问题的所在不是是否能写有关性的东西，而是从何种角度如何写的问题。《暴风骤雨》中被引诱的是意志不坚定的杨老疙瘩，而他事后被大家发觉并被赶出了革命队伍，作为主人公的郭全海也曾面对女色的诱惑，他坚定地拒绝了。在《北黑屯纠纷》中李大婶子受地主指使勾引吕明休，吕不为所动，还想办法帮助李大婶子改造。

　　从情节设置上看，无法控制自己欲望的人物只能是革命队伍中的败类，真正的英雄能够经得起各种困难的考验。从描写方式上看，以外在的阶级眼光来打量地主的阴谋诡计，作者立场鲜明，不会让人感到以低级趣味来误导读者，如果表现人物面对诱惑时的无能为力、无法抗拒之感，似乎为人物的堕落找到了合情合理的借口，不利于纯粹化的革命英雄形象的塑造。人类脆弱的人性要在革命的熔炉中百炼成钢，本我的冲动要升华为民族解放事业的崇高行动，哪怕展示了一丝一毫心灵真实的动摇，迷醉于欲望的战栗，都会对人物的坚定意志构成极大的威胁。《网和地和鱼》受到了诸多指责，不在于浅尝辄止的所谓"色情"描写，而在于主人公没有坚定地拒绝诱惑。作品还用了不少篇幅写了人物的内心活动，特别是面对欲望时的迷醉与土改结束后的茫然，使得人物的心理丰富而复杂，不符合解放区文学中人物形象的单纯、明朗、乐观的审美趋向。现在看来，对人物内心的发掘，展示灵魂的复杂与人性的真实脆弱，是当时受到批判的原

---

① 李克异：《网和地和鱼：李克异小说精选集》，文化艺术出版社 2006 年版，第 365 页。
② 周立波：《暴风骤雨》（上册），人民文学出版社 1952 年版，第 227 页，着重号引者加。在 1956 年第 2 版中稍有修改，将"前胸突出"改为"胸脯突出"。第一段话的加点部分和第二段话在 1977 年版本中被删去。

第一章 土改叙事与时代语境

因，也是以现代眼光看作品的独特艺术价值所在，只是从所处时代来看显得有些不合时宜。

《一个农民的真实故事》（严文井）在《东北日报》上发表之后，很快受到了批评。论者首先肯定了作者想要塑造"一个在斗争中进步与发展的典型"的目标，说明作者对于主题的把握是正确的，但是在表现方法上出现了很多问题。一是脱离群众的自我中心，在评功大会上众人沉默的时候，他站出来介绍自己的成绩，"一切都是一个'我'，而没有'我们'，更没有去深入了解一切和了解'他们'，到一个地方去以后就开始'我'起来，不是'我'看，就是'我'想。"二是作风上的独断专行，公审大会上要枪毙3个坏人，有人担心上级会不同意，他大包大揽地说："这事我负责。"三是经营个人的生活。整洁的院子，坚实的房子，健壮的小牛，对于物质生活的追求必然意味着在革命道路上的倒退。四是情节上的冲突还不够尖锐，地主"一贯狡猾、顽固、阴险、爱财如命，无赖及无耻性，作者写的非常不够。每次斗争，火力并不强，群情并不怎样激昂壮烈，而地主都是很容易地就低了头，拿出了东西，而农民很容易就得到了胜利，这是不符合客观事实的。"[①] 按照革命队伍的要求，革命者再优秀，也只是机器上的一颗螺丝钉，工作中取得的成绩都要归功于党的正确领导和群众的大力支持，个人的作用不能突出。

相对于新中国成立后的文艺批判，解放区的文学批评只是山雨欲来前的信号，是大规模的文艺整顿的序曲。新中国成立后，战争的硝烟在慢慢消退，而文艺界的思想斗争却在愈演愈烈，对电影《武训传》的批判、对萧也牧小说的批判、对《红楼梦研究》的批判、对"胡风集团"的镇压等一连串的文艺批评活动营造了一种紧张的氛围，作家小心翼翼地遵循严格的政治话语的价值立场，内化为创作的评判标准，再也不敢越雷池一步。50年代初广泛开展的新区土改运动，吸引了众多知识分子去深入生活，进行思想改造。"1949年年底至1951年年底，在毛泽东的直接倡导下，数十万知识分子作为土改工作队员，亲身参加了伟大的土地改革运动。"[②] 费孝

[①] 林铣：《评〈一个农民的真实故事〉》，《东北日报》1947年12月9日。

[②] 于风政：《改造》，河南人民出版社2001年版，第44页。

上编 土改文学综论

通的《我这一年》、潘光旦与全慰天的《苏南土地改革访问记》、《土地回老家》、《我的思想是怎样改变过来的?》、《我们参观土地改革以后》、《在土地改革中学习》等诸多著名知识分子参加土改后所做的思想汇报意味着大陆知识界对现实政治的一致认同,延安讲话精神由解放区开始辐射到整个大陆。①

"土地改革不仅为作家创作提供了素材,而且成为作家思想改造的课堂。土改叙述这份作业不仅是土改亲历者对土改的历史记忆,也是知识分子思想改造的成果汇报。"② 作家的创作不仅仅是个人体验的抒发,也成了思想汇报的另一种形式。沈从文曾信心满满地投入到土改运动中,积累了很多素材,原以为改变了立场之后,以自己的才能可以创作出令文坛接受的作品。在 1949 年之前沈从文就已经遭到了猛烈粗暴的批评,精神陷于崩溃的边缘,经历了一番炼狱般的精神痛苦。无论是外界的强大舆论氛围,还是内心难以割舍对文学的"跂者不忘履"的眷恋,都促使他要"悄然归队"③,"用四川土改事写些东西,和《李有才板话》一样来为人民翻身好好服点务!"④ 他决定要赶上时代的步伐,"我乐意学一学群,明白群在如何变,如何改造自己,也如何改造社会,再来就个人理解到的叙述出来。我在学做人,从在生长中的社会人群学习,要跑出午门灰扑扑的仓库,向人多处走了。我已起始在动,一种完全自发的动。"⑤ 一个有自己独特风格和艺术追求的作家要彻底转变话语方式并不那么容易,《中队部》与《财主宋人瑞和他的儿子》显示了作家力图在文学的政治性和艺术性之间保持

---

① 费孝通:《我这一年》,《人民日报》1950 年 1 月 3 日。潘光旦、全慰天:《苏南土地改革访问记》,生活·读书·新知三联书店 1952 年版。萧乾:《土地回老家》,平明出版社 1951 年版。裴文中等:《我的思想是怎样转变过来的?》,五十年代出版社 1950 年版。天津市土地改革参观团等撰:《我们参观土地改革以后》,五十年代出版社 1951 年版。萧乾等:《在土地改革中学习》,人民出版社 1951 年版。

② 张谦芬:《沈从文建国后的土改书写》,胡星亮主编《中国现代文学论丛》(第 3 卷第 1 期),上海人民出版社 2008 年版,第 60 页。

③ 沈从文:《19491113—22 日记四则》,《沈从文全集》(第 19 卷),北岳文艺出版社 2001 年版,第 58 页。

④ 沈从文:《19511031 (2) 致沈龙朱、沈虎雏》,《沈从文全集》(第 19 卷),北岳文艺出版社 2001 年版,第 134 页。

⑤ 沈从文:《19490920 致张兆和》,《沈从文全集》(第 19 卷),北岳文艺出版社 2001 年版,第 56 页。

第一章 土改叙事与时代语境

平衡，在符合政治主题的前提下用心经营文学本体的叙述，避免落入工具化的窠臼。这大约是沈所能达到的政治化写作的极限了，他对叙述方法和文学语言的个性化追求与社会主义现实主义文学所要求的通俗易懂、明白晓畅的艺术风格大相径庭。可以猜想，这种另类的土改叙述在当时的文化氛围中是很难发表的，即便发表，也会招致激烈的批评。这也许就是作者将这两篇作品秘不示人的主要原因。

《中队部》的特色在于以打电话的方式反映了土改工作的进程，只有汇报方的语言记录，上级的答话没有出现，读者可根据上下文的语境揣摩其大意。这种新颖的叙述方式在并不连贯的只言片语中描述了重要的事件，不是常见的平铺直叙的写作方式。沈从文并不是第一位用电话记录方式写作的作家，30年代施蛰存的《薄暮的舞女》也采用了这种方式来写作，以舞女与老板、熟客、情人的电话记录连缀成篇，舞女对老板态度的强硬、对熟客的客气婉拒、得知情人破产的失望都表现得淋漓尽致。虽不及施蛰存运用得更为圆熟妥帖，也可看出沈从文还未忘却文体实验，力图用多样化的叙述手法来表现一个常见的文学主题。《财主宋人瑞和他的儿子》以戏谑的笔法写出了地主的吝啬、无赖以及不可避免的没落命运，读来并不觉得可气可恨，反而觉得其可怜可笑。政治主题下的日常生活细节，工具本位下的文体叙述实验，宣传主旨下的嘲讽喜剧色彩，意味着沈从文的个人文学追求与政治化的文学之间难以协调的矛盾。他按照自己的步伐向前迈进，即便遵守了红绿灯的规则，也无法回到革命队伍中来，他对文学本位的坚持在众口同声的时代大合唱中注定是寂寞的。

在当时的文学体制下，一部分不合规范的作家失去了发表作品的机会，在文坛中遭受冷落，[1] 而能在官方刊物上发表的作品也在目光犀利的批评者的检验下发现了问题。秦兆阳的《改造》描写了破落地主王有德如何从一个不事生产的窝囊废转变为自食其力的劳动者的过程，由于作品塑

---

[1] 例如，1952年沈从文为了发表小说《老同志》，不得不向老友丁玲求助："望为看看，如还好，可以用到什么小刊物上去，就为转去，不用我名字也好。如要不得，告告毛病。多年不写什么了，完全隔了。"但这篇文章辗转多家刊物，在沈从文生前一直未曾发表。对于沈从文来说，新作难以发表，旧作也已销毁，这使得他逐渐在当时的文坛上销声匿迹。见沈从文《19520818致丁玲》，《沈从文全集》（第19卷），北岳文艺出版社2001年版，第353页。

上编 土改文学综论

造的是一个无能软弱、没有生存能力的地主，在宣传效用上不能给读者以深刻的阶级教育，很快受到了严厉的批评，《人民文学》第 2 卷第 2 期《改进我们的工作》中，编辑部检讨本刊物发表了很不好的作品。徐国纶的《评〈改造〉》指责作品毫无价值，"写消极人物的转变，英雄人物的成长，都会给我们以教育和力量，写地主阶级的改造，给我们什么呢？"① 罗溟的《掩盖了阶级矛盾的本质》认为作品没有阶级观点。② 秦兆阳的《对〈改造〉的检讨》认真地检讨自己没有写出地主阶级反动本质的一面，过于追求趣味。③

随着"典型论"、"本质论"等文学批评原则的逐渐盛行，因为1950 年《说说唱唱》第 3 期、第 4 期连载了小说《金锁》（淑池），作为主编的赵树理受到了批评。邓友梅指出，"这篇小说看不到金锁有什么反抗，对地主有什么憎恨，有的只是对地主的羡慕。"④ 他认为作品中的金锁是个地痞形象，这是对劳动人民的污蔑。熟悉农村生活的赵树理在检讨时也做了一点辩护："我所以选登这篇作品，也正因为有些写农村的人，主观上热爱劳动人民，有时候就把一切农民理想化了，有时与事实不符，所以才选一篇比较现实的作品来作个参照。"正是因为这点辩护，赵树理又很快做了《对〈金锁〉问题的再检讨》。⑤

赵树理希望创作出形式上农民喜闻乐见，内容上又能为党的政策起到宣传作用的作品，"在党的政策与农民的利益相对一致的基础上，赵树理的创作也就取得了一种内在的和谐。但党的政策或当党的干部作为违背了农民的利益，赵树理必然要为农民据理力争，从而显示出他的创作的批判性锋芒。"⑥ 这种"为民请命"的批判性原本隐藏在"大团圆"的结局中，并没有引起太多的关注，在政治对文学的要求愈来愈严格的情况下，赵树

---

① 徐国纶：《评〈改造〉》，《人民文学》第 2 卷第 2 期。
② 罗溟：《掩盖了阶级矛盾的本质》，《人民文学》第 2 卷第 2 期。
③ 秦兆阳：《对〈改造〉的检讨》，《人民文学》第 2 卷第 2 期。
④ 邓友梅：《评〈金锁〉》，《文艺报》1950 年第 2 卷第 5 期（总第 17 期）。
⑤ 赵树理：《〈金锁〉发表前后》，《文艺报》1950 年第 2 卷第 5 期（总第 17 期）。《对〈金锁〉问题的再检讨》，《文艺报》1950 年第 2 卷第 8 期。
⑥ 钱理群：《1948：天地玄黄》，中华书局 2008 年版，第 192 页。

第一章 土改叙事与时代语境

理式的农民本位的创作已经无法满足"党的文学"的要求,失去了"方向"的指示作用。赵树理在1948年发表的《邪不压正》就遭遇了截然不同的评价,赞许者与反对者针锋相对,而到了1950年,竹可羽发表了两篇总结性的评论文章,指出作者塑造的人物形象过于软弱,"作者善于表现落后的一面,不善于表现前进的一面,在作者所集中要表现的一个问题上,没有结合整个历史的动向来写出合理的解决过程,"[①] 对于文艺界来说,这样的批判仅仅是一个开端,之后丁玲、周立波等一大批解放区作家受到了严厉的批判。在高度政治化的年代里,文艺创作遭遇到了过于严酷的外部条件,这也是新区土改轰轰烈烈,而相关的作品却良莠不齐的原因之一。到了适宜的气候条件下,文学的百花园才呈现出欣欣向荣的热闹景象,关于土改的叙事才有了丰富多彩的多元书写。

第三节 别样的叙述:多元文化背景下的历史书写

解放区的作家是自觉地按照延安文艺座谈会的精神去书写土改的,在认真学习领会党的政策文件之后,将自己亲历的土改事件小心翼翼地经过政治立场的审视过滤,细致地表现出农民阶级如何在党的引导下觉醒、斗争和翻身的全过程,从而体现出"从胜利走向胜利"的历史必然性。这些关于土改的主流叙事"表现了一个带有必然性的历史命题(腐朽的封建制度与阶级统治必然被共产党领导的农民的阶级斗争所推翻)的完成,同时又蕴含着(或者说许诺着)一个乌托邦的预言:取而代之的将是一个'人民当家作主'的新社会与新时代"。[②] 这种历史代言式的胜利者书写在其后张爱玲等作家笔下受到了质疑,知识分子话语和当时权威话语发生了碰撞,一些作家开始关注个体存在的价值和意义。台湾地区出现的"战斗文学"在意识形态上与大陆的土改文学形成了极端的对立,全面否定了土改

---

① 竹可羽:《评〈邪不压正〉和〈传家宝〉》,《人民日报》1950年1月15日。另一篇评论文章《再谈谈〈关于邪不压正〉》对于作品进行了更为细致的分析,刊于《人民日报》1950年2月25日。

② 钱理群:《1948:天地玄黄》,中华书局2008年版,第168页。

的价值意义。到了20世纪80年代，刘震云、莫言等新历史主义作家则以游戏和调侃的叙事态度对正统历史进行了彻底的颠覆和消解。部分土改的亲历者也在新的历史条件下回溯那段难以忘却的历史，在摆脱了政治话语的束缚之后，书写出自我记忆中的土改现实。

土改作为历史上真实发生的事件，在不同的时空下得到了异样的表达。这正是"讲述历史的时代"对于现实的阐释和历史的重构。

一 人性立场：个人视角中的土改

较早对于政治规范下的正统土改小说叙事模式进行质疑的是著名小说家张爱玲。"丁玲、周立波的小说飞扬跋扈，正是张爱玲所要敬谢不敏的反面教材。在这方面，《秧歌》有深刻回应。"① 她大胆地揭露了农村土改过程中出现的问题，与大陆正统的土改小说一味地歌颂光明形成了鲜明的对照。撇去意识形态因素不谈，张爱玲对于复杂人性的把握以及生活细节的描摹还是相当准确传神的。小说所反映的现实在其他文本中也可找到，抢粮的情节与《犯人李铜钟的故事》不无相似之处，用牲畜拖拉地主的情形作家孙犁也曾目睹，② 村干部欺压百姓在《邪不压正》中也有所揭示。与张爱玲的"反共"立场不同，女作家韦君宜则是久经考验的共产党员，但是她在《露沙的路》中反思知识分子的成长之路，同样以个人化的视角对土改过程中出现的偏差给予深切的思考。

四五十年代的大陆土改小说将土改描述为一场受压迫的农民阶级获得生产资料翻身做主人的伟大变革，而实际上，由于种种实际因素的制约，这场运动并没有完全达到预想的效果，"土地改革及其后的集体化不但没有解放农民，给贫苦农民以权力，反而将乡村中的权力交给了地痞和懒汉，即是说，革命并不意味着被压迫者对压迫阶级的胜利，而是使中国社会的不良分子得以掌权，且使潜存于中国文化中的恶劣习性与态

---

① 王德威：《三个饥饿的女人》，《如何现代，怎样文学？十九、二十世纪中文小说新论》，（台北）麦田出版有限公司1998年版，第343页。
② "当进行试点时，一日下午，我在村外树林散步，忽见贫农团用骡子拖拉地主，急避开。"参见孙犁《陋巷集·〈善闇室纪年〉摘抄》，《孙犁全集》（第8卷），人民文学出版社2004年版，第16页。

第一章 土改叙事与时代语境

度泛滥成灾"。[①] 张爱玲、韦君宜的小说关注了在以往土改小说中被遮蔽的细节,这些都是先前的作家讳莫如深的。

一方面,作品从知识分子的个人视角来重新观照这场运动,采用第三人称限制叙事,而不是以往惯用的全知全能的宏大叙事。小说坚持表达知识分子的真实感受和体验,以外来的知识青年的敏锐眼光发现了运动中的偏差。难能可贵的是他们还坚持思想的独立性,保持对于现实的批判精神,没有完全被外在的扭曲环境所压垮。借用《赤地之恋》中男女主人公关于唱歌的对话,可以将他们称为"大合唱中的不出声者"。合唱作为革命过程中重要的集体活动,他们必须无条件参加,但他们选择了张口而不发声。他们的力量非常薄弱,对于现实他们无力抗争也无法改变,只好采取这种消极方式,表面上装作顺从,骨子里却是与主流不合作。他们的看法与主流话语不相契合,又无法真实地表达出来,只是腹诽而已。当一位曾积极参加抗日活动的地主被批斗时,露沙只能隐晦地向丈夫表达自己的不满,"是党的方针政策变了,这些乡下人怎么能懂?"[②] 她没有一味地盲从现行的政策,对于出现了偏差的革命运动产生了质疑。

另一方面,作家从人性的立场出发来观察土改运动,由于先验的阶级性,对于地主的斗争是合法的,而在具体的斗争方式上往往是残酷无情的,超出了法令的界限。一旦被划为地主,不仅个人财产全部要充公,而且人的尊严荡然无存,精神上被打倒,甚至肉体被消灭。《赤地之恋》中由于缺乏斗争对象,中农唐占魁被划归为斗争对象,对他的"罪行"的诉苦实际上是有组织、有预谋地歪曲事实。原本具有政治意义的"诉苦",变成在物质利益的驱动和村干部的威逼诱导之下而发生的一场经过精心编排的好戏。为了挖浮财,农会对地主严刑拷打,甚至孕妇也不放过,最终富农被枪毙,地主韩廷榜则被"碾地滚子"的酷刑折磨致死。"刘荃与黄绢呆呆地站在那里看着。那骡车横冲直撞,就像是一辆机件坏了的汽车,仿佛随时都可以疯狂地冲到他们身上来……心里也不知道是什么感觉,就

[①] 张佩国:《中国农村革命研究中的叙事困境——以"土改"研究文本为中心》,《中国历史》2003年第2期。

[②] 韦君宜:《露沙的路》,人民文学出版社1994年版,第165页。

像整个人里面都掏空了似的。"在这里,"诉苦"是欲加之罪,"斗争"是惨不忍睹,而"翻身"成了强颜欢笑。在新年,村民们在干部的组织下,扭着秧歌给军属拜年,脸上的红胭脂异常显眼,那锣鼓声如同蒙着布听起来非常微弱。在张爱玲的笔下,强迫性的红火热闹显得那么扭捏虚伪,传统土改小说中幸福欢腾的热烈场景构成戏剧性的反讽。

二 消解神圣:后现代式的解构叙事

20世纪80年代以来开放的文化语境为年轻作家们重新审视土改的历史提供了可能,他们对于原有小说政治化叙事非常不满,着力淡化历史的政治痕迹,力图展示个人化的创作立场。王又平指出,"80年代中期以来作家以自己的历史观念和话语方式对某些历史事件和历史叙事的重新陈述或再度书写,其目的在于改写、解构或颠覆被既往的话语赋予特定价值和意义的历史叙事"。①

首先,立意在解构权威话语,消解神圣。作家尤凤伟缺少土改的亲身体会,也缺乏时代氛围的感染,他只能通过对于历史资料的阅读考察和与老一辈人的交流获得对于土改的粗浅认识。而他对于土改的第一印象正是来自经典的土改作品,"开始我全盘接受,认为土改就是书上描写的那么回事,也认同'残酷斗争'万岁。但后来接触到社会,特别是农村,才发现许多事本不是书中所描写的那样,甚至是南辕北辙的。"②"这些作品思想上的局限是明显的,艺术上的缺陷也是无须讳言的……与真正意义上的文学相去甚远。"③ 原先小说中土改的重大意义被世俗的欲望和戏谑的态度所消解,传统的公平正义和道德标准消失得无影无踪。《故乡天下黄花》中大量偶然事件的发生改变了正统叙事的既定程序,老贾组织的和平土改虽然顺利完成了分地的任务,但没有充分发动群众,被上级严厉否定。继而开始了血雨腥风的二次土改,地主李文武被意外

---

① 王又平:《新时期文学转型中的小说创作潮流》,华中师范大学出版社2001年版,第325页。
② 尤凤伟:《关于〈小灯〉》,《中篇小说选刊》2003年第4期。
③ 尤凤伟、何向阳:《文学与人的境遇》,《当代作家评论》1999年第2期。

第一章 土改叙事与时代语境

打死，儿子李小武带领部队回乡报复。革命政权中地痞流氓掌握了权力，胡作非为。马村发生的一场场人间惨剧，正是在权力的摆布下形成的欲望的角斗场。

其次，发掘复杂人性，再现另类历史。土改是以一个阶级对另一个阶级的斗争来改变农村的权力结构的。一些作家通过挖掘土改过程中导致的人性扭曲来反思这场历史运动，张炜的《古船》从受害者的角度表现了土改给地主子女带来的心灵的痛苦、精神的虐杀。尤凤伟的《诺言》更是通过一个纯真美丽的地主女儿所具有的人性之美，来传达作家对于人性立场的坚守。传统土改小说中的善恶分明、明显对垒的二元结构在新的文本中被消解，人物形象开始变得血肉丰满。为了激发阶级仇恨，原先的反面人物个个都是狡猾阴险、无恶不作，其罪恶越多越集中，斗争就会进行得越发顺利。《故乡天下黄花》中的地主家业不是巧取豪夺而来的，"一开始是刮盐土卖盐，后来是贩牲口置地，一点一点把家业发展起来的"。[①] 地主与佃户的关系也是比较和谐融洽的。有的小说还巧妙地展现了经典的土改叙事是如何通过扭曲现实呈现出来的，《生死疲劳》中的地主西门闹是一位乐善好施、受人敬仰的开明绅士，土改中被自己的三姨太秋香出卖，经过一场民怨沸腾的清算大会之后，他戏剧性地成了罪恶滔天的恶霸地主，"搜刮民财，剥削有方，抢男霸女，鱼肉乡里，罪大恶极，不杀不足以平民愤"。[②]

最后，叙事手法多样，形式灵活多变。相对于传统现实主义叙事手法的单调呆板，新的小说叙述则采用虚构、戏谑、反讽、夸张、比喻、象征多种艺术手法，作品呈现出多元的艺术面貌，表达自己对于历史的独特理解。《故乡天下黄花》（刘震云）具有浓郁的喜剧色彩，在一次次的杀戮斗争之后，读者对人的存在价值和世间的游戏轮回产生怀疑，产生一种面对命运的无力感和世界的荒谬感。《丰乳肥臀》（莫言）则展开丰富的想象，在传奇性的故事叙述中，历史的厚重内涵已经完全淡化，在感觉化的语言狂欢中完成了兴之所至的历史虚构。《生死疲劳》（莫

---

① 刘震云：《故乡天下黄花》，人民文学出版社2009年版，第19页。
② 莫言：《生死疲劳》，作家出版社2012年版，第21页。

言）更是一部匪夷所思的人畜生死轮回的寓言故事，其中由地主自己讲述土改的经历，可谓视角独特。此外，新时期作家不再像之前追求宏大开阔的史诗性，关于土改的叙事都是历史长河中零碎的片段，很少出现专门讲述土改的长篇巨著。

三　黑白颠倒：对立意识形态的反面书写

50年代初，台湾文坛出现了"战斗文学"的潮流，一批作家怀着家园之痛与怀乡之情，秉持"反共复国"的信念，对共产党领导的革命运动进行了恶意的攻击，当然也包括刚刚在大陆完成的土改。比较典型的是陈纪滢的《荻村传》（1951年初版）和姜贵的《旋风》（1952年完成，1957年自费出版，1959年正式出版）。虽然二人的小说中都涉及了土改，但他们并不是大陆土改的亲历者，土改所需的材料多是道听途说的。陈纪滢是将父母从老家接来，在唠家常的时候知道了故乡发生的一切。姜贵则在少年时抗婚离开了家乡，抗战胜利后一直在上海任职。[①] 正因为作者现实经验的不足，小说中的土改场景多了些虚构的想象，再加上敌对的意识形态与难以割舍的深切乡愁，对于共产党领导下的土改颇多微词，甚至是在道德层面毫无根据的丑化与嘲弄。

从结构上看，这两篇小说基本上是以土改发生为界，前半部分纪实，后半部分虚构。这显然与作家的人生经历有关，他们年少离乡，闯荡世界，现在又刚经历战争与人事沧桑，身处遥远的孤岛之上，再也无望回到故园。故乡只能存活在悠远的记忆中，隔着时空的界限，这份记忆更显得十分鲜活而珍贵。小说对于自己家乡风俗的描写，村中各色人物的描摹，各种趣闻逸事的书写，都别有韵味，亲切温馨。

夏志清对姜贵的评价很高："他正视现实的丑恶面和悲惨面，兼顾

[①] 姜贵在1937年抗战从军，后升为上校，抗战胜利后参与接收上海，"1946年姜贵辞去军职，稍后在上海出任中国工矿银行总管理处秘书，兼江海银行总行秘书长，且担任永兴产物保险公司业务副理。1948年12月举家到台湾，住在台南十七年。起初经商，后来经营失败，逐渐以写稿卖文谋生。"（见蔡登山《从一篇佚文看姜贵与苏青的一段情》，《名作欣赏》2011年第13期。）从其经历可以看出，姜贵并没有农村土改的实地经验。有关陈纪滢写作《荻村传》的缘起及过程，参见陈纪滢《荻村传·序》，（台北）重光文艺出版社1955年版，第1—5页。

第一章 土改叙事与时代语境

'讽刺'和'同情'而不落入'温情主义'的俗套，可说是晚清、五四、三十年代小说的集大成者。"①《旋风》则以诸城相州自己的家族史为蓝本，讽刺了家族内部的荒淫腐败，人性的卑劣无耻。"《旋风》里人名、地名多用了谐音或真名，前半部分几乎可以称之为纪实小说……情节脉络也基本上都是以真实的历史故事为依据，小说里韩信坝、小梧庄等的村庄名字也是实用的地名。人物名称多是真实人物名字的谐音。"②

也许是出于怀旧的补偿心理，故乡过去的一切都是如此的美好，令人怀念，特别是过年时的地方习俗，人群的喧闹欢快，在两部小说中都有描写。《旋风》中写到方镇过年祭祖要用微山湖的湖鱼，地位越高供的鱼就越重。大户为过年准备的干粮要装满四五十个大瓮，选年画、写春联是如何的讲究。《荻村传》中更是细细地列举了过年时的玩意儿，耍狮子、跑旱船、高跷、花落子、飞钗、龙灯舞、说书、杠箱等，这些活动一连举行四天，成了村民们一年一度的狂欢节。"记忆所以具有治疗作用，是因为它具有真理价值。而它所以具有真理价值，又是因为它有一种保存希望和潜能的特殊功能。"③ 正因为潜意识中的怀乡情结，越是对过去美好记忆的留恋，越会对现实中的状况产生失落感，记忆既是疗治乡愁的良药，也是激发不满情绪的媒介。小说的后半部分写到新政权进行的土改，将这一切和谐安稳的乡村图景彻底地破坏掉了，安详的人间乐园瞬间沦为充满罪恶的索多玛城。《旋风》中方天艾为明哲保身认被奉为"方镇革命之母"的娼妓为干娘，方天苡为保住前途出卖自己的父亲和族兄，而对革命忠心耿耿的方祥千和方培兰则被抓起来，心中充满信念破碎的失

---

① 夏志清：《姜贵的〈重阳〉代序——兼论中国近代小说之传统》，《重阳》，(台北)皇冠出版社1973年版，第9页。

② 王瑞华：《隔海相叙：王统照、姜贵海峡两岸的家族写作》，《文学评论》2010年第6期。关于姜贵的家族成员，比较有意味的是姜贵(王意坚)与王统照、王愿坚的关系，王文对于王统照的《春花》与姜贵的《旋风》中的人物及原型进行了细致的对照，关于王愿坚与姜贵的关系，参见王瑞华：《兄弟难怡怡——王愿坚、姜贵在海峡两岸》，http://blog.sina.com.cn/s/blog_5a674cd80100fv4t.html。关于《旋风》中的社会生活，参见张汉的《姜贵的长篇小说〈旋风〉与民国山东社会生活一瞥》，http://zhanghan.blshe.com/post/10349/548606。

③ [美]赫伯特·马尔库塞：《爱欲与文明——对弗洛伊德思想的哲学探讨》，黄勇、薛民译，上海译文出版社2005年版，第12页。

望。一切秩序被颠倒了,所有规则被打翻了,"正因为把不可能变为可能,一切反传统,反伦常,打破道德观念和姑息惰性,用残杀制服怕死而求生的本能,用事实夸张它的成功。"革命犹如所罗门的瓶子中释放出来的魔鬼,人们好不容易盼来了革命,而革命的后果却是出乎意料,不受人们控制的。大陆作家笔下胜利狂欢的热闹景象在台湾作家这里成了阴森凄惨的黑暗世界,《荻村传》的结尾让人心悸:"白天,荻村是兽世界;晚上,荻村是鬼天下。无数的冤鬼,黑影幢幢,在街心蠕动。尖利凄惨的哭声,常从村四周的苇濠内发出。荻村人民在天一黑时就躲在屋子里不敢动弹,阵阵的哭声,往往使共产党干部们冲着苇濠放起枪来,然而枪声越响,哭声越大。这时狗夹着尾巴藏在枪下,鸡不啼,鸟不语,连草虫儿也停止了歌唱。"①

最引人注目的是作品在伦理道德层面对土改进行的污蔑,《旋风》中的村庄土改后成了淫乱糜烂的世界,只要有钱就能与原地主夫人过夜,另有专门的医生负责女子堕胎。《荻村传》中傻常顺儿翻了身,被任命为村长,工作队先是把张举人的爱女龙妹许配给他为妻,新婚之夜过后,龙妹疯了,她的母亲上吊自杀。不久,又让他和大一辈的大脚兰儿结为夫妻。"除了逼着大脚兰儿配嫁傻常顺儿以外,更使西头一家亲兄妹二人成了亲,北头一家父女俩结了婚,亲婶娘嫁给侄子,外孙女许配给外祖父。"②将地主家的女人当作浮财分配给贫雇农在某些地区的土改中确实存在,但是以反传统的名义不顾人伦让有亲密血缘关系的人结为夫妻的描写确实是子虚乌有。③这种有违基本伦理的行为比起单纯的杀戮更能引起读者的愤慨,显而易见的是,这是作者出于"反共复国"的意识形态而强加于作品的艺术败笔。这种毫无事实依据的攻击和想象在50年代的台湾文坛还颇为盛

---

① 陈纪滢:《荻村传》,(台北)重光文艺出版社1955年版,第208页。
② 同上书,第169页。
③ 有研究资料指出,"部分地主的妻女也被当成浮财分给雇贫农中的光棍汉。莒南县路镇区分了30多个地主女人,坪上大坡村有个年轻的地主老婆分给一个贫雇农老头,年龄极不相称,女的不肯,后村干部硬逼去。到了晚上,群众听窗的,见了老头睡在床上,女的蹲在地上,一夜没说一句话。"参见张学强《乡村变迁与农民记忆——山东老区莒南县土地改革研究(1941—1951)》,社会科学文献出版社2006年版,第194页。

第一章　土改叙事与时代语境

行,诗人墨人在《哀中国》中写道:"他们鼓励乱伦/实行配给婚姻/不问年龄大小/长幼尊卑/共产党有权指定/只要是——/男人和女人/就可以结婚/不问女儿和父亲/因为这样很合乎唯物论。"① 这种情绪化的谩骂毫无诗歌的艺术性,只能反映出诗人心底的脆弱和无知。

两位作者的反共立场是十分明显的,姜贵的《旋风》曾以《今梼杌传》为名,梼杌即是古之人面虎足猪牙的恶兽,寓意"纪恶以为戒也"。陈纪滢在序言中曾表明对于土改的态度,"傻常顺儿能翻身代表着一个时代,好一个惊天动地的喜谑残酷的时代!喜的是劳动者应该享受他应得的权益,我们站在人类平等立场,不但不反对,而且双手赞成;谑的是连他们自己都没法子受用他们那一身荣耀。……人类生而平等,以民主自由思想为出发点,我们拥护真正劳动大众实行参政,但是代议制的;如今天共产党以利用土包子消灭知识分子的办法,不但不会成功,也必然是他们所谓的一种包袱,一种永远装满错误,而不能补救的包袱。"② 但是,文学作品并不是作家立场的简单再现,作品的价值要由文本自身来证明,不能仅仅因为意识形态不同而全盘否定。《获村传》中提到的"望中央"大会,把"国特分子"用滑车向木杆顶端拉,下面的人问"国特分子"见到老蒋了吗,如果说没见到就继续往上拉,如果说见到,拉绳的人就突然松手,让其从高处坠下。这种情景在大陆的文学作品中也有描写,如《露沙的路》、《缱绻与决绝》,不少党史资料也有记录。③ 这里出现的是原来在经典土改小说中避讳的暴力细节,当然也是迁台作家对于激进土改不满的原因。土改中出现的"左"的错误是在党史资料中已经记录下来,而且当时中央及时发现了问题进行了政策的调整和补救。对于无理的道德污蔑我们要严肃地指出错误,但是不能因为港台作家对于土改中的暴力行径有所揭

---

① 转引自刘登翰等主编《台湾文学史》(下),海峡文艺出版社1993年版,第33页。
② 陈纪滢:《获村传》,(台北)重光文艺出版社1955年版,第4—5页。
③ "望蒋杆"的描写具体见赵德发《缱绻与决绝》,人民文学出版社1996年版,第161页;韦君宜《露沙的路》,人民文学出版社1994年版,第155页。党史资料的记载参见中共东阿县委党史资料征集研究委员会编《东阿党史资料》(第三辑),第148页。中共齐河县委党史研究室《中共齐河地方史(1921年—1949年)》,第185页,中共贵州省委党史征集办公室冀鲁豫小组编《冀鲁豫党史资料选编》(第一集),第22页,从多处资料的记录来看,这种"望蒋杆"的斗争形式在当时是相当的普遍。

露，就给予粗暴的否定。

总的来看，迁台作家的所谓"反共文学"关于土改的描写仅仅是作品所要描写的村庄史、家族史的一部分，且多虚构不实之处，语言粗疏浅陋，艺术性较差，与前半部笔触的细腻温婉形成了鲜明的对照。其目的在于"卒章显其志"，突出其反共的思想主题。由"光明到黑暗"的故事情节的展开反映出迁台作家被迫离开故土，遭受到"国破家亡"的心理创伤，这种"盈盈一水间，脉脉不得语"的乡愁才是作家进行创作更为深层的心理动机。对于这些意识形态对立的作品，仅仅看到"反共"的标签而大加鞭笞便会遮蔽文本传达出的复杂信息。

四　反思历史：穿越时空的个体记忆

一部分土改亲历者在时隔半个世纪之后，拿起笔来书写这段萦绕在脑海中的记忆，时光荏苒让他们对历史保持着冷静客观的态度，开放的语境可以让他们摆脱主流意识形态的侵扰，秉笔直书自己的独特感受。比较有代表性的作品有香港作家寒山碧的《还乡》，大陆作家马烽的《玉龙村纪事》，程贤章的《仙人洞》。虽然作家的人生经历、艺术修养和所处地域环境有所不同，作品的艺术水平也参差不齐，但这种个人史的书写是对主流叙述的一种反拨和挑战，为读者提供了一个鲜活真实的历史境遇，为探寻历史真相提供了一条捷径。

首先，作为土改事件的亲历者，他们对此记忆深刻，感慨颇深。在土改已经成了明日黄花不再为大众关注的时候，他们以书写的方式开始反思那段众说纷纭的历史。隔着时空的距离，亲历者少了几分身在其中的迷茫和愤激，多了几分超然物外的思索和冷静。寒山碧在《还乡·后记》中说，"这个发生在二十世纪五十年代的故事，我很年青时就想写了，来港初期故事里的人物就像电影似的在脑际萦绕，令人无法入眠。可惜当时我只是一个一无所有的难民，必须营营役役为稻粱谋，才可避免饿馁，根本不可能旷日持久地搞文学创作，更不要说写不能换钱的长篇小说了。这样，年青时的夙愿也就延宕三十多年没法实现，我也一直担心随着年华老去，说不准哪一天突然会把青年时的梦带进棺材，让满脑子影象随烟而

第一章 土改叙事与时代语境

散,未能在世间留下点滴印记。"① 马烽作为在当代文学中颇为活跃的作家,他积累了土改的素材而迟迟没有动笔,原因不是如寒先生那样忙于生计,而是怯于经典土改小说的广泛影响而产生了创作上的焦虑。"全国解放以后,我读到的第一部反映土改的长篇小说是丁玲的《太阳照在桑干河上》,接着又读了周立波的《暴风骤雨》。读完这两部巨著,我写长篇的计划就打消了。因为不论是东北还是华北,土改的做法、过程大同小异,而我对这些生活的理解并不比别人深刻。另外是自己的文学素养、写作水平都无法与两位老作家相比。要想达到他们那样的水平,自知力不从心,勉强动笔,很可能成为拙劣的模仿之作。"② 最后,马烽选择描写土改之前的农村发生的变动,"山雨欲来风满楼"的复杂情景这对于革命土改小说的正面描写是一个有益的补充。

正如鲁迅先生所说:"感情正烈的时候,不宜做诗,否则锋芒太露,能将'诗美'杀掉。"③ 虽然时隔多年再回顾往事,某些细节会变得模糊不清,时间的沉淀让回忆变得更加醇美甘香,回味无穷,更重要的是,文化语境的变化使作者不必拘泥于旧有的表达模式,也不必担心自己的书写会带来严厉的批判,拥有了更加自由的表达空间。经历过土改的人虽然很多,能够将其用文学的方式表达出来的很少,而20世纪末重新审视土改的亲历者更是凤毛麟角,作品数量虽不多,但反映的历史真实和思想内涵丰富了土改叙事的多样性,值得进一步深入探讨。

其次,这几部作品具有强烈的真实感,记载了作家个体的心灵激荡,反映出土改时农村复杂的现实状况。寒山碧的《还乡》是以一个阔别家乡多年的游子林焕然的回忆为主线,展示了土改、反右、大跃进、大饥荒等一系列重大社会历史事件,作者不是从一个全知全能的角度全方位地描述生活,而是有意选取少年时期的诠仔的视角来揭示这些事件的发生对于个人及家庭产生的重大影响,反映了一个边缘化的知识分子的精神苦难史。有学者认为,"我之所以肯定《还乡》对历史的反思,更主要的是基于作

---

① 寒山碧:《还乡·后记》,(香港)东西文化事业公司2001年版,第495页。
② 马烽:《玉龙村纪事·后记》,《黄河》1997年第3期。
③ 鲁迅:《〈两地书〉三二》,《鲁迅全集》(第11卷),人民文学出版社2005年版,第99页。

品对那段历史的高度真实","《还乡》之所以给我以深刻印象,最主要的是,它揭示了历史过程深处的真实。什么是历史深处的真实?就是发生于五六十年代的这场革命对人心、人情和人性的巨大突破。"①

少年时期的诠仔是一个无忧无虑、备受呵护的孩子,土改的到来犹如一场突如其来的风暴,彻底改变了他的生活。在土改中,他和家人被揪回家乡批斗,所有财产被没收,养父失去了往日的威严,变得萎靡不振,养母不堪受辱上吊自杀,原本和善的乡亲们也都变得冷漠自私,受过林家不少恩惠的羊婶反戈一击,使这个家庭沦入万劫不复的境地。诠仔从高高在上的富家子弟一夜间跌到了社会的最底层,突然的巨大变故让他对世界产生了恐惧和失落。在经典的土改小说中,地主阶级都是罪有应得的,对地主的斗争是具有先验的政治合理性的,地主在斗争中是没有发言权的,在斗争之后地主的生活也在农民胜利的狂欢中消失了。《还乡》非常有意味地展示了地主儿子眼中的土改,生活中翻天覆地的变化对其心灵造成的撞击,人情人性在这场变故中遭受了严峻考验。这对于主流话语中只反映被压迫者的翻身过程是一个重要的补充,颠覆了政治化文学对土改书写的垄断。这种锥心刺骨的内心感受要比新历史作家大加渲染的暴力书写更加令人震撼,身体遭受的暴力不过是肉体的痛苦,心灵的伤害却是很难愈合的。

马烽的《玉龙村纪事》"写的只是土改前夕一个村庄里的动态,一些人物素描,一些民情风俗","比较真实地反映了那个时代农村阶级斗争的一些情况"。② 小说成功塑造了"讨吃老财"、"善财主"两类地主的形象。"讨吃老财"过日子十分抠门,全家人天天吃稀饭糠窝窝,穿的都是补丁衣服,每到冬日就到外村去讨饭,家里的粮食却放得发霉。"善财主"与长工佃户的关系十分和睦,并不是主流话语中强调的剥削对立关系,因为对雇工和气大方,雇工的工作效率要比别家的快一倍。他家还有免费的碾盘让乡亲去用,剩下的麸子也让用碾的人带走,在乡里有很好的口碑,享

---

① 房福贤:《历史之思·青春之祭·家园之恋——读寒山碧的长篇小说〈还乡〉》,林曼叔、孙德喜编《寒山碧作品评论集》,(香港)文学研究出版社2006年版,第175—176页。
② 马烽:《玉龙村纪事·后记》,《黄河》1997年第3期。

第一章 土改叙事与时代语境

有很高的声望。这两种地主类型也是革命的土改文学中从未出现过的地主形象，主流文学要渲染阶级仇恨，塑造的地主形象大多是无恶不作的恶霸，如《暴风骤雨》中的韩老六。事实上，农村中的恶霸地主毕竟是少数，还有不少靠勤俭持家的平民地主，"把中国一般中小地主描写成养尊处优、穷奢极欲的人物，我觉得是不太切当的。'一粥一饭'式的家训即使不能算是实况的描写，地主阶层平均所占的土地面积也可以告诉我们，他们所能维持的也不能太过于小康的水准。"①"讨吃老财"正如《儒林外史》中的严监生，是一个颇为传神的吝啬者形象，勤俭节约也是小生产者在风险极大的农业社会中自保的方式。"善地主"是一个文雅的开明绅士的形象，在小说中还是抗属，对这种劳动起家的地主和主佃关系良好的地主的描写在经典的土改小说中是没有的，这会动摇阶级斗争的行动逻辑。作品真实地还原了当时农村的社会状况，另类地主的形象丰富了现代文学的人物长廊。

最后，以客观冷静的叙事态度进行了深刻的历史反思。有论者评价寒山碧，"作者纵情描写这段历史风貌、历史景观、历史情境的态度和动机，自觉地采取了比较客观的审视，着重科学和历史的结论，而尽力淡化历史进程，其笔触没有过分渲染左倾思潮及其危害性，没有过分展露阶级斗争和政治力量在各种权力角逐中所造成的严酷性，没有通过人物心理异化描写而赤裸裸地诅咒社会现实的时弊，更没有把这种历史灾难的责任归罪于某一个领导者。而是对其政治背景与政治行为进行冷静的观察，理性的分析，再现那段历史的方方面面，做了冷化处理。"②小说在书写到极为敏感的私刑逼供的过程时，没有蓄意渲染刑罚的惨烈，而是简短的侧面描写。诠仔听到"祠堂方向传来一阵凄厉的撕裂人心的叫喊"，这样反而拓展了想象空间。作者没有简单地基于义愤对此进行激烈的批评，只是客观展示了在物质利益的驱动下这些"积极分子"进行的卑劣行径。养母邢傲梅受尽屈辱，愤而自杀，更展示了人的尊严的不可侵犯。诠仔原来过年归乡时

---

① 费孝通：《乡土中国》，上海人民出版社2007年版，第316页。
② 王祚庆：《历史的回音壁——读〈还乡〉印象》，林曼叔、孙德喜编《寒山碧作品评论集》，（香港）文学研究出版社2006年版，第171页。

上编　土改文学综论

何其热闹,土改之后的春节对他来说已经不是喜庆的节日,"对地富反家庭来说春节已没有什么意义,既没有钱过节也没有心情过节。年三十、年初一也跟平日一样,没有鸡没有鸭也没有串门拜年。固然没有人会来他们家拜年,他们也不想去别人家拜年,因为不受欢迎。"① 与土改结束的欢乐场景相反,地主家庭成了社会的最底层,他们所遭受的冷漠敌视与土改所追求的公平正义似乎构成了一种矛盾。虽然早先的政策规定地主劳动五年可以改变成分,事实上直到 70 年代末地主的"帽子"才被摘下来,地主家庭的子女都处在家庭认同与阶级认同的矛盾中。② 在诠仔的成长过程中,地主家庭的出身给他的心里蒙上了难言的心灵创伤,这才是极"左"政治给人们带来的精神戕害。

《仙人洞》(程贤章)中枪毙斗争对象时,群众要求在开阔的地方以便看热闹,"枪响,插上很高纸牌的罪犯立即应声倒地,红色的血柱像涌泉般喷向四周。'好!'围观的群众异口同声喝彩。'再加一枪!'围观者有人建议。不知是不是应群众要求。射击手对犯人加了一枪。但好比开水烫死猪,没有什么看头了。"③ 这种看客的心态在鲁迅先生笔下早有经典的描述,土改中人们的心态仍摆脱不了国民劣根性,将执行死刑看作有趣的热闹,无视死者的生命价值和尊严。主流话语中总是在表现农民的阶级觉悟如何提高,在思想观念上如何发生变化,而农民精神深处的劣根性实际上并未真正改变。在分配房子时,"上厅,下厅,正房,耳房,杂间,牛栏羊圈,样样拈签,拈了又说不公平,闹得个个嘴烂、舌干、翻白眼。"农民的小生产者的心态暴露无遗,那种大公无私的郭全海式的干部在现实中不见踪影。在分浮财时,"贫农宁可要棉被衣服、碗筷,谁也不要红木家具和明清陶瓷。有些帮丈量田亩的小学教师,常常喜出望外地得到贫协慷

---

① 寒山碧:《还乡》,(香港)东西文化事业公司2001年版,第163页。
② 1948年有政策规定,"凡地主自己从事农业劳动,不再剥削别人,连续有五年者,应改变其成份,评定为农民(按实际情况定为中农、贫农或雇农)。富农已连续三年取消其剥削者,亦应改为农民成份。"参见任弼时《土地改革中的几个问题》,中央档案馆编《解放战争时期土地改革文件选编》,中共中央党校出版社1981年版,第108页。直到1979年1月29日,中共中央做出《关于地主、富农分子摘帽问题和地、富子女成份问题的决定》,地主的帽子终于摘下来。
③ 程贤章:《仙人洞》,花城出版社2005年版,第66页。

第一章 土改叙事与时代语境

慨赠送吴昌硕的印章,甚至是时大彬的紫砂壶。真叫人为之咋舌!"① 这些无人问津的古董家具被分给了贫协的积极分子,农民的实用心态决定了他们只关心衣食住行的现实问题,无法理解古董的文化韵味,这些艺术珍品的被践踏、被忽视,更让读者反思小农思想的盛行对传统文化的传承发扬造成的裂隙。

土改作为中国现代历史发展中的重要事件,对于当代中国的社会发展、国家建构、文化意识走向均产生了深远的影响,自然也引起了几代作家的持续关注。

对于传统的土改小说来说,作家作为这场运动的亲历者,他们是最有可能呈现出历史真实风貌的人,他们也确实希望依靠自己的亲身经历,以现实主义的艺术手法反映生活的本来面目,表现了农民生活所发生的巨大变化。但是由于身处体制的管制,外在的政治规范的影响,作品由既定的政治观念出发,选择了更为典型的材料来进行创作。这种"客观村庄现实和党的建构之间的不一致"② 深切地反映出生活与创作、真实与虚构的裂痕,作家无奈地弱化了对于直面现实的批判精神,放弃了独立思考和价值追问,以圆满的想象性构造遮蔽了现实的欠缺。

正统的土改叙事致力于呈现历史不可阻挡的前进方向,它在文坛的霸主地位随着文化语境的改变也一落千丈,存在的弱点也暴露出来。后来者对权威叙事产生了逆反心理,试图重新叙述这段历史。张爱玲、韦君宜对土改的再书写出于知识分子的内心感受,展示了被遮蔽的细节真实,人性的视角深化了对于精神的建构,实际上也没有完全摆脱意识形态的影响,过于明确的创作目标显然影响了作家对于现实的深入开掘。直白的叙述、急迫的节奏使得作品出现的某些超越性思考一闪而过。50年代在台湾出现的反共作品则从相反的角度否定了土改的正面意义,有意扩大了土改的阴暗面,甚至从道德上加以诋毁,作品呈现了土改如何使村庄由宁静的桃花

---

① 程贤章:《仙人洞》,花城出版社2005年版,第67页。
② 黄宗智把官方(中国共产党及其政权)对于土改、农村阶级关系的叙述称为"表达性建构",相应地将当时农村各地的实际情况成为"客观性现实"。见黄宗智《中国革命中的农村阶级斗争》,黄宗智主编《中国乡村研究》(第二辑),商务印书馆2003年版,第73页。

源变成黑暗的魑魅世界的过程。作家急于用相对薄弱的材料表达明确的政治态度,这就限制了作品艺术层面上的表现。

新时期作家针对传统的土改叙事进行了解构,展示了被以往权威历史叙事所忽略的层面,还原了历史话语建构的真实性,对于单一的政治视角和人性观点进行了饶有意义的补充。不过,作家具有强烈的历史虚无感,在解构传统观念的同时,无力建构起新的历史观,在解除旧有的桎梏之后又陷入了新的泥沼。过于轻佻的写作态度限制了作家们对于历史深层真相的揭示,作品缺乏历史的厚重感和实在感。

其实,纯粹的客观真实是不存在的,要找到普遍认可的真实标准是很困难的,这几种不同的土改叙事文本,都具有某种真实性,都从某个角度反映了现实生活。可以说,没有正统的土改叙述,也就没有后来的小说对它的质疑和解构,它们的情节结构和叙事立场已在一定程度上构成了互文性。历史叙事本来就是多元的,多角度、全方位的不同书写,应该是文学对历史的应有姿态。如果对不同文本对照阅读、比较分析的话,我们或许可以对于这场渐行渐远的历史事件能有比较清晰全面的认识。"以史为鉴,可以知兴替",无论从现实层面,还是从文学角度,土改运动都值得进行深入的反思。

第二章 土改叙事与现代民族国家想象

安德森把民族国家称为"想象的共同体",土改文学在这一"想象共同体"的形成中发挥了重要的作用。土改文学记录了农村社会的巨大震荡,展示了农民在接受了阶级话语、改造乡村价值观念的过程中心灵变迁的轨迹,更为重要的是,其中包含着现代文学与民族国家叙事的深层关联。土改文学叙事用新的革命话语重新建构历史,颠覆了传统社会的乡村秩序,有效地转化利用了民间文化理想,确立了意识形态的权威性,参与了"新中国"的想象与建构。

第一节 "新中国":土改文学中的现代性想象

在民族危机意识的影响下,中国现代文学的一个基本主题就是关于"新中国"的想象与创造。刘禾认为,"'五四'以来被称之为'现代文学'的东西其实是一种民族国家文学。这一文学的产生有其复杂的历史原因。主要是由于现代文学的发展与中国进入现代民族国家的进程刚好同步,二者之间有着密切的互动关系。"[①] 对于中国现代文学当然可以从不同角度切入分析,而从民族国家角度可以更好地理解现代文学具有的鲜明的政治功利性。现代文学与民族国家的想象建构不可避免地从一开始就纠缠在一起,二者是一种互利共生的关系。文学作为重要的媒介,它以魔幻般

---

① 刘禾:《文本、批评与民族国家文学——〈生死场〉的启示》,唐小兵主编《再解读:大众文艺与意识形态》,北京大学出版社2007年版,第1页,着重号为原有。

的艺术魅力唤起了民众的爱国热情,建立起强大的民族认同感与情感凝聚力,在民族国家想象构建中起到了至关重要的作用。而建立一个富强民主的现代化国家成为所有有识之士的美好理想和奋斗目标,也为文学提供了重要的主题与素材,为现代文学的发展注入了生机和活力。

一 民族国家意识的觉醒与演进

自从晚清时国门被西方列强的炮弹轰开后,国人被迫睁开眼睛看世界,不得不正视古老中国与现代世界的差距。在丧权辱国的残酷现实面前,传统的"天下"世界观开始破裂,现代民族国家意识由此而生。"故今日欲救中国,无他术焉,亦先建设一民族主义之国家而已。"① 而要建设现代民族国家需要的是具有自我意识的现代公民,懦弱麻木的"老中国的儿女们"显然难堪此任。而要使国家获得新生,需要的不仅仅是外在的器物与制度,更重要的是内在的文化与精神。梁启超发现,"小说有不可思议之力支配人道故。"② 他将小说当作政治宣传的工具,希望以此来改变愚昧落后的国民精神。在亡国灭种的焦虑感驱使下,文学与富国强种的诉求紧紧联系在一起,义无反顾地承担起重塑中国形象的重任。

五四时期,以鲁迅为代表的知识分子以先进的西方文化为参照系,认识到了传统文化的落后性,他们笔下的乡土文学也体现了鲜明的文化批判色彩。五四时期的乡土文学描写了死气沉沉的农村景象、野蛮蒙昧的乡村习俗和贫苦无依的农民生活,更令人触目惊心的是民众精神上的麻木。故乡不再是远方游子心灵的港湾,而是一块尚未得到文明之光照耀的蛮荒之地。在启蒙理性的烛照下,作家希望以文学为武器,来唤醒"铁屋子"里诸多沉睡的人们,重塑国民灵魂。在现代性审美视野中,看到的社会必然是一沟死水,农民也是愚弱的"病人",这里的"病人"不是身体的孱弱,而是精神上的萎缩。"中国何以能富强,中国文化精神和政教制度何以能继续生存,是在与西方的社会制度和文化理念的民族生存中提出的关涉中

---

① 梁启超:《论民族竞争之大势》,《新民丛报》1902年4月8日第5号。
② 梁启超:《论小说与群治之关系》,《新小说》1902年第1号。

第二章　土改叙事与现代民族国家想象

国生死存亡的问题,它成为现代汉语思想的基本语境。"① 正是出于民族国家意识的强烈焦虑感,知识分子发现中国的落伍在于过度成熟的传统文化造就的麻木懦弱的国民性格,改造国民性也就成为当时乡土小说的普遍主题,其中折射出五四作家在现代化思想维度下对乡村社会的认知判断与农民形象的想象建构。

到了30年代,随着民族危机的日益加重,马克思主义阶级理论在中国的知识界得到了更为广泛的传播,农民开始承担起革命的历史重任,他们从孱弱愚昧的看客转变成觉醒的革命者。于是,这一时期对于现代民族国家的建构从渐进的精神文化层面转向了激进的社会革命斗争,文学的工具性更加明显。在国破家亡的危急时刻,爱国主义与民族主义具有了强大的凝聚力量,个人融入集体中获得了归属感。"现代文学把'我'从传统家族的束缚之中'解放'出来;然后,最终'时代'又把'我'整理成'我们',并且将我们祭献在民族主义的神坛之上。"② 五四时期打破了家族锁链得到解放的个人,现在又融入革命集体之中,人们不假思索地把自己奉献给祖国,他们相信只有获得了民族国家的独立解放才能获得个人的自由权利。

沈从文自觉地与政治保持一定的距离,坚持自己独特的文学理念。他与鲁迅都是关注民众的精神层面,希望重塑民族灵魂,注入现代意识,其目标都是指向一个蜕变的新中国。"想借文字的力量,把野蛮人的血液注射到老迈龙钟颓废腐败的中华民族身体里去,使他兴奋起来,年轻起来,好在二十世纪舞台上与别个民族争生存权利。"③ 鲁迅在西方现代性视野下看到的是底层民众蝼蚁般的生生死死,活得浑浑噩噩,毫无生命的自觉意识。而沈从文则在这种恒常庄严的人生图景中看到了生命的自然纯真,他倾心于人类的智慧与美丽,感动于人性的尊严与美好,他要用特殊的"人性疗法"来重建民族品德,他在湘西土地上发现了乡下人所保留的原始血性的生命力量,来解救被文明的枷锁束缚的患了都市"阉寺

---

① 刘小枫:《现代性社会理论绪论》,上海三联书店1998年版,第381页。
② 旷新年:《民族国家想象与中国现代文学》,《文学评论》2003年第1期。
③ 苏雪林:《沈从文论》,《文学》1934年第3卷第3期。

症"的现代人。

民族国家是一个"想象的共同体",作为"一种特殊类型的文化人造物","是从种种独立的历史力量复杂的'交汇'过程中自发地萃取提炼出来的一个结果;然而,一旦被创造出来,它们就变得'模式化',在深浅不一的自觉状态下,它们可以被移植到许多形形色色的社会领域,可以吸纳同样多形形色色的各种政治和意识形态组合,也可以被这些力量吸收。"[①] 尽管人们渴望古老的中国能像凤凰涅槃一样经过烈火的洗礼后浴火重生,焕然一新,他们也给出了不同的方式路径,或渐进改良,或激烈革命,或否定传统糟粕,或张扬人性之美。不过,旧中国依然是万难毁灭的"铁屋子",对于民族国家的合理规划与美好想象在 40 年代才逐渐变得清晰可辨。

1940 年初,毛泽东在《新民主主义论》中回答了中国向何处去的问题,庄严宣布"我们要建立一个新中国",这个新中国不仅要在政治上自由和经济上繁荣,还要拥有新文化。"民族的科学的大众的文化,就是人民大众反帝反封建的文化,就是新民主主义的文化,就是中华民族的新文化。"现在,期盼已久的新中国已经呼之欲出,"站在每个人民的面前,""新中国航船的桅顶已经冒出地平线了,我们应该拍掌欢迎它。"[②] 毛泽东创造性地将遥远模糊的理想愿景具体化为实际的可操作的建设目标,这份精心设计的宏伟蓝图也为文学的现代性想象提供了资源。时隔不久,毛泽东的《在延安文艺座谈会上的讲话》进一步统一了延安文艺界的思想,规范了文学表达的主题政治与语言形式,文学生产逐步实现组织化与体制化。"解放区文学作为新历史创造过程的参与者,真正实现了以文学参与民族国家建构并付诸实践最终把梦想变成现实的民族历史诉求。"[③] 土改实现了"耕者有其田"的传统理想,彻底颠覆了旧有的政治经济秩序,这场改天换地的巨大变革使得人们对于新中国有了更强烈更热情的期盼,也为

---

① [美] 本尼迪克特·安德森:《想象的共同体》,吴叡人译,上海人民出版社 2003 年版,第 4 页。
② 毛泽东:《新民主主义论》,《毛泽东选集》(第 2 卷),人民出版社 1990 年版,第 669 页。
③ 杨利娟:《战时"中国形象"的想象与书写——以解放区文学为例》,吴秀明编《文化转型与百年文学"中国形象"塑造》,浙江工商大学出版社 2011 年版,第 227 页。

第二章 土改叙事与现代民族国家想象

文学的民族国家想象提供了动力与路向。

二 共产主义理想与农民传统理想的契合

在土改文学中,翻身的农民作为道德和正义的化身,改变了长久以来的屈辱地位,开始成了革命的主体力量,登上了历史的舞台。农民形象的蜕变显示了解放区作家对未来的巨大期待,一个富强的、充满生机的"新中国"的梦想。在黑暗腐朽的社会制度下忍辱偷生的农民,同样有着对于丰衣足食、公平正义的良好社会形态的强烈期盼,这与现代性话语下的民族国家建构有着内在的一致性。这样,民间文化理想与现代革命话语在民族国家想象层面达成了契合。

对于农民来说,他们的生活目标过于实际而卑微。"在饥饿边缘挣扎的贫农过的是目标鲜明的生活。他们拼命为填饱肚子而挣扎,完全不会为闲愁所困扰。他们的目标具体而直接。有饭吃就心满意足;能够饱着肚子上床睡觉是一种成就;每一笔意外之财都是一个神迹。既然如此,他们又怎会需要'一个使人生有意义和庄严的超个人目标'呢?"[①] 农民期盼的是顾涌式的发家致富,人财两旺,他们对于抽象而遥远的共产主义理想实际上不甚了然,只是以自己朴素的农民观点来理解吸收。

农民渴盼的是清平政治。他们希望能够在相对公平合理的社会中生活,勤劳善良的人应该有所回报。《双龙河》中的耿西老头子在战争混乱的时候被迫离开家园,他对自己说,"等中国光复的一天,我一定搬回来,没有房子,我也搭间马架子。"终于熬煎了十四年之后,抗战胜利了。"耿西老头子笑了,把'中国光复'说得那么好听,仰起额角,从心眼里往外乐。"[②] 在战乱中民不聊生,颠沛流离,农民自动地把自己的命运与国家民族的命运联系在一起,产生了建立一个现代民族国家的信念。只有中国光复了,国家强大了,农民才能过上安居乐业的生活。而带领他们闹革命的共产党自然就成了老百姓的救星,获得了农民的热烈拥护。

[①] [美]埃里克·霍弗:《狂热分子》,梁永安译,广西师范大学出版社2008年版,第47页。

[②] 马加:《双龙河》,《马加文集》(一),春风文艺出版社1986年版,第277页。

上编　土改文学综论

　　在《邪不压正》中，聚财的女儿软英与地主刘锡元的儿子刘忠定亲，聚财本不想结这门亲事，无奈刘家态度强硬，一点商量的余地没有，就连媒人小旦也狗仗人势，"人家愿意跟你这种人家结婚，总算看得起你来了！"聚财也只敢与内弟安发诉苦，"太欺人呀！"刘家失势之后，新上台的干部小昌又托小旦当媒人，还威胁如果不愿意就说有金镯子，让群众来斗争，聚财气得跳起来说，"放他妈的狗屁！我有个闺女就成了我的罪了！"因为软英的婚事，聚财气下了病，三天两天肚子疼。最后在整党会上终于解决了问题，聚财感叹"这个会倒有点规矩"，"这真是个说理的地方！"在动荡不安的时代里，一旦一些地痞流氓趁势而起，攫取了权力，他们就横行乡里，无所顾忌地滥用着权力欺负平民。人们在强权压迫下无法反抗，只能腹诽而已。经过了土改，重新改选了村政权，由一批能干忠诚的积极分子替换了原来唯利是图的村干部。原来农民有理无处诉，有气没处出，现在他们发现时代真的变化了，还真有为穷人撑腰说理的政权。正是因为新政权的建立给人们带来一种廉洁公正的风气，一扫旧有政权中的腐败蛮横之风，老百姓才会认为共产党是维护农民利益的组织，才会积极拥护热爱新的政权。

　　农民希望过上温饱生活。农民有着一种坚韧而顽强的性格，他们日出而作日入而息，用着原始的生产工具辛勤耕作，渴望能过上丰衣足食的生活。在战争年代，兵灾、匪患、天灾、人祸、疾病、饥荒连绵不断，人们苦不堪言，甚至要靠卖儿鬻女、四处逃荒才能渡过难关。他们渴望稳定平淡的田园生活，能够用自己的双手创造财富，让家人过上安定的生活。土改中土地被重新分配，原来无地或少地的农民获得土地，获得了财富，虽然这些不足以使其迅速致富，至少可以保证他们的温饱生活。《暴风骤雨》中的李毛驴在分配牲口时，要回了自己原来被杜善人牵去的两头毛驴，心中悲喜交加。有人说中了他的心事，"李毛驴，牲口牵回来，这下可有盼头了。好好干一年，续一房媳妇，不又安上家了吗？"原来的李毛驴在丧子失妻之后，生活穷困潦倒，沦为了令人不屑的二流子。经过教育之后，李毛驴痛改前非，重新做人，现在又分回了原本属于自己的毛驴，只要辛勤劳作，以后的生活肯定会更胜往昔的。土改后，人们都焕发了劳动的热

· 74 ·

第二章　土改叙事与现代民族国家想象

情,他们看到了劳动的价值和意义,懂得了做人的尊严和原则,盼望着未来更加美好的生活。

农民期盼情感的归属。在传统的农耕社会里,鸡犬之声相闻,周围都是熟人社会,人们习惯以同心圆式的差序格局为坐标系来看待自己与世界的关系。"我们社会中最重要的亲属关系就是这种丢石头形成同心圆波纹的性质。亲属关系是根据生育和婚姻事实所发生的社会关系。"① 土改中打破了人们对宗族血缘的情感依赖,代之以简单明确的阶级划分。当脱离了旧有的熟悉世界,切断了个人与家族的"脐带"之后,人们获得了"自由"。可惜,这份自由不是天赐的礼物,而是新的枷锁。"一个人除非善于用脑子,否则自由就会成为他一种讨厌的负担。自我若是软弱无力,再多的自由又有何用?"② 农民不习惯这种漂泊无依的精神状态,他们一定要找到更为坚定有力的组织,让自己的身份找到归属。普希金在《我是荒原上自由底播种者》中犀利地写道:"吃你们的草吧,和平的人民!/你们不会响应光荣的号召。/为什么要把自由赠给畜生?/他们该被屠宰,或者被剪毛。/一代又一代,他们承继的遗产/是带响铃的重轭和皮鞭。"③

尽管农民看上去是麻木不仁的,毫无情感和思想的奴隶,但他们一旦被发动起来,就会显示出排山倒海般的澎湃能量。之所以农民会对加入农会等各种组织十分热心,就是因为他们无法忍受孤独的个体状态,才会对群众组织焕发出激情,对党的政权无比地拥护。对于个人来说,"因为他与他的同伴在道德上是一致的,他在行动中会更加自信、坚毅和果断,他就好像一个感到神的恩宠仁慈地降临到自己头上的信徒。"④ 个体只有在融入集体中才会觉得安全,感受到集体的力量,进而确证自我与世界的关系。在经过一系列的集体活动特别是斗争会之后,在情绪的相互感染下,对敌人的仇恨、共同的苦难遭遇和即将到来的幸福使人们紧密地团结起

---

① 费孝通:《乡土中国》,上海人民出版社 2007 年版,第 25 页。
② [美]埃里克·霍弗:《狂热分子》,梁永安译,广西师范大学出版社 2008 年版,第 51 页。
③ [俄]普希金:《普希金抒情诗选集》(上),查良铮译,江苏人民出版社 1982 年版,第 499 页。
④ [法]爱弥尔·涂尔干:《宗教生活的基本形式》,渠东、汲喆译,上海人民出版社 2006 年版,第 203 页。

来，获得了特殊的精神能量。他们不需要思考，不需要自己的想法，只需要跟着革命的集体一起前进即可，光辉灿烂的未来正在不远处等着他们。

共产主义理想是要让人们在一个社会生产力高度发展、消除了阶级差别的社会里，过上各尽所能、按需分配的幸福生活。在当时的中国，这一理想只是一个宏伟的蓝图，当务之急是让农民摆脱饥饿的阴影，使他们过上安定温饱的生活。共产党人十分重视农村工作，派出了大量的工作队，来到农村深入细致地发动农民，将广大农村变成了政权的坚实后盾，而农民也在确认阶级身份的同时产生了对政权的认同，形成了国家的观念意识。在延安时期，是国家与农民的蜜月时期。① 特别是经过土改之后，农民渴望过一种政治清明、经济富裕、道德公正的生活，这一切以一种突然激变的方式降临到解放区的土地上，带来一种全新的革命气象。

土改之所以能够激发无数农民的积极参与，就是因为它与农民的生活理念有着微妙的契合之处。在传统社会，农民普遍具有一种"平均主义"的地权观念，历来的农民起义都会提出"均贫富"、"等贵贱"等口号，这种平均的思想是根深蒂固的。"不患寡而患不均，不患贫而患不安。"人们"求富"的心理造成社会等级的流动，在土改的非常时期，打破了人们的传统观念，平均主义思想开始支配民众的头脑。人们要求每个人都要翻身，都要有同等的土地等财产，甚至在实际条件有限的情况下，会出现侵犯中农的现象（《邪不压正》中的聚财作为中农也受到打击）。

农民普遍具有"大同"理想的情结，渴盼桃花源式的美好世界，在这个世界里，生活中老有所依，幼有所养，道德上讲信修睦，仁义待人，社会秩序安定，夜不闭户，路不拾遗。这与主流意识形态有着一定的一致性。有了这样的思想基础，人们才会迅速接受革命理念，在此过程中，重塑并改造自己的精神世界。对于文化低下的农民来说，他们感兴趣的不是高深玄远的理论，而是与心灵相通的情感契合。正是这种契合使他们迅速认同了共产主义理想。

通过《解放日报》对"张永泰道路"的宣传可以发现一个被剥夺了土

---

① 有研究者指出，国家与农民的两次蜜月期，一是在土改后 50 年代，二是在改革开放之后八九十年代。曹树基：《国家与农民的两次蜜月》，《读书》2002 年第 7 期。

第二章　土改叙事与现代民族国家想象

地的地主对延安政权态度的转变。张永泰是旧日地主放弃了剥削农民的生活方式，积极参加生产劳动，过上富裕生活的典型，曾受到毛泽东亲切会见。张永泰的经历反映了失地地主拥护共产党政权的复杂心理，"我们问他：'你不心痛吗？'他说：'分了我几千亩地，你想我愿意么？分了我几百条牛羊（几十石颗子，粮食），你说我愿意么？那时不知道要大家有饭吃，只知道我有，是我自己的；你没有，我不管。以后我可看清了。'他向我们举出共产党领导下的政府有几件事使他感动，因此他消灭了那种仇视的情感。第一，毛主席领导生产，军队帮助老百姓生产；第二，开设医院，为老百姓免费医病。第三，民主政府处处维护老百姓的利益。"①《解放日报》对于"张永泰道路"进行了大量的宣传，"张永泰从不劳动到劳动，从一个被人咒骂的封建剥削者变成一个最体面最快乐的靠自己劳动丰衣足食的人，这是今天解放区成千从旧日地主转变过来的人的典型，也是地主们应走的光荣道路。"②

就连一个被分地的地主都能对党的政权产生这种由衷而真诚的情感，可想而知，当时的延安政权产生了多么大的向心力与凝聚力。人们热情地拥护党的政权，是因为这个政权是代表着穷人的利益，是与老百姓的命运休戚相关的。几千年来一直低头哈腰过日子的农民，终于可以昂首跨步地生活了，这是多么大的奇迹！农民自然会对创造这一奇迹的政权心生崇拜与感恩之情，他们被整合到阶级集体中来，成为"人民"的一员。

---

① 林间：《张永泰的道路——从亲身的经验拥护中共土地改革的地主》，《解放日报》1946年10月29日第2版。

② 社论：《张永泰的道路》，《解放日报》1946年12月8日。相关的报道包括《延安旧日地主张永泰中秋向毛主席贺节》（《解放日报》1946年9月13日）、艾枚《保住好光景，军粮要充足》（《解放日报》1946年11月12日）、《昨日各界热烈祝寿》（《解放日报》1946年12月1日）、《过着光荣的日子——张永泰先生十二月二日在新华广播电台的广播词》（《解放日报》1946年12月8日）、《旧地主自力耕种，生活饱暖有余粮》（《解放日报》1946年12月16日）、《"走张永泰道路地主生活一定好"》（《解放日报》1947年1月6日）、《张永泰先生春节宴各界》（《解放日报》1947年1月29日）。从张永泰向毛主席贺节、向朱德贺寿，招待政府官员、积极上交公粮来看，他与政权保持着一种亲密的关系。不过，对张永泰的报道主要集中于1946年下半年，到了1947年初，张永泰也难逃被清算的命运。村民对张永泰进行了诉苦清算，"大家要求他把九年的租子退出来，霸穷人的地退出来，被损害的窑和庄稼赔出来，在群众的义愤下，张永泰才写了退租退地约。"参见《打倒大树有柴烧　东关乡召开诉苦清算大会》，《解放日报》1947年3月10日。关于他的报道也在报纸上销声匿迹。

· 77 ·

三 革命成功与继续革命的悖论

土地改革对中国的现代化进程意义十分重大,不仅使农民获得了土地所有权,激发了生产热情,保证了战争后勤的供给,更重要的是这种对农村地毯式的全面改造形成了一个相对稳定、公平、正义的乡村社会,暂时缓解了农村的危机,这正是解决农村问题的关键一步,为今后政权的建设打好了基础。土改之所以能够胜利完成,为解放战争的胜利奠定良好的基础,就在于分配土地的主张满足了农民的根本需求,唤起了人们身上潜藏的革命激情。土改规划的政治图景契合了农民的朴素的人生理想,整个农村大地燃起了革命的熊熊烈火,农村面貌焕然一新。农民喜气洋洋地拿到土地证之后,正鼓足劲头走发家致富的道路时,却意外地发现,"不能走那条路!"这里出现的就是"革命成功"与"继续革命"的悖论,引发了 50 年代初期小农经济与集体化经济艰难博弈过程。

在社会主义建设中,打破地主土地所有制,进行土地革命仅仅是革命的第一步,万里长征任重道远。"中国工人阶级领导农民与其他人民,进行土地改革,发展新民主主义经济,这是农民解放的第一步。中国工人阶级领导农民与其他人民,经过另一个阶段的历史斗争,实现社会主义,这是农民解放的第二步。社会主义不是依靠小生产可以建设起来的,而是必须依靠社会化的大生产,首先是工业的大生产来从事建设。只有社会主义才可能消灭一切的贫困,才可能最后来解放农民,才可能使阶级逐步归于消灭。"[①]

土地改革后实际上造成土地占有更加分散,在农业技术条件没有革新的情况下,又恢复到了中国几千年来的农民个体经济状态。这种落后的农村经济面貌与社会主义的建设目标是不相符的,是难以建设一个富裕强大的现代中国的。因此,解放战争胜利前夕,毛泽东在七届二中全会上指

[①] 《关于农业社会主义的问答》(1948 年 7 月 27 日),中华人民共和国国家农业委员会办公厅编《农业集体化重要文件汇编》(1949—1957)(上册),中共中央党校出版社 1981 年版,第 26 页。

第二章 土改叙事与现代民族国家想象

出,"占国民经济总产值百分之九十的分散的个体的农业经济和手工业经济,是可能和必须谨慎地、逐步地而又积极地引导它们向着现代化和集体化的方向发展的,放任自流的观点是错误的。"① 土改之后,合作化道路已是势在必行。

在实现了土改后,农民都有一种革命成功的兴奋感与满足感,然而很快,合作化的浪潮向他们袭来,革命又将踏上新征途。此时,农民的发家致富、丰衣足食的朴素愿望与宏大的共产主义理想开始分道扬镳,发生了背离。毕竟,"农民开始的行动并不是以整个国家政治与经济的变革为目标的。"在发动土改时,"村庄中毫无牵挂的赤贫'根子户'才带头加入运动中。所谓'穷则思变',只能在特别有利于农民利益时,穷哥们儿才会踊跃参加。农村革命,在正常的丰收或平收的年景里,实难做到一呼百应。"② 中国人具有一种根深蒂固的"闭固性的人格",③ 尽管在土改中焕发出了前所未有的热情,务实的心理使得他们很快恢复了常态的农民生活,表现出了某些逃避政治的倾向。④

一是革命话语与思想行动的分离。每次革命运动都会出现大量新的流行词语,而在土改中,自然也充满了一系列宏大的革命阶级话语。"词语即叙述,革命的词语或革命的话语就是对于革命的叙述和表达。"⑤ 革命行动需要有理念的支撑和引导,才能获得行动的合法性,而这种革命理念的宣传必然要经过革命话语一再的阐释解说。"现代意义上的社会运动和革命起源于现代理性化意识形态(rational ideology)的形成。与社会运动和革命不同,反叛和农民起义的背后一般没有意识形态或系统的政治诉求作

---

① 毛泽东:《在中国共产党第七届中央委员会第二次全体会议上的报告》,《毛泽东选集》(第4卷),人民出版社1991年版,第1430、1432页。
② 赵瑜:《革命百里洲》,《赵瑜名作精编》,北京十月文艺出版社2011年版,第306页。
③ 长期的农业社会形成了国人闭固性人格,"传统的中国人的'自我'偏于循礼重俗,被动闭缩,自制自足,倾向于孤立、默从与惰性,他们鲜少有主动的'参与行为',中国传统人对政治等公共事务都较少兴趣,而不予关心,所谓'各人自扫门前雪,休管他人瓦上霜'正是此一性格的表现。"金耀基:《从传统到现代》,中国人民大学出版社1999年版,第38页。
④ 柳青的《在故乡》写到土改后农民的牢骚,"比方常常要开会,今天听讲话,明天又议事,都是双手画不成八字的一些百姓,什么事也不济,尽是耽搁山里的事务。"柳青:《在故乡》,《柳青文集》(第4卷),人民文学出版社2005年版,第66页。
⑤ 高华:《在革命词语的高地上》,《社会科学论坛》2006年第8期。

上编　土改文学综论

为支撑。"①

在土改中，工作队都要深入群众，宣传革命道理，这次的重分土地是"土地回老家"，是从地主那里理直气壮地要回被剥削的土地，而不是凭借武力从地主那里硬抢回来的。土改中特别强调不能包办代替，要让群众转变思想观念，真正发动起来去斗争地主。在思想上，用阶级理论来重新阐释"谁养活谁"的道理，地主是靠剥削农民不劳而获的，打消了贫雇农对地主长久以来的感恩意识和依赖心理。

熟练使用革命话语，便成为成功发动群众的标志之一。在《暴风骤雨》中，积极分子郭全海用刚学会的阶级剥削的道理来发动"穷棒子"们，爱说个俏皮话的老孙头也不甘落后，在说话中也掺杂着不少新词语。他这样劝解白玉山两口子的矛盾，"老娘们嘛，脑瓜子哪能一下就化开来了？还得提拔提拔她，往后，别跟她吵吵，别叫资本家笑话咱们穷伙计。"② 这里的"提拔"和"资本家"作为新词汇掺和在地道的农民口语中，显得有些不伦不类。"新语汇、新概念的出现，意味着人们的生存方式和生存面貌被放置在新的理论框架中得以新的观照和新的解释；意味着人们的劳动和生活获得了新的意义，被纳入了新的价值系统之中；还意味着人们只有接受了这些理论，才可能成为历史的主人，走在历史发展的必然轨迹之上。"③ 语言的驯化与规范意味着头脑的驯服与归顺，地主与剥削、可耻、丑恶等联系在一起，而贫雇农则与光荣、受苦、革命等捆绑起来。

农民的文化水平有限，即便能够似懂非懂地来卖弄新学来的革命话语，他们也未必真的理解抽象化的理论。现实生活中，使用革命语汇可以显得与时俱进，不过，程式化的繁琐会议和空泛化的革命词语也会造成工作效率的下降，会出现满口革命大道理而与实际行动完全背离的现象。这种运动式的治理方式会造成行政执行成本的增加，革命运动又难以进行常规化的建设，只能开展一次又一次的运动来改造农村，改造农民的思想。

---

① 赵鼎新：《社会与政治运动讲义》，社会科学文献出版社2006年版，第4页。
② 周立波：《暴风骤雨》，人民文学出版社1956年版，第216页。
③ 余岱宗：《被规训的激情》，上海三联书店2004年版，第2页。

第二章　土改叙事与现代民族国家想象

在《山河志》中，原来热火朝天的小组会就出现了某些形式化的征兆：

> 平素里他们开会，侯二爱说几个方面："我工作方面太主观（或者说太疲沓，太马虎）；学习方面不努力（或是说没计划、五分钟的热度）；生活方面太散漫（或是说不紧张、有点太自由）；联系群众方面不密切（或者说还可以、还凑合、态度不够好）。"大顺话少，爱说几个性：警惕性不高啦，斗争性不强啦，什么策略性不够啦，什么组织性、纪律性、原则性、党性较差啦……淘气、乱子、小昌他们爱讲究精神：勇敢顽强精神，自我牺牲精神，吃苦耐劳精神，民主团结精神，服从组织精神……如果冬天夜长，又蹲在热炕头上，他们还能说出许多的"思想"和"主义"来："我好象还有点农民思想，""大概我这是点自私自利思想"，"这虽然不算腐化思想，""我还粘点封建思想"……"我真恨这点个人英雄主义"，"我这几天少挂了点自由主义，""我是不是有那么一星星关门主义呢"，"我是犯了点光杆主义"，"可能我少带了点右倾的尾巴主义，""我这算不上教条主义，倒是有点经验主义，实在说，是主观主义！""咱们村是没有宗派主义。"这些话，都是从八路军里和"整风训练班"里流传到村里来的。[①]

农民的小组会上，各种"方面"、"精神"、"思想"、"主义"混杂在一起，各式各样的名词概念满天飞，会议成了新式革命话语的训练场，谁掌握了革命话语这一利器，谁就掌握了运动的主动权和领导权。宏大强势的革命话语与萎靡不振的现实行动形成鲜明的对比，只有靠一次次的运动才能继续发挥农民的热情，调动起农民的积极性。

二是农村现实与革命意识的矛盾。哈贝马斯指出，"革命意识是一种新精神的诞生地，形成这种精神的是一种新的时间意识、一种新的政治实践概念和一种新的合法化观念。为现代所特有的，是与类似自然的连续性基础上的传统主义相决裂的历史意识；以自我决定和自我实现为符号的政

[①] 张雷：《山河志》，中国青年出版社1958年版，第287页。

治实践观；以及，对那种任何政治统治都应该借以获得合法性的合理商谈的信任。"① 革命是指向未来的现代性话语，包含着无可置疑的"进步"意识和对未来的许诺，对于落后的中国来说，已经别无选择。而土改针对的是现实中不合理的土地制度，站在弱势群体的角度表现了对于正义与平等的诉求，革命的合法性便具有了深厚的道义基础。"'革命'是道德力量的显示，政治立场的选择，也是正在展开的包括身心投入和热烈期待的'真理'的历史过程。"② 正是在革命意识的支配下，分田地才会具有革命的意义，而一系列的革命仪式则大大强化了革命的现代性和合法性，使得阶级话语渗入农民的精神世界，改造小农思想意识。

《暴风骤雨》中的萧队长在日记中写道："彻底消灭封建势力，就是彻底消除几千年来阻碍我国生产发展的地主经济。""一百年来，我们的先驱者流血牺牲渴望达到的目的，就是使我们不再挨打的目的，如今在以毛主席为首的中共中央的英明领导下，快要达到了。"③ 土改为一个独立自主的现代民族国家的建立打下了基础，知识分子们梦想的现代化的新中国已具雏形，整装待发。革命意味着全新的开始，黑暗痛苦的历史已经过去，一个全新的充满着光明的未来即将开始。从社会类型的变化来看，人民当家做主的新社会代替了地主阶级为统治阶级的前现代社会。

未来的美好前景固然激动人心，革命工作者需要将理论进行通俗化的解释，让抽象的概念转变为具体可感的图画。萧队长在送参军队伍时说，等到你们得胜还乡，"那时候，在这一大片土地上，咱们大伙来生产，开始用马来种地，往后就用拖拉机。"④ 他为未来的农村勾勒了一幅美丽的画卷，对于农民来说，这是非常富有吸引力的。这让习惯于"日出而作，日入而息"的农民获得了现代性的朦胧感知。

不过，对于保守的农民来说，未来固然美好，理想纵然完美，填饱肚子才是真理。在韩丁记述的山西张庄，在斗完富户之后，土改运动陷入低

---

① [德]哈贝马斯：《在事实与规范之间——关于法律和民主法治国的商谈理论》，童世骏译，生活·读书·新知三联书店2003年版，第624页。
② 陈建华：《革命的现代性：中国革命话语考论》，上海古籍出版社2000年版，第171页。
③ 周立波：《暴风骤雨》，人民文学出版社1956年版，第502页。
④ 同上书，第539页。

第二章 土改叙事与现代民族国家想象

谷。原来踊跃参加的会议，现在需要民兵组织，不断催促，才能开会。有农民抱怨，"你娘的×！""又开会！还有完没完？"农民的斗争情绪一落千丈，"花费大量的时间和精力只能搞出一点点钱，既没有解决贫困问题，也没有改变整个翻身运动的形势。许多人觉得把精力花在锄地、掏粪和打井上面要比开群众大会、搞审问、拆炕、挖坟得到的好处更大。"①

在土改完成之后，不少农民认为革命已经成功，开始走向发家致富的个体经济道路。这种相当普遍的退坡松气现象引起了有关部门的关注，在1951年引发了一场关于李四喜思想的讨论，反响十分热烈。1951年7月18日，《新湖南报》发表了长沙读者章正发的来信。该信反映："我们乡里有一个同志叫李四喜，他做了十多年的长工，受了一辈子的苦，解放后才娶了一个妻子，生了一个小孩，去年我们乡里搞土改，他工作特别积极，又当选了青年团的支部书记。土改完成了，他分了田，就想专门回家生产，不愿意干工作，不愿意开会，干部去劝他，他急得哭起来说：'我一生受苦没得田，现在分了田，我已经心满意足了，还要干革命干什么呢？'"②

这种"革命成功"的观点在当时是普遍存在的。"土改后农村出现的埋头生产不问政治及乡村干部'松气退坡'，是20世纪50年代初全国各地带有普遍性的现象。为此，毛泽东特别强调'严重的问题是教育农民'，华北局薄一波也提出了'严重的问题是教育农民和教育农民出身的党员和干部'的任务。"③ 农民参加土改的目的就是获得土地，而在分配土地之后，又要继续革命，不断革命，土地很快收归集体所有。高蹈的理想一旦回归到现实中来，农民自然会产生"放弃革命"这种"落后"的思想。李四喜并不是真实的人物，而是编辑部根据农民朱中立为原型而取名的，因为朱中立参加土改后，翻身、分田、娶妻、生子四喜临门，他心满意足，不愿意继续开会干革命了。"李四喜思想"遭到了严厉的批判，而原型朱

---

① [美]韩丁：《翻身——中国一个村庄的革命纪实》，韩倞等译，北京出版社1980年版，第252—253页。
② 章正发：《分了田不干革命是不对的》，《新湖南报》1951年7月18日。
③ 雷国珍主编：《湖南党建90年》（上），湖南人民出版社2011年版，第210页。

上编 土改文学综论

中立也洗心革面，光荣地加入了共产党。"李四喜这种思想，代表了农民意识的落后部分。农民有反对帝国主义和封建主义的要求，这是它进步的方面。但是农民是小生产者，政治眼光狭小，因此在土地改革分得田地之后，就会感到满足，不愿继续前进。李四喜和其他许多乡村干部，分了田不愿干工作，正是不愿前进的表现。农民阶级是工人阶级的永久同盟者，农民阶级不跟着工人阶级前进，革命就会受到很大的损害，农民自己也不能得到最后解放。"①

无独有偶，1957年8月的大鸣大放运动中，原来的"土改根子"刘介梅因为大胆"鸣放"成了当时的风云人物。他的不满主要是针对当时的统购统销政策，"要得农民拥护，最好取消统购统销。我们干部搞统购统销工作光挨骂。搞这样的革命工作还不如我过去讨米被狗子咬。……领导上一点也不深入，不了解情况，光在上面喊合作化这优越，那优越，我看一点也不优越。我家里入了社，父亲、老婆一年到头在社里劳动，还不如土改那两年优越。"② 在他看来，合作社还不如当年的土改，这种"今不如昔"的判断是他从生活的实际经验而得出的结论。这其实也是大家普遍的看法，"刘介梅发言后，许多人为之鼓掌，并称赞他讲得好，有勇气，有胆量。"③ 为了击退这种错误思潮，上级领导决定办一场"刘介梅今昔生活对比展览"，让事实说话，紧接着在全省深入开展刘介梅思想转变的大讨论，展览也由黄冈挪到了武汉，又来到了北京。关于刘介梅的故事传遍了大江南北，也出现了很多的文艺形式，被改编为话剧、汉剧、楚剧、越剧、评剧、京剧、山东快书，出版了连环画，拍摄了纪录片和楚剧版戏曲片等。富有意味的是，在改革开放后，刘介梅见到以前的老熟人，不无得意地昂着头说，"么样？还是我那时说得正确吧！"④

---

① 编者：《更广泛深入地开展关于李四喜思想的讨论——展开讨论后一个月的情况报告》，《新湖南报》1951年8月19日。
② 刘介梅口述，洁民、聂彬记：《我的思想上的革命》，作家出版社编辑部编《农村跃进之歌》（第一辑），作家出版社1958年版，第50页。
③ 周北辰：《南下之旅》，（香港）天马图书有限公司2003年版，第61页。
④ 李汝舟：《我所知道的刘介梅事件》，湖北省政协文史和学习委员会编《湖北文史》2006年第1辑，第90页。

第二章 土改叙事与现代民族国家想象

对于普通农民来说，1952年是难忘的一年，他们之所以无比留恋这一年，是因为土改已经告一段落，开始实行统购统销，合作化的道路已经难以避免。"他们说，土改的成绩是十分，统购统销统掉了五分，合作化又划掉了五分。说这些话的人，都有一个共同的问题，那就是留恋民主革命，而不愿意继续进行社会主义革命。"①

同样，在土改文学与紧接其后的合作化小说中，出现了一系列的"退坡干部"形象。如《暴风骤雨》中的老花，《三里湾》中的"翻得高"范登高，《金光大道》中的张金发，《艳阳天》中的马之悦都属于"翻身忘本"的农民干部，这些落后的干部，在合作化中成了最大的绊脚石。而这些作为反面的人物形象正是反映了农民拥有土地的朴素愿望与合作化的高蹈理想之间的矛盾冲突。

三是阶级分化与绝对平等的冲突。土改"以一种微妙的方式造成这样一种效果：它使得生存伦理摆脱其作为个体责任和现实社会经济秩序支持的'保守'性格，发展出撼动个体责任观的'激进'的性格，并使得过去被压抑的农民的平均主义借助'阶级剥削''翻身'等新的话语从阴暗的角落浮出，支配整个土地改革运动（并在整个集体时代都常驻不衰）。"因此，"这是一个阶级意识形态传统化的过程，同时也是一个农民文化传统意识形态化的过程。"② 在土改中，人们被物质利益所吸引，而平均分配果实的方式强化了人们的平均主义思想。尽管经济层面上的变化并不显著，农民的小生产者的生活方式并未改变，但贫雇农已经获得了前所未有的政治地位，拥有了一定的政治权力。而中农在政治上只是团结对象，在经济上是具有实力的。"土地按人口平均分配这种最平等的办法，导致的却是生产要素配置的不平衡。例如分得土地的贫农，由于原来的经济条件很差，缺资金、农具、牲口而难以耕种土地的现象在当时是很普遍的。"③ 在基本拉平了不同阶级的经济差距后，又一轮的

---

① 李汝舟：《我所知道的刘介梅事件》，湖北省政协文史和学习委员会编《湖北文史》2006年第1辑，第58页。
② 卢晖临：《通向集体之路》，社会科学文献出版社2015年版，第134、136页。
③ 刘文璞：《中国农业合作化的历史回顾》，《刘文璞文集》，上海辞书出版社2005年版，第37页。

上编 土改文学综论

发家竞争开始上演了。

根据1952年7月山西省忻县地区的调查,"土地改革后农民出卖土地,主要六个方面的原因:为了调整生产而出卖者占19.15%;因转移行业而出卖者占3.38%;因生产生活困难被迫卖地者占50.36%;因办婚丧大事、遇有疾病和其他突然灾害袭击而出卖者占12.51%;懒汉、二流子好吃懒做把土地挥霍掉者占6.26%;其他特殊原因(如农民存在怕'变天'思想把分到手的土地出卖)出卖者占8.19%。"①

可以看出,农民拥有土地所有权,一旦生活中发生变故,便会发生卖地的现象,而卖地的主要原因就是生活困难。贫雇农仅靠翻身获得的土地等财产,想要在经济上与中农抗衡,是不可能的。正如《金光大道》中的大个子刘祥所说,"咱这翻身户呢,是光着身子进的新社会,就好象受了重伤要死的人,只剩下一口气,共产党来到,才把咱们起死回生救活了。"② 这些翻身户们,对于富裕的冯少怀看不顺眼,他们发誓要决一高下。而眼下最重要的问题就是缺少粮食,到种地的时候,土改分到的粮食就该吃得差不多了,而开春干活的口粮、种子,攒粪要买猪崽,这些都还没有着落。合作化小说中的情节线索不再是地主与农民的斗争,而是富裕中农与贫雇农之间基于经济实力展开的关于入不入社的斗争。

在土改之后,生产力得到了恢复,农业产量大幅提高,大量贫雇农开始中农化,而一部分中农已经开始富农化,长此以往,也许又会出现剥削阶级,难免不会发生二次土改。面对阶级分化开始出现了新苗头的情况,中央领导认为,一劳永逸地解决阶级分化的根本办法就是走社会主义道路。1951年12月,中共中央颁布《关于农业生产互助合作的决议(草案)》,"要克服很多农民在分散经营中所发生的困难,要使广大贫困的农民能够迅速地增加生产而走上丰衣足食的道路,要使国家得到比现在多得多的商品粮食及其他工业原料,同时也提高农民的购买力,使国家的工业品得到广大的销场,就必须提倡农民'组织起来',按照自愿和互利的原

---

① 罗平汉:《农业合作化运动史》,福建人民出版社2004年版,第23页。
② 浩然:《金光大道》,华龄出版社1995年版,第114页。

第二章　土改叙事与现代民族国家想象

则，发展农民劳动互助的积极性。"①

小说《刘老济》中，老头王老春苦口婆心地劝解不愿入社的刘老济，"'平分'，怎么是个'平'？往后，谁家没个三病两疼，生老病死？谁能保得住不碰上天灾人祸？到那时候，卖地吧！卖地吧！有钱的，就又成了财主，又有了穷富了。是的，日子在乎各人过，会过的，肯卖力气的，有人力的，就穷不了，也还要买房买地。可是，'天下农民是一家'，这句话你能忘记吗？你买了人家的地，人家不就没了地啦吗？"改变这种状况的唯一途径就是走集体化道路。"社会主义，把小片土地连成大片，大家一块儿干活儿，有福同享，有祸同当，你帮我，我帮你，……"② 正是基于对天灾人祸的畏惧和对个人命运的无力感，农民才会响应上级号召，结成经济共同体。小农经济难以抵抗生活风险，只有加入到集体中才会获得生活的安全保障。

毛泽东曾经在晋绥干部会议的讲话中批判过农业社会主义的思想，"我们赞助农民平分土地的要求，是为了便于发动广大的农民群众迅速地消灭封建地主阶级的土地所有制度，并非提倡绝对的平均主义。谁要是提倡绝对的平均主义，那就是错误的。现在农村中流行的一种破坏工商业、在分配土地问题上主张绝对平均主义的思想，它的性质是反动的、落后的、倒退的。我们必须批判这种思想。"③ 农民所理解的"平分土地"，当然是按照人口的平均分配，推而广之，除了土地的一切财产，也都应该是绝对的平均，要富一起富，要穷一起穷。一旦有先富起来的农民，就会遭到他人的嫉妒，而变穷的农民也不会主动生产自救，他会等待组织的救援帮助。

农民是这样理解的，"每天早晨，两根油条、一个鸡蛋，就是社会主义。"④ 他们只能以小生产者的有限知识经验来理解一个新鲜的名词，用

---

① 中共中央文献研究室：《中共中央关于农业生产互助合作的决议（草案）》，《建国以来重要文献选编》（第2册），中国文献出版社2011年版，第451—452页。

② 秦兆阳：《刘老济》，《秦兆阳小说选》，四川人民出版社1982年版，第206、207页。

③ 毛泽东：《在晋绥干部会议上的讲话》，《毛泽东选集》（第4卷），人民出版社1990年版，第1257页。

④ 李汝舟：《我所知道的刘介梅事件》，湖北省政协文史和学习委员会编《湖北文史》2006年第1辑，第67页。

上编　土改文学综论

"有福同享，有难同当"的水浒精神来理解合作化道路。"抱有这种思想的人们，企图用小农经济的标准，来认识和改造全世界，以为把整个社会经济都改造为划一的'平均的'小农经济，就是实行社会主义，而可以避免资本主义的发展。"① 有人对这种平均主义思想在早期曾有所警惕，不过，平均主义会在"民主"的旗帜下伪装为普遍民意，造成多数人的暴政。这种平均主义改头换面成了新社会中人人平等的精神，在革命旗帜下获得合法性之后，被农民们普遍接受。

《成物不可损坏》（马加）中，赵林分到了地主侯三阎王的大院，一匹青骝马和一个木障子。而花舌子尤老五鼓动大家要求平分木障子，他指斥赵林不讲民主，"大家说了算，这不才是民主么？"尤老五振振有词地说服大家，"咱们穷人靠老天爷吃饭，现在我的脑筋开窍了。老天爷就是共产党，穷人没有地种，共产党给穷人分地，穷人没有房子住，共产党给穷人分房子，没有牲口使给分牲口，没有衣裳穿给分衣裳，粮食、锄头、木障子，穷人要什么，共产党给什么，老天爷饿不死瞎家雀。"不少听众立刻响应，"'对呀！对呀！'有一伙人随帮唱影地喊着，在黑糊糊的梁头底下叫嚷着。"②

正是在"民主"的名义下，少数服从多数，会议决定将木障子平分，劈成了一堆柴火。而赵林的青骝马因为没有木障子当作护栏而走失。在这里，起主导作用的不仅是二流子尤老五的怂恿，更重要的是大多数群众的平均主义思想，他们宁可为平分而毁掉一件有用的东西，也不想让其中的某一个人得到。以尤老五为代表的权力新贵们，在挥霍完土改果实后，必然希望继续延续这种不劳而获的日子，正是这种日益滋长的平均主义思想才会对合作化的展开推波助澜，直到改革开放后提出了"先富带动后富"，才逐渐消除了人们根深蒂固的小生产者的平均意识，逐步建立起公民的责任意识。

---

① 《关于农业社会主义的问答》（1948年7月27日），中华人民共和国国家农业委员会办公厅编《农业集体化重要文件汇编》（1949—1957）（上册），中共中央党校出版社1981年版，第23页。
② 马加：《成物不可损坏》，《马加文集》（一），春风文艺出版社1986年版，第250页。

第二章　土改叙事与现代民族国家想象

第二节　情感体验：发现苦难与解救苦难

土改之所以能够产生如此巨大的影响力，不仅在于工作队所做的深入细致的动员组织工作，真正来到农村脚踏实地做农民的思想工作，避免了之前政治运动的表层化与低效率，更重要的是在土改过程中农民的情感发挥了重要的作用，人们在这场运动中表现出一系列情感的巨大波动，运动初来时的恐惧与畏缩，运动高涨时的亢奋与激动，运动结束后的感恩与膜拜。

"激进的理念和形象要转化为有目的和有影响的实际行动，不仅需要有利的外部结构条件，还需要在一部分领导者和其追随者身上实施大量的情感工作。事实上，中国的案例确实可以读解为这样一个文本，它阐明了情感能量如何可能（或不可能）有助于实现革命宏图。"① 土改文学不是靠抽象的理念与严密的逻辑来完成事件的讲述，其中隐含着大喜大悲、大起大落的充沛的情感导向了新中国的想象与构建，人们咬牙切齿地毁灭了旧的世界，热情呼唤新的时代的到来。

土改小说的情节结构基本都是按照土改工作的进行而展开的，朝着预定的胜利结局逐步演进。按照陈伯达的分析总结，土改大体上要有 11 个步骤：1. 调查研究，确定斗争纲领；2. 派工作团及干部分头下乡；3. 分头下乡之干部将已定之斗争口号公开宣传，如开支部大会、群众大会、街头演讲、口头谈话、打铜锣、写标语、出通告等；4. 分头串联，找贫雇农谈话做工作；5. 组织贫雇农小组，再分头串联；6. 成立贫农团；7. 召开大会成立农会；8. 正式开展土改斗争；9. 吸收积极分子入党，为基层政权做准备；10. 形成联庄斗争；11. 分田大体完成后，都要开庆祝会或总结会。② 表面上看，土改的过程是阶级的划分与财产的分配，是在理性支配下进行的一整套规划细致的工作步骤，而在实际的过程中，农民在土改中

---

① 裴宜理：《重访中国革命：以情感的模式》，刘东主编《中国学术》（第八辑），商务印书馆 2001 年版，第 98—99 页。
② 陈伯达：《群众运动与群众组织的一般过程与步骤》，华东局宣传部编《中国土地问题历史文件》，山东新华书店出版，出版年不详，第 100—103 页。

· 89 ·

被动员、激发起了澎湃的激情,在激情的推动下,他们不再是冷漠的看客,而是成为积极的参与者,土改才会进行得如火如荼。对于农民来说,高深的理念与政党的信仰他们或许难以理解,亲切朴实的情感才会引起他们的共鸣与回应。

一 发现苦难:火山的缄默

在农民的日常生活中,苦难是无处不在、无时不在的,苦难如同水中之盐早已融入农民的血液中,又如雾霭般弥漫于农民的生活中挥之不去。对于广大身处底层的"受苦人"来说,"'苦'既是身体的感受,也是精神的体验;是对客观事物的评判,更是自我认同和群体认同的表达。"① 工作队用"诉苦"的方式将农民生活的苦难上升到阶级的层面,进而重塑农民与国家的关系。关于"诉苦"在土改中的作用,一些学者从不同层面进行了精彩的论述。② 诉苦是多种因素,包括理性(说理算账)、逻辑(道德归罪)、组织(各级会议)、话语(宣传口号)、示范(典型苦主)等综合作用的结果。诉苦的同时也是情感被激发、诱导、表达、宣泄的过程,这里主要探讨的是在诉苦中是如何将农民隐藏的情感激发出来,并且一发不可收拾。

首先,在土改初期,农民保持着坚忍的沉默,习惯性地压抑情感。"在传统社会里,大多数农民不指望,也不希望介入政治。"③ 出于理性的考虑,农民挣扎在饥饿线的边缘,他们没有时间精力投入到公共事务中,只能对走马灯般不断上演的政治事件抱以冷漠观望的态度。在张庚的话剧《永安屯翻身》中,积极分子杨大祥对群众的沉默胆小十分气愤,"大伙都是哑巴吗?昨天的话今天都跑哪儿去了?(众人像木偶似的站着,沉默)

---

① 郭于华:《作为历史见证的"受苦人"的讲述》,《社会学研究》2008年第1期。
② 郭于华、孙立平在《诉苦:一种农民国家观念形成的中介机制》[杨念群等主编《新史学:多学科对话的图景》(下),中国人民大学出版社2003年版,第505—526页]认为诉苦在农民与国家意识形态框架的构建中起到的中介作用。李里峰在《土改中的诉苦:一种民众动员技术的微观分析》(《南京大学学报》2007年第5期)中从微观层面分析了诉苦的动员技术与行动策略。
③ [美]詹姆斯·C.斯科特:《农民的道义经济学:东南亚的反叛与生存》,程立显、刘建等译,译林出版社2001年版,第237页。

第二章　土改叙事与现代民族国家想象

你们不敢动嘴，敢不敢动手？（众仍不动）我操！你们真是黑瞎子掉井，熊到底啦？"①无论大祥怎么努力发动群众，大家都沉默不语，没有反应。

探究其原因，在战乱的年代里，农民"犹如处于水淹及颈的境地，哪怕最微小的波浪也足以使其遭受没顶之灾。"②在农民的日常生活中，苦构成了生活的常态，人人皆苦，事事皆苦，记忆在不断累积中早已模糊不清，在这种状况下，事件之间是交错重复的。掩藏的情感是强烈的，同时也是片段的和零碎的。"无苦可诉"并不是农民的生活没有苦难，而是农民对待苦难已经麻木不仁，与其诉苦给别人，倒不如抛之脑后，在平淡的生活中尽力抹去痛苦的痕迹。

"失语的直接表现就是个体在教化中的无语，无语可以区分为两种类型，一是找不到表达个体生命存在与伦理感受的丰富性的话语资源，即'无话可说'。二是找不到个体自我伦理诉求表达之正当性的话语，也就是'有话无处说'，找不到正当表达的理由。"③在农民看来，种地缴租，欠债还钱，都是天经地义的事情，即便自己为此沦落到不幸的境地，他们也觉得"无话可说"。何况，他们生活的时代是强权压倒一切的社会，作为弱势群体，就算受到了天大的委屈，也无处诉冤，只能忍气吞声，默默忍受。《李家庄的变迁》中铁锁与村长李如珍的本家侄子春喜打官司，铁锁明明有理却输了官司，茅厕被判给人家，还赔了二百块钱，搞得倾家荡产。《乌龟店》中的林凤生因为借了高利贷失去了全部家业，"这一肚子冤气，几年来一直在林凤生肚子里漂上来沉下去，沉下去又漂上来。"④

农民的沉默不语只是表面的现象，他们并非天生的情感冷漠，只是已经习惯于压抑情感。斯科特认为，"对沉默的另一种解释是用农村中的力量关系而非农民的价值观和信仰来解释。按照这一观点，农村的平静就可

---

① 张庚：《永安屯翻身》，《张庚实录》（第7卷），湖南文艺出版社2003年版，第50页。
② 黄宗智：《长江三角洲小农家庭与经济发展》，中华书局2000年版，第162页。
③ 刘铁芳：《生命与教化——现代性道德教化问题审理》，湖南大学出版社2004年版，第291页。
④ 韩川：《乌龟店》，莫西芬等编《山东解放区文学作品选》，山东人民出版社1983年版，第67页。

上编　土改文学综论

能是镇压（记忆的和/或预期的）的平静而不是同意或共谋的沉默。"① 出于反抗风险的考虑，农民只得掩藏起自己的不满与怨恨，这并不意味着他们对于生活现状的满意。现实中，农村问题积重难返，农民生活灾难深重，农村社会就像个装满火药的大桶，只需星星之火，便会一触即发，爆个粉碎。《太阳照在桑干河上》开头写到顾涌赶着亲家胡泰的胶皮大车回家，"一路上呈现在读者眼前的是一幅宁静和谐的乡村图景。"② 其实，村子里早已人心惶惶，暖水屯已经有了两次清算，但土改并不彻底，"有些人并不满意，他们有意见，没有说出来，他们有仇恨，却仍埋在心底里。""他们希望再来一次清算，希望真真能见到青天，他们爱谈这些事。"可见，并不是工作队作为一种外部政治力量的到来打破了乡村的和谐宁静，村子里早已是"山雨欲来风满楼"，人们之间的仇恨酝酿已久，斗争已经是箭在弦上。正是契合了底层农民的实际利益，满足了他们对政治正义的向往追求，土改的实施才能如此声势浩大，势如破竹。

其次，隐忍的怨恨在适当的条件下滋长蔓延，会演变转换为阶级恨。

尼采指出，怨恨是人的一种心理情态，"奴隶在道德上进行反抗伊始，怨恨本身变得富有创造性并且娩出价值，这种怨恨发自一些人，他们不能通过采取行动做出直接的反应，而只能以一种想象中的报复得到补偿。"③ 舍勒进一步分析了怨恨的产生机制，"怨恨是一种有明确的前因后果的心灵自我毒害。"人生中难免会出现一些情绪波动，"报复感和报复冲动、仇恨、恶意、羡慕、忌妒、阴毒"④ 在这些情绪无法发泄并强行抑制后便会导致怨恨的产生。

在一个存在贫富差距、政治极度腐败的社会中，底层人们物质生活极端贫困，无力维护自己的尊严，对于生活中的不公平心怀不满，同时由于

---

① ［美］詹姆斯·C. 斯科特：《弱者的武器》，郑广怀、张敏、何江穗译，译林出版社 2007 年版，第 48 页。
② 黄曙光：《当代小说中的乡村叙事》，巴蜀书社 2009 年版，第 45 页。
③ ［德］尼采：《论道德的谱系》，周红译，生活·读书·新知三联书店 1992 年版，第 21 页。这里所谓的奴隶更多强调的是精神气质，是怯懦不安、卑躬屈膝，又对生活愤愤不平的人。
④ ［德］舍勒：《道德建构中的怨恨》，刘小枫编《舍勒选集》，上海三联书店 1999 年版，第 401 页。

第二章 土改叙事与现代民族国家想象

自身的卑微无能，无法将这份不满发泄出来，这样不满的情绪就会不断累积，进一步转化为怨恨，对怨恨的对象始终保持一份隐蔽的敌意。怨恨是一把双刃剑，人们心中的敌意会不断对自我心灵造成毒害，人们越是意识到自己的无能，就会越压抑自己的情感。怨恨难以找到正常的途径来发泄，为了缓和怨恨给心灵造成的焦虑灼痛，人们就会对于自己的存在发生怀疑，陷入极度的自卑中，甚至改变自己的性格气质。《光棍汉》中的任命根是个四十多岁的光棍汉，他性格孤僻，不爱说话，见不得女人，好像和女人有十八辈子的仇气。原因就是他早年间好不容易借钱娶上媳妇，却碰上了"放鹰的"，"看到别人家儿女一大堆，自己就伤心，活得不如人，真想早点死了。"① 一个老实人遭遇到欺骗，无处说理，只好自认倒霉，心里的怨恨无处发泄，他开始痛恨所有的女人，对生活失去了信心。在工作队员的启发下，他意识到自己的所有不幸都是地主造成的，女性成为"放鹰的"也是旧社会的原因。于是，这份怨恨被转化为对于地主阶级的仇恨，怨恨有了发泄的机会，心理获得了安宁与平衡，原来的屈辱感和自卑感一扫而空，命根也变得更加积极开朗，迎来了人生的第二春。

在受到强权的欺压时，弱者心里容易产生报复的冲动，只能将反抗的冲动压制住，隐忍下来，怀着"君子报仇，十年不晚"的信念，等待时机的到来。《太阳照在桑干河上》的刘满向杨亮诉苦，"如今给人治得穷苦些倒也算了，憋住了一口气，闷得没法过呀！""咱就是要把这官司判回来，这并不争那几亩地，咱就为的要争这口气，咱为的要钱文贵不舒服。"② 刘满过于激动地倾诉自己的痛苦，语无伦次，擂拳跳脚，说完后就气呼呼地直挺挺地躺在床上。这仇恨的种子隐藏得年深日久，现在终于有了可以报复的机会，难怪刘满会如此激动亢奋。在斗争会上，也是满怀气愤的刘满打破了现实的僵局，才会取得斗争的胜利。

农民与地主之间难免会有些私人恩怨，这些都被简化为阶级间的斗争。人们经常将自己与他人的生活进行比较，有时候，仅仅是简单的对比也会让人心生怨恨。底层的贫农对于生活富裕的地主羡慕不已，在比较后

---

① 马烽：《光棍汉》，《马烽小说选》，四川人民出版社1983年版，第60页。
② 丁玲：《太阳照在桑干河上》，人民文学出版社1952年版，第273页。

上编　土改文学综论

会因为自己的无能为力只能怀着羡慕妒忌的心理默认现实的无奈。《光棍汉》中的牛二海在诉苦中说："狗日的老财们五房六房娶老婆，穷人们受上一辈子打光棍。拿上咱们的血汗钱他们好活！"① 地主娶多个老婆是个人的私事，但在娶不上媳妇的光棍汉们的心中，已经在不知不觉中埋下了怨恨的种子。《暴风骤雨》的诉苦会上，萧队长一再引导启发农民，"大伙寻思寻思吧，地主当不当劳工？""韩家大院摊过劳工没有呢？""咱们大伙过的日子能不能和韩老六比？咱们吃的、住的、穿的、戴的、铺的、盖的，能和他比吗？"② 通过工作队一连串的问题，让农民正面意识到贫富的巨大差距，即便没有私人恩怨，仅是简单的对比就足以让人们心生怨恨之情，阶级意识由此确立。

最后，在对苦难保持沉默、心怀怨恨的同时，诉苦中的人们在分享着同一样的情感，对他人的苦难心生同情。同情之感加强了集体内部的情感凝聚力，进而强化了农民的阶级意识。

同情是一种情感的互惠与交换。"个人对他人任何的情感表达总是期待情感资源的交换，即给予他人某种情感资源的同时期待他人也回报相应的情感资源，也就是人们寻求在情感交换中实现某种心理效益，这就是情感的微观经济学。"③ 处于不幸境遇的人们，在传统的评价体系中是被忽视、蔑视的弱势群体，当诉苦者在倾诉痛苦时，听众基于阶级伦理原则必须给以情感的支持，这样，倾诉者和倾听者实现了情感的互动与沟通，诉说的人在一遍遍的倾诉过程中获得别人的理解，得到积极的回应，会减轻自身的痛苦，免于承担一定的责任。诸如贫穷造成的卖儿鬻女，小偷小摸等应受到道德谴责的现象。听众在感受到对方的悲伤情绪后，也会出于革命文化期待与自身的苦难体验而给予进一步的关心与同情。更重要的是，听众也被触发了深埋的痛苦记忆，他们会选择类似的诉苦方式来获得他人的同情。"同情造就了具有显著力量的文化规则和逻辑来促进社会融合。"④

---

① 马烽：《光棍汉》，《马烽小说选》，四川人民出版社1983年版，第60页。
② 周立波：《暴风骤雨》，人民文学出版社1956年版，第52—53页。
③ [美]乔纳森·特纳、简·斯戴兹：《情感社会学》，孙俊才、文军译，上海人民出版社2001年版，第47页。
④ 同上书，第48页。

第二章 土改叙事与现代民族国家想象

于是,在"以苦引苦"的作用下,诉苦者越来越多,诉的苦也越来越大,人们可以把所有的错误与屈辱推到"敌人"身上,获得了一种受难的英雄感,矛头一致对外又会加强内部的认同感与凝聚力。

农民在各种宗法势力的压制下怯于行动,即使行动也只会盲目从众。他们有潜在的巨大革命能量,只是他们没有自己的行动目标与组织体制,无法提出自己正当的利益诉求。现在他们有了自己利益的代表——共产党。在工作队的启发帮助下,他们压抑已久的情感如同放开了闸门的洪水一般倾泻而出。对于生活中习以为常的苦难,会让人们难免心生怨恨,满怀不平之心,反过来,共同的苦难经历也会成为大家共同的情感体验,凝固为受难者的共同标记,成为阶级集团的身份特征。在动员诉苦中,农民意识到自己真正成了命运的主宰者,苦难不再是难以启齿的丢人事,成为了联系农民阶级的情感纽带。苦难也不再是个人的隐私,而是整个集体共同的经历,是民族久远的苦难。

在《暴风骤雨》中,当"赵光腚"讲述一家人挨饿受冻的事情时,引起了大家的同情,气氛突然变得庄重严肃起来。"老田头听到这儿,低下头来,泪珠噼里啪啦往下掉,""小王也不停地用衣袖在揩擦眼睛。"[①] 就连一向冷静的萧队长也气得嘴唇直哆嗦。赵玉林的绰号"赵光腚"不再具有调侃玩笑的意味,而成了受苦身份的光荣标记。在特定的场合、情境之下,人们对于他人的不幸遭遇产生了强烈的共鸣,由个体的生命体验的回忆中共同感受到了苦痛与愤怒,这种情感的一致性使人们的心灵息息相通,感同身受。在诉苦会上,往往出现这种群体哭泣的现象。不幸的事例越典型,人们的同情之感越强烈,在痛苦的情绪迅速感染下,触发了各自的痛苦记忆。被强行压抑的痛苦与怨恨一旦有机会宣泄出来,就会出现暂时的情绪失控。人们哭得越厉害,诉苦的效果就会更好。诉苦并不仅仅是简单的情感宣泄,而是对历史记忆的重新认知与阶级集团的情感沟通。诉苦的过程可以向农民进行政治的启蒙教育,使农民形成阶级意识,培养农民的公共表达能力,进而塑造党的意识形态所需要的革命新人。

---

① 周立波:《暴风骤雨》,人民文学出版社1956年版,第57页。

舍勒同意尼采提出的怨恨者"对价值图表的伪造","在这种诋毁事态的趋向之中,在欲望的强度与体验到了的无能为力之间产生的紧张得以消解,与此紧张密切相关的不快在程度上也有所降低。"① 怨恨者出于自身的软弱无力无法获取地主拥有的财富、地位、荣誉、家庭等肯定价值时,他会将其大力贬低,认为这些都是剥削穷人而来的,是其阶级罪恶的象征;反过来,农民会将所经历的苦难加以神圣化和道德化,赋予了正义感和庄严感。通过这样的价值体系转换,农民可以有效地消除原来的屈辱感和无力感,重新获得生命的力量。

"通过逻辑推演、追挖苦根的归罪策略,将农民的苦难与地主阶级及其代理者国民党联系起来,进而从表达(诉苦)走向行动(斗争),则是诉苦领导者、发动者的职责所在。"② 将大量弥散于生活中的痛苦集中起来,将一切原因置换归结为阶级压迫,把痛苦无助的情绪转化为对地主阶级的仇恨。只有在诉苦中成功地激发起群众的情绪,让他们当众痛哭流涕、捶胸顿足,经历了情绪的大起大落之后,再适时引导、及时点拨,才能让农民将生活的痛苦转化为对地主阶级的仇恨,将土改运动轰轰烈烈地搞上去。

二　解救苦难:集体的亢奋情绪与革命的感恩意识

在土改运动中,"翻心"比"翻身"更为重要,土改工作特别强调要发动群众起来斗争,坚决杜绝包办代替。经过诉苦算账,农民的苦难感如同原子裂变般迅速膨胀,阶级意识得以重塑,在强烈的仇恨感的支配下,自然就会容易发生种种过激的现象。情感动员的力量是巨大的,正如一位农民的体会:"八路军真怪,他叫穷人家笑穷人就笑,他叫穷人哭穷人就哭!"③ 从"生活苦"到"阶级恨",农民开始从思想觉悟发展到积极行动,他们的苦难有了发泄的对象。农民不再是唯唯诺诺、胆怯麻木的奴

---

① [德]舍勒:《道德建构中的怨恨》,刘小枫编《舍勒选集》,上海三联书店1999年版,第433页。
② 李里峰:《土改中的诉苦:一种民众动员技术的微观分析》,《南京大学学报》2007年第5期。
③ 《渤海区党委土改复查报告初稿》(1947/06),山东档案,G026-01-0240-001。

第二章 土改叙事与现代民族国家想象

隶,他们成了运动的主宰者,形成了暴风骤雨般的群众运动。

1. 仪式中的集体情感

对于农民来说,国家是一个宏大模糊的概念,是看不见摸不到的。沃泽(Walze)指出,国家要进行充分想象,加以象征化、人格化才能被人们所接受。D. 柯泽(David Kertzer)分析了仪式在政治生活中的重要性,"权力必须通过象征形式而得以表现,仪式实践是传播这些政治神话的主要方式。"仪式将政治权力、革命话语与农民的生活世界紧密联系起来,"仪式不仅从认知上影响人们对政治现实的定义,而且具有重大的情感影响力。人们从他们所参与的仪式中可以获得很大的满足。统治者努力设计和利用仪式动员民众的情感以支持其合法性,并激发群众对其政策的热情。而作为象征,仪式对于革命群体也同样是重要的,革命同样需要引发强烈的情感以动员民众造反。"[①] 斗争会是土改中至关重要的环节,作为一场带有"文化表演"意味的政治仪式,它标志着乡村社会权力的重要变迁,象征着革命力量与反革命势力的阶级间的激烈对抗,阶级意识与政治权力开始渗透到农民的日常生活中来。在政治仪式上建立并展示了政治权威的形象,而在斗争会上的情感互动则构成了运动本身的动力机制。

"批斗会是一种巧妙的表演,但是对参加者的情绪影响显然是强烈的。在鼓舞群众参与的过程中,对共产党所领导的土地改革的描述是与加强恐惧、苦难、仇恨和报复所具有的净化作用同时发生的。对公平观念的诉求也被置于这一过程的中心。"[②] 在斗争会上,组织者精心营造庄重热烈的氛围,无论是诉苦者,还是围观的群众,大家都处于一种血脉贲张的状态,在这种热烈的斗争气氛下,人们对于地主仇恨的情绪达到了顶点,自然就容易出现某些过火的现象。暴力树立了绝对真理与至高权威的精神形象,这不是可供探讨的假定性结论,而是毋庸置疑的绝对真理。"翻身"便是由这些政治仪式而完成的,人们在不知不觉中接受了政治仪式

[①] 转引自郭于华《民间社会与仪式国家:一种权力实践的解释——陕北骥村的仪式与社会变迁研究》,郭于华编《仪式与社会变迁》,社会科学文献出版社2000年版,第343页。

[②] 裴宜理:《重访中国革命:以情感的模式》,刘东主编《中国学术》(第八辑),商务印书馆2001年版,第105页。

的洗礼，产生了强烈的认同感。政治仪式不仅改变了农民的生活世界，让农民得以昂首挺胸地生活，更重要的是，凭借情绪的动员力量改变了人们的精神世界。

"有些时候，社会这种赋予力量与生气的作用格外明显。在共同的激情的鼓舞下，我们在集会上变得易于冲动，情绪激昂，而这是仅凭个人的力量所难以维系的。"① 在集体中，要保持冷静的理性是非常困难的，这时主要是情绪和本能在发挥作用。斗争会上，人们变得异常激动，焦躁不安，积压的情绪不知道应该以何种方式宣泄出来。在《太阳照在桑干河上》中，斗争会刚开始营造了热烈的氛围，人们急于要报仇雪恨，然而诉苦发言不够典型，难以调动起大家的情绪。"要说话的人很多，主席说一个一个来。但一个一个来，说话的人又说不多了。说几句便停了。大家吼着时气势很高，经过一两个人稀稀拉拉的讲，又没讲清楚，会议反而显得松了下来，李昌便使劲的喊口号，口号喊得不对时候，也不见有力量。"这时，苦大仇深的刘满登上台来，开始讲述钱文贵的罪恶。紧接着被迫当甲长而被逼疯的刘乾被送上台来，刘乾的傻样触动了所有人的情感阀门，刘家的悲剧感染了在场的观众。相对于政策的宣传、革命的启蒙，这种形象化的阐释最具说服力了。"底下没有人说话了，有年老的轻轻地叹着气。"短暂的沉默反而使气氛更加庄重严肃，报复的情绪迅速高涨起来。"刘满忽然把双手举起，大声喊：'咱要报仇！''报仇！'雷一样的吼声跟着他。拳头密密地往上举起。'"② 在整齐响亮的口号声中，在报仇情绪的相互感染下，出现了群情激奋的现象，人们进一步强化了自我/受害者/复仇者的角色，获得了集体行动的正义感和神圣感。

将群众的情绪充分发动起来，斗争会才能开得成功热烈，这就要求事先必须做好充分的准备。在小说《山河志》中写到了斗争会的组织情况，"人们经过片会、组会、代表会、全体会，把劲都憋足了。主席、喊口号的、维持秩序的都选出来了，连发表意见的先后，算破天对那条可能的抵

---

① [法]爱弥尔·涂尔干：《宗族生活的基本形式》，渠东、汲喆译，上海人民出版社2006年版，第202页。
② 丁玲：《太阳照在桑干河上》，人民文学出版社1952年版，第406页。

第二章　土改叙事与现代民族国家想象

赖，谁来证明，都颠对好了。台上台下委员代表们也分了工。"[①] 在有效的组织下，人们将压抑心中的怨恨与不满通通发泄出来，在反复的诱导下，所有的罪恶与不公被归罪于地主阶级。人们置身于互动频繁、气氛活跃的环境之下，个人不再是麻木的看客，而是不可避免地参与到行动中来，按照预定的"剧本"完成自己的角色。

由于在群体中个体差别突然消失，表现出来的是群体的共同诉求，人们的情绪会因为微妙的暗示、氛围的感染和感情的互动凝聚到一个共同的目标，这样会使得人们的个性发生巨大的变化，表现出与平时迥然不同的性格特征。"这种变化是如此深刻，它可以让一个守财奴变得挥霍无度，把怀疑论者改造成信徒，把老实人变成罪犯，把懦夫变成豪杰。"[②] 在斗争会上，原来一盘散沙的农民形成了具有共同思想信念与情绪心理的阶级群体，从前被视同草芥、懦弱胆怯的农民突然变得意气风发，豪情万丈。《太阳照在桑干河上》中连老实本分的顾涌"也完完全全投入了群众的怒潮，像战场上的一匹奔马，跟着大伙，喊口号，挥拳舞掌，脸涨得红红的。"[③]

法国社会学家涂尔干曾分析宗教聚会中的演讲者会出现特别的姿态，与往常截然不同。这种异常的力量"来自于他演说时所面向的那个群体。由他的言词所煽动起来的情感经放大和加深以后，又返归他自身，于是，他自己的情感又在这种程度上被听众们强化了。他所唤起的充满激情的能量在他体内澎湃跌宕，令他意气风发，言语铿锵。这已经不再是一个简单的个体在讲话，而是一个具体化、人格化的群体在演说了。"[④] 在众人期待

[①] 张雷：《山河志》，中国青年出版社1958年版，第332页。《暴风骤雨》中的郭全海人物原型郭长兴也在回忆中提到，斗争会上的口号是他按周立波同志事先安排教儿童团喊的。参见郭长兴《我和〈暴风骤雨〉——回忆半个世纪来郭全海伴我走过的路》，哈尔滨市政协文史和学习委员会、尚志市政协合编《从光腚屯到亿元村》，2004年版，第112页。

[②] [法] 勒庞：《乌合之众》，冯克利译，中央编译出版社2005年版，第19页。

[③] 丁玲：《太阳照在桑干河上》，人民文学出版社1952年版，第387页。《中国震撼世界》中记录了一个普通妇女三花在斗争会上的表现，"她走了三十里地来参加大会，头一天半夜里走着来的。她早先是个大门不敢出的羞羞答答的小媳妇。可是那天，哎呀，变了一个人。"三花当众用皮带抽打地主的暴力行为让众人大吃一惊，这与她平时的温顺羞涩形成了强烈的反差。见[美]杰克·贝尔登《中国震撼世界》，邱应觉等译，北京出版社1980年版，第40页。

[④] [法] 爱弥尔·涂尔干：《宗族生活的基本形式》，渠东、汲喆译，上海人民出版社2006年版，第202—203页。

· 99 ·

上编 土改文学综论

暗示下，诉苦者因无法抗拒的冲动而将情感释放出来，立刻得到听众的回应，在情感的互动和感染下，这份激情便会愈演愈烈。《瞎老妈》中的孙大嫂终于等来了说理的日子，她讲述自己一家人的不幸遭遇，"忽然，她的声音变了，象是撕裂破布一样，大声地喊起来！'十年前呀！就是今天呀！腊月二十八呀！五铁耙派人来要催命钱呀！准俺的地呀！俺娘们跪着求他也不让呀！要俺的命呀！俺那苦命的被逼得割了自己的喉咙管呀！'"① 她的悲痛之情溢于言表，哽咽难言，随后她激动地晕了过去。那一声声让人肝肠寸断的哭诉宣泄了十年积压的痛苦屈辱，也使得现场观众的情绪达到了最高潮。正是在共同在场、集体激情、斗争氛围、情感期待等多重因素的作用下，才会使得个人的情感发生如此不可思议的巨大的变化。

"然而要真正遵从群众、特别是那些最贫穷也是最积极的农民的意愿，却远非易事。他们有如脱缰的烈马，横冲直闯，迅猛异常。"② 在斗争会上，在慷慨激昂的诉苦案例的感染下，人们的报复情绪已经被刺激到了顶点，这个时候自然容易发生暴力事件。唯有将斗争对象彻底斗垮，将其碎尸万段，才能熄灭人们心中燃烧的怒火。"人们只有一个感情——报复！他们要报仇！他们要泄恨，从祖宗起就被压迫的苦痛，这几千年来的深仇大恨，他们把所有的怨苦都集中到他一个人身上了。他们恨不能吃了他。"③ 原来老实本分的农民，变得狂热激动，难以遏制的激情使他们做出了平时不可理喻的行为。他们在现实生活中遭受的所有无法找到根源的苦

---

① 洪林：《瞎老妈》，莫西芬等编《山东解放区文学作品选》，山东人民出版社 1983 年版，第 22 页。在晋城天水岭发动的斗争活动中，赵清泰的诉苦是拉长声音一字一泪地苦唱出来的，"同泰会呀……吃人虫呀……一加五呀，把我全家的土地房屋剥削完呀，想逃走呀，没盘缠呀，下门板呀，拆炉支呀，挖火口呀，搬楼板呀……"在"由苦到痛，由痛到恨，由恨到愤"的过程中，赵清泰气晕过去。在这一事件的刺激下，"群众热情的奔放，已一泻千里的真正达到高潮。"其后，六个人诉苦，就有四个人气得晕死过去了。见朱襄《天水岭群众翻身记》，华北新华书店 1947 年版，第 16—17 页。在斗争会上，还出现了现场激愤而死的现象，《晋绥日报》1947 年 9 月 15 日第 2 版有一则新闻，标题为"贫农武老三激愤过度逝世"，其中介绍三区张家沟村贫农武老三，在 9 月 7 日联合斗争地主大会上，向顽滑地主张五十九诉苦，因激愤过度而死亡。他被认为是烈士，"武老三在和地主阶级斗争的战场上牺牲了，和在前方牺牲的烈士一样光荣！"虽然他的死亡与他长期患病、身体虚弱有关，但当时过于狂热的氛围显然是直接的诱因。

② ［美］杰克·贝尔登：《中国震撼世界》，邱应觉等译，北京出版社 1980 年版，第 198 页。

③ 丁玲：《太阳照在桑干河上》，人民文学出版社 1952 年版，第 307 页。

第二章　土改叙事与现代民族国家想象

难,都转移到了"替罪羊"的身上,以此抵消了生活的痛苦感和屈辱感。"政治的暴力本来的意义是一个阶级压迫另一个阶级的有组织的暴力。"① 斗争会上经常出现暴力的事件,使得这一象征着乡村权力变迁的政治仪式成了一场旧有特权阶级的牺牲祭礼。

2. 感恩型政治观念的形成

在政治仪式上,政治权力用一种前所未有的方式向民众显示了一种强大的力量,富有戏剧性地改变了人们的政治身份、经济状况,甚至决定了今后的命运,这些都会让农民心生敬畏与感恩之情。在土改中,少地或无地的农民可以分到一些土地,每人还会分到些胜利果实。《太阳照在桑干河上》中赵德禄的老婆分到了两件大衫,李昌分到了四个大花瓶,钱文富分到了一口大缸和一个盔子。农村毕竟资源有限,仅靠着分到的果实难以过上富裕的生活,只能勉强维持温饱的生活。② 与物质上的有限变化相比,翻身带来的精神力量显然更为强大。

从个人的层面看,翻身给人们带来精神上的满足,让他们感觉到前所未有的尊严感。斗争的胜利"对于少地和无地农民的思想和信念产生了巨大的影响,使他们生平第一次感觉到多少能够掌握自己的命运了。他们睡在自己的房屋里,走在自己的土地上,撒着自己的种籽,盼望着自己的收成。他们不欠任何人粮食,也不欠任何人钱,这也许算是最使人高兴的一件事了。"③ 在以往的生活中,农民只能寄希望于神明、菩萨,生活像一只随波逐流、随时有灭顶之灾的小舟。现在,他们感觉到了"天下穷人是一家",集体的归属感让他们的精神找到了归宿。原来是任人欺侮的蚁民,现在这些穷人们可以大声发表自己的意见,怒斥以前趾高气扬的主人,体验到了前所未有的人的尊严感。他们不再怨天尤人,在新的生活中扬眉吐

---

① [德]马克思、恩格斯:《共产党宣言》,成仿吾译,人民出版社1978年版,第47页。
② 黄宗智在农村调查中发现一位叫吴仁余的农民,在土改中分了三亩地,本村无田可分,分的是外村的土地,由于离村太远,无法去耕种。见黄宗智《长江三角洲小农家庭与乡村发展》,中华书局2000年版,第169页。由于农村经济的落后,土地资源有限,土改后,有些地方农民只是"翻了个空身"或者"翻了半个身"。见张永泉、赵泉钧《中国土地改革史》,武汉大学出版社1985年版,第238页。
③ [美]韩丁:《翻身——中国一个村庄的革命纪实》,韩倞等译,北京出版社1980年版,第276页。

上编　土改文学综论

气真正成了主人。

《太阳照在桑干河上》中的顾长生的娘分到了两只鸡,她四处找人说话,称分的鸡为"翻身鸡","咱也不缺,不过,嗯,文主任,咱也不能不要,为着是抗属才给的,是面子物件啦,嗯个,对不对?"顾长生的娘在乎的不仅是这两只鸡的经济价值,而是它们背后的含义,是作为翻身的农民才能拥有的"面子",因此,她才会为获得的尊严和荣誉兴奋不已。《老头刘满囤》(秦兆阳)中的倔老头本来性情古板保守,在翻身庆祝会兼儿子的结婚典礼上,兴高采烈地跳起了秧歌,乐得手舞足蹈,让全场人笑得直不起腰来。老人性格的变化可以看出翻身后人们重获人生尊严带来精神上的喜悦兴奋,对未来的美好生活充满了希望。

从革命的角度看,土改将分散的农民组织起来,成为农村政权组织下的一分子,组织成新社会的建设力量。阶级的划分造成乡村民众的分化,要么是"我们",要么是"敌人",对垒分明。在阶级对立的局势日趋明朗之后,一些"局外人"无法承受这种与世隔绝的精神孤独,他们必须要表明态度,与旧有的思想观念一刀两断,才能跟上时代的潮流。"除非他归属某处,除非他的生活有某种意义和方向,否则他会由于自己的无足轻重而感到如同一粒尘埃,感到被征服。他可能难以使自己与任何会赋予他生活意义和方向的制度相联系,可能满腹疑虑,这种疑虑最终将他的行为能力,也就是他生活的能力瓦解。"① 精神上的漂泊无依的感觉令人彷徨不安,无论他们是否思想开窍,领会到革命的意义,他们一定要跟随大流,寻找组织的庇护,找到身份的归属。

在《江山村十日》中,周兰和她的母亲终于参加了贫雇农大会,这时她们十分拘束,扭扭捏捏,"倒不是因为她的身上没有穿新衣裳,似乎身上少了一件什么东西。"② 参加会议的女人们穿着的粉红色皮领子大氅、花棉袄和红毛衣,这些都是参加斗争后分到的胜利果实。这不仅是抗寒的衣物,更成了翻身闹革命的身份标识。难怪周兰会觉得不安,她感觉到了新

---

① [美]埃里希·弗洛姆:《对自由的恐惧》,许合平、朱士群译,国际文化出版公司1988年版,第14页。
② 马加:《江山村十日》,春风文艺出版社1979年版,第182页。

· 102 ·

第二章　土改叙事与现代民族国家想象

衣服在贫雇大会的政治象征性含义。在敌我分明的形势下，她们已经别无选择。

在分配过程中，分得果实的多少与个人在土改中的表现紧密结合在一起。积极分子能够获得较为丰富的果实，而表现一般的农民则收获甚少。这种物质利益的刺激也会鼓励人们尽快找到阶级队伍，旗帜鲜明地表明自己的态度。《邪不压正》中能说会道的小旦胡乱造个"问题"就分一个骡子几石粮食，而小宝提不出大"问题"，只得了五斗谷子。而所谓的"问题"就是指农民的诉苦，老实人不会诉苦自然得不到果实，而精明人却能抓住机遇无中生有，大诉苦水，就能获得丰厚的回报。

既然分到了斗争果实，农民的命运和共产党政权紧紧联系起来，形成了利益的共同体，接下来的参军也就成为农民们义无反顾的选择了。怕"变天"是当时农民的普遍顾虑，而当农民义愤填膺地登台控诉地主的罪恶，与地主撕破脸皮算账，分到了地主家的财物之后，他们就很难保持旁观者的身份。如果国民党政权卷土重来，地主一定会变本加厉进行报复，分到的土地等财产都要被收回，参加斗争的农民们必然性命堪忧。正是因为有了物质利益的关联，情感上的认同，对形势的认知，农民摆脱了怀乡恋土的传统思想，选择破釜沉舟，背水一战。

正如柯鲁克夫妇在《十里店》中感受到的解放军战士的蓬勃朝气，"以前，在抗日战争时期，我们曾经见到过国民党统治区的中国新兵。那些新兵用绳子系在一起，处于他人看守之下。但解放军的这些新兵既没有用绳子绑着，也没有派人看守，他们都是志愿兵而不是强行征召的。他们一边雄赳赳气昂昂地行走，一边欢快高声地唱着歌。"[①] 农民出身的战士们在翻身斗争中有了清晰的阶级归属和爱憎分明的阶级情感，他们对解民于倒悬的共产党政权充满了感激之情，对与自己命运相似的阶级兄弟产生了同仇敌忾的信念，仇恨剥削为生的地主阶级，继而仇恨地主阶级背后的国民党政权。在他们的身上，少有鲜明的个性印记，更多的是集体的共同心理。斯诺曾发现，战士能说出青少年时期的一切事情，但在参

---

① ［加］伊莎白·柯鲁克、［英］大卫·柯鲁克：《十里店（一）——中国一个村庄的革命》，龚厚军译，上海人民出版社 2007 年版，第 211 页。

加军队之后,就忘掉了自我。他们讲述的故事"只是关于红军、苏维埃或党的故事——这些名词的第一个字母都是大写的。"①

从国家的角度看,经过翻身仪式的展示、物质利益的驱动与深入而广泛的情感动员,使得农民对于现代民族国家这个"想象的共同体"产生了认同感和依附感。在土改前,农民按照亘古不变的节奏艰难地生存着,他们舍不得一点点享受,节衣缩食,从牙缝里节省下来一点一滴再慢慢买地扩大生产,往往要经过祖辈几代人的努力才能实现发家的梦想。《太阳照在桑干河上》中的顾涌就是勤俭持家的代表,也代表着无数小农们的生活道路与人生梦想。顾大姑娘觉得,"翻身总得靠自己受苦挣钱,共人家的产,就发得起财来么?""受苦挣钱"是农民传统的人生理念,世道就是弱肉强食,忍气吞声,而土改以雷霆万钧之力迅速改变了农村的面貌,地主的土地等财产被拿来重新分配给贫雇农,这种巨大的运动能量立刻使农民的生活发生了不可思议的变化。他们无比崇拜改天换地的共产党的力量,这种强力与威权的展示使得农民虔诚地膜拜在新的偶像的脚下。

《太阳照在桑干河上》写到了人们对于毛主席的崇拜之情,干部们带回来一张毛主席的画像,"贴在一块门板上,他们把它供在后边桌子上,有人还要点香,大伙反对,说毛主席是不喜欢迷信的。人们都踮着脚看,小学生也挤在前一个角落里唱'东方红,太阳升,中国出了个毛泽东……'"② 以血缘地缘为中心的差序格局被打破了,人们已经无所依附,只有身在集体之中才能获得心灵的安全感和自我的存在感。同时,在卡里斯马权威的引领下,人们无须思考与忧虑,无须做任何价值判断,只需机器一样简单地执行上级的命令即可。

中国传统的政治治理格局实行的是"皇权不下县"的原则,更多的情况下,由声望较高的乡绅阶层承担起了文化教化、调解诉讼等责任。③ 而随着乡绅的劣化与武化,农民失去了所有庇佑的机制与权衡的条件。农村

---

① [美]埃德加·斯诺:《西行漫记》,董乐山译,生活·读书·新知三联书店1979年版,第104页。
② 丁玲:《太阳照在桑干河上》,人民文学出版社1952年版,第449页。
③ 于秋兰:《制度变革与国家转型》,上海人民出版社2014年版,第30—31页。

第二章 土改叙事与现代民族国家想象

成了各种政治势力轮番上台的鳌子,这些政权只是在不断变本加厉地榨取农村的资源,使得农村的境况雪上加霜。土改之后,政权的触角才真正延伸到了农村一级。在土改中,通过诉苦、算账、串联、斗争、挖浮财等各种方式将农民组织动员起来,成立了大大小小各种组织,包括小组会、贫雇农大会、评地委员会、农会、青联会、妇女会、儿童团、民兵等。这些组织的成立改变了原来村子里人心涣散、一盘散沙的状况,所有的群众都被一股神奇的向心力牵引着凝聚在一起。翻身后的尊严感、穷人当家的权力感、身处集体的安全感,这些都进一步强化了农民鲜明的爱憎情绪,对造成苦难的地主阶级的痛恨之情,对解救苦难的共产党的感恩与崇拜之情。

"对苦难的记录可以改写历史甚至重构历史,这是苦难的历史力量;揭示出苦难的社会根源,苦难便不再仅仅是个体的经历和感受,而是具有社会的力量;去除了先赋性或宿命论的迷障,揭示苦难的社会根源,苦难就会有颠覆的力量、重构的力量、获得解放的力量。"[①] 人们在发现苦难的同时重塑过去的记忆,重新构造了阶级斗争的血泪史,用革命化二元对立的思维方式感知和认识生活的世界,于是,苦难具有了正义和神圣的力量,觉醒的农民开始怒不可遏,变得狂暴冲动。斗争会、分果实等一系列翻身政治仪式标志着苦难的结束,农民政治身份的转换和社会地位的翻转。集体兴奋增加了个体情感的能量,情感的互动与感染形成了亢奋狂热的斗争氛围,增强情感愉悦和集体团结,在类似于集体欢腾的场面中人们有了"天下穷人是一家"的阶级认同感,"穷人坐江山"的复仇快感。在复杂而微妙的动员技术中,农民的身体已经彻底的国家化,获得了阶级身份的标签,成了人民的一员。

在土改过程中,离不开情感的积极参与,诉苦、翻身等一系列政治仪式的成功演示有效地激发农民压抑已久的情感能量,形成了新的集体认同和身份认同,一个想象的共同体——现代民族国家已经成功建构起来。情感之所以能够发挥超乎想象的巨大作用并且成效卓著,影响深远,原因主

---

① 郭于华:《倾听无声者的声音》,《读书》2008 年第 6 期。

要在于工作队员对于农民的生活世界非常熟悉,党的政治理念与农民的生活理想达到了内在的契合。贫困交加的农民期待一个政治清明、经济富裕、道德公正的理想世界,这一"大同"式的理想愿景与共产主义理想不谋而合。农民有着对物质利益的渴望("均贫富"),对政治权力的欲望("坐江山"),对权势者的怨恨不平,对富有者的艳羡嫉妒,这些深藏不露的情感欲望一旦被诱发出来,就等于唤醒一座沉默的火山,打开了洪水的闸门,情感被唤醒后的力量是相当惊人的。情感动员机制在以后的政治运动中依旧在不断运用,只是效果不再那么立竿见影。

第三节 政治身体:土改文学中的身体形象分析

对于人来说,身体是生命的本体,同时,"身体是我们拥有一个世界的一般方式","当身体被一种新的意义渗透,当身体同化一个新意义的核心时,身体就能理解,习惯就能被获得。"[①] 身体成为考察现代政治的重要视角,而身体叙事中也可以窥见现代意识形态的逻辑。土改使得解放区的农村发生了前所未有的变化,在革命意识的启蒙下,身体从重重束缚中解放出来,各种基本的生理欲求获得了满足。但是,农民的身体并不能按照阶级出身与血缘关系自然而然地划归到革命队伍中来,身体还需要不断地接受规训与净化,才能被组织所接纳。在反复的阶级诉苦中,身体的伤疤成了阶级仇恨的烙印,也成了阶级划分的标志。在生产劳动的洗礼下,身体接受无休无止的磨炼,"在血水里泡三遍,在盐水里煮三遍,碱水里浸三遍",锻造成为共产主义新人,身体开始彻底的国家化。而在男性话语扩张的压力下,女性的身体归属是暧昧不清的,女性身体的价值判断是以革命为判断标准的。

一 翻身:具体的个人与抽象的国家

"翻身"是土改斗争中的热门词汇,从字面的意义上来看意思非常简

[①] [法]莫里斯·梅洛—庞蒂:《知觉现象学》,姜志辉译,商务印书馆2001年版,第194页。

第二章　土改叙事与现代民族国家想象

单,是把被压迫的身子翻过来,而它的社会意义则十分丰富的。在物质层面上,他们可以在土改中获得土地、粮食等财产,在精神层面上,农民已经昂首挺胸,成为村庄的权力阶层,原来的地主富农已经沦为政治贱民,而在象征层面上看,这不仅是农村的巨大变动,更是一场中国的大变革,大翻身。中国苦难历史正是集中表现在那些脸朝黄土背朝天的木讷农民身上,农民的翻身解放是苦难中国即将迎来命运转机的信号,他们为中国这个病入膏肓的躯体注入了新鲜的血液,意味着这位沉睡已久的东方巨人即将醒来,发出惊天动地的呐喊。当1949年10月毛泽东主席宣布"中国人民站起来了!"的时候,人们是何等的激动兴奋!这是甲午战争以来百年屈辱的终结,这是新中国即将崛起的起点。

霍布斯用"利维坦"来代表现代国家,在他看来,国家就像一个血脉贯通的巨人。"在'利维坦'中,'主权'是使整体得到生命和活动的'人造的灵魂';官员和其他司法、行政人员是人造的'关节';用以紧密连接最高主权职位并推动每一关节和成员执行其任务的'赏'和'罚'是'神经',这同自然人身上的情况一样;一切个别成员的'资产'和'财富'是'实力';人民的安全是它的'事业';向它提供必要知识的顾问们是它的'记忆';'公平'和'法律'是人造的'理智'和'意志';'和睦'是它的'健康';'动乱'是它的'疾病',而'内战'是它的'死亡'。最后,用来把这个政治团体的各部分最初建立、联合和组织起来的'公约'和'盟约'也就是上帝在创世时所宣布的'命令',那命令就是'我们要造人'。"① 如果把40年代的中国比作一个巨人的话,那应该是一个多灾多痛、行将就木的衰老之躯。城市作为巨人的心肺,还能勉力维持当时的局面,而广大的乡村就像是瘫痪病人的肌肉,已经日渐萎缩,血脉不通。当时的中国有两种方式可以选择,"其一是国民党或说是蒋介石的方式,也就是说,倾全力打造一个上层结构。公开接纳所有人的确是其政策,但接纳进来后,必须依赖秘密警察来确保内部的安全;其二是共产党或说是毛泽东的方式,也就是说,重建村落单位,回到基础和基本的层

---

① [英]霍布斯:《利维坦》,黎思复、黎廷弼译,商务印书馆1985年版,第1页。

上编　土改文学综论

次，为创造一个一致的下层结构，必须将文化上的粗俗视为美德。首先要宣扬，艺术和哲学必须为大众服务。随着运动的逐渐推展，必须更依赖原始性。努力推崇'高贵的野蛮人'的典范时，就必须敌视和都市化有关的任何事。"① 国民党建设的是上层结构，无暇顾及农村的建设，而共产党改造了中国的农村，使得政治权力的触角深入每一个村庄，翻身革命的思想传播到了乡村的每一处角落。正如希腊神话中的巨人安泰俄斯，只要双脚立在大地上，就能获得无穷无尽的力量。而共产党正是从农村政权的建设中获得了丰富的人力物力的支持，才能带领农民取得最后的胜利。

政治身体可以从三个层面进行分析，"生理政治身体（bio - body political）所代表的是男人女人们所关心的如福利、身体健康、以及生育繁衍等问题的问题搜集方式。在所有的这些需要的满足中，家庭的幸福是最基本的。生产政治身体（productive body political）所代表的是对劳动和才智的复杂的组织形式（劳动和才智被用于生命的物质和社会的再生产之中）。""力比多政治身体（libidinal body political）所代表的是另一个欲望层面，它超越了对家庭财产和经济利益的关心，它所向往的是那种最难以企及的情愫，如爱和幸福；所以，力比多政治身体完成了人格的秩序建构。"②

对于农民来说，他们信奉命运，认为自己生来就是受苦人，身体自然要经受种种磨难。土改给广大农民的生活带来了转机，他们的生理身体获得了基本的满足，分到了衣服、粮食、土地等财产，物质需求得以满足之后，自然带来精神的愉悦。农民佝偻软弱的身体也挺起身来，昂首阔步，成了革命阵营中的成员。为了保卫胜利果实，加强边区建设，他们又在组织的引导下积极参加生产劳动，为解放战争多做贡献。政治身体的改造不是一蹴而就的，在阶级话语的引导下在诉苦、斗争等活动明确了自己的阶级归属，积极投身于阶级斗争的行动中来，同时还需要进一步接受繁重体力劳动的规训，参加频繁发动的各种政治活动，身体在政党伦理和阶级斗争技术的作用下成功地被政治驯服，彻底地国家化。

---

① ［美］黄仁宇：《黄河青山：黄仁宇回忆录》，张逸安译，九州出版社2011年版，第190页。
② ［美］奥尼尔：《身体形态：现代社会的五种身体》，张旭春译，春风文艺出版社1999年版，第76页。

第二章 土改叙事与现代民族国家想象

翻身的一个明显标志是衣着的变化，通过衣着的变迁可以发现革命年代里人民翻身后政治对身体的解放与规训。对于农民来说，他们从土里刨食，吃的尚且成问题，哪有心思讲究穿戴呢？他们也有朦胧的追求美的意识，只是现实条件的束缚，导致他们只能放弃这个"非分之想"。他们看重的是衣服的保暖功能，只要能够遮住身体，挡风保暖就行了，没有能力来追求衣服的美观。《暴风骤雨》中的郭全海在诉苦会上穿的就是补丁摞补丁的坎肩，因为补丁太多，已经看不出坎肩原来用什么布做的。郭全海穿的破衣烂衫并不会让人感到寒酸窝囊，他的贫困就是因为他的劳动所得被地主剥夺而造成的。只有参加了革命，才能让土地回老家，摆脱贫困的生活状态。

《红棉袄》中的带弟当闺女时，是袁家屯的头朵花。"她漂亮，干净，爱打扮，一样的衣裳穿在她身上就显出两样的风致来。正月里唱大戏，台子底下的人都要往带弟家的车子上看看。自从嫁到刘老三家里，谁都记不起她是从前的带弟了。她出嫁时陪送的月蓝大布衫和青棉袄，在大前年冬里，刘老三含着眼泪拿到街上卖了，去还屯长孙八爷的租粮。……自从这以后，刘老三的女人就再没穿过一件囫囵衣裳，不梳头不洗脸是常事，挨打挨骂是常事，刘老三的脾气一年坏过一年。这以后，女人的脸上就再没有过笑容，整年整月哭丧得象寡妇，只愁着穷日子如何打发。……愁了吃又愁穿，配给布都放在孙八爷家的箱子里柜子里，穷人家就连块洗脸手巾也捞不着。打下的粮都卖了还买不上一身衣裳，就只有布片片穿成布条条，到夜里，一家人盖一个烂麻包睡。"[1] 带弟是一个爱美的女性，只是她在生活的压力下没有经济能力去追求漂亮的衣服，她的希望只是得到一件红棉袄。她想要一件和地主闺女穿得一样的红棉袄，却遭到了母亲的训斥，"你这死妮子要上天啦！没露肉还不知足，要穿红等拜天地那阵吧……"[2] 她在婚礼上穿的是借来的红棉袄，就连陪送的衣服也因为生活的艰难而卖掉了。穿着破布片片的带弟对于革命并没有多少理解，她的丈夫刘老三虽然是积极分子，对她也没有进行土改的启蒙教育，依然是动辄打骂的态度。拿到红棉袄的一

---

[1] 林蓝：《红棉袄》，《解放区短篇小说选》，人民文学出版社1978年版，第487页。
[2] 同上书，第496页。

刻起，带弟自然而然地认同了革命，认同了丈夫的所作所为。衣着的变迁意味着农民地位的翻转，原来的破衣烂衫让她自惭形秽，无心打扮，而穿上红棉袄后，立刻光彩照人，"刘老三女人脸上热辣辣的，头可又高高抬着，觉得自己有点什么光彩似的。"①

《双龙河》中，农民翻身后的穿戴焕然一新了，"论穿戴，比过去是讲究些了，戴着一顶黄不须的皮帽子，一个帽遮，两个耳扇。穿着一双牛皮靰鞡，靰鞡鞡子又爽手，又崭新。身上穿着蓝棉袄，里外三新，胸坎子上挂着红布条。"② 解放区崇尚的是劳动之美，新衣服强调的是农民翻身后的新面貌，劳动者的痕迹依然明显。劳动英雄耿西老头子的手上净是风雪吹开的皱纹，麻刺刺的。

"衣着的控制是身体政治非常重要的手段，在革命叙事中，衣着和身体属性一样都处于革命的控制之下，他们不是追求生命个性的领域，相反是革命表现其功利性的领域，因而也是政治必须照看的非常重要的领域。也因此，衣着的政治色彩便不言而喻了——在穿着上任何形式的个人主义和形式主义都是要不得的。"③ 由于生活条件的限制，农民对于衣食住行等方面的需求极为迫切，土改只能缓解农民生活的苦难，农民需要继续发展生产，必须克制生理身体对于温饱生活的渴望。艰苦的生活是对身体的磨炼，身体只有继续承受严格的体力劳动，保持思想的纯粹和先进性，才能成为党所需要的社会主义新人。如果身体贪图外在物质的享受，沉醉于物欲的满足，这样的身体就要接受惩罚与规训，同化为国家的工具。

《李有才板话》中的小元当上武委会主任后，很快被地主收买。"广聚有制服，家祥有制服，小元没有，住在一个庙里觉着有点比配不上，广聚便道：'当主任不可以没制服，回头做一套才行！'隔了不几天，用公款做的新制服给小元拿来了。"④ 制服口袋里再插上一支笔，这样的穿戴自然不适合再去地里干活了。小元穿着制服去割了一回柴，觉得不好意思，以后

---

① 林蓝：《红棉袄》，《解放区短篇小说选》，人民文学出版社 1978 年版，第 499 页。
② 马加：《双龙河》，《马加文集》（一），春风文艺出版社 1986 年版，第 250 页。
③ 葛红兵、宋耕：《身体政治》，上海三联书店 2005 年版，第 82 页。
④ 赵树理：《李有才板话》，《赵树理全集》（第 1 卷），北岳文艺出版社 1986 年版，第 194 页。

第二章　土改叙事与现代民族国家想象

有什么杂活，都派给民兵来干，自己高高在上当主任。制服是公家人的标志，钢笔是文化人的象征，小元的权力欲望和物质欲求被大大刺激起来，不再安分于农民的角色。《庄户牛》中，"庄户牛"向农救会长提意见，"你看你那个样子，还象个穷人吗？当了几天会长就变了样子，这样下去还了得！当年你爹披着破蓑衣，你上下无根丝，今天你倒阔了。穿着雪白的小褂，这不算什么，为什么钉十三个扣子，领子上就有三个！你看你的褂子有多么长，多么瘦，姑娘们也不过穿那么长，那么瘦，截下一半来给穷人穿好不好！留洋头，吃洋烟！我问你哪里的钱？"① 雪白的小褂，十三个扣子，这些对于衣着美的追求本来无可厚非，而在革命年代里就与劳动的审美观念发生了抵牾，对于外在的浮华之美的追求意味着内在思想的堕落。只有符合劳动的衣着，才是美的，任何对于劳动之外的美的追寻，都是多余的。

二　身体的政治化：在劳动中被驯服改造的身体

中共中央一直十分重视发展生产，解放区人民在满足自己的生活需要之外，还要为战争提供物资保障，在生产力十分低下的情况下，生产任务是十分艰巨的。解放战争开始后，战争规模迅速扩大，解放区经济遭到了严重的破坏，粮食问题成为迫在眉睫的重大问题。在农村，积极鼓励农民开垦荒地，发展生产，在机关，干部们也要开展劳动竞赛，完成生产任务，实现自给自足。在生产成为第一任务的形势面前，劳动成了光荣的事情，劳动美学成了革命身体的重要标准。翻身的农民重塑阶级的审美观，劳动的身体才是美的，而好逸恶劳、贪图享受的身体则是需要改造的。

《我和老何》（萧也牧）中的"我"是双手没摸过锄头把的知识分子，刚开始学习担水，"担着担着，累得骨头架子象是散了一样。肩膀头上红鲜鲜破了一片，垫上了一块毛巾，还是象针扎似的痛。我咬着牙，一直坚持到下工。我觉得象是完成了一件神圣的事业似的感到愉快。"② 而这只是

---

① 陶钝：《庄户牛》，莫西芬等编《山东解放区文学作品选》，山东人民出版社1983年版，第100页。
② 萧也牧：《我和老何》，《萧也牧作品选》，百花文艺出版社1979年版，第67页。

锻炼的开始,很快,单位组织开荒,"我们挥动镢头,开荒了。哪知道那山地硬得和石头一样,满山坡都是石头和草根。镢头碰到泥土上,马上又碰了回来,我们掘了半天,弄得满头大汗,只开了桌子大的一片。"① 劳动者老何训斥大家的懒散,"受苦人要是都像你们,牛都饿死了!这可不是闹着玩儿的,赔了本谁包?"而等到休息的时候,"每个人的脸上,汗珠和着灰土,都成了花脸了。你看着我,我看着你,大家连笑都没劲了。"② 劳动为知识分子上了宝贵的一课,将知识者软弱的一面暴露无遗,他们精致优雅的审美被劳动实用的审美观所取代。劳动给人的身体造成劳累和痛苦,而这种痛苦由于革命的神圣价值而被赋予了重要意义,转化为一种精神的充实和快乐。经过这种身体的锻炼之后,知识者才能获得革命者的资格,被组织所接纳认可。

农民从小接受的就是父辈的言传身教,生活的艰难就是他们所接受的现实教育。他们的人生理想就是经过几代人的辛苦节俭,能够过上丰衣足食的生活。在天灾人祸面前,农民食不果腹,衣不蔽体,只能出门逃荒,甚至卖儿鬻女。辛勤地劳动却无法保障基本的生活需要,无法养活自己的家人,这让农民毫无自尊可言。在传统的"劳心者治人,劳力者治于人"观念支配下,农民的职业是低等下贱的,是愚蠢无能的表现,而过上耕读传家的富裕生活才是下层民众所向往的。而在土改中,传统的思想观念被翻转过来,贫穷并不可耻,劳动无法让穷人免除饥饿,那是因为他们的劳动果实被地主阶级强行剥夺,他们越是辛勤地劳动,被剥削得就会越多。而地主之所以富有,是因为他们道德堕落,"不杀穷人不富",不劳而获。现在,贫穷是道德的基础,劳动是光荣的表现。只有劳动才能创造财富,劳动者是世界伟大的创作者,而不劳动者只能被这个社会所唾弃。

新的劳动审美观契合了农民的苦难生活,让他们心生自豪感和尊严感。当劳动英雄戴上红花,参加劳动代表大会,受到上级领导的表扬时,会给周围的群众产生强大的辐射作用。"有了劳动英雄,才有生产竞赛,才有模范者的影响;有了劳动英雄的鼓励,才能给群众以刺激,将群众的

---

① 萧也牧:《我和老何》,《萧也牧作品选》,百花文艺出版社 1979 年版,第 72 页。
② 同上书,第 74 页。

第二章 土改叙事与现代民族国家想象

最后一滴血汗都吸收到生产运动上面去;有了劳动英雄,延安产生了在工头的皮鞭之下都不能发现的劳动奇迹。"① 劳动在这里赋予了重要的意义,劳动者也会因为上级的鼓励和周围人们的尊重而感到无上光荣,进一步激发劳动的热情。《模范劳动者郑信》中描绘了一个劳动英雄的形象,"四十多年来穷苦受难的生活,削弱了他的健康,使他从前几年就感到了眼花耳聋的苦痛,在他赤黑而又发亮的脸颊上也烙印了许多深刻的皱纹,呈现着一面干枯的容貌。可是在这悠长的操作中也使他身体锻炼的分外强壮,他常常因年轻炽热的精神而自豪地说:'开荒吗?两个小伙子未必能顶过我干呢!'"② 郑信因劳动而衰弱的身体与旺盛的劳动热情形成了鲜明的对照,在缺乏农业机械和先进技术的条件下,唯有加强人力投入才能提高农业产量。劳动英雄的赤黑面孔和深刻皱纹,本是苦难的象征,由于劳动被注入了庄严神圣的意义,他们劳动的身体也就更加令人尊重。

对于女性的审美同样也在发生变化,纤弱娇媚的女性气质被粗犷豪放的男子气概所取代。由于大量男子被抽调到战争前线,女性柔弱的肩膀开始支撑起家庭的重担,顶替丈夫完成生产建设、保卫家乡等任务,出现了大量花木兰似的女性人物。《新夫妇》中的新媳妇姜培兰刚满二十岁,身高力大,没有缠过脚,强壮得像个男人,她跟随丈夫学会了放枪和扔手榴弹,和全家一起开荒种地,大家称她是"女干家"。《一把火》中的大姐是穷人家的姑娘,"两只水汪汪的大眼,老是笑眯眯地瞅着人,做活又有本事,在场里忙起活来,只见她来来去去,甩搭着大黑辫子,脸红红的,额上的汗珠也不擦,两只胳膊稍一吃劲就用杈举起一堆麦秸来,看她象有千斤力气一样,不费劲就把麦秸架到垛上去。"③ 在这里,评价女性美的标准不是脸蛋、身段,而是女性能否劳动,只有会劳动的女性才是符合新的审美原则。

《老许》中描写了解放区人民轰轰烈烈地搞生产的场景,二婶子也老

---

① 赵超构:《延安一月》,中国国际广播出版社2013年版,第202页。
② 宋英:《模范劳动者郑信》,莫西芬等编《山东解放区文学作品选》,山东人民出版社1983年版,第413页。
③ 俞林:《一把火》,《婚礼上听来的故事》,江西人民出版社1981年版,第278页。

当益壮，不甘落后。"刚一坐下，二婶子就啦起秋天的生产来，说这回妇女可起了大作用了，男劳动力去出伕，庄里刨果子、起地瓜，场里地里的活，大半是靠着妇女做的。最后说到她自己这一秋天也着实忙的不轻。老许笑道：'想不到你老人家这大年纪，也想挣个劳动模范当当。'二婶子笑道：'模范不模范，倒是小事，大伙儿多出点力，不是能早一点打倒老蒋那个坏蛋头子吗？'"① 劳动是农民谋求生存的手段，不劳动不得食，而现在，劳动更在现实意义上又被赋予了政治意义，劳动是农民阶级获得阶级解放的方式。只有大家齐心协力，积极生产，支援前线，才能打败国民党反动派，获得无产者的彻底解放。

不过，劳动毕竟是艰苦的，持久的体力劳动换来的不过是勉强糊口的生活，这与人类的趋利避害的本能是相违背的。农民希望可以摆脱这种苦难的生活方式，改变自己长久以来的贱民身份。而任何逃避劳动的想法都会被视为错误的思想观念，需要加以改造。《李秀兰》描写了一位远近闻名的"秧歌大王"李秀兰的故事，李秀兰不安于农民的身份，不想一辈子围着家庭转，想要到县里接受培训，当个公家人，再找个在外面工作的丈夫，"人家说解放，可是我，秧歌大王，往后只有做人家的儿媳子，从早到晚围着锅台转，围着磨盘转，你看人家刘同志也出了门子了，嫁给县上的老崔，两口子都在外面工作，那样多'恣'！还有俺庄李秀琴，在家里平平常常的，自从出去受了训，又到工厂里去工作，那回回来，一身青袄裤，皮底鞋，头发也剪了，钢笔插在右襟上，看报写信都是好样的了，听说快要结婚了。可是我，秧歌大王……"这种不事生产的"二流子"思想在县里培训时遭到了老师的批评，在目睹了劳动英雄在大会上受到嘉奖的场面后，她开始转变了思想，"她心里想：'普天下再没有比当劳动英雄更好的事了。''当劳动英雄要比我那秧歌大王强的多哩！'"②

农村中还存在着大量不事生产的二流子，他们不愿从事繁重的体力劳动，又没有别的本事可以养家糊口，他们大多游手好闲、装神弄鬼、小偷

---

① 洪林：《老许》，莫西芬等编《山东解放区文学作品选》，山东人民出版社1983年版，第106页。
② 洪林：《李秀兰》，《大众日报》1946年5月17日。

第二章　土改叙事与现代民族国家想象

小摸、当狗腿子,对解放区政权造成严重的危害。据统计,"1937年前延安市市内人口不到3000人,有'二流子'500人,占人口总数的16%,延安县人口约3万,有'二流子'1692人,占总数的5%。陕甘宁边区140万人口中,'二流子'大约有7.8万人。"① 边区大力开展了改造二流子的活动,促进了边区的经济建设,稳定了社会秩序。这项活动之所以大有成效,就在于采取了多项措施,从集体舆论到家庭氛围,从鼓励引导到惩罚规训,二流子面对被乡村社会隔离的痛苦和被家人乡亲抛弃的危险,只能别无选择地接受改造。

"以明确的标签来区隔'二流子'人群,加之以熟人社会中的强大群体压力,兼以此中可能随时背负的耻辱和被乡村社会抛弃的恐惧感来威慑对大生产运动持消极态度的民众——'改造二流子'的最终目的,是通过民主评定'二流子'的过程,把熟人社会里的道德贬斥化为具备一定司法性质的惩戒行动,通过集体监视和收容防止自由流动,通过劝说和收容强制进行生产培训,通过批判大会和贴标签的方式实现惩戒,通过集体批判和训诫来进行'思想改造',让整个乡村社会的每一个体在战战兢兢的评选和对照标准的自我审查中变得驯服和更加有效率。"② 《懒汉回头金不换》(宋英)中全村上下见了懒汉王光年就喊"二流子",他在大会上受到大家的批评,不允许他再去赶集,他闺女在屋门上写着"反对懒汉,反对好吃不干"的口号,他在这样的"天罗地网"中已经无处可逃,只能老老实实地接受改造。这种改造是十分痛苦的,《肉体治疗和精神治疗》(赵文节)中的二流子王四被大家批评之后,三天打鱼两天晒网,还是改不了二流子的本性。他难以逃脱,又无力改变,只好选择自杀的方式来解脱。劳动的观念在政权的威慑下已经深入人心,劳动赋予了身体的价值意义,无论是主动接受也好,被动承受也好,身体已经成为生产的机器和革命的工具。

三　阶级:身体的分类归属

土改对农民进行的阶级划分,是对农民经济地位的认定,同时也是对

---

① 《边区二流子的改造》,《解放日报》1944年5月1日。
② 周海燕:《记忆的政治》,中国发展出版社2013年版,第151页。

上编　土改文学综论

政治地位的划分。土改翻转了农村原来的金字塔式的社会分层结构，贫雇农由于自己的阶级成分一跃而起，获得了丰厚的经济利益和崇高的政治地位，反过来，原来处于金字塔塔尖的地主富农社会政治地位急剧下降，财产被没收归公。在土改中，身体已经彻底沦为政治的工具，失去了自主支配的权利，而由阶级斗争的观念支配着人的身体。在人道观念下的每个身体的价值是等同的，没有高低贵贱之分，而在阶级观念的支配下，"我们"受难的身体即便是带有伤痕、残缺的身体也是神圣庄严的，"敌人"的身体是要打倒、击溃，甚至彻底消灭的。

1. 神圣庄严的受难躯体

身体作为生理性存在，需要满足食欲、性欲的需求，而饥饿是贫苦的农民最为基本和普遍的感觉。饥饿让他们身体虚弱，精神涣散，这是一种极度匮乏的感觉。饥饿充盈着人的生理层面，由于外在伦理文化的控制，并不能直接驱使人们参加革命活动。"普遍的饥荒常常并不能直接构成社会革命的直接动力，革命的身体政治学必须不断强化人们对饥饿的体验，放大饥饿感才能鼓动革命。"① 郭沫若说过，"饥饿就是力量。这力量在敌人是促进他的溃灭，而在我们是促进我们的复兴。我们受敌人的压迫越甚，所失掉的土地越多，为饥饿所压迫的难民愈众，我们对于敌人的敌忾便愈加强，而抗战的力量便愈见增大。"② 这段话虽然说的是民族斗争，而在阶级斗争中饥饿同样发挥着作用。饥饿不再是屈辱的事情，是地主剥夺了农民的劳动成果，才会造成农民饥寒交迫。饥饿构成了土改的原动力，革命的宣传启蒙则唤醒了农民身上深刻的饥饿记忆，为了摆脱饥饿这个幽灵的困扰，使匮乏的身体能够占有食物，农民就必须翻身闹革命。

马加的《饿》中描写了敌占区与解放区的强烈反差，哥哥刘万富从敌占区逃回来，进门就啃起了豆饼。"他的圆眼珠子变成了窟窿眼，大颧骨，尖下巴比锥子还尖，身架和脸盘都脱了象。"③ 原来一顿饭只能吃一碗饭，现在一顿饭吃了五六碗，还觉得不饱。他在长春里有一张一亿八千万的中

---

① 葛红兵、宋耕：《身体政治》，上海三联书店2005年版，第112页。
② 熊琦编：《郭沫若先生最近言论》，离骚出版社1938年版，第81—82页。
③ 马加：《饿》，《马加文集》（一），春风文艺出版社1986年版，第256页。

第二章 土改叙事与现代民族国家想象

央票子,连一斤高粱米都买不到,最后连喂猪的酒糟都被他吃光了。来到了解放区,发现弟弟开的杂货铺里,货物齐全,人们买豆饼回去喂牲口。小说用形象的事实告诉读者,敌占区的人们忍饥受饿,解放区的百姓丰衣足食,只有来到解放区,跟随党的领导,才能过上幸福的生活。

饥饿是痛苦的记忆,是现实的匮乏,在诉苦会上,人们通过共同回忆饥饿的痛楚,开始接受阶级斗争的观念,确立了自己的阶级归属。《暴风骤雨》中赵玉林回忆起了过去的饥饿与屈辱,"伪满'康德'十一年腊月,野鸡没药到,三天揭不开锅盖,锁住跟他姐姐躺在炕头上,连饿带冻,哭着直叫唤。女人呆在一边尽掉泪。"[①] 饥饿的根源不是穷人的窝囊无能,而是富人的无情剥夺,只有认识到了这一点,穷人才会接受阶级理论,进而向"阶级敌人"进行斗争。

饥饿是萦绕不去的痛苦记忆,而身体的伤疤是形象可感的阶级"烙印"。记忆也许会被遗忘会变形会消失,伤疤镌刻着过去的苦难与屈辱,是受苦人遭受阶级剥削的鲜明印记,是阶级分类无可辩驳的自动归属。伤疤包含的痛苦经过阶级理论的阐释之后,成了永不消失的光荣勋章。《暴风骤雨》中的赵玉林在诉苦时用饥饿的记忆唤起了大家的共鸣,接着又倾诉当年被逼跪碗碴子的痛苦,展示了自己膝盖的伤疤。"尖碗碴子扎进皮骨里,那痛呵!就像上了阴司地狱的尖刀山,血淌一地,你们瞅瞅。"群众站在台子的前面,"看到了赵玉林的波罗盖上的伤疤,他们感动而且愤怒了。"[②] 当亲眼看到身体的伤疤时,这就意味着回溯了一段痛苦的历史,永恒的伤疤时刻在提醒着人们不要忘记过去的痛苦。同样,女性在控诉的时候,也需要展示自己的伤疤。刘桂兰在控诉婆婆的罪恶时,解开棉袍上的两个纽扣,露出左肩,那上边有一条酱红色的伤疤。当时婆婆嫌她除草太慢,没头没脑地用锄头给了一下,她血流一身,七天起不来床。有了伤疤作为证据,刘桂兰顺利地与婆家脱离了关系,获得了自由。在这里,女性身体部分被展示,和男性身体一样,承载起了宣传阶级意识的功能,成了阶级斗争的制胜法宝。

---

① 周立波:《暴风骤雨》,人民文学出版社1956年版,第57页。
② 同上书,第58页。

上编 土改文学综论

在《仇恨的伤疤》中，伤疤是阶级仇恨的象征，也是感恩意识产生的源泉。"贫农张大爷，／手上有块疤。／大爷告诉我，／这是仇恨疤。／过去受剥削，／扛活地主家。／两顿糠菜粥，／饿得眼发花。／年底要工钱，／反而把我骂，／我怒火三丈八，／挥起铁拳头，／一拳打倒他。／跑出狗腿子，／一齐把我打，／砍伤我的手，／留下这块疤。大爷说到这，／久久没说话。／抬头望恩人，／热泪滚滚下。／救星毛主席，／恩情比天大。"①

消磨不掉的伤疤是永远伴随着身体的，在过去，凝结着痛苦和仇恨，而现在，伤疤则是光荣的象征，美的符号。《高干大》中的模范人物高干大左脸上有块大伤疤，一到激动的时候，伤疤就会红起来。高干大右眼大，左眼小，嘴跟下巴都是歪的。从相貌上看，高干大实在算不上英俊。由于伤疤象征着荣誉、忠诚和可靠，他的伤疤并不让人觉得丑陋，反而让人觉得亲切放心。

梁小斌在《地主研究》中写道，他亲眼见过一个庄稼汉扯开衣襟，露出了后背上的烙印。"因为后背有烙印的人，才有资格凛然地扯开衣裳，让我们审视。这凛然的行为在前，烙印展示跟在背后，那我们也应该无限羡慕地学习完那套凛然的行动再说。在过去，一个凛然地站在地主家门外的农家孩子，他撩起破烂裤脚，腿肚上必然有狗咬的牙印。"② 有了烙印的存在才有了凛然的行为，身体因为有了伤痕，而变得大义凛然。至于伤痕的原因是否与阶级仇恨有关，这些都不得而知，已经不再重要。

2. 无处遁藏的阶级身体

在土改中特别强调不能包办代替，必须让农民主动参与到革命中来，与地主撕破脸皮，这样才能深入开展土改运动。"通过斗争获得平等，通过革命赢得解放，通过解放成为政治主体，这些观念在相当程度上被灌输到农民的头脑中。"道德与权力共谋，形成了一套完备的权力技术，对每个人产生了深远的影响。以差序格局、熟人社会为特征的乡村社会被改造为对垒鲜明的阶级社会。"这种斗争精神使身体暴力在阶级斗争的实践中、在对敌人毫不留情的斗争中具有了合法性的基础。而由于阶级斗争的模糊

---

① 辛弃添选编：《火红的岁月·老课文》，海天出版社2006年版，第127页。
② 梁小斌：《地主研究》，文化艺术出版社2001年版，第63页。

第二章　土改叙事与现代民族国家想象

性、任意性和经常性，关于身体暴力的社区记忆不断被塑造出来，并不断被强化。"①

尽管中央三令五申，不允许对地主使用暴力。但现实中，农民所理解的消灭地主阶级就是消灭地主的身体。② 消灭地主阶级的本意应是让地主拿出多余的土地来，自己亲自参加劳动，做一名自食其力的劳动者。被仇恨火焰煽动的农民要将所有的怨恨发泄出来，自然要以合法的集体名义对地主的身体实行暴力，进行严厉的惩罚，甚至结束地主的生命。《冷子沟的斗争会》中描写了斗争会上农民和地主的表现。徐根成在诉苦后，冷不防地甩开手就往贾老七脸上打过去，左一下右一下地打得贾老七晃晃歪歪地扶住碾框子，直不起身来。接下来是潘发的诉苦，在众人的怒吼声中，贾老七身不由己打了一个哆嗦。第三个是老张婆的诉苦，"贾老七晕里晕腾地站住脚，他竭力使自己的身子不倒下来。老张婆一口唾沫啐到他脸上，有人想上去打他，会场上吵嚷一片。"最后是二栓控诉父亲上吊，"人们拥向会场前边来，挤成一团。贾老七这边被拉着胳膊，那边被拉着腿，工作团的同志挤不进人群，在外边摇着手，嚷着不要打，可是人们一点也不听见。"在剑拔弩张的气氛中，"贾老七的脸白了，接着额上沁满了晶亮的汗珠，他抖颤的手在解衣扣，汗流全身了。"这里有四次典型的诉苦，每一次诉苦，地主的身体都会面临暴力的威胁，而且打击的程度愈演愈烈。在这种强烈的斗争气氛中，地主的身体成了众人泄愤的出口。

"喊声震天，人群好像凝成一体，人们都忽然高大起来，贾老七好像站在人们的脚底下。"③ 身体本是等同的存在，群众身体的高大与地主身体的渺小形成了鲜明的对照。这是阶级眼光下的身体价值呈现，地主的身体充满了罪恶与耻辱，其价值是微乎其微的。群众留下地主的性命，已是宽大处理，慈悲为怀了，每一次的政治运动都要有"敌人"的身体作为斗争

---

① 应星：《村庄审判史中的道德与政治：1951—1976 年中国西南一个山村的故事》，知识产权出版社 2012 年版，第 118 页。
② 有资料指出，土改中"发生乱打乱杀现象，错将消灭地主阶级与肉体上消灭地主混淆起来。"中共张家口市委党史研究室编著：《中共张家口地方史》（第 1 卷），中共党史出版社 2001 年版，第 363 页。
③ 林蓝：《冷子沟的斗争会》，《林蓝作品选集》，湖南文艺出版社 2006 年版，第 11—12 页。

的目标。而群众已经团结为一个牢不可破的阶级集团，正是每个人的力量都汇聚到集体中，才会使集体焕发出无与伦比的巨大力量。正如殷夫的诗歌《我们》所高唱的，"我们的意志如烟囱般高挺，我们的团结如皮带般坚韧，我们转动着地球，我们抚育着人类的运命！""我们是十二万五千的工人农民！"①"我们"具有无穷的力量，战无不胜，所向披靡。在群体中，也面临着个体消失的危险。《金光大道》中的高大泉宣布，"我们干部把浑身这一百多斤交给党、交给群众啦。"②身体的意义是由阶级伦理所赋予的，身体只是人的外在躯壳，只有投身于阶级集体中，才能真正找到归宿。而身体不再是个人支配的，为了阶级的利益，随时准备牺牲。身体即便牺牲了，而政治生命依然是永存的。

"经过工作队精心策划的斗争大会就成为一个对原有权力体系进行摧毁和新权力体系开始建立的象征仪式"，③对地主的暴力也就成为斗争仪式上必不可少的环节，身体的凌虐与牺牲为这个盛大狂欢的象征仪式呈上了祭礼。"我们"怀着复仇的正义感，对"敌人"的身体进行折磨与惩罚，意味着斗争的完全胜利。实施的暴力越多越强烈，这种胜利感就会越强烈，被积压的屈辱感才会彻底地宣泄出来。"今儿这大会呀，咱穷棒子可真是大么！孙老八恨不得给众人跪下来——从前给他磕头他还不抬眼呀！今儿怎么样？哼！你一拳我一脚，王凤林把那老粗的棍子都打断了，打得他棉袄里的棉花到处飞。"④

从这段话语中可以看出，斗争会上的暴力带给农民多大的振奋与快意，"你一拳我一脚"的集体暴力以合法正义的名义实施对地主身体实行了制裁，对于实施者来说大快人心。受动者的身体感受在这里却隐匿消失了，棉花满天飞的同时，地主的身体在承受怎样的痛苦，这些在叙事话语

---

① 殷夫：《我们》，《孩儿塔》，人民文学出版社1958年版，第102页。

② 浩然：《金光大道》（第1部），人民文学出版社1972年版，第113页。革命年代因战争环境的残酷而流行此语，是指自己随时准备为公牺牲。如周而复的《第十三粒子弹》中的高怀玉说，"反正一百多斤，早交给了公家。"

③ 王友明：《解放区土地改革研究：1941—1948——以山东莒南县为个案》，上海社会科学院出版社2006年版，第101页。

④ 林蓝：《红棉袄》，《解放区短篇小说选》，人民文学出版社1978年版，第491页。

第二章　土改叙事与现代民族国家想象

中自动删除了。由于地主的身体是罪大恶极的，实施怎样的暴力都是合情合理的，把粗棍子打断也在情理之中。地主的身体象征着旧时代的罪恶，群众将地主的身体打倒在地，踏上一万只脚，让地主阶级永世不得翻身。这一象征性的仪式需要地主身体的献祭，人们将过去的痛苦转嫁到地主的身体上，让其罪恶的身体遭到了罪有应得的惩罚。身体因为阶级的划分而具有了不同的价值，地主的身体在示众的场面中遭受暴力，而农民的身体因为伤疤而具有了神圣的价值，因为融入了阶级集团中而找到了最终的归宿，在这个过程中，个人的身体已经无关紧要，而属于政治所划定的阶级身份。一旦标上了阶级敌人的标签，就将会成为斗争的目标，身体遭受一次次的打击，而划归到农民阶级的人们，也必须将身体交给所在的集体，如果集体需要个人的牺牲，他们也无法拒绝组织的要求。

3. 女性的身体：革命理念的载体

在革命斗争中，女性身体也被纳入阶级集团中，她们的身体价值取决于革命的需要。在战斗中，水生嫂和同村的妇女们学会了射击，担任警戒的任务，积极配合子弟兵作战，出入在那芦苇的海里（《荷花淀》）。在灾荒面前，春妮子在妇救会的引导下开始学习纺线，度过了生活的难关（《灾难的明天》）。在生产上，孟祥英领导妇女们放脚、打柴、担水、采野菜、割白草、锄麦子等，在她的影响下，村庄的妇女们生产都很积极，孟祥英也被评为劳动英雄（《孟祥英翻身》）。在解放区文学作品中，女性的身体与个体的感受并没有多大联系，而是成为革命理念的载体，成为男性革命话语的改造对象。

（1）地主阶级的女性

女性人物形象对应于所属的阶级，呈现出某种类型化的倾向。按照阶级化的审美观点，花枝招展的女性都是道德堕落、放荡无耻的，她们在阶级斗争中以身体为武器来拉拢意志薄弱的农民干部，破坏无产阶级内部的团结，以性诱惑的方式充当了阶级斗争的工具。《郭三元和康米贵》中郎三巧一出场就让干部们提高警惕，"她穿的红裤子绿裤，红洋袜子，浅口鞋，梳着'飞机头'，搽着一脸粉，两只眼滴溜溜的乱转，断定她不是正派女人。"① 在她的引诱下，康米贵被坏分子吴老黑拉下水，进退两难，而在活捉吴全堂时，郎三巧正躺在他的被窝里。女性身体在这里只是性诱惑的工具，作为汉奸的情妇，又来勾引农民干部，破坏革命工作。在这里突出的是郎三巧本人的淫荡妖媚，在男人眼中是难以抗拒的性感尤物，其女性魅力令所有男性无法阻挡。有意味的是，康米贵第一眼看到郎三巧时，就断定这不是个正派女人，而在以后的相处中，却不防范这个不正经的女人，还帮助她修补房屋，终于陷入三巧温柔的陷阱中，不可自拔。三巧个人的心理意识层面完全被抽空，她最后的结局也不知所终，在完成了叙事功能后消失了踪迹。

在土改文学的阶级斗争中，经常出现所谓的"美人计"，利用美色来勾引干部，达到破坏土改的目的。《暴风骤雨》中的韩爱贞是韩老六的女儿，她主动引诱干部杨老疙瘩，"在灯光里，她穿着一件蝉翼一般单薄的白绸衫，里面衬的水红小褂子，胸脯突出，下面穿一条青绸裤子。她的头发松松散散的，好像是刚睡了起来似的。杨老疙瘩神魂动荡，手脚飘飘了。韩老六邀他炕上坐，自己又藉故走了。"② 在这里，蝉翼的绸衫，水红的小褂，丰满的胸部，松散的头发，强调的是韩爱贞的女性诱惑力，这是从男性角度对于堕落女性的想象与描写，其中承载着男性中心主义文化的印记。女色的诱惑是对革命者的考验，过不了"美人关"的干部意味着还无法控制自己的身体，不能将自己的身体毫无保留地贡献给党。

"民歌里说：'多少私情笑里来。'破鞋劲的女人本能地领会这一点。这女人用笑声，用她胖手背上的梅花坑，用她从日本人森田那里练习来的本领，来勾引老杨。"③ 这段话表现出了非常强烈的道德感，用"破鞋"这种带有强烈鄙夷色彩的词语来形容地主阶层的女性。地主阶级都是不劳而获、剥削穷人的"吸血鬼"，以此推理，地主家的女人们也会道德有亏，

---

① 俞林：《郭三元和康米贵》，《婚礼上听来的故事》，江西人民出版社 1981 年版，第 58 页。
② 周立波：《暴风骤雨》，人民文学出版社 1956 年版，第 162 页。在以后的版本中，带有性挑逗意味的细节都被删除。
③ 同上书，第 163 页。

第二章 土改叙事与现代民族国家想象

绝非善类。《说媒》（秦兆阳）中的地主寡妇小白鞋要给自己臭名远扬的女儿找个婆家，看中了老实本分的高老栓。没想到这个媳妇迷竟然拒绝了这门亲事，他的母亲曾在财主家里当奶妈，受尽了屈辱。高老栓认定有钱人都是没良心的，地主家的女儿当然也不是什么好东西。

（2）农民阶级的女性

在阶级对垒中，出身贫苦的女性先天就具备良好的道德品质，她们勤劳善良，美丽纯真，她们的身体因劳动而呈现出一种健康朴实的美感。在革命文学中，贫苦的女性是被侮辱与被损害者，她们的身体被阶级敌人所抢夺占有，彰显了地主阶级的无尽罪恶。《白毛女》典型地代表了贫家女子的悲惨遭遇，父亲被逼自杀，自己被地主强暴并且始乱终弃，直到八路军的到来使她获得了新生。她的白发象征着女性所受到的摧残和凌辱，像四处飘荡的幽灵般的身体在等待革命的救赎。喜儿被玷污的身体被视为地主阶级的罪恶，喜儿的遭遇也象征着她所隶属的阶级遭到的统治阶级的压迫。在革命文学中，这种带有传统戏剧色彩的"抢亲"情节一再重复，阶级色彩更加明显。穷人家的女儿因年轻貌美而被地主所觊觎，地主采取暴力手段将姑娘抢到家里，最终在党的领导下，申冤报仇。《穷人恨》（马健翎）中，佃户的女儿红香被地主"烂肝花"强迫纳为小妾，红香至死不从，奋力反抗。她悲愤地唱道："这里好比阎罗殿，烂肝花好比鬼判官。他害咱少吃没穿受磨难，他害咱东离西散不团圆。我和他仇人常见面，恨不得吃了他的心肝。"[①] 这段唱词表现出强烈的阶级仇恨，女性的身体记录呈现了地主阶级的罪恶。贫家女儿被地主阶级所强占，意味着难以消解的阶级仇恨，而受苦难的女子在党的领导下，获得了解放，又重新回归到阶级队伍中来。

在这里，富有意味的是女性的贞节问题。女性既然被地主所占有，就不可避免地面临失贞的问题。为了缓解道德舆论上的压力，在文学作品中，对于这一问题多是模糊处理。《白毛女》的再版中就删去了喜儿对于黄世仁结婚承诺的幻想，增强了喜儿的阶级性和斗争性。《穷人

---

① 马健翎：《穷人恨》，《陕西省戏曲研究院剧作选》（第1卷），陕西人民出版社2008年版，第418页。

恨》中的红香装疯卖傻守住了自己的贞节。革命文学中关于性的叙述删除殆尽，在道德的压抑下着力呈现的是人物的阶级属性，人的欲望、情感、本能等都了无痕迹。如果黄世仁对喜儿是真心的，履行结婚的诺言，那么喜儿将何去何从呢？当然，在革命叙事中，是绝对不会出现这样的情节设计。地主阶级是先天的奸猾凶狠，与农民阶级是势不两立的。女性在这里承当的就是受难者的角色，她们的灾难越深重，阶级斗争的正义感越强烈。女性的身体归属就引发了不同阶级集团的争夺战。

在革命话语中，掌握主动权的是男性，女性只是跟随者。一旦女性被标上"落后"的标签，男性就会拥有行为的主动权，获得了道德上的优势。《暴风骤雨》中的赵大嫂子是个模范女性，她不讲吃穿，艰苦朴素，在艰难的日子里她与丈夫相濡以沫，在丈夫去世后，她为丈夫守节。在挑选土改果实时挑的都是差的，而把好的东西留给别人。她拉扯着儿子锁住，又照顾着小猪倌。这是一个完美的妇女形象，善良贤惠，忠贞不贰，体现了男性中心文化对女性的想象与要求。赵大嫂子并没有自己的想法和个性，丈夫在世时，她对丈夫俯首帖耳，丈夫去世后，她的积极表现只是为了不给丈夫丢人，对得起丈夫的烈士名誉。

女性只有符合阶级集团的道德标准才会被接纳，如果女性站不稳革命立场，没有阶级觉悟，就会失去革命的资格，而男性可以利用手中的特权（如夫权）随意处置，甚至将其抛弃。《太阳照在桑干河上》中的赵得禄老婆因为自己的"落后"而演出了一场家庭闹剧。"从门里又冲出赵得禄的女人，像个披发鬼似的，踉踉跄跄的逃了出来，还在一个劲喊'救命'，谁也来不及走上去劝解，赵得禄光着上身追了出来，一脚又把他老婆踹在地上了。张裕民伸手拉住了他，他什么也不顾忌的又抢上去，只听哗啦一声，他老婆身上穿的一件花洋布衫，从领口一直撕破到底下，两个脏兮兮的奶子又露了出来，他老婆看见他已经被几个人架住了，近不了她的身，便坐在地上，伤心伤意的哭了起来，双手不断的去拉着那件又小又短，绷紧在身上的漂亮的小衫，却怎么也不能再盖住她胸脯了！赵得禄被几个人架住，气呼呼的骂道：'看那不要脸的娼妇！把咱的脸丢尽了。咱在村上

第二章 土改叙事与现代民族国家想象

好歹还是个村副呢!'"① 从这件小插曲可以看到，赵得禄的女人因为要了地主家送来的衣服，而被认为丢人现眼，赵得禄不顾妻子的尊严，当众大打出手，还在大庭广众之下，撕破了她的衣服，暴露了女性的隐私。从女性主义的观点看，这种家庭暴力行为严重践踏女性生命尊严，侵犯女性身体，是应该绝对禁止的。而从革命的角度看，赵得禄女人被地主阶层的小恩小惠收买，被认定为"蠢婆子死落后"，丈夫对她施加的暴行不过是小小的惩罚而已。

（3）越界的身体

尽管阶级的界限是泾渭分明的，可受本能支配的身体难免会发生越界的事情。如何处理跨越阶级的情爱成为一个敏感的问题。文学书写中经常出现的贫家女子被地主阶级霸占的情节，是用来突出地主阶级罪恶的重要手段。文本中的女主人公都是苦大仇深，阶级仇恨不共戴天，不同阶级的男女是不应该发生情感的，典型的爱情模式应该是同一阶级内部的。如《暴风骤雨》中的郭全海与刘桂兰，一个是受苦的佃户，一个是遭难的童养媳，对地主阶级共同的仇恨是两个人的感情基础。对于跨越阶级的情爱书写，可以看出作家是如何处理革命与人性、个人与阶级之间的矛盾的。

"意识形态对跨越阶级界限的情爱必然持否定态度，因此这种情爱要做得符合政治话语规范，通常就必须经过改造。在这一情况下，作家努力改造情爱中一方'不纯'的阶级身份以使这一情爱尽量靠近话语规范的叙事过程就成为了文本的重要内容，非革命阵营的人物在不断走向革命的过程中也完成了个人情爱的合法性，这也是'阶级的人'的成长过程。"② 要使不同阶级的情爱获得圆满，必然要经过阶级身份的改造。情爱作为人物行动的原动力，使得非革命阵营的成员不断地趋近革命阵营，直到革命行为得到阶级集团的接纳，这段禁忌之恋才会勉强得到认可。《暴风骤雨》中的李兰英是地主唐抓子的侄媳妇，为了谋求生存，她死皮赖脸地住到了侯长腿家里。大家纷纷指责侯长腿"穷人长了富心"，老初的大嗓门说道，

---

① 丁玲：《太阳照在桑干河上》，人民文学出版社1952年版，第265页。
② 李蓉：《阶级对垒中的"身体"越界——论"十七年"文学中跨越阶级阵营的情爱书写》，《文艺争鸣》2011年第11期。

上编　土改文学综论

"你往家抱狼，久后生个孩子，也是狼种。"要不是因为怀孕，她就有可能在众怒下被赶走。有的说，"太便宜她了，一下成了贫雇农。"① 萧队长则要求侯长腿要留心李兰英的思想，要引她往前走，不要叫她给拐带走。劳动五年后，大家就不把她当地主娘们看待了。这件阶级对垒中发生的身体越界事件最终以"生米煮成熟饭"的方式不了了之。从中可以看出，秉承着阶级血统论的逻辑，人们要力图保证阶级血脉的纯净。李兰英虽然因为有身孕暂时被接纳，人们仍然对她怀有警惕之心。而她也只能老老实实地接受改造，努力改变自己的阶级身份。

小说《太阳照在桑干河上》中描写了一段颇具争议的爱情，出身地主家庭的黑妮与农会主任程仁之间的恋爱。自从程仁当上村干部之后，他就主动疏远了黑妮。"其实这种有意的冷淡他也很痛苦，也很内疚，觉得对不起人，但他到底是个男子汉，咬咬牙就算了。"② 丁玲在作品中煞费苦心地将黑妮由钱文贵的女儿改为侄女，竭力淡化人物的阶级属性。小说中特意强调钱文贵将侄女当作摇钱树，而黑妮对他也没有多少亲情，和大伯钱文富在感情上更亲近。对于黑妮的描写引起了一些质疑之声。③ 黑妮形象中的矛盾之处暂且不论，黑妮和程仁的恋情最后并没有明确的结果。黑妮站在了游行的队伍中，呼喊着反对伯父钱文贵的口号，她能否真正被革命队伍接纳还是未知数。程仁虽然放不下这份感情，他时时警惕自己要站稳阶级立场，不能因为黑妮的缘故而心软。当革命与爱情发生冲突时，程仁左右为难，在爱人还未被革命阵营接受时，他只能选择做个负心人。

爱情不再是个人的私事，身体也不再只属于个体。在阶级集团中，没有个人的隐私，所有的事情都要以集体利益为重。地主家庭的女人通常会使用"美人计"来渡过土改难关，这是对土改干部的严峻考验。如果难以抵制美色的诱惑而背叛了所属的阶级，就会被逐出队伍，如《暴风骤雨》中的杨老疙瘩。在土改期间，地主女儿的结婚问题一直都是个政治问题。

---

① 周立波：《暴风骤雨》，人民文学出版社1956年版，第429页。
② 丁玲：《太阳照在桑干河上》，人民文学出版社1952年版，第26页。
③ 1948年8月18日，陈明在致丁玲的信里提到，江青在读作品时发现尽管黑妮改成侄女，但钱文贵老婆对她仍有女儿的感情，还指出，钱文贵对农民的迫害和农民后来翻身的斗争还不够尖锐。见王增如、李向东编《丁玲年谱长编》，天津人民出版社2005年版，第229页。

第二章　土改叙事与现代民族国家想象

最高人民法院曾对此专门发函，"地主家庭中妇女是否出于自愿，别有图谋，应加以慎重考察，经证明属实后，始可结婚，以资提高对于地主分子破坏土地改革的警惕。"①

而《相思树》中描写了地主女儿铁花与农民大刚之间凄惨的爱情故事。铁花的母亲是被强娶的农家女儿，被迫害致死，铁花就像林道静一样，"我是地主的女儿，也是佃户的女儿，所以我身上有白骨头也有黑骨头。"② 在家庭里同样也是备受欺压。作者从阶级出身上尽力抹去了地主家庭的背景，将铁花设置为沉沦苦海的受苦人，两人的爱情才具有了合法性。而铁花为了爱人殉情的不幸结局更验证了地主阶级的反动本质和阶级斗争的正义性。为避免人性叙事对阶级话语可能造成的解构，作家在描写跨越阶级阵营的情爱时总是小心翼翼，竭力弥合阶级的距离，以免触犯了某些禁忌。而革命、情爱、人性等不同话语发生的冲撞与矛盾，文本描写中的欲语还休与空白含混之处给读者留下了丰富的思考空间。

土改中的"翻身"具有丰富的含义，意味着农民的身体得以从重重压迫中获得解放，争取到了自由，无数的农民个体在党的领导下构成了坚不可摧的革命集团，这也暗示着黎明即将到来，中国这个沉睡的巨人很快就要醒来。个体的身体成了阶级的身体，农民身上的伤疤象征着过去的苦难，这也成为永不消失的阶级标签。地主的身体则成了斗争仪式的祭礼，农民的复仇行为宣泄了压抑已久的屈辱，阶级斗争的观念深入人心。翻身的身体在获得了解放之后，并不意味着为所欲为。身体必须在劳动中接受驯服改造，在繁重的生产活动中不断磨炼身体。革命对于身体的改造永无休止，任何让身体安逸享乐的想法都是对革命的亵渎。身体隶属国家所划归的阶级身份，他们被阶级集体所操控，以身体的自由为代价获得了身份的平等。自由与平等并不是水火不容的，傅斯年认为，"没有

---

① 《最高人民法院督导处关于地主女儿可否与农民结婚问题抄发内务部关于地主分子和反革命分子的老婆要求与农民结婚问题的意见参考的函》，《中华人民共和国民政法规大全5》（民政相关法规），中国法制出版社2002年版，第4115页。

② 杨沫：《青春之歌》，人民文学出版社1962年版，第267页。

经济平等，固然不能达到真正的政治自由，但是没有政治自由，也决不能达到社会平等。"① 革命之后，平等主义的革命理念不断巩固加强，在农业合作化时期达到了高峰，社会进而产生了相当激进的社会制度实践。如何建构新的社会公平正义的形态，让人的身体摆脱异化的危机，回归本真的人性，这是一个值得思考的问题。

---

① 傅斯年：《自由与平等》，《自由中国》1949 年第 1 卷第 1 期。

第三章 土改叙事中农民文化心理的变迁

传统中国是一个典型的农业社会。自近代以来，随着皇权与绅权构架的社会格局的崩溃，乡村社会中随之发生了诸多变化：结构上士绅阶层的退隐和劣化，旧有的互惠保障机制完全消失，经济上更加依附于国外市场，生存风险加大，政治上秩序紊乱，不同利益集团争夺权力。国家政权不断从农村中攫取资源，农村陷入日益贫困化的沼泽中，农村问题已是迫在眉睫、刻不容缓。"中国农村的基本问题，简单地说，就是农民的收入降低到不足以维持最低生活水平的程度。中国农村真正的问题是人民的饥饿问题。"[①] 在这样的情况下，中共在农村实行的"耕者有其田"的土改运动满足了挣扎在贫困线上的底层民众的迫切需要，这也是中国进行现代化建设所迈出的艰难的一步。

中国农村是一个相对封闭保守的社会，近代以来中国社会发生了很多大的变革，乡村社会犹如一潭死水，虽被吹起阵阵涟漪，但并没有发生根本性的变化。土改通过广泛的动员将底层群众纳入到革命阵营中来，国家政权首次真正地将权力的触角延伸到乡村社会，并且全面改造了乡村社会结构。除了经济上的土地分散、结构上的等级颠覆，土改还对乡村旧有的伦理价值产生巨大的冲击，人们接受了新的政治话语的启蒙，对新生政权心生敬畏和膜拜之情，产生了对国家政权的强烈认同，成为革命集体中的一员。

[①] 费孝通：《江村经济》，上海人民出版社2006年版，第187页。

由于土地对生产生活的束缚性，缺乏变化的农耕经济造就了农民稳定单调的生活模式，"经济上的自给自足，政治上的冷漠麻木、交往上的封闭狭隘、文化上的保守排外以及心理上的内向压抑，构成了这一文明的不同侧面。"① 尽管农民有着获得土地的强烈愿望，他们还是严格地恪守传统的伦理道德，对于政治保持着一种习惯性的冷漠，工作队采取了一系列卓有成效的组织策略终于打破坚冰，改变了农民的价值体系，成功将广大民众发动起来，掀起了一场前所未有的巨大变革。阶级意识强烈地冲击原有的血缘地缘关系，农民长久以来被压抑的屈辱感一扫而光，体验到了翻身做主人的快感，同时，乡村展开的教育启蒙破除了落后的封建观念，建立了新的生活观念。随着土改的结束，短暂的革命激情退去后，中国农民的保守意识再次占据了上风。

第一节　血缘地缘的淡化与阶级意识的强化

一　农民的心理意识特征

几千年来，乡村文化一直保持着相对稳定和谐的状态，与传统的精英文化相比，保留着更多的异质性、世俗性，与现代城市文化的开放进取相比显得保守落后。上层文化折射影响到乡村的山野村夫，是通过乡村文化的中介而实现的。芝加哥大学人类学家雷德斐尔德（Robert Redfield）提出"大传统"与"小传统"的区分，可以更好地理解中国文化结构中的分层现象。"可以理解为这样的区别，'精英文化'与'底层文化'，'市井文化'与'经典文化'，'通俗文化'与'习得文化'，也可用'等级文化'与'世俗文化。'在一种文明中有代表少数精英的大传统，也有代表广大民众的小传统。大传统是在学校或庙宇中培育出来的；小传统是自发生成的，并在不通文墨的乡村社会中进行传播。"② 这是生活在不同社会阶层中

---

① 周晓虹：《传统与变迁——江浙农民的社会心理及其近代以来的嬗变》，生活·读书·新知三联书店1998年版，第1页。
② Robert Redfield, *Peasant Society and Culture*, Chicago: the University of Chicago Press, 1956, p. 70.

第三章 土改叙事中农民文化心理的变迁

人们的行为准则和文化传统。大、小传统是同出一源,一水分流,二者是互动影响的关系,大传统对小传统起着指导规范的作用,而有时小传统也对大传统起着补充提高的作用,为大传统的发展注入新鲜的活力。

在生活现实中,农民的文化心理存在种种矛盾之处,如既保守又激进,既均贫富又求富贵,既勤俭节约又奢侈浪费,既讲求实际又讲究虚礼,既贪图小利又注重道义,在不同的情况下,呈现的是心理意识的不同侧面。"中国农民的文化心理结构实际是一种两极结构,几乎所有文化性格的特征都能找到相对应的反面,因而在文化表现上往往呈矛盾状。""在现实中,农民的心理状态与性格表现依其群体的状况,主要是社会大背景的变化与时空转换而在两级间滑动。这种双向滑动的心理状态,是农民群体与情境互动的结果。"[①] 土改正是一个秩序大变动的重新洗牌的过程,农民的行为也会呈现出与以往截然相反的表现,平时老实木讷的人会变得能言会道,良善心软的人会有出人意料的暴力之举,这正是在特定的情境下农民表现出的心理意识相反的一面。总体来看,农民的文化心理主要有以下几个特点:

1. 政治观念上的保守与激进

通常农民被认为是保守落后的角色,在农业技术上保留着祖辈延续下来的耕作方式,行为方式上遵循着乡间的伦理道德准则,他们的生活方式似乎亘古不变。这只是在相对稳定的社会中的状况,一旦遭遇到了无法生存的境遇,他们又会揭竿而起,采取激进的行动,造成社会上的大动乱。"农民可能充当一种极端保守的角色,也可能充当一种高度革命性的角色。这两种农民形象都曾是普遍存在的。"[②] 普通的民众对于政治十分冷漠,对于公共集体事务也漠不关心,"在政治上他们通常是最为消极、最无精致目标、最少组织性的阶层","农民很少在政治上变得积极起来。即使在他们表现积极的时候,他们通常也不是仅仅靠自己就能积

[①] 张鸣:《乡土心路八十年:中国近代化过程中农民意识的变迁》,上海三联书店1997年版,第44页。

[②] [美]塞缪尔·亨廷顿:《变革社会中的政治秩序》,李盛平等译,华夏出版社1988年版,第286页。

上编　土改文学综论

极起来的。在大多数情况下，这是在其与其他群体和阶层——例如军队或宗教运动——结合起来的时候，才出现的。"① 而工作队正是前所未有地深入每一个偏僻的村庄，广泛发动群众，将他们组织成一个具有明确行动纲领和组织严密的革命群体，纳入国家的政治体系，农民也焕发出了对于政治巨大的热情。

2. 经济意识上的仇富与求财

由于农业劳作积累的有限性，农民能够过上温饱的生活已是人生的奢望，他们盼望着能够发家致富，热切地羡慕富人的生活。同时，他们也对村中的富裕阶层有着道德期待，认为富人有义务对穷人施以援手。"农民对私有财产有着一种天然的敬畏和尊重，其核心是对于财产界限的清楚认识和尊重，这是我们通常所说的农民保守性的一个主要内容，也是使得他们接受社会分化结果的主要原因；但是另一方面，农民又有一种突破（或者混淆）财产界限的'平均主义'倾向，准确地说，是一种'吃大户'的心理。"②《创业史》（柳青）中梁三老汉和高增福对于村中富农的态度就代表了两种不同的典型心理，前者代表了传统农民的发家思想，对于别人的新房羡慕得两眼通红，后者则是土改中泛滥的平均主义思想，对于富户极端仇视。土改正是成功地唤醒了农民的仇富心理，强行消灭了贫富之间的差距，农民的生活趋于平均化。其结果固然暂时缓解了农村问题的紧迫性，农民可以满足温饱，但是农村生产力遭到破坏，农村的贫困问题没有得到根本解决。

3. 价值取向上的重利与尚义

出于对农业生产风险性的担忧，农民奉行的是勤俭节约的准则，习惯积累财产而不尚消费，在涉及财物问题时更是锱铢必较，甚至到了有些过分的地步。韩丁在《翻身》中提到有些地主要雇外村的人当长工，就是因为本村人可以回自己家方便，外村人只能用东家的茅房，为的是肥水不流

---

① ［美］S. N. 艾森斯塔得：《帝国的政治体系》，阎步克译，贵州人民出版社1992年版，第211页。

② 卢晖临：《革命前后中国乡村社会分化模式及其变迁：社区研究的发现》，黄宗智编《中国乡村研究》（第一辑），商务印书馆2003年版，第160页。

第三章 土改叙事中农民文化心理的变迁

外人田。① 土改中对于物质利益的向往确实打动了很多农民，不过他们还是恪守农村传统道德准则，"翻身总得靠自己受苦挣钱，共人家的产，就发得起财来么？"（《太阳照在桑干河上》顾大姑娘语）"几十年种着人家的地，又是一家子，"（《太阳照在桑干河上》侯忠全语）"我要饭是因为我生了个要饭的命！你们去夺人家的地，这是啥事？这是伤天理！"（《缱绻与决绝》中宁老歪语）他们有着对于财富的热切向往，又希望能以合乎道德的方式来发家致富，平白无故地占有人家的土地财产在良心上会过意不去。工作队大力宣传农民养活地主的新道理，来取代"地是人家的"、"财主养穷人"的老理。只要农民接受了这些道理，向地主进行斗争要回土地就会减轻心理上的障碍，因为这不是去强占别人的土地，而是将自己的原有土地从地主处要回来而已。

4. 行为表现上的温顺与暴戾

农民心态是平和宁静的，对于生活的苦难都默然承受，凡事和为贵，忍为先，面对社会的不公敢怒不敢言，竭力避免诉讼争端。而在非常时期，农民一旦组织起来，又会有极大的破坏性，暴露出残暴凶狠的一面。在斗争会狂热气氛的感染下，一群良善懦弱的农民成了激愤冲动的暴徒，他们往往一拥而上将斗争对象痛打一顿，甚至当场打死。从心理角度来分析，正是因为在平时人们受到强权的压制，生存的挤压，本能欲望只能被强行压抑，没有适当的途径得以宣泄，而在斗争会上，人们的破坏本能以正当合法的名义释放出来，这样，压抑的心理能量突然释放出来如洪水泛滥一发不可收拾，于是过激现象的出现在所难免。

《李家庄的变迁》（赵树理）在斗争恶霸李如珍时，农民一哄而上将其拖到院子里。"县长、铁锁、冷元，都说'这样不好这样不好'。说着挤到当院里拦住众人，看了看地上已经把李如珍一条胳膊连衣服袖子撕下来，把脸扭得朝了脊背后，腿虽没有撕掉，裤裆子已撕破了。"② 农民平时受到

---

① ［美］韩丁：《翻身——中国一个村庄的革命纪实》，韩倞等译，北京出版社1980年版，第23页。

② 赵树理：《李家庄的变迁》，《赵树理全集》（第1卷），北岳文艺出版社1986年版，第361页。

权势者的欺压，无力反抗，现在他们终于有了翻身说理的机会，在行为上又很容易走上极端。一旦将农民真正发动起来，斗争会上就会容易出现混乱的暴力场面，在狂热的气氛下，组织者也无法控制会场的秩序。于是就会出现"要末不斗争，要斗就往死里斗"的现象。

5. 心理意识的主奴二重性

农民行为上的温和与激进的二重性正反映了其心理上的主奴双重人格。在平时的生活中，他们忍受着地主的颐指气使，不敢表露出任何不满，将怨恨深深地埋在心里。这样，本我一直受到超我的严厉的压抑，人们出于现实原则的考虑，不敢采取任何反抗行动，只能无奈地试图以麻木健忘的方式来回避现实中的痛苦，暂时获得心理的宁静。一旦他们的地位发生了转换，农民的行为要比原来的地主更为苛刻。潜意识中的怨恨可以肆无忌惮地释放出来，要在伤害别人的快感中获得满足。由于身在集体之中，不必担心犯罪后的惩罚，同时自以为掌握了正义，获得了道德的合法性，超我已经完全失去了监控的作用，沸腾的本能以破坏的面目释放出来。《太阳照在桑干河上》的钱文贵原来是人们所忌惮的人物，在村中的权势极大。人们见到他都是点头哈腰主动问好，谁也不敢得罪他。而在钱文贵成为斗争对象后，农民内心积压已久的屈辱感释放出来，要不是张裕民的舍身相护，农民当场就会将钱文贵打死。为了满足翻身后的虚荣心，农民还要求钱文贵称他们为"翻身大爷"，感谢他们"留咱狗命"。

二 改造思想的转变机制

在运动之初，农民虽然有着对于土地的热切愿望，囿于农村传统的秩序观念，他们对于土改却保持着观望的态度，《暴风骤雨》中刘胜迫不及待要召开村民大会，以为群众一定会一呼百应，结果遭遇到了"意料中的失败"。工作队需要进行耐心细致的动员工作才能转变人们旧有的思想观念，淡化传统的血缘地缘关系，接受阶级斗争的观念，从而产生强烈的被剥夺感，引发对于地主的阶级仇恨，乡村的价值观念体系得以重塑。

在民间传播的是与都市文化相差甚大的传统习俗，在时代已经前进到20世纪中叶的时候，乡村虽受到外界政局的震荡，乡村文化并未发生实质

第三章 土改叙事中农民文化心理的变迁

的变化。民众首先接受的是父辈传下来的经验，不仅包括农业耕作生产方面的技术，还有乡间的行为准则，诸如劳动致富、勤俭持家、安守本分等，乡间活跃的戏剧活动以及在一些民间仪式上更加强化了这些传统观念。在现实的农村中，租佃冲突并不明显，贫富不均也不严重，在以宗法血缘关系连接的"熟人社会"中，民间伦理道德传统早已根深蒂固，与外来的阶级观念似乎格格不入。工作队采取的一系列有效的运作机制却很快改变了农民的思想，其方式主要包括：

1. 诉苦会的组织动员

革命群体的组织是在诉苦会上形成的，农民将自己忍受的屈辱，生活的辛酸一一倾诉出来，在获得广泛的理解和共鸣之后，一个具有共同的人生经历（为生存而挣扎）和情感基础（被侮辱与被损害）的阶级群体开始形成。"对于这些社会底层的人们来说，苦难构成那个时代人们日常生活的主要内容。从人们的讲述中体验这种苦涩可以发现这种种痛苦是弥散于生命之中的，因而通常是无从归因的，常常不可避免地带有先赋和宿命论色彩。将个体的身体之苦和精神之苦转变为阶级剥削和压迫的痛苦，从而激发阶级仇恨和阶级意识，是在革命政权进入乡村社会之后才发生的，正是通过'诉苦'、'挖苦根'等方法的引导，农民才产生了'阶级意识'，从而使苦难得以归因。"[1] 本来，一个农民养活不了自己的家庭，欠下外债，到了缺衣少食，卖儿鬻女的境地，不是一件光彩的事情，自己会产生强烈的自卑感和屈辱感。通过集体的诉苦，贫穷不再是令人羞耻的，不是个人的无能为力，而是劳动成果的被剥夺，而越贫穷也就越意味着苦大仇深，个人品质的善良高尚，形成"越穷越光荣"的道德氛围。对于地主也不再有原来的同情，而是对其富裕的生活产生愤愤不平。

诉苦会中的控诉多是地主的打骂，日常琐事，生存的艰难，而不是所遭受的经济上的剥削。"土改初期，贫苦农民对地主富农的控诉，基本上是指向'生存伦理'方向。"[2] 《翻身记事》中的通明念念不忘小时候地主

---

[1] 郭于华：《作为历史见证的"受苦人"的讲述》，《社会学研究》2008年第1期。
[2] 卢晖临：《革命前后中国乡村社会分化模式及其变迁：社区研究的发现》，黄宗智编《中国乡村研究》（第一辑），商务印书馆2003年版，第160页。

不让在他们地里拾谷穗的事情,《暴风骤雨》中的赵玉林谈到腊月天穷得揭不开锅,一家人又冷又饿,苦不堪言的窘况时,他的诉苦引起了听众的强烈共鸣。共同的人生苦难经历瞬时打通了人与人之间的隔阂,在经过组织者适时地将"生存伦理"上升到阶级仇恨的高度,指出穷人的贫困正是地主们不劳动剥削他们的劳动成果而造成的,普遍的屈辱情感经验顺理成章地转化为对富有者的仇视和对同病相怜的其他成员的亲切。诉苦需要唤醒原本在农民记忆中早已忘却的生存痛楚,而痛苦记忆一旦唤醒,仇恨由此而生,并且在一遍遍的回味与诉说中像滚雪球一般越来越多,直到打倒曾经压迫过自己的地主,才能消除强烈的复仇情绪,心理上获得一种满足感。①

2. 土改戏剧的感染渗透

戏剧是农民生活中的重要娱乐活动,也是传播文化传统的主要方式,与开会的正式说教相比,能够更容易地向村民灌输政治观念。"真正对乡下人的世界观起架构作用的应该是乡间戏曲和故事、传说。""乡人的戏乐,实在是唯一的娱乐与主要的受教途径。"② 不可否认,戏剧所具有的强烈的感染性、宣传的鼓动性在土改中发挥了重要作用,是诉苦宣传教育的重要补充。人们在享受戏剧带来的娱乐快感的同时,在心理上也慢慢接受了戏剧中传达的政治观念。戏剧中表现的是与现实生活极为贴近的内容,甚至是将本村的真人真事进行改编,群众自然会觉得熟悉而亲切,平时很难接受的意识形态话语也在不经意间输入脑海。同时,处在一个互动的剧场中,群众相互之间很容易受到情感的感染,现场一片狂欢热闹的场景,再加上工作人员的启发教育,迅速达到了情绪的高潮,取得了很好的宣传效果。"搞'土改'时,常常是在动员会前先演《血泪仇》。在农村演出时曾多次出现这样的情况:幕没闭,立刻就有不少人跑上台去要求参军。大

---

① "旧社会的一切罪恶,人们心中的一切不满和积怨,都被集中引向地主身上。每个保被划出来的地主,就成为该保群众发泄所有怨愤和仇恨的对象。地主们注定要在仇视他们的新政权机器的专政中被彻底消灭。"张英洪:《农民权利研究:农民、公民权与国家》,中央编译出版社2014年版,第82页。

② 张鸣:《乡土心路八十年:中国近代化过程中农民意识的变迁》,上海三联书店1997年版,第16页。

第三章　土改叙事中农民文化心理的变迁

连市委书记韩光同志曾在一篇文章中说："你们的演出，起到了我们讲几堂课都起不到的巨大的作用！"① 较为大型的土改戏剧包括《白毛女》（五幕歌剧）、《阶级仇》（四幕话剧）、《穷人恨》（二十八场秦腔）、《三世仇》（十一场歌剧）等，篇幅较长，情节冲突更为为曲折。在农村中表演更为普遍的是小型秧歌舞。

与其他的戏剧相比，"秧歌的感染力最大，是老百姓最喜爱的一种群众性的艺术活动。当秧歌锣鼓喧天，舞跳起来的时候，看秧歌的人心里不由得随着节拍跳动起来，情绪跟着沸腾起来了，唤起一种愉快欢畅的心情。它还不像别的舞蹈受舞台的限制，可以很自由地在街道上，院子里到处流动。"② 新秧歌革除了旧有的调情因素，注入了全新的政治内容，编者往往根据现实需要来确定主题，进行创作。"最流行的主题是土地改革。多数节目注重宣传两点：一是依靠贫雇农的必要性；一是团结中农的重要性。很多演剧队都表演一个恶霸地主企图破坏分田地，一个富农与他同谋，一个中农害怕新土地法会侵犯自己的利益，一个农村政工人员出卖穷人，讨好富人。但是，一个雇农在一个党员的帮助下，最后总是取得了群众的信任。地主及其帮凶缩成一团，受到控诉。"③

从情节设置上看，剧情一目了然，矛盾冲突简单直接，地富反对分地，中农摇摆不动，最终在工作队的帮助下，贫雇获得胜利，人物只是本阶级利益的代言者，大多脸谱化缺乏个性。由于经济条件的限制，服装道具极为简陋。从研究角度来看，这些戏剧作品的艺术性的确是乏善可陈，但从群众的观点来看，他们对此表现得十分热情，"一听到演戏或只要在街上贴一两张广告，就会使得全城都骚动了似的，女的男的，老的少的，人山人海的堆满在露天的舞台前面，伸长了头颈等待着。他们是饿狼似的渴望着，鼓舞着的。台上的戏演到紧张的时候，我们的观众的情绪也跟着高涨起来，爆裂一样地喊出响亮的口号，附和地唱出激动

---

① 颜一烟：《〈血泪仇〉改编的前前后后》，《新文化史料》1995 年第 6 期。
② 罗伯中：《大秧歌舞说明》，李之华编《翻身秧歌集》，东北书店 1948 年版，第 52 页。
③ ［美］韩丁：《翻身——中国一个村庄的革命纪实》，韩倞等译，北京出版社 1980 年版，第 9—10 页。

的歌声。"① 戏剧的发展丰富了乡间贫乏的文化生活,它将政治话语中所希望呈现的斗争图景生动地在舞台上再现出来,对于人们的社会生活进行了方向的指引。观众会将自己默认为舞台中的某个角色,产生强烈的共鸣感,由此确认了自己的阶级身份。他们对于剧情的赞赏附和形成了对于政治教化的集体认同,阶级群体已然形成。在之后的土改中,他们会不自觉地按照戏剧中的指引再现现实的斗地主场景,阶级斗争的观念已经深入人心。

在创作素材上的选择上,创作者会将村中真人真事加以改编以扩大宣传效果。《土地的儿子》(柳青)中秧歌队将李老三翻身的故事编成了节目,"因为是群众自编、自唱的,并且是取材于当地的事实而编演的东西,所以特别富于吸引力,可惜有个缺点必须指出:就是扮李老三的兴旺儿素以滑稽著称,他太偏重于动作上的小趣味,致使故事的悲怆气氛被冲淡了一些,观众不时爆发的哄笑即是证明。"观众由于题材的熟悉而倍感兴趣,陶醉于看戏的诙谐趣味中,忽视了其中所包含的政治内核,这才是文艺宣传真正要传达的政治伦理。工作队员要因势利导,引导人们从新旧社会的对比中对新政权产生感恩,确立革命价值规范体系。"无论从那点来看,都是教育重于娱乐。新秧歌所给予观众的,主要的是'应当怎样'和'不应当那样'。它把共产党所要求的事情化为故事,再加上艺术的糖衣。"② 群众正是被这娱乐的糖衣所吸引着,同时接受了糖衣背后所隐藏的政治观念。

3. 歌曲、快板、口号等的宣传教育

除了正面的诉苦教育,热烈的戏剧宣传,在土改运动中还综合运用了多种文艺形式的宣传,在其不断地刺激下,很快将斗争气氛推向了高潮。

在发动群众时,工作队员教唱的是《谁养活谁》,以形象生动的歌词将地主农民的贫富分化展示出来,引导人们领悟到是农民养活地主的道理。"谁养活谁呀大家看一看,没有咱出人力,粮食不会往外钻。耕种锄

---

① 雷铁鸣:《戏剧运动在陕北》,刘增杰等编《抗日战争延安及各抗日民主根据地文学运动资料》(上),山西人民出版社1983年版,第5页。

② 赵超构:《延安一月》,《赵超构文集》(第2卷),文汇出版社1999年版,第674页。

第三章 土改叙事中农民文化心理的变迁

割全靠咱们下力干,起五更睡半夜,一粒粮食一滴汗。地主不费力,粮食堆成山。"①(《缱绻与决绝》)在《还乡》(寒山碧)中,斗争会开始之前先演唱了多首革命歌曲,除了《谁养活谁》之外,还有《晴朗的天》、《团结就是力量》、《没有共产党就没有新中国》,在雄壮高亢的歌声中营造出热烈的斗争氛围。唱歌并不是简单的文艺娱乐活动,实质上向人们包括唱者和听众灌输歌曲所传达的政治观念,是斗争大会开始前的序曲,为大会奠定了基调。人们在生产劳动时唱的山歌也被注入了新的政治内容,"河里流水清涟涟,山上开花红又鲜,打垮地主分田地,穷人翻身笑连连……"(《阿婵》)钱理群先生曾对革命歌曲之于人类精神的作用进行精彩的论述,"这首先是一种思想、心理、情感的凝聚与认同:当无数个个人的声音融入(也即消失)到一个声音里时,同时也就将同一的信仰、观念以被充分简化、因此而极其明确、强烈的形式(通常是一句简明的歌词,如'团结就是力量'之类)注入每一个个体的心灵深处,从而形成一个统一的意志与力量。处于这种群体的意志与力量中,个人就会'身不由己'地做单独的个体所不能(不愿或不敢)作的事。这是一个'个体'向'群体'趋归并反过来为群体控制的过程。……同时,这也是一种思想、心理与情感的升华(转移)。"② 在气势磅礴的集体氛围之下,人的个性消失了,取而代之的是突然爆发的革命激情。

快板作为群众喜闻乐见的通俗文艺形式也成了宣传教育的工具,由于农民的文化程度很低,接受水平有限,借用文字材料进行宣传显然不切实际,快板可以口耳相传,朗朗上口,富有节奏感。《太阳照在桑干河上》中的老吴即兴创作快板来宣传土改政策,"共产党,人人夸,土地改革遍天下!穷乡亲,闹翻身,血海冤仇要算清。想当兵,受压迫,汉奸地主好欺诈。苛捐杂税不得完,田赋交了交附加。附加送到甲长家,公费杂费门户费,肥了咱村八大家……"③《李有才板话》中的快板目的在于讽刺乡村

---

① 《谁养活谁》是一首在土改时期流传甚广的宣传歌曲,后收入《土地改革歌集》(李广才编,中华乐学社1951年版)。
② 钱理群:《1948:天地玄黄》,山东教育出版社1998年版,第64页。
③ 丁玲:《太阳照在桑干河上》,人民文学出版社1952年版,第215页。

上编　土改文学综论

统治的黑暗腐朽,是群众避免直接的行动对抗而在社会舆论上进行的间接反抗。土改中的快板宣传目的不是戏谑性表达民间观点,是从政治的高度来批判旧制度的黑暗和宣传新政策的好处。

喊口号在土改中的作用也不可忽视,在斗争大会上精心组织的诉苦之后,口号的响起以简单明了的形式再次将群众的情绪煽动起来,人们身在集体中获得强大的力量感和正义感。"口号的语言非常简洁,简洁到不能再简洁的地步,然而其力量却是异常巨大的,进一步强化了会场上人们的语言醉态。……人们在语言痴迷状态呼喊的口号,不仅强化了会场的那种斗争的气氛,而且赋予了宣判的合法性。因为,从会场上的口号声的震耳欲聋的效果看,至少从表面上给我们一种感觉,那就是'法官'的宣判是得到绝大多数与会者的赞同和支持的,是代表绝大多数与会者的也就是广大群众意志的。"① 口号是一种明确的行动暗示,是集体意志的有效集中与传达,人们坚信地主所犯下的是滔天罪行,理应受到严厉的惩罚。在雄壮的口号声中,群众放弃了个人的思考,自然而然地接受了口号中所暗含的意识形态内容,他们激愤的情绪状态正是组织者所希望达到的效果。②

三　从差序格局到阶级分类

乡村社会是以血缘地缘关系的亲疏远近而形成的同心圆式的结构格局,阶级关系与宗法网络错综复杂地交错在一起,阶级矛盾并不明显。"血缘是稳定的力量。在稳定的社会中,地缘不过是血缘的投影,不分离的。'生于斯,死于斯'把人和地的因缘固定了。生,也就是血,决定了他的地。世代间人口的繁殖,像一个根上长出的树苗,在地域上靠近

---

①　孙德喜:《论寒山碧的长篇小说〈还乡〉》,林曼叔、孙德喜编《寒山碧作品评论集》,(香港)文学研究出版社 2006 年版,第 244 页。
②　土改运动组织者十分注意掌控大会的组织情况,适时引导群众的情绪。斗争大会中经常以诉苦来引发大家对阶级敌人的仇恨,会场上哭声一片。这时,"绝对不能以痛哭代替深入思想发动"。"我带头高呼口号,广大群众也跟着振臂高呼,接着,我又作了简短的动员。这样,会场上群情由悲愤转变为激奋,大家同仇敌忾,众志成城,斗争矛头直指地主阶级当权派,大家一个又一个控诉地主罪行。会场上,口号声此起彼落,情绪异激昂。"刘文乔:《岁月如流未蹉跎》(上),中国民主法制出版社 2000 年版,第 53 页。

第三章　土改叙事中农民文化心理的变迁

在一伙。地域上的靠近可以说是血缘上亲疏的一种反映，区位是社会化了的空间。"①

租佃之间固然存在着阶级斗争理论上的剥削关系，也存在于温情脉脉的保护性宗法关系中。出于维护宗族利益的考虑，地主往往会把土地租给与自己有亲缘关系的佃户，而且租佃关系会祖辈相传，长期维持下去。《太阳照在桑干河上》中的侯忠全对于二叔侯殿魁充满了感激之情，在他走投无路的时候侯殿魁主动提出让他租种原来的土地，由于二人的亲属关系，没有规定租子的数目，住的两间破屋也没要钱，"侯殿魁总让他欠着点租子，还给他们几件破烂衣服，好使他们感谢他。"② 从乡间传统道德来看，侯殿魁对于侯忠全的照顾是无可指摘的，至于"欠着点租子"，是中国传统的人情观念，"人情根本就是一种得到文化价值所支持的社会规范。说得清楚点，人情像一种社会'舆论'，使一个人对'自家人'都要予以帮助，对于越是亲密或关系越特殊的'自家人'，则越有帮助的义务。"③ 这里的"使他们感谢他"，正是指侯忠全欠下了侯殿魁的人情，按照互惠的人际交往原则，侯忠全去帮忙干点杂活，母亲去做针线，都是去还欠下的人情。作为受惠者，侯忠全就有报恩的道德义务，应当尽力去报答侯殿魁平时的恩惠，努力维持两家和谐亲近的关系。而如果为了得到人家的土地而翻脸无情，侯忠全的心中就会产生强烈的负罪感。因此，无论村干部怎么发动，旁观者怎么嘲笑，侯忠全也没办法撕开脸皮向原来的"施恩者"同时也是现在革命话语中的"剥削者"索要土地。

经过了工作队一系列的动员宣传，在诉苦大会上的正面教育，持续性的戏剧、歌曲、快板、口号等多种形式的辅助宣传，很快营造出了浓重的斗争氛围。在这种政治氛围的慢慢感染和渗透下，农民开始接受阶级观念，按照阶级的划分标准将周围人划分为两大阵营。"共产党政权建立之

---

① 费孝通：《血缘与地缘》，《乡土中国》，上海人民出版社2007年版，第66页。
② 丁玲：《太阳照在桑干河上》，人民文学出版社1952年版，第140页。
③ 金耀基：《人际关系中人情之分析》，杨国枢主编《中国人的心理》，（台北）桂冠图书股份有限公司1988年版，第96页。

初,其所面对的是一个广袤而凋敝的乡土社会和分散而'落后'的农民大众。要将其组织成摧毁旧世界建设新社会的力量,塑造成新国家的人民,分类就成为一个必不可少的过程。从某种意义上来说,阶级的分类是社会动员不可缺少的基础,也是治理社会的主要方式。"① 群众由于"诉苦"唤醒了以往尘封的记忆,产生了强烈的被剥夺感,找到了痛苦生活的真正原因,即地主的剥削,于是对地主心生仇恨之感,阶级对立逐渐明显,最终变得势不两立。《阿婵》(碧野)中的主人公是一个饱经磨难的女性,对于过去的苦难她十分地漠然,将一切归结为命运。是将不堪回首的痛苦往事再次记起,还是忘掉过去、就这样麻木不仁地过下去?阿婵陷入了矛盾。"'阿婵,你结了疤忘了痛吗?'明欢叔用话挑她。'欢叔,你说揭疤不是更痛吗?'阿婵这样反问。'不揭窝着脓,揭了好长新肉啊!'明欢叔大声地说。但阿婵把头低下去了。"② 在发现了当年的血衣和竹鞭后,阿婵的记忆终于被唤醒,她将身世的难言痛感转化为对地主的无限仇恨,在她的带动下,成功地将地主斗倒。

人们在接受了阶级话语的洗礼之后,将原来按照血缘远近的"自然分类"转变为意识形态化的"阶级分类",对于同属一个阶级的成员产生同病相怜的共鸣感,对于地主阵营的成员则怀着强烈的敌对情绪。由此,土改顺利实现了分化与整合乡村社会的目标。《翻身记事》(梁斌)中的地主王健仲向后辈王牛牛套近乎,叫爷都不搭理,"按王家祠堂的家谱来说,王健仲辈数最高,平时王牛牛想跟他叫声爷都够不上,经过几个月的土改运动,王健仲的威风被贫雇农打下去了,王健仲老是想找机会跟王牛牛说个话儿,近乎近乎,拉拉关系。今天才跟王牛牛叫声爷,说句近情话,不想又碰了一鼻子灰,只得蔫头搭脑地滚回去。"③ 通过谁是"爷"的变化可以看出,在短短几个月的时间里,乡村传统伦理法则已经暂时失灵,代之以"亲不亲,阶级分"的权威化的阶级分类方式。

---

① 郭于华、孙立平:《诉苦:一种农民国家观念形成的中介机制》,杨念群等主编《新史学:多学科对话的图景》(下),中国人民大学出版社 2003 年版,第 513 页。
② 碧野:《阿婵》,《人民文学》1952 年第 10 期。
③ 梁斌:《翻身记事》,人民文学出版社 1978 年版,第 459 页。

第三章　土改叙事中农民文化心理的变迁

第二节　屈辱感的消失与价值尊严的确立

在关注土改中农民经济层面的翻身时，农民精神上的翻身也不容忽视。"在左翼学者通常专注于工人和农民的低工资、失业、恶劣的居住环境以及营养不良等经济剥夺时，仪式尊严和人格尊重等更为日常的事物却往往被忽视。可是，对受害者自身而言，这些主题看起来才是至关重要的。"对于农民来说，贫穷并不仅仅是一种物质方面的煎熬，也是一种精神上的凌虐，处于乡村社会等级最底层的卑微感要比无法果腹的饥饿感更让人痛苦。"就村里大多数穷人而言，贫穷更多地代表着对他们在村庄内日常地位的威胁。任何农村社区都有可能在文化上确认一套最低限度的行为准则，用于界定在当地社会中完整的公民身份……低于这一水准不仅意味着物质上的贫穷；它还意味着达不到当地标准所界定的完整的人类生存。社会身份的破坏性丧失与收入的丧失同样严重。"[①] 土改之后，农民与地主的社会地位发生了翻转，农民获得了以往从未有的尊严。

一　农民精神层面的"翻身"

1. 被压抑的自我

"人本性中存在其他不可缺少、迫切需要满足的部份，也即植根于人生理结构的需要，诸如饥饿、干渴和睡眠的需要等等。这些需要的每一种都存在某种界限，不能被满足的程度一旦超过这个限度，就将是无法承受的。此时，人将会全力以赴去满足这些需要。"[②] 对于农民来说，生活中的实际问题就是养家糊口，他们的经济基础十分脆弱，一旦遇到自然灾害或者家庭变故，就会面临十分危险的境地。正像鲁迅先生说过的那样，"食欲的根柢，实在比性欲还要深。"[③] 支配着农民心理的深层动机就是求生的

---

① [美]詹姆斯·C. 斯科特：《弱者的武器》，郑广怀等译，译林出版社2007年版，第291、288页。

② [美]埃里希·弗洛姆：《对自由的恐惧》，许合平、朱上群译，国际文化出版公司1988年版，第11页。

③ 鲁迅：《听说梦》，《鲁迅全集》（第4卷），人民文学出版社2005年版，第483页。

本能，在生存条件恶劣的情况下，生存的重要性大大遮蔽了情欲的存在，现实的经济条件制约了人们的思想行为。

《福贵》（赵树理）中的主人公福贵原是一位聪明能干的农民，又会唱戏，在乡村世界中过得十分惬意，在村中属于"能人型"阶层。而他对自己在戏班的重要性也会产生一份自豪感，感受到自己的价值。不过，好景不长，福贵母亲的去世使家庭欠下了债务，无论福贵怎么努力劳动，高利贷还是还不上，并且滚雪球似的越来越多。《太阳照在桑干河上》中的侯忠全年轻时被称作糯米人儿，他给大家讲唱本中的故事，还会登台演戏，扮谁像谁。他因为妻子的官司打输了，生活陷入了困境。在遇到挫折之前，他们的共同点是家境小康，爱好唱戏。演戏是农村主要的娱乐活动，人们一年劳动的艰辛与生活的苦闷都在悠扬的戏曲声中烟消云散了。戏曲中宣传的忠孝节义的观念也会强化乡村的传统道德。对于大多数村民来说，他们没有机会读书识字，经由学校教育、文化典籍传播的上层文化与他们无缘，约束指导其行为取向的正是经由戏曲传播的小传统。在与现代社会完全脱节的传统观念的严格束缚下，人们奉行现实的原则，压抑自己对于正常物质需要的渴求，获得暂时的心理平静。

2. 心理防御机制

由于生存的艰难，人的性格在外界的巨大压力下会发生明显的变化。面对人生中的突然变故，生活水准的突然下降，如何继续生存下去成为眼下的难题。刚开始，福贵还是按照原来的传统道德继续艰难地生活，身上的债务越来越重，无法养活家人，求生的本能如此强烈，超我的管束已经失去效力了，软弱的自我没有能力协调本我和超我的冲突，驾驭本我的能量终于不顾一切地冲出来了。他不再遵守乡间的传统规则，背弃了一个人在世上生存所需要的尊严和脸面。他认识到，自己当牛做马地干下去，劳动成果只能被别人占有，他希望能够轻松地生活下去，不过在乡村封闭的环境里，除了劳动生产慢慢积累之外，没有其他的捷径可走。福贵一赌气将四亩地押给了债主，没有了生产的资本，先是在赌场上碰运气，接着就干上了送死人的勾当，这样下去，福贵越陷越深，最后彻底沦落，饿了就开始偷东西。在受到了族规的教训后，福贵又到城里当了吹鼓手，而吹鼓

第三章 土改叙事中农民文化心理的变迁

手的职业在农村看来十分下贱,称之为"忘八"、"龟孙子",对于摒弃了道德原则的福贵来说,他并不觉得当吹鼓手有什么不对的地方,可是在那些墨守成规的族人看来,就是大逆不道的事情,以至于想把他直接打死或活埋。虽然在食欲的刺激下,福贵放弃了道义的坚守,他现实的自我已经完全迷失了,内心中超我和本我还是在进行不断的交锋,面对家人的受苦,乡人的冷落,心里充满了痛苦感和屈辱感。福贵在无意识中采取了反向防御机制,既然传统道德并不能解决生存问题,那就舍弃道德的束缚,因此表现出来的是相反的态度与行为。为了减少内心的罪恶感,福贵选择离开家乡去外地谋生,借此来回避乡间道德的质询和期待。

与福贵沦落为乡间的二流子不同,侯忠全选择了继续艰难地耕作土地求得生机。由于惹上官司,他蹲了几个月的监狱,家里卖了地,父亲被气死,面对现实的窘况,他先选择的是回避的态度,离开家乡去外地谋生,暂时缓解心理的焦虑和痛苦。当他一事无成又回到家乡后,因生病又将最后的几亩地卖出去了,他只好给侯殿魁家当佃户。虽然侯殿魁看在一家子的面子上对他照顾有加,他的心理还是无法接受现实的打击。他想要在劳动中遗忘过去的屈辱,这是人在面对挫折时经常会选择的态度。遗忘能够减轻人们的精神痛苦,"这种忘却能力本身是长期而可怕的经验教育的结果,它是心理和精神卫生的必不可少的要求,没有这种要求,文明生活将是难于忍受的,但它也是一种保持屈从和克制的心理机能。忘却也就是容忍那些一旦出现了公正和自由就不应当予以容忍的东西。这样的容忍再生产了不公正和奴役的再生产条件,因为忘却以往的苦难就是容忍而不是战胜造成这种苦难的力量。"[①] 忘却是对人生苦难的回避,是对现实无奈的认同,人们没有勇气去面对自我的精神创伤,这样下去只会让心灵变得空洞麻木,失去了对现实的感受和判断能力,丧失了反抗的行动能力。

忘却不能真正解决心灵的苦闷,侯忠全慢慢接受了佛教的宿命论,将过去的一切加以"合理化"的解释,这样,心理就能够较为坦然地接受现

---

① [美] 赫伯特·马尔库塞:《爱欲与文明——对弗洛伊德思想的哲学探讨》,黄勇、薛民译,上海译文出版社 2005 年版,第 179 页。

实，疏解了内心的焦虑和痛苦。"他对命运已经投降，把一切的被苛待都宽恕了，把一切的苦难都归到自己的命上，他用一种赎罪的心情，迎接未来的时日。"对于自己遭遇到的不幸，他认为这是因果报应，是命中注定的。这样将偶然的人生遭遇视为必然的人生坎坷，将对命运不公的愤激之感转变为心平气和地接受现实。作者怀着几分惋惜的笔调写道："他不只劳动被剥削，连精神和感情都被欺骗的让吸血者俘掳了去。"① 不过，与其说是精神被征服，不如说是自我被迫采取的一种心理反应方式，如果不甘心接受现实，作为普通民众又能有什么办法呢？直面人生的惨烈是需要极大的勇气来承受难以言传的痛苦的，大多数人都选择了回避、忘却、宣泄等方式来维持内心的平静。这位当年的糯米人儿现在干巴成了一个陈荞面窝窝，正如当年机灵能干的少年闰土因生活的重担成了沉默麻木的人一样，这似乎是多数农民必经的人生之路，很少有人能走出这个命运的怪圈。不过，不论他们乐意与否，中国农民的命运终于在土改中开始发生了变化。

3. 怨恨的宣泄

经过工作队开展的动员工作，原本在人们的内心中淡忘的人生苦难又再次浮出水面，激发了针对地主的怨恨。他们认识到自己的生活之所以困苦，就是因为自己的劳动成果被无情地剥夺。福贵也将自己的沦落归结为老万的高利贷。以往被强行压抑的怨恨感和屈辱感因为有了新生政权的支持而得到了宣泄的机会。"怨恨是一种有明确的前因后果的心灵自我毒害。这种自我毒害有一种持久的心态，它是因强抑某种情感波动和情绪激动，使其不得发泄而产生的情态；这种'强抑'的隐忍力通过系统训练而养成。……首先要加以考虑的情感波动和激动情绪是：报复感和报复冲动、仇恨、恶意、羡慕、忌妒、阴毒。""怨恨产生的条件只在于：这些情绪既在内心猛烈翻腾，又感到无法发泄出来，只好'咬牙强行隐忍'——这或是由于体力虚弱和精神懦弱，或是出于自己害怕和畏惧自己的情绪所针对的对象。因此，就其生长的土壤而言，怨恨首先限于仆人、被统治者、尊

---

① 丁玲：《太阳照在桑干河上》，人民文学出版社1952年版，第141页。

第三章　土改叙事中农民文化心理的变迁

严被冒犯而无力自卫的人。"① 怨恨是弱者在面对强者的欺压时无法采取行动反抗而积压的负面情绪，他们无力报复，只能隐忍自己的真实情感，以"君子报仇，十年不晚"的方式埋下仇恨的种子。如果条件不合适的话，在时间的流逝中人们会逐渐淡忘这些令人不快的往事，而一旦具备了报复的条件，弱者必然会以更加恶劣的方式实施报复。土改正是利用了人们内心中长期积压的怨恨和对于物质财富的渴望，并赋予了庄严的革命名义，人们可以名正言顺地对于施暴者给予严厉的制裁。超我已经由原来的传统道德置换为现行的革命伦理，人类破坏性的本能以合法的方式顺利经过超我的检查，取消了因破坏传统道德而产生的罪恶感。

人类被压抑在无意识中的怨恨复活了，呈现在意识层面，驱使人们采取报复行为，以缓和怨恨产生的屈辱感。人性中的阴影开始投射到"敌人"一方，人们在动员宣传中接受了"地主都是坏的"的观念，并将个别地主的罪恶扩展为整个地主阶级的罪恶，将他们视为"吸血鬼"、"人狼"，是一切罪恶的制造者，人们可以义正词严地控诉、攻击地主的邪恶本性。长期被抑制无法释放的阴影在对敌人的斗争中找到了宣泄的出路，获得了自尊的感受。阴影一旦整合到精神层面，人们会变得充满活力，富于攻击性，甚至有些歇斯底里，与平时判若两人。"个体或集体的自尊是通过对敌人的斗争来维护的，常常怀着摧残敌人、永远扫除邪恶的目的，最终以光明战胜黑暗。"②

在诉苦会上，一些生活中的苦难被放大提升到阶级的高度，人们痛哭流涕，为彼此间共同悲惨的命运而产生共鸣，对地主的罪恶行径深恶痛绝，在斗争会上，在持续不断的歌曲、口号的感染下，在精心挑选的典型案例的刺激下，人们的斗争情绪被煽动起来，斗争大会进行得轰轰烈烈，这正是工作队所要达到的效果，农民终于真正地觉醒了。不过，被唤醒的不仅是阶级觉悟，还有人性中邪恶的一面。"在某种暗示的影响下，他会

---

① ［德］舍勒：《道德建构中的怨恨》，刘小枫编《舍勒选集》，上海三联书店1999年版，第401、404页。

② ［德］埃里希·诺依曼：《深度心理学与新道德·前言》，高宪田、黄水乞译，东方出版社1998年版，第4页。

上编　土改文学综论

因为难以抗拒的冲动而采取某种行动。群体中的这种冲动，比被催眠者的冲动更难以抗拒，这是因为暗示对群体中的所有个人有着同样的作用，相互影响使其力量大增。"[1] 传统的"杀人偿命"的道德约束被集体的狂热氛围所瓦解，台上不断控诉地主的罪恶让他们有了行动的正义感，向原来高高在上的地主施暴宣泄了长期被压抑的屈辱感。正是因为没有了要受到严厉惩罚的恐惧，超我的警戒得以放松，本我的能量开始毫无顾忌地释放出来，按照自我的意志为所欲为，出现难以控制的暴力场面也就在所难免了。"然而要真正遵从群众、特别是那些最贫穷也是最积极的农民的意愿，却远非易事。他们有如脱缰的烈马，横冲直闯，迅猛异常。"[2] 对于工作队来说，"要往死里斗，却把人留着"的斗争目标在现实中是很难行得通的。压制群众的斗争情绪就会给运动泼冷水，任由群众斗争就会发生过火的现象。在《李家庄的变迁》（赵树理）中，即便县长也无法让现场的群众冷静下来，他以悔过、没枪、没子弹等各种理由搪塞大伙，刚说了"该死吧是早该着了……"，没等话说完群众就把李如珍活活打死，县长不能对群众的斗争热情泼冷水，只好草草收场。

土改也给了农村中某些无赖之徒以报私仇的机会，他们将个人恩怨隐藏在革命名义之下，进行变本加厉地疯狂报复。人类本能毫无顾忌地释放出来，产生一种残忍、疯狂又巨大的能量。《古船》（张炜）中一个地主曾经强暴一名女工，这名女工有了孩子后上吊自尽，土改中女工的哥哥积极地参加拷打地主子女，地主的女儿很快被他们折磨致死。尸体发现时，身上一块块的血印和伤疤，乳头没有了，在阴部还插了一颗萝卜。这已经不是简单的冤冤相报了，而是人类兽性的发作，对人类生命尊严的无情践踏。一旦被冠以"敌人"的名目，就被视为不共戴天的异端分子，站在了人民的对立面，只能除之而后快。人们将一切的罪恶归结到"敌人"的身上，消除了自身的焦虑，获得了行动的正义感，并在攻击敌人的过程中释放出来生命的活力与激情，而完全放任斗争的热情，必然会造成灾

---

[1] ［法］勒庞：《乌合之众——大众心理研究》，冯克利译，中央编译出版社2005年版，第17—18页。

[2] ［美］杰克·贝尔登：《中国震撼世界》，邱应觉等译，北京出版社1980年版，第198页。

第三章 土改叙事中农民文化心理的变迁

难的后果。

4. 价值感的确立

贫穷并不只是物质占有上的贫乏，马歇尔·萨林斯认为："世界上最原始的人们拥有极少的财产，但他们一点都不贫穷。贫穷不是东西少，也不仅是无法实现目标；首先这是人与人之间的一种关系。贫穷是一种社会地位。它恰是文明的产物。"① 土改中人们分到的财物并不多，只是将群众的经济水平都维持在平均线附近而已。从土地上看，只是大体维持在人均土地的平均数，从分到的财物看，只能得到少量生活用品，这些对于农民生活的改善显然起不到多大的作用。② 人们的经济状况没有发生根本性的变化，土改改变了"不均"的土地占有状况，暂时缓解了农村的严重危机，而没有改变贫穷落后的生产状况，人们依然在延续着传统的农业耕作技术。

与经济上的有限变化相比，农民的精神世界发生了重大变化。他们原来是社会底层的无权无势者，卑微而沉默地从事原始的体力劳动，任何权力集团都可以随意攫取他们的劳动果实，他们只能默默忍受，无力反抗。现在，他们在新的政权结构中取得了政治地位，获得了从来未有的尊严感。"他们开始相信他们有着神圣的使命，处于特殊的地位，他们的尊严被这种信仰所支撑。他们被告知以前的困苦代表着一种高尚的道德情操，具有神圣的义务。他们是革命的群众，是中国的被压迫者，并被委以创造美好未来的重任。用农民的话语来表达，就是他们感到了他们就是世界的主人，从内心深处、观念意识中获得了自尊、自信与新的社区定位。"③ 物质

---

① [美] 马歇尔·萨林斯：《石器时代经济学》，张经纬等译，生活·读书·新知三联书店2009年版，第45页。

② 谭其骧先生在1952年1月10日日记中记载"晚出席全乡工作队、农会主任会议，计算全乡分配标准，至一时许始得出办法，地多者按3.5亩分，少者按3亩计，多于3.5亩出地，少于三亩者得地，平均在3.5亩者不动。"[见葛剑雄整理《谭其骧日记选（之一）》，《史学理论研究》1996年第1期。] 韩丁在《翻身》中提到全村人均耕地是六亩，房屋全村平均每人不到一间房，牲口每四家分一头牛，至于分到的浮财，王文斌家分到的只是"一张长条桌、一只小木箱、一条旧裤子、炕上那块毡子、两套小孩的破衣服。"（[美] 韩丁：《翻身——中国一个村庄的革命纪实》，韩倞等译，北京出版社1980年版，第172—173、287—288页。）

③ 渠桂萍：《华北乡村民众视野中的社会分层及其变动（1901—1949）》，人民出版社2010年版，第326页。

生活上虽然没有很大的改善，但农民从中看到了生存的希望，拥有了自己的土地，只要辛勤劳动，就会过上丰衣足食的幸福生活。这种朴素的乡间生活理想与土改的"耕者有其田"的政治伦理达成了一致，农民由于生活的改变与地位的提高对于新生政权产生了无比感激和崇拜之情，在之后的解放战争和生产建设备方面都给予了大力的支持。不过，农民的这种小农经济的梦想在随后不久的合作化运动中破灭了。

土改给了像福贵这样的乡村边缘人物重新做人的机会，他要向昔日的乡村权势者老万爷讨回公道，他将自己的堕落归结为饿肚，导致自己"由人变鬼"的原因正是旧社会的高利贷。通过诉苦，福贵由传统乡村中的"比狗屎还臭"的"忘八"成了政治话语中根正苗红的贫雇农。土改刚开始时并不配合的侯忠全也得到了土地，他真诚地感谢共产党给乡村带来的改善，土改中热烈的宣传氛围，儿子积极地参加土改，这些都促使侯忠全慢慢接受了阶级分类，不再是宿命论的信徒。获得了土地，意味着今后的生活有了保障和希望，他终于挺起腰来出现在了乡村公众场合，虽然没有勇气再像年轻时登台演戏，这已经意味着他抛去了过去的耻辱，重获做人的尊严感。财物的分配满足了农民对于物质的渴望，长期被压抑的焦虑感消失了，阶级理论的宣传解除了人们的罪恶感，本我获得了满足产生愉悦之感。"劳动光荣"的观念深入人心，契合了乡村传统的道德理想。人们在生产中不再感到是一种生存的沉重压力，一种毫无价值的辛苦劳动，而是感觉到了当家做主人的尊严，作为阶级一员对于民族国家的重大责任感。

二 另一种"翻身"

按照"翻身"的定义，"被压迫被剥削阶级推翻了统治阶级的压迫剥削，获得了彻底解放，叫做'翻身'。"[①] 翻身除了一般所理解的广大受压迫的农民获得解放的过程，还包含了为研究者所忽视的另一种含义的"翻身"，即地主在土改后沦为社会的最底层，他们的子女后代也在以后的生

---

① 陈北鸥编著：《人民学习辞典》，广益书局1952年版，第422页。

第三章　土改叙事中农民文化心理的变迁

活中继续延续了其阶级身份，无论是在物质上还是在精神上都承受了巨大的压力。

1. 不同的"理"

在传统乡村中，某些小地主与佃户的经济状况其实相差并不大，阶级冲突并不严重。乡村的问题是政局混乱所带来的普遍性的凋敝破败，地主的生活也日趋败落。"佃农问题并非一切不平的所在。耕地有时分割得如房间大小，耕牛无从转身。有时所谓地主与佃农只有大同小异，彼此距挨饿不过只两三步。放高利贷已是千篇一律，及于放贷者的亲戚与邻舍。所谓剥削也包括雇人工作而给予不够支付生活费之工资。在这种情况之下，即是要劫富济贫，也难划分界限。这种种现实是历史上遗留下来的事迹：当初农村问题本已严重，最少近几十年来又无人过问，只令之江河日下，况又内外煎逼，且农村还要承受战争与灾荒的后果。"① 二者之间的差别也许只是"西头吃烙饼，东头喝稀饭"的不同，贫富差距并不十分明显。经过土改宣传后，人们接受了阶级理论，对于地主的富足生活不再是羡慕而是充满了敌意，他们要行动起来将属于自己的劳动果实重新拿回去。这样，传统的老理遭遇到了现代的政治话语，《地板》（赵树理）中关于"粮食是地板换的，还是劳力换的"的争论即反映了农民固有的思想意识与现行革命话语之间的矛盾。为了打消人们心中根深蒂固的契约意识，在一些宣传中特别强调恶霸是强占土地，将人们开荒的土地立了地照，强行占为己有，从而在根本上否认了地契的合法性。《暴风骤雨》中的韩老六即是用强硬的手段占有了别人开荒的土地，这样，人们再要回自己的土地就变得顺理成章了。

地主无力与新形势下的政权力量进行抗争，他们眼睁睁地看着自己辛苦半辈积攒的家业被强行占有，原来温顺老实的佃户长工也反目成仇，来讨要赔偿，这些都严重地违背了原来的"老理"，他们无法理解也不能接受阶级话语。《邪不压正》（赵树理）中形象地展示了当传统的乡村伦理遭遇到阶级斗争话语时，两种话语相互交锋、碰撞的情形。当长工元孩要和

---

① 黄仁宇：《中国大历史》，生活·读书·新知三联书店1997年版，第298页。

刘锡元算账,"刘锡元说:'说你的就说你的,我只凭良心说话!你是我二十年的老伙计,你使钱我让利,你借粮我让价,年年的工钱只有长支没有短欠!翻开帐叫大家看,看看是谁沾谁的光?我跟你有什么问题?……'元孩说:'我也不懂良心,我也认不得账本,我是个雇汉,只会说个老直理:这二十年我没有下过工,我每天做是甚?你每天做是甚?我吃是甚?你吃是甚?我落了些甚?你落了些甚?我给你打下粮食叫你吃,叫你吃上算我的帐,年年把我算光!这就是我沾你的光!'"刘锡元认为自己按照传统的规矩对伙计施以恩惠,而元孩却不讲"良心",将"老理"撇在一旁,大讲二人之间的贫富差距。元孩用非常朴素的话语形象地揭示了普遍存在于生活中的"剥削"现象,这是对革命话语的通俗化阐释。面对众人气势汹汹的声讨,"那老家伙发了急,说'不凭账本就是不说理!'"凭账本说的农村传统的老理,不凭账本说的是革命阶级话语,在这里不是平心静气地讨论两种道理的孰优孰劣,而是农民以人多势众来压倒对方,不给地主以反抗的机会。地主也只能默认既定的事实,原来的老规矩已经不能适用于进行革命的新农村了。

2. 丢失的"面子"

地主在土改中不仅失去了财产,更重要的是失去了既定的等级身份和荣耀脸面。他们原来处于金字塔的顶尖,享有着较高的声望和地位,受到人们的尊重。"'面子'代表中国社会中广泛受重视的社会声誉,它是个人在人生历程中借由成就和夸耀所获得的名声,也是个人借由努力和刻意经营所积累起来的声誉。"[①] 土改后,地主及其家庭成了乡村社会的最底层,被排斥在乡村政治生活之外,受到众人的鄙视,其中巨大的心理落差可想而知。

面对着斗争会上受到的奇耻大辱,一些自尊心极强的人无法接受这样的现实,祖祖辈辈在村中一向受人尊重现在却被人视同草芥,自尊心受到了严重的伤害而无法平复,很可能走上轻生的道路。《邪不压正》中的地主刘锡元在斗争会上被大伙一窝蜂拖倒,小昌给他抹了一嘴屎,虽然高工

[①] 黄光国、胡先缙:《面子——中国人的权力游戏》,中国人民大学出版社2004年版,第64页。

第三章　土改叙事中农民文化心理的变迁

作员抱住他不让打，暂时保住了性命，可过后的第三天他就死了，不论是气死还是喝土死的，其实是所受到的巨大精神伤害导致了他的死亡。一向叙事细致不厌其烦的赵树理，在这里采取了模糊处理的手段，一笔带过。刘锡元的死亡改变不了家族衰落的命运，他的儿子刘忠还要接受众人的清算。《还乡》（寒山碧）中的地主妻子邢傲梅在经受了积极分子的严刑拷打之后毅然选择了死亡，她的死亡不是对于艰难生活的逃避，是要以死来捍卫自己的尊严，"因为在屈辱之下，娘无法生存，像鱼离了水无法生存。"[①]

毛泽东在《湖南农民运动考察报告》特别强调了政治上打击地主的重要性，"这个斗争不胜利，一切经济争斗如减租减息资本土地等等绝无胜利之可能。"其中，提到了政治上打击地主的方法，包括清算、罚款、捐款、小质问、大示威、戴高帽子游乡、关进县监狱、驱逐、枪毙。其中，最使地主害怕的处罚就是戴高帽子，"戴过一次高帽子的，从此颜面扫地，做不起人。"[②]

土改作品中往往大力宣染人们翻身的喜悦，而地主失去财产后精神上的痛苦则有意地忽略不提。《秋收时节》（方纪）中的老太婆是旧式富农，过日子十分节俭，土改中交出了十亩心尖子好地心痛不已。她抱怨共产党一来，自己的日子就不好过了。"早先我是财主，共产党来了实行合理负担；我地多，他实行累进税；我出租地，他要减租；我放账，他要减息；我雇做活的，他又要增工资！这几年，又是土改，又是覆查，又是平分，接二连三，就把我这个财主日子折腾干了！"儿子媳妇也不理解她，她只能一个人在院子里哭泣，"猛然坐在地上，抽抽咽咽地哭起来，越哭越痛，声音越大；到后来，差不多是号了。"[③]地主失地的痛苦是无法得到别人同情的，"我"一旦得知她是出地的旧式富农，对她的同情心立刻消失了，变得非常冷淡。虽然在作品中作者安排了这位老太婆思想的转变，但这个转变因过于迅速而不合情理。

地主对于没收自己的财产并不心服，《月晕》（宋歌、舒虹）中的土鳖

[①] 寒山碧：《还乡》，（香港）东西文化事业公司2001年版，第145页。
[②] 毛泽东：《湖南农民运动考察报告》，《战士周报》1927年第38期。
[③] 方纪：《秋收时节》，《方纪小说集》，百花文艺出版社1981年版，第186页。

上编 土改文学综论

地主周大尿壶说自己劳动的双手硬得像把锉,"哪个掌柜的不与雇工一样锄田刨垅?汗珠子掉在脚上摔成八瓣儿。"他的妻子则说:"有钱人咋的?槽上拴的马,哪根马毛不是挣来的?仓里的粮食,哪粒不是汗水换来的?咱们没偷没盗没劫没抢,就因为看着眼红,对咱们就那个?"①

一旦被划为地主成分,他们就会从村庄的公共生活中被放逐出去。地主不仅在经济上失去财产,在精神上还要承受被集体隔绝的痛苦。《太阳照在桑干河上》中的地主侯殿魁在墙根下晒太阳,没有人愿意搭理他,面对别人的嘲笑只能忍气吞声装作没听见。在斗争会之前,他还能坦然地出现在公共场合,在斗争会之后,"那个一贯道就像土拨鼠,再也不敢坐在墙根前晒太阳。"② 不只是侯殿魁,所有的地主在今后的日子里都只能像土拨鼠一样悄无声息地生活,他们已经被剥夺了生活在阳光下的资格。对于地主来说,"世代积累的财产丧失殆尽,脸面被撕破了,威风扫地了,哪个小孩都可以在他们头上'拉屎拉尿',就像他们的标志色黑色一样,他们从此生活在茫茫黑暗之中,没有前途,没有希望。"③

地主家的孩子自然也会受到牵连,《太阳照在桑干河上》中的地主子女在学堂中受到别人的欺负,"打架告状的事多了起来,常常会听到里面有人喊起来:'打倒封建小地主!'于是也就有孩子哭了。"④ 地主受到批判,地主的儿女继承了父母的阶级成分,也就成了"封建小地主",儿童间的打闹是地主身份等级下降的讯号。《还乡》(寒山碧)中的诠仔在家庭败落后,由原来众星捧月的少爷成了被冷落的边缘者,原来十分亲热的三亲六故都变得非常冷漠。因为他的狗咬人,他被迫将自己的爱犬绑好交出去,成了别人的菜肴。"覆巢之下岂有完卵?卑贱人家狗也遭殃。"⑤ 在家庭成分的压力下,他们沦落到乡村社会的最底层,不仅要承受物质的贫

---

① 宋歌、舒虹:《月晕》,黑龙江人民出版社2003年版,第163页。
② 丁玲:《太阳照在桑干河上》,人民文学出版社1952年版,第422页。
③ 张乐天:《告别理想——人民公社制度研究》,上海人民出版社2005年版,第97页。
④ 丁玲:《太阳照在桑干河上》,人民文学出版社1952年版,第177页。在现实中,地主的子女也会受到斗争,在1947年10月28日《晋绥日报》第4版中有一则新闻《贫穷的娃娃们起来了》,其中介绍了穷人的孩子斗争"小恶霸"的事情。
⑤ 寒山碧:《还乡》,(香港)东西文化事业公司2001年版,第147页。

第三章 土改叙事中农民文化心理的变迁

乏,更要承受精神隔绝的痛苦。他们对现实政治噤若寒蝉,只能小心翼翼地求得生存。

第三节 封建观念的破除与新的生活观念的建立

曾经参加过土改的韩丁对于"翻身"是这样理解的,"对于中国几亿无地和少地的农民来说,这意味着站起来,打碎地主的枷锁,获得土地、牲畜、农具和房屋。但它的意义远不止于此。它还意味着破除迷信,学习科学;意味着扫除文盲,读书识字;意味着不再把妇女视为男人的财产,而建立男女平等关系;意味着废除委派村吏,代之以选举产生的乡村政权机构。总之,它意味着进入一个新世界。"① 土改的意义绝不仅仅是在经济层面上的"均贫富",还涉及乡村社会生活领域的变化,农村革除了传统的风俗习惯,开展了基本的教育启蒙工作,意味着将乡村世界进行革命化的彻底改造。

一 农村的启蒙教育

如何将文化水平低、组织极为分散的广大农民动员起来,成为革命的重要力量,这是摆在中国政治面前的一道难题。共产党为此深入农村中进行了大量艰苦细致的工作,在动员农民、改造农村的问题上取得了巨大的成功,这是历来政权组织从未达到的目标。"单纯的教育和启蒙仍不足以推动农民意识的进化。充其量,教育和启蒙不过是带动车厢的一只轮子,而绝非是万能的,农民意识的改变,还要依赖外界变化的压力与农村社会的内部改革,启蒙者必须同时具有(农村)改革者的身份,启蒙才能真正深入农民之心。革命的农民战争并没有挤压了启蒙,在革命者占据的农村,扫除封建,破除迷信,教育和启蒙都在很扎实而成功地进行着。即使在全国解放以后的一段时间里,农村的启蒙教育(扫盲)也很有成效。"② 针对农民的接受能力有

---

① [美]韩丁:《关于"翻身"一词的说明》,《翻身——中国一个村庄的革命纪实》,韩倞等译,北京出版社1980年版,第1页。

② 张鸣:《乡土心路八十年:中国近代化过程中农民意识的变迁》,上海三联书店1997年版,第216页。

上编　土改文学综论

限的特点,进行的最多最成功的是文艺形式的宣传,特别是戏剧的演出,取得了很好的宣传作用。共产党在农村也不遗余力地全面展开民众的教育启蒙工作,"教育是一种比较正式的意识形态培养与灌输的渠道,如果能够通过学校教育的途径,再伴随以运动的形式,同样会对树立新型的意识形态起到好的效果。比起寓教于乐的戏曲活动来,虽然受众在接受方面效果要差一些,但学校教育灌输的东西往往给人一种比较正式和正统的印象,这种印象恰恰是那种热热闹闹的戏曲表演所无法比拟的。"[①]

针对农民的启蒙教育并不只是简单的识字,学习文化与政治灌输紧密地结合在一起。课上会讲时事政治,课本是自编的教材,具有强烈的政治色彩,以简单通俗的话语来进行革命伦理教化。《韩邦礼苦学记》(知侠)中提到韩邦礼学习的课本,"这个课本对他的教育很大,头一课是:'中国人有受压迫的人,有压迫人的人!'"通过艰苦的学习,"他不但学会了好多生字,也了解到好多过去所不了解的问题。他知道了谁是压迫人的,穷人为什么受压迫,穷人怎样才能翻身,谁是救星,谁是敌人,将来打倒敌人,劳苦的人民过怎样的日子。"[②] 可以看出,教育的重点不仅在于农民文化素质的提升,而且在于向农民灌输阶级意识,将广大的农民培养成为革命的主力军。

除了政治思想的教育之外,对农民的启蒙教育还涉及家庭关系的处理。个人所处的血缘地缘关系已经打破,作为阶级集团的一员已无任何隐私可言,家庭的矛盾不再是夫妻间的私事,是组织有责任介入的事情。《满子夫妇》(潘之汀)中的小夫妻并不和睦,二人参加冬学之后,教员借机让玉莲给丈夫补课"谋虑家务,团结和睦",之后两人变得十分和睦。教员特意安排这一课让他们共同学习是有用意的,不仅是让他们多学几个生字,更重要的是领会词语的意思并应用到生活中来。其中暗含着革命意识形态对于家庭生活的要求,团结一致努力生产。

识字教育离不开政治,也会参与到激烈的阶级斗争中来。由于教育支

---

① 张鸣:《抗日敌后根据地农村社会的意识形态改造和重塑》,《乡村社会权力和文化结构的变迁(1903—1953)》,陕西人民出版社 2008 年版,第 206 页。
② 知侠:《韩邦礼苦学记》,《山东文化》1944 年第 2 卷第 2 期。

第三章　土改叙事中农民文化心理的变迁

出需要一定的费用，这对于挣扎在贫困线上的农民来说是一种奢望。在农村中，只有有钱的地主才有能力供孩子上学读书，绝大部分人都是文盲。翻身后的农民要处理村里的各项事务，没有文化在工作中遇到了诸多难题，识字成了当务之急，被当作一项政治任务。"字儿是一种工具，也是武器。你没有，你就得夺取它！"《识字的故事》（萧也牧）中提到面对着整个村子没有识字人的窘况，农民迫不得已只能请地主庄三元来当先生。而这位教员与贫雇农不是一条心，并不认真上课，更重要的是，他还按照自己的利益来传达上级减租减息文件，文件中强调的是保障佃户的使用权，他解释的是保障地主的所有权，这与上级的精神背道而驰。当然，他的诡计最终被戳穿，灰溜溜地逃走了。地主阶级虽然失去了经济资本，但会继续利用潜在的文化资本来破坏革命的进行。这才显示出识字的意义，要将文化的武器从敌人一方夺过来为己所用。

启蒙教育的目的是要灌输革命的意识形态，将农民培养为积极响应党的号召的先进分子。教育所具有的皮革马列翁效应隐含着对于群众政治思想觉悟的期待，而这种教育效果是根深蒂固的，特别是对于儿童而言。小歌剧《五斗麦子》（张学新）中提到小福下学后主动去捡粪，就是因为在学校受的教育，"'男女老少，组织起来，开展大生产'。这是二册书上的。散了学，俺就跑到村北大道上去拾粪了。"他还学会了以是否积极生产作为评价人的标准，"娘，我和我爹是劳动英雄，你不好好生产，就是二流子。"[①] 经过农村普遍的识字教育，农民接受了现代的阶级意识，提高了政治思想的觉悟，政权组织的正统观念已经牢不可破，这样培养出来的并非是现代意识的公民，只是追随革命的人民。

二　翻身的女性

由于女性受到的压迫比男性更为深重，她们潜在的反抗情绪就会越强烈，一旦将妇女真正地动员起来，她们就能焕发出巨大的斗争热情，甚至比男性更加积极。"在中国妇女身上，共产党人获得了几乎是现成的、世

---

① 张学新：《五斗麦子》，《张学新文集》（第2卷），百花文艺出版社2006年版，第92页。

上编　土改文学综论

界上从未有过的最广大的被剥夺了权力的群众。""中国妇女的痛苦、烦恼和绝望已被革命之火烧成了一种充满快乐、自豪和希望的新感情，这是对全世界都具有巨大意义的一种现象。妇女的反抗深深地震撼了中国，甚至也可能震撼我们这个强大国家的基础。"①女性的情感比较纤细敏锐，对于物质特别是穿着打扮的渴望更加强烈，容易被富有感染力的宣传所打动，一向与政治无缘的农村妇女终于登上了历史舞台，改变了长久而来的被压迫的奴隶地位。

妇女解放可以看作是社会解放的重要标准和尺度。在土改前的农村，女性不过是父母赚钱的工具，是会做饭、生育的机器，传统的老规矩束缚着妇女的思想和行为。在婆婆看来，媳妇要有个"媳妇样子"，"头上梳个笤帚把，下边两只粽子脚，沏茶做饭、碾米磨面、端汤捧水、扫地抹桌……从早起倒尿盆到晚上铺被子，时刻不离，唤着就到；见个生人，马上躲开，要自己不宣传，外人一辈子也不知道自己还有个媳妇。"②所谓的"媳妇样子"是传统道德对农村女性的角色期待，让她们在家里操劳忙碌，隔断与外界的联系，从而始终保持一种蒙昧的思想状态，以维持家庭的和谐。"常言道，再好的女子锅台边转；女人在窑里是没好地位的。做做饭，生生蛋，挨打受骂，委屈一辈子。……女人要解放，先要和男人一起闹革命！"③这可以说是当时对于妇女解放的普遍认识，获得解放是解决女性问题的当务之急，只是闹完革命之后又该如何，则被有意无意地忽略了。

农村女性面临的主要问题就是婚姻不自由与婚后家庭暴力，西戎的作品《谁害的》就通过一个不幸的女孩翠娥的故事，来凸显新旧社会中女性命运的差异。翠娥的父母贪财，给女儿安排了包办婚姻，翠娥在被逼上花轿后，新婚之夜便自杀了，如花般生命就这么被摧残了。联想到1919年11月14日长沙城内发生的轰动一时的赵五贞花轿自刎事件，女性的不幸

---

① [美]杰克·贝尔登：《中国震撼世界》，邱应觉等译，北京出版社1980年版，第394、393页。

② 赵树理：《孟祥英翻身》，《赵树理全集》（第1卷），北岳文艺出版社1986年版，第234页。

③ 孔厥：《一个女人翻身的故事》，《孔厥短篇小说选》，人民文学出版社1982年版，第92页。

第三章 土改叙事中农民文化心理的变迁

命运在时隔二十多年的不同时空仍旧上演，显示了女性解放的强大阻力。然而，新政权的建立改变了这一切，无论是未婚的女性，小芹（赵树理《小二黑结婚》）、小秀（西戎《喜事》）、慧秀（孙犁《钟》），软英（赵树理《邪不压正》），还是已婚的不幸福的妇女，魏兰英（柳青《喜事》）、桂英（梁彦《磨麦女》）、折聚英（孔厥《一个女人翻身的故事》），她们都在新的政权庇佑之下，在外来的"公家人"帮助下，获得了婚姻自主的权利，过上幸福的生活。而她们争取自由的故事大同小异，大多是"经历苦难——主动抗争——获得解放"的情节发展过程，而一个不可或缺的重要因素就是革命政权的有力支持，正是在强大的外在政治力量的协助之下，她们才有勇气向落后的长辈叫板，向封建势力说"不"，敢于表达自己的意愿。《新规矩》（古今）中的新媳妇九儿面对落后的丈夫，"她感到这样万万不能成，这家庭非改造不行，她自己没有这个力量，打定主意要把这些冤屈说给公家"。① 最后，在区政府的帮助下，丈夫得到了改造。九儿的丈夫并不是畏惧妻子的反抗，而是害怕她所获得的政治力量的支持。

《翻身》中记录了女性翻身采取的另类方式，满仓因为媳妇出去开会而打她，"'娘们开会还不是想借机勾引汉子？'这话激起了在场所有妇女们的愤怒抗议。她们开头只是嚷嚷，后来就动起手来。她们从四面八方向他扑去，把他打翻在地，踢他，撕他的衣服，抠他的脸，揪他的头发，直到把他打得喘不过气来。""从那以后，满仓再也不敢打老婆了。从那天起，全村都叫他老婆的原名程爱莲，再不象过去的习惯那样叫满仓媳妇了。"② 在政权的支持下，女性维护自己的权力，甚至会采用她们之前所深恶痛绝的暴力手段，这是获得政权支持的女性采取"以暴制暴"的方法而获得解放。土改中特别强调保障妇女的土地所有权，这在实际生活中大大巩固了翻身女性的家庭地位。

婚姻自由是女性解放的重要标志，而在维护家庭和谐，努力发展生产

---

① 古今：《新规矩》，《延安文艺丛书》（小说卷下），湖南文艺出版社1987年版，第445页。
② ［美］韩丁：《翻身——中国一个村庄的革命纪实》，韩倞等译，北京出版社1980年版，第178—179页。

的政策指引下，局限在婚姻内部的女性主要是通过反抗家庭内的压迫者（主要是婆婆），积极参加生产劳动，从而获得自由的。①《传家宝》、《孟祥英翻身》、《磨麦女》等作品中都出现了"恶婆婆"的形象，她们虽然也是同样受到压迫的女人，由于身份的变化，"多年的媳妇熬成婆"，开始成为媳妇的压迫者。她们之所以欺压自己的儿媳妇，甚至挑拨儿子殴打媳妇，一方面通过压迫弱者来补偿自己当年所受委屈的愤懑，另一方面看到儿子媳妇亲密而产生强烈的失落感。"其实，'恶婆婆'是男权社会的产物，她是男权文化的负载者，在无意识之中成为男权社会压迫妇女的内部机制中的工具。"②婆婆们要求媳妇安分守己地待在家里，严格遵守传统的"妇道"，不允许她们参加社会活动，而年轻妇女在"工作员"的引领下，走出了家门，挣脱了婆婆的严厉管束，投入到火热的生产建设中去，她们作为"劳动英雄"，生产模范，成为众人学习的榜样而受到社会的瞩目。而在林浸的《家庭》、康濯的《灾难的明天》中一度紧张的婆媳关系甚至因为纺线而得到了改善，家庭关系趋于和谐。

"妇女解放的第一个先决条件就是一切女性重新回到公共的劳动中去，而要达到这一点，又要求消除个体家庭作为社会的经济单位的属性"，③由于生产力匮乏，在当时采取了鼓励女性参加生产的政策，女性开始走出家门参加劳动。获得解放的女性由无足轻重的"做饭的"成了受人尊敬的劳动楷模。作为革命机器中的"螺丝钉"，她们按照党的要求积极地从事生产劳动，在一个既定的角色范式上发挥自己的生命能量。正是在劳动这一层面上，巧妙而有效地整合了妇女解放、社会效应、政治需要、男性利益等诸多方面的诉求。这样，女性走出家庭走向社会，摆脱了生

---

① 赵超构在《延安一月》中提到解放区妇运工作重心的变化，由强调妇女权益到维护家庭的稳定，"从前那些女同志下乡工作，将经济独立男女平等一套理论搬到农村去，所得的报酬是夫妻反目，姑媳失和，深深的引起民间的仇恨。现在呢？绝不再提这一切，尊重民间的传统感情，家庭仍是神圣的。妇运的'同志'，决不再把那些农村少妇拖出来，或者挑拨婆媳夫妻间是非了，只是教她们纺线、赚钱、养胖娃娃。一句话，是新型的良妻贤母主义"。见赵超构《延安一月》，《赵超构文集》（第2卷），文汇出版社1999年版，第712页。

② 陈顺馨：《中国当代文学的叙事与性别》，北京大学出版社2007年版，第74页。

③ ［德］马克思、恩格斯：《家庭、私有制和国家的起源》，《马克思恩格斯选集》（第4卷），人民出版社1972年版，第70页。

第三章　土改叙事中农民文化心理的变迁

身之父的羁绊,却膜拜于政治之父的脚下。她们在意识形态的引导下被塑造成社会所需要的角色,表面上看她们的选择是自由的,实际上并非如此。在小说《孟祥英翻身》中,作者有意回避了丈夫或儿子角色的介入可能造成的文本复杂性,翻身后的妇女和婆婆、丈夫的关系变得如何,她在解放后的内心感受又是怎样的,这些细节都在宏大的政治性主题下被忽视了。

在女性解放的昂扬进行曲中也掩盖了一些不和谐的音符。即便女性获得了政治上的保障和经济上的独立,也不一定意味着女性就完全得到了解放,《受苦人》(孔厥)中的主人公贵女儿就陷入传统道德规范和现行革命伦理的矛盾中,虽然在新的社会制度下她可以拒绝不爱的丑相儿,可是多年来相濡以沫的共同生活又使她不愿在感情上伤害他,最后丑相儿一怒之下将她砍伤。这一悲剧显然不能简单地归结为旧社会的罪恶,女性的自身意识还没有彻底觉醒,无法完全掌握自己的命运,仅仅依靠外在力量的救赎是乏力的。

三　风俗习惯的除旧布新

土改前,人们认为世间一切都是命中注定的,"命里只有八斗米,走遍天下不满升"的民间信仰相当普遍。在土改中人们亲眼看到原本威风的地主被打倒在地,现实的变化促使人们的观念世界发生了变革,偶像崇拜的信念被彻底摧毁了,随之建立的是对共产党政权的信服与感恩。"随着这个时代的前进,生活及思想方面古旧与阻碍进步的习惯就会受到尖锐的打击,最重要的一个例子,就是旧的迷信已经失去它对人民的控制了。"[1]在农村中,庙宇被摧毁,巫婆神汉的迷信活动被制止,一贯道、在家理等组织被取缔,民间的乌烟瘴气一扫而空,营造了积极进步的社会风气。人们开始寄希望于现实中的政权,不是虚无缥缈的神灵。

《暴风骤雨》中的白玉山买的年画是《民主联军大反攻》和《分果实》,"把那被灶烟熏黑的灶王爷神像,还有那红纸熏成了黑纸的'一家之

---

[1] 宋庆龄:《新中国向前进——东北旅行印象记》,《人民日报》1951年1月5日。

上编 土改文学综论

主'的横批和'红火通三界,青烟透九霄'的对联,一齐撕下,扔进灶坑里。他又到里屋,从躺箱上头的墙壁上,把'白氏门中三代宗亲之位',也撕下来,在那原地方,贴上毛主席的像。"① 对于传统的农民来说,他们生活在宗族血缘关系构成的组织体系中,这是由私人亲属关系向外扩延形成的差序格局。他们相信神灵祖先的庇佑,正如鲁迅的《故乡》中闰土要香炉和烛台,在艰难的物质条件下,他们将希望寄托在万能的神灵上,以此获得心理上的安慰和平衡。土改中,农民接受了政治上的启蒙,不再相信传统的天命时气,不再依赖旧有的宗法血缘关系,懂得了依靠自己的力量,能够彻底摧毁现实中不公正的社会秩序,翻身获得解放。他们摒弃了对祖先神灵的崇拜,开始膜拜于现实中的政党领袖。神灵的法力他们无法实际验证,共产党领袖能够把乡村中最有权势的恶霸打翻在地,让农民得到土地财产,现实中的改天换地让他们对领袖产生了崇拜和感恩之情。

习俗的革新并不是一件容易的事情,以求雨为例,北方地区经常遭遇旱情,求雨也就成了农业社会的重要习俗之一。即使是土改的积极分子也会忠诚地坚持求雨的习俗,而放弃现实的努力。他们内心中保留着对老天爷的敬仰,寄希望于庙宇中的偶像,认为只要心诚就能够感动上天,普降甘霖。"本来离村约莫五里外的清泉山上,有股活水,如果用人担或是赶牲口驮,总可救活一些的,马家拐的人并不打这主意,政府派干部动员,他们说太远,并且从祖先以来都没这样干过。这样,把政府的救济粮快吃光了,仍是没法可想。'吃吧!吃完一顿饱一顿。'有人打算这样混下去。他们想啥办法救活小苗呢?觉得非求神不行。"② 农民的保守心理暴露无遗,他们懒散拖沓,只会默默承受自然灾害的凌虐,不愿奋起抗争,进行生产自救。"老百姓看的近,光愿意六月里摘瓜,不愿意二月里种子。什么事也不愿意下本钱。这几天,大伙浇着园,越来越劲小了,都说是白费力。我说换大辘轳,他们说没水;我说掏井,他们说胶泥底白淘;我说安管子,他们说安不起。我说托人到端村去买竹子,我自己学做,自己学

---

① 周立波:《暴风骤雨》,人民文学出版社 1956 年版,第 388 页。
② 王铁:《摔龙王》,王力等《晴天》,作家出版社 1955 年版,第 104 页。

第三章 土改叙事中农民文化心理的变迁

安,可以省下很多钱。就是这样,组里人们还是不大乐意。"①(《村歌》)人们注重的是眼前的实际利益,如果短期的努力看不到成效,他们情愿寄希望于天上的神灵。"说到平常,他们俭省得括牙缝,俭省得紧束腰带,到敬神时,着了迷,啥东西都是满不在乎的,啥东西也不再心疼了。"《摔龙王》中的坏分子马阴阳先生就是利用人们的虔敬之心来聚敛钱财,指使人们去偷外村的龙王,造成了两村械斗的惨案。

土改的宣传让他们明白了"土地还家"的道理,并没有受到科学之光的启蒙,《暴风骤雨》中的积极分子白大嫂子理解了劳动价值论,还是无法接受无神论的宣传,"没有命,也没有神么?我看不见起。要是天上没有风部、雨部,没有布云童子,还能刮风下雨吗?要是天上没有雷公、电母,还能打雷撒闪吗?"②《求雨》(赵树理)中的土改积极分子于天佑曾经指出地主周伯元利用龙王爷发财的事实,揭穿了地主的剥削罪行,遇到旱情他还是到庙里求雨,面对别人的质问,他振振有词地说:"那是周伯元坏,不是龙王爷不好!"外部的权威容易打垮,人们内心中的偶像神灵很难除去。人们往往在现实中纠结于求雨与开渠的两难选择,甚至两者都会参与。《求雨》中提到"参加开渠的人,凡是和龙王有点感情的,在上下工时候也绕到庙里磕个头。""跪香的青壮年在不值班的时候,也溜出庙来参加开渠。"③ 在开渠进行得十分顺利的时候,求雨的人就会少些,开渠遇到困难时,人们又会灰心地到庙里求雨。最终,开渠获得成功,最顽固的求雨者也忙着去浇地了。《老阴阳怒打"虫郎爷"》(李季)中在面对蝗灾的事情上,也是出现了求神与灭蝗的"斗法",最后老阴阳因为蝗灾的肆虐而不得不放弃了求神。现实的努力终于取代了对偶像神灵的顶礼膜拜,农村风俗的变化从一个侧面反映了乡村政权的权威力量。

一些传统生活习惯的改变也并不容易。《黑女儿和他的牛》(欧阳山)中的黑女儿是村子的积极分子,但他对于村子组织对牛的防疫并不积极,认为养牛只是靠运气,没事给牛打针是"吃亏"。没过几天,他家的牛病

---

① 孙犁:《村歌》,《孙犁文集》(第1卷),百花文艺出版社2002年版,第349页。
② 周立波:《暴风骤雨》,人民文学出版社1956年版,第385页。
③ 赵树理:《求雨》,《赵树理全集》(第2卷),北岳文艺出版社1990年版,第62页。

死一头,另一头牛也奄奄一息,只有那头打了预防针的牛安然无事。在现实的教育面前,他终于彻底转变了,到处宣传打防疫针的好处。科学知识的匮乏是造成防疫工作难以展开的主要原因,兽医用体温计为病牛量体温,老汉嗤之以鼻,"不……顶……事!拿一根玻璃针针就能把牛扎好呀!"在农村,人们习惯于不讲卫生,洗脸刷牙更是一件奢侈的事情。"村子里到处都是牲口粪,满年四季不打扫,人们天天都不洗手,不洗脸,吃着不干净的东西。婆姨养娃娃,就跑到牲口圈里去养。什么时候得了病,就请神官马脚来治。人人都是封建迷信脑袋,像榆木圪塔一样,三斧子五斧子劈不开。"《卫生组长》(葛洛)中"我"的婆姨因为不讲卫生得了疾病,母亲和岳母坚持要请法师来下神,"我"则请来了医生治好了病。这些小说都是采取"转变"模式,设置了科学/愚昧、现代/传统、先进/落后的二元对立格局,最终都是在现实的教育下,人们开始逐渐接受了现代的科学观念。

四 "劳动光荣"的舆论氛围

既然地主都是通过剥削穷人的劳动果实而致富的,富裕就成了现实罪恶的渊薮,贫穷才意味着道德的高尚。按照阶级标准,富人作为不事劳动的剥削者受到了众人的鄙夷,而勤劳耕作的穷人获得了身份的自豪感。这与农民传统的德行评价标准有一定的相通之处,都是以是否好好生产作为评价一个人的重要尺度。然而在实际中,每个村庄都有一些不事生产的二流子,他们好吃懒做,游手好闲,坑蒙拐骗无所不为,这些以往处于村庄边缘的特殊人群在新政权下都面临着被改造的命运。"改造二流子其实是改造社会风气与生活方式,移风易俗。二流子改造调动了全村的生产情绪,又因为过去政府不管这类人,其成功改造,使新政权的形象获得了认可。"① 让不务正业的二流子转变成积极生产的先进分子,既可以增加农村的劳动力,促进生产发展,又可以树立正气,营造出热烈的劳动氛围,不过,从"快乐的自由状态"到"异化的劳动"② 的过渡并不是那么一帆风

---

① 孙晓忠:《当代文学中的"二流子"改造》,《文学评论》2010 年第 4 期。
② 郭战涛:《当代文学史上一个罕见的地主形象——秦兆阳小说〈改造〉细读》,《当代作家评论》2008 年第 2 期。

第三章　土改叙事中农民文化心理的变迁

顺的，解放区采取了多种措施来解决这一顽疾。

首先是利用乡间戏剧来引导正确舆论。一些关于二流子改造的戏剧都是取自真人真事，农民看到身边的事编成了戏剧就会产生强烈的认同感，改造好的二流子成了劳动英雄受到了人们的赞扬。这些形象演绎的典型事例对于二流子的转变起了很好的推动作用。"钟万财供给了《钟万财起家》一剧以完全的材料，他看了这个剧的预演，而且当这个剧在他的乡里演出的时候，他几乎是每场必到的观客。其余群众都以羡妒的眼光看着他，他们都愿在剧中看到自己，实际上他们是已经看到了，不过姓名不同罢了。"① "在西区演出时，钟万财夫妇也来看了，演第一、二场时，即钟万财夫妻还是二流子时，他俩羞愧地低着头，但是当演到第三场他们转变后的幸福生活时，钟万财就高声地笑起来。" "他还说：'公家这样抬举我，咱要好好干。'西区老乡看戏时，一听到剧中人的名字，就都笑起来，有的还议论说：'钟万财转变好了，可得好好干，要不这戏不成了假的啦！'这个戏对二流子的教育来得更直接，当演到钟万财转变时，观众中的二流子就被人用指头指着背说：'看人家，你怎办？'西区三乡乡长还特别召集了乡里全部二流子来看了一次戏。有的二流子看完戏就表决心：'我今年要好好干，我一个劳动力要种十二、三垧地，还敢同他钟万财比赛咧！'"② 台上的戏剧营造出非常真实的生活化场景，转变后的二流子享受着重归集体成为榜样的荣耀，未转变的二流子会感觉到羞愧难当，无处藏身，他们除了按照戏剧中给出的道路实现转变之外，没有其他的出路。

其次是政权的威慑力量。戏剧是以戏谑的形式使人们在娱乐消遣中接受了其中隐含的政治观念，政权还会采取一些强制性的手段使二流子"自觉"地进行改造。新秧歌剧《刘二起家》（丁毅）中就描写了斗争二流子的情景，"他那里、低着头，弯着腰，/两眼不敢把人瞧，/手上捆了个白绳绳，/头上戴了个白纸帽，/胸前挂了个白牌牌，/腰上结了个白布条。/人家说他是二流子，/光做坏事不学好，/刘二一听心里慌，/拔起腿来往

---

① 周扬：《表现新的群众的时代——看了春节秧歌以后》，《解放日报》1944 年 3 月 21 日第 4 版。

② 张前：《论秧歌剧》，《音乐论丛》（第 1 辑），人民音乐出版社 1978 年版，第 37 页。

上编 土改文学综论

回跑。/我低着头,弯着腰,/刘二心里好懊恼,/今年再不务生产,/给人家拉到台上斗争,笑话,/丢掉脸皮太糟糕,太糟糕。"① 农民十分注重面子,即便是二流子也不愿意在大庭广众之下丢人现眼,刘二正是怯于被斗争的后果,才会狠下心来参加劳动。

经过宣传动员,乡间形成了积极生产的舆论氛围,二流子被排斥在劳动集体之外,再也无法像之前那样厚着脸皮混日子了。"刘小七简直像一根烧红的火柱,走到谁跟前,谁也怕烫着他们,他那懒汉的名声,把他自己孤立起来。他在街上走过,别人正在又说又笑,他一到跟前,人家马上一哄而散了。他看见一个熟人,想和人家说一句话,他把嘴一张,人家装着没有听见,把头一扭走了。'我不是个人了吗?……'刘小七越想越没有出路:'怎么谁也看不起我呀?'他要寻死了……"② 只要能够痛改前非,认真劳动,就会赢得村人的尊重,重获做人的尊严和价值,正是这份精神上的尊严感促使他们开始地严肃地面对生活的沉重,而且他们也别无选择。

最后,是家庭的感召力量。家庭是社会组织的细胞,在解放区营造的积极生产的社会风气下,二流子的家庭也会以此为耻,家庭内部的成员也有责任和义务来帮助他们改造。《由鬼变人》中的刘小七不务正业,妻子将他赶出家门,他彻底转变之后,夫妻二人也和好如初,刘的生产干劲更大了。二流子转变为社会所认可的劳动者之后,才能被自己的家庭重新接纳,享受家庭的温暖。如果二流子的妻子也是好吃懒做,整个家庭都需要彻底改造。秧歌剧《钟万财起家》中钟妻袒护丈夫,被村主任批评,"你不好好开导你男人学好,你还护他。你也得好好生产、转变;要不,也要给你带上二流子牌牌呢。"③ 后来,钟万财在地里劳动,妻子在家里纺线织布,成为了边区的模范家庭。

总之,"用各种方式来给他以精神的压迫:开群众大会,大家来羞辱

---

① 丁毅:《刘二起家》,《延安文艺丛书》(第7卷),湖南文艺出版社1987年版,第62页。
② 袁毓明:《由鬼变人》,鲁煤等《双红旗》,新华书店1949年版,第76页。
③ 章炳南、晏甬执笔:《钟万财起家》,张庚编《秧歌剧选》,中国戏剧出版社1962年版,第103页。

第三章　土改叙事中农民文化心理的变迁

他,这是一种办法;开劳动英雄大会,教二流子来旁听,让他们感到劳动的光荣,这又是一种办法;在他家里挂一个二流子牌子,让大家喊他'二流子',这是一种办法;发动全乡人,对他施行封锁,这也是一种办法。总而言之,劝说,感动,宣传,各种方法一齐来,形成一种群众运动。大部意志不坚固的二流子,经过这样刺激,总避免不了要转变的。至于少数顽固的,自然费功夫一点,结果就免不了使用强迫劳动的办法了。"[1] 社会风气的转变给二流子带来了巨大的精神压力,继续潦倒度日将会受到政权的惩戒,去开荒种地又十分辛苦,在精神的极度痛苦中,一些精神脆弱的人选择了自杀。《肉体治疗和精神治疗——一个医生讲的故事》(赵文节)中的医生既是在医治病人的身体,更是在解救病人的灵魂。虽然这位二流子在医生的规劝下改邪归正,故事有一个圆满的结局,但从中可以看出社会舆论的攻势有多么强烈!"由鬼变人"是非常艰难的灵魂再造的过程,并不像戏剧中表现得那么轻松。《在故乡》(柳青)中的"可怜地主"七老汉将土改分给的土地租给别人种,还是继续靠乡人的施舍度日,乡间的舆论让老汉觉得羞愧难当,在除夕的前一天上吊自杀。"七老汉生在富贵家门,却过了一生癞皮狗的生活;最后还是这样的下场。但也无法,故乡既变做另一个世界,时代便铁面无情地丢弃了他。"[2] 叙述者的评论隐含着深切的人道关怀,深感悲怆又无可奈何。七老汉在旧社会尚有生存的空间,在新社会反而无路可走的现象令人深思。

第四节　保守意识的延续与权威崇拜的加强

乡村政治宣传的强化,启蒙运动的开展,移风易俗的进行,这些农村现代化进程中必然进行的改革措施,在村民眼中却是陌生的、无法理解的变革。《在故乡》(柳青)中的农民对于眼下丰衣足食的生活比较满意,而对于乡村中发生的诸多变化却难以接受,"众人你一言他一语地开始讲了起来,声气里充分地显露着对于眼前的故乡很是不满。比方常常要开会,

---

[1] 赵超构:《延安一月》,《赵超构文集》(第2卷),文汇出版社1999年版,第737页。
[2] 柳青:《在故乡》,《柳青文集》(第4卷),人民文学出版社2005年版,第76页。

上编　土改文学综论

今天听讲话，明天又议事，都是双手画不成八字的一些百姓，什么事也不济，尽是耽搁山里的事务。再比方：那些十来岁的儿子，正好拣柴拔草，每人供给一个炉灶和一个驴槽，公家却硬要去上学。更悖逆的是男子汉竟不能打婆姨，打了不是要离婚，便是成了官司……"① 农民关心的终究还是实际的利益，既然已经获得了土地，他们希望可以依靠劳动发家致富。从现实功用的角度出发，他们认为参加冗长枯燥的会议纯粹是浪费时间，耽误农活，让孩子去上学识字对庄稼人也没什么用处。男女平等的观念对于思想保守的农民来说更是无法理解。

可以看出，改革毕竟是十分艰难而缓慢的，土改像一场疾风骤雨冲刷着人们的头脑，改变着旧有的思想观念，但传统意识仍然隐藏在人们的意识深处，支配人们的行动选择。

一　小生产者意识的复归

土改激起农民热情的一个重要因素就是土地的分配，而获得了梦寐以求的土地之后，农民的政治激情很快退却了，他们满足于现有的温饱生活，努力于发家致富，失去了继续革命的斗志。"土改后农民固守其获得土地的保守心理取代他们获取土地时的激进心理，就是一个必然的心理变迁过程，土改后农民政治心理重新显现出二元倾向。一方面，土改时迸发出的政治激情被深刻地保留在农民的记忆里；另一方面，在现实的政治生活中，农民开始由积极参与转为消极避让，甚至乡村干部也产生了松劲'退坡'和换班的思想。"②

土改中人们的政治心态是由保守变得激进，又回到保守。农民对于政治是十分冷漠的，他们习惯于服从村庄领导阶层的命令，不愿主动参与到误工费事的村庄公务中来。在经过了土改的有效宣传动员之后，人们焕发出空前的政治热情，获得了自由与尊严。"个体从剥削、不平等或压迫的状况所产生的行为枷锁中解放出来；但是，它并不因此具有了任何绝对意

---

① 柳青：《在故乡》，《柳青文集》（第4卷），人民文学出版社2005年版，第66页。
② 李立志：《变迁与重建：1949—1956年的中国社会》，江西人民出版社2002年版，第237—238页。

第三章 土改叙事中农民文化心理的变迁

义上的自由。"① 人们满足于现有的温饱生活,认为革命的目标已经实现,对于以前所热切期待的开会、听报告等活动表现出了厌倦失落的情绪。对于农民来说,土改唤醒的只是贫富对立的阶级意识,由于文化素质水平较低,其个体意识并没有觉醒,对于公共事务,他们没有自己的想法,只会毫无主见地跟随上级的工作安排。

谭其骧先生曾在日记中记载了农会的开会实况,"下午召开农会会员大会,到者仅百余人,先通过新会员,妇女入会者多新取大名,唱名时群众皆不知系何人,一律通过。……如何使民主能集中,思过半矣。场上秩序乱极,或笑或谈,小儿掺杂其间,鸡鸭游行会场,当主席对一意见提付表决时,请同意者举手,寥寥一二人;请不同意者举手,仍止一二人;非重复举行表决数次无法得结果,而群众举手与否又以×之意见为转移。"② 即便得到了发表意见的民主权利,农民也没有思考的能力,不知如何表达自己的观点,只是集体中某位领袖的追随者,这样的"民主"效果可想而知。

土改小说中结尾往往是积极踊跃的参军场面,实际上,土改与参军并非必然的联系。在获得土地之后,人们希望可以在家安心种地,不愿意参加到风险极大的战争中去。《暴风骤雨》中的元茂屯各方面工作都很积极,唯独在征兵工作上落后了,"他(萧队长)又走了几家,青年男女有的正在编炕席,有的铡草,有的遛马,有的喂猪。生活都乐乐呵呵,和和平平,忘了战争了。"③ 人们的物质利益得到了满足,忙于经营自己的家庭,参与政治的热情也迅速退却了,郭全海无奈带头参军,这才将人们的积极性动员起来。

话剧《过关》(贾霁、李夏执笔)是当时影响较大的"参军戏",它的上演帮助参军对象和亲属打消了思想顾虑,掀起了参军的热潮。这部戏是山东实验话剧团根据发生在莒南县路镇区的真人真事改编而成的,反映

---

① [英]安东尼·吉登斯:《现代性与自我认同》,赵旭东等译,生活·读书·新知三联书店1998年版,第250页。
② 葛剑雄整理:《1951年11月5日记,谭其骧日记选(之一)》(1951年10月27日—1952年2月5日),《史学理论研究》1996年第1期。
③ 周立波:《暴风骤雨》,人民文学出版社1956年版,第519页。

上编 土改文学综论

了主人公刘纪湘在报名参军的过程中克服家庭的阻力，最终成功"过关"。在剧中，刘纪湘的妹妹刘纪在是识字班长，她抱怨动员参军工作的困难，"哼，我看这工作，真是有点难做，动员了半天，青年谁都不愿出头。"另一位积极分子刘大嫂子回答说："不是不愿出头，是没有人领头啊！要是能动员出个领头的来，那大家也就好跟着他去啦！你不知道，青年人一听说参军都喜欢的了不得呢！"① 这里的对话就构成了难以理解的悖论，既然青年都渴望参军上前线，又怎么会不愿出头，还需要等待一位参军模范的领头呢？这就反映了当时土改后征兵工作所面临的僵局，而根据当时的史料，这位参军模范刘纪湘也是事先经过动员而参军的，是组织上早就确定的参军对象。②

在征兵的动员宣传中，组织者会将参军与人们的现实利益联系起来，让人们认识到，国民党来了，就会抢走大家的胜利果实，继续过原来的牛马不如的生活。《土地和枪》（荒草）中的殷洪玉渴望参军，他对同伴说，"你没听县里孟主任说，人家蒋介石想过来，他要过来，谁分了一针一线都要逼着原封退还，那东西要过来还了得起：那不跟遭瘟疫一样，穷人都该死了？这不是火烧到眉毛尖了吗？"征兵本是战争对乡村人力资源的汲取，通过干部的动员宣传教育，成为了关系到农民切身利益的事情。组织者还会努力营造出当兵光荣的氛围，让新兵感觉到十分自豪。"每人戴一朵大红花。县里陈主任、区长、大队长都讲了话。区上又请大伙儿坐席。农会、工会、妇女会、儿童团、自卫队都来送行。秧歌队打锣打鼓，吹起唢呐，扭秧歌，给他们唱戏。真快乐：比娶媳妇还光彩。"③ 领导的器重，众人的激励，家人的期望，这些会让新战士感觉到自己肩上责任的重大，在战场上也要努力保持这份光荣。

乡村中的拥军优属工作对军人家属多加照顾，解决了农民参军的后顾

---

① 贾霁等：《过关》，山东新华书店1949年版，第7页。
② 莒南县委的工作总结中写道，"在拥军时期，分区委就确定他（即刘纪湘）为该村带领参军的中心人物，曾经对他进行过相当教育，并提拔为支组兼村民长。"另一个村子的农救会长则认为："干部带头，积极分子动员，动用必要的压力，真像《过关》中那样的参军典型也不知是怎么弄出来的。"参见王友明《解放区土地改革研究：1941—1948——以山东莒南县为个案》，上海社会科学院出版社2006年版，第112页。
③ 荒草：《土地和枪》，《东北文艺》1946年第1卷第2期。

第三章　土改叙事中农民文化心理的变迁

之忧。眉户剧《梁秋燕》（黄俊耀）中的女主人公一上场就唱道："（秋月调）阳春儿天，秋燕去田间。慰劳军属把菜剜，样样事我要走在前边。人家英雄上了前线，为保卫咱们的好田园。金字光荣匾，功臣的门上悬，把我们的美名儿天下传。"① 这样，农民参军在前方作战，军属和群众则在后方安心生产，乡村成员都被整合到了权力体系中来，乡村的政治秩序得以巩固和延续。

在新时期的土改小说中还出现了其他的方式来完成征兵工作。《缱绻与决绝》（赵德发）中提到村干部为了完成上级的征兵任务，不得不采取非常手段。一是识字班姑娘的"美人计"，表演完参军的节目后，姑娘们高喊口号："是英雄的快上台！是孬熊的别上来！"② 在异性期待的眼光下，在年轻女性的热情呼喊中，一些青年果然上台要参军。二是"熬鹰"战术，不让青年睡觉，轮番训话，直到答应为止。最后一个参军对象怎么也不去，只好将其绑在门板上送到征兵处，这样强迫式的动员才勉强完成了征兵的任务。

土改与参军并不是直接的因果关系，为了保卫土改的胜利果实人们踊跃参军，实际情况恰恰相反，正是因为获得了土地，人们眷恋土地固守家园的心态愈加顽固。促使农民参军的关键因素不是政治觉悟的提高和对政府的感激之情，是乡村中严密的组织网络和有效的动员手段。

二　积极分子的蜕化

在土改胜利完成之后，人们都开始打自己的小算盘，对集体的事情不再热心，而作为领导者的干部也会产生"歇歇"的念头，在胜利的喜悦中，长久被压抑的个人私欲会很容易逃过超我的检查，要求获得满足。这正是鲁迅先生曾指出过的"小有胜利，便陶醉在凯歌中，肌肉松懈，忘却进击了，于是敌人便又乘隙而起。"③《暴风骤雨》中也出现了积极分子老

---

① 黄俊耀：《梁秋燕》，陕西人民出版社1981年版，第1页。
② 赵德发：《缱绻与决绝》，山东文艺出版社1997年版，第164页。
③ 鲁迅：《庆祝沪宁克复的那一边》，《集外集拾遗补编》，《鲁迅全集》（第八卷），人民文学出版社2005年版，第197页。

上编　土改文学综论

花的蜕化,在成家之后,老花忙于经营自己的家庭,对集体的事情漠不关心,面对困难无所不能的萧队长最终也没解决老花的思想问题,在文中不了了之。小说《老许》(洪林)中的干部老许在土改后急于请求组织批准自己结婚,认为"土地改革结束后,就是大头过去了,咱得歇歇!"① 在开完会后,再像以前一样吃煎饼就觉得难以下咽了,他和贺仲奎二人到集上买了锅饼、熟肉,又打了半斤多酒。在这里,个人欲望的苏醒是革命者堕落的信号,革命理想必须有力地压制个体的私欲,才能继续革命。

革命者必须严格控制自己的欲望,将其升华为崇高的理想,在艰苦的生活条件下,他们能从苦难的折磨中消除灵魂的负罪感,在对物质的鄙夷中获得精神上的升华。反之,经不起物质的引诱,沉溺于肉体的享乐,必然是对革命的背叛。"进入革命的纵深,享乐可能成为意外的干扰。这时,只有禁欲是持续革命的保证。革命意志否弃淫荡,革命的艰忍必须杜绝纸醉金迷的感觉。禁欲促使革命者放弃个人的享乐、放弃个人的趣味甚至放弃个人的生命而参与某种危险的事业。甩下卑微的肉体躯壳而仰望精神的宏大境界,这意味了革命理想的巨大号召力。禁欲是这种号召力的组成部分。"② 老许希望解决个人的婚姻问题,从人性角度来看原本无可厚非,但是情爱乃是革命者的禁忌,因为爱情的一再延宕会让人陷入焦虑之中,不能全身心地投入到革命工作中。小说特意营造了众人积极投身革命的氛围,将老许个人孤立起来。经过组织上进行的深入谈话之后,老许诚恳地检讨自己的错误,重新投身到革命事业中来。革命者的情爱本能不能毫无顾忌地释放出来,一部分心理能量被小心翼翼地压抑起来,一部分则将其升华为一种崇高革命理想的追求,最高人生目标的实现。

对于村干部来说,个人私欲的膨胀,就会使他们站在民众的对立面。手中的权力原本是为了更好地为人民服务,现在却成了为己谋私的工具。他们在土改中推翻了旧有的领导者,获得权力后却变得和前任一样的飞扬

---

　　① 洪林:《老许》,莫西芬等编《山东解放区文学作品选》,山东人民出版社 1983 年版,第 103 页。
　　② 南帆:《文学、革命与性》,《文艺争鸣》2000 年第 5 期。

第三章 土改叙事中农民文化心理的变迁

跋扈。"一切有权力的人都容易滥用权力,这是万古不易的一条经验。有权力的人们使用权力一直到遇有界限的地方才休止。"① 在《莫忘本》(洪林)中,朱元清众望所归当上了村长,渐渐地发生了变化,一是服装变了,整天戴着军帽,还打绑腿;二是腔调变了,撇着京腔,一开口是"我们"怎样,"你们老百姓"怎样;三是生活上变了,经常喝四两,买个猪头肉;四是对老百姓的态度变了,大伙有事找他,总是不太耐烦,"以后再说罢!"这些细节的变化意味着朱元清把自己当作领导阶层,摆出了一副官样,与"你们老百姓"拉开了距离。军属姚大娘向他反映问题多次得不到解决,上报给区里,朱元清很生气,"全中国数着个毛泽东,全县数着个高县长,这张家庄一溜十拉个庄子,还不就数着我朱元清!"俨然一副村霸的模样。他还以村政的名义私自留下几亩好地,让几个农会会员帮他收粮食,自己以忙为借口什么活也不干。最后,在老上级老于的帮助下,他开始反省自己的所作所为,"这两天我寻思寻思,我这不成了官僚派了吗?国民党的那种坏作风,怎么叫我学来啦!"② 这实际上是人的奴性人格,在获得了权力之后,就会沉醉于权力带来的荣耀与地位,现实中很难打破这个权力怪圈。

《李有才板话》中的恒元想办法拉拢新上任的小元,"咱们都捧他的场,叫他多占点小便宜,'习惯成自然',不上几个月工夫,老槐树底的日子他就过不惯了。"果然,在添置了制服、水笔之后,小元摆起了主任的派头,再也不去地里干活了。众人编成了快板:"陈小元,坏的快,\ 当了主任要气派,\ 改了穿,换了戴,\ 坐在庙上不下来,\ 不担水,不割柴,\ 蹄蹄爪爪不想抬,\ 锄个地,也派差,\ 逼着邻居当奴才。"③ 积极分子的蜕化反映了人性的弱点,小说大多沿着"堕落—反省—改正"的逻辑展开故事的情节,人物的思想转变都非常迅速而且彻底,这些都是在上级领导的压力下进行的改过自新,这种改过能否杜绝滥用权力的现象尚是

---

① [法]孟德斯鸠:《论法的精神》(上),张雁深译,商务印书馆1961年版,第154页。
② 洪林:《莫忘本》,莫西芬等编《山东解放区文学作品选》,山东人民出版社1983年版,第118、122页。
③ 赵树理:《李有才板话》,《赵树理全集》(第1卷),北岳文艺出版社1986年版,第194、196页。

一个疑问。

三 领袖崇拜的强化

土改将农村最具权威的统治者打倒在地，牢固树立了新政权的崇高威望，党作为人民大救星的形象深入人心。在土改小说中组织者都会反复强调对党的感恩，在感恩中农民进一步强化了自己的阶级身份，形成了国家观念。乡村发生的前所未有的巨变使农民对政权的强大能量产生了崇拜与畏惧之感，自身的地位与财富的变化使他们对解民倒悬的新政府感恩戴德，对其号召一呼百应。《太阳照在桑干河上》中程仁在分地的会议上强调，"这个办法，是咱们毛主席给想出的，毛主席是天下穷人的救星，他坐在延安，日日夜夜为咱们操心受累。咱们今天请出他老人家来，你们看，这就是他老人家画像，咱们要向他鞠躬，表表咱们的心。"① 农民内心深处对毛主席的敬仰之情为日后农村一系列的社会改造奠定了良好的心理基础，只要是毛主席的号召，农民都会积极响应，要以实际行动来报答党的恩情。他们无须为困难发愁，不必为前途担忧，大家都坚信毛主席犹如无所不能的神灵能够解决所有问题。

革命领袖对动员群众的影响力是巨大的。"'响应毛主席的号召'依然是边区干部动员民众的有利口号。毛泽东说一声'组织起来'，于是通过干部，通过报纸，以至于无知识的乡农都说'组织起来'。口号标语是共产党宣传工作的有力武器，而毛先生所提的口号，其魅力有如神符，在工农分子眼中，'毛主席'的话是绝对的、保险的。"② 通过乡村政治一系列的仪式化运作，包括会议、歌曲、标语、口号等宣传方式，领袖崇拜替代了旧有的神灵崇拜。"菩萨不是咱们的，咱们年年烧香，他一点也不管咱们，毛主席的口令一来，就有给咱们送地的来了，毛主席就是咱们的菩萨，咱们往后要供就供毛主席。"（《太阳照在桑干河上》侯清槐语）③ 这段话里充满了对毛主席的崇敬之情，也可以从中看出这种崇拜不是无条件

---

① 丁玲：《太阳照在桑干河上》，人民文学出版社1952年版，第451页。
② 赵超构：《延安一月》，《赵超构文集》（第2卷），文汇出版社1999年版，第647页。
③ 丁玲：《太阳照在桑干河上》，人民文学出版社1952年版，第419页。

第三章　土改叙事中农民文化心理的变迁

的，是农民出于务实求验的心态更换了自己的信仰。《回地》（木风）中的才顺娘认为是老天开眼，终于要回了土地，才顺则纠正说是八路军有眼，才顺娘笑语："不管谁有眼吧！反正谁能叫咱翻身谁就是老天爷！"① 共产党让老百姓翻身获得了物质利益，救人民于水火之中，在农民看来，像菩萨一样救苦救难，法力无边。土改中人们不再膜拜缥缈的神灵，取而代之的是对领袖的盲目崇拜。

小说《龙——晋西北的民间传说》（韦君宜）巧妙地借龙的谐音将民间传说的活龙与现实中的贺龙混为一谈，老老村流传着一个古老的求雨方法，"派一个童男去见真龙，让真龙的爪子在他的头上摸一下，村里就可以下雨了。"派出去的虎儿正好遇见了贺龙，贺龙无意中用手摸了一下他的头，恰巧印证了求雨的民间传说，贺龙说的"顽皮的小鬼"被理解为封虎儿做了小鬼。这样，对领袖的崇拜与对龙王的封建迷信杂糅在了一起，"他是活龙，来了之后，雨就跟着他来了，好年成也来了。"②《"俺们毛主席有办法"——老乡们关于毛主席的故事》（秦兆阳）将毛主席塑造为一个无所不能的领袖，"若想不着急，就问毛主席"。故事中安排开会的人聚餐，人太多没有合适的桌子，毛主席让大家在场子里吃饭，可是人多又没法夹菜，毛主席让战士抬来一大捆筷子。筷子太长难以使用，毛主席让大家互相喂着吃，总之，无论出现什么样的难题，都难不住无所不能的毛主席。

对农民来说，崇拜的对象虽然变了，但是方式没有多大变化。《创业史》中的梁三老汉"把土地证往墙上一订，就跪下来给毛主席像磕头。"小说《春节》（陈肇祥）中，要过年了，"不供旧神，要供新神呀！干部们说，对新神，是要拥护就算了，不要烧香上供。可是人们不听，——'那不行，那成什么敬意，毛主席救了人们一个大劫数呀！'毛主席和朱总司令的半身像，全身像，印成大张的，小张的，到处流传。买这些相片的人不说'买'了说'请'。这是过去人们买神像圣品时的专用语。"除了"请"领袖的画像之外，有的在家里还供着牌位，"掀开北墙上的一个红布

---

① 木风：《回地》，《文艺杂志》1946 年第 1 卷第 1 期。
② 韦君宜：《龙——晋西北的民间传说》，《中国解放区文学书系·小说编》（第 1 卷），重庆出版社 1992 年版，第 280 页。

上编　土改文学综论

帘子，后面露出了一个神龛，神龛里供着一个牌位，上面用朱笔写着：'供奉八路军之神位'。"①农民还是用传统的磕头、烧香、上供的方式来表达对毛主席的崇敬之情，这意味着封建迷信虽然销声匿迹，但农民的心理并未真正成熟起来，摆脱了束缚获得了自由感到的不是幸福而是孤独不安，他们放弃了主动思考的权力，仍然习惯性地将自己的命运交给他人来掌握。可以看出，土改前的神灵信仰与土改后的领袖崇拜在本质上是一致的，只是表现形式上由传统的神像过渡为领袖的画像。农民的传统心理中仍然保持着对世间权威力量的信仰。

在《故地撷拾》（许行）中，土改中的积极分子关长贵，人高手大，外号"关大巴掌"，他在斗地主时十分积极，斗完地主后无意中看到观音庙，冲进去打了神像一巴掌，"你这偏心眼子东西！过去屁股全坐在地主老财那边，现在把他们打倒了，你怎还老着脸在这承受香火?!也不嫌害臊！今天让你尝尝我关大巴掌的滋味……"这是觉悟的农民以阶级眼光重新打量昔日的偶像，他们认为神灵是庇佑地主的，打倒了地主，自然也要将神灵推下圣坛。有意味的是，关大巴掌在这个勇敢的行动之后，感觉到的不是畅快，而是心理上的恐惧不安。他的手先是肿起来，后来又长了个小疖子，他都认为是自己得罪了菩萨后的惩戒。他的内心一直惶惑无助，在80年代，他又带头重修了庙宇，参与修庙的有二三百人。而关大巴掌嗫嚅着说："……我这右手，前些年总不太好使……自从……现在好使了。"②直到重修了庙宇，消除了他当年拆庙的罪恶感，他心中长期的郁结才慢慢解开。可以看出，传统的信仰习俗是如此根深蒂固，无论是土改的改天换地，还是新时代的改革开放，传统习惯历经沧海桑田的社会变迁却一直经久不衰，仍然隐藏在民族文化心理结构中。

对权威崇拜的根源在于中国传统的家长制，"家长制权威的家庭社会化，有利于对暴虐的政治领导人的崇拜，有利于地方霸权的产生。"③在家

---

① 陈肇祥：《春节》，《人民文学》1949年第6期。
② 许行：《故地撷拾》（三题），《人民文学》1988年第12期。
③ ［美］弗里曼、毕克伟、赛尔登：《中国乡村，社会主义国家》，陶鹤山译，社会科学文献出版社2002年版，第376页。

第三章　土改叙事中农民文化心理的变迁

庭中的权威主义父权制造成了对人的压抑，塑造了人们逃避自由的权威主义性格。当人们从家庭血缘关系的束缚中解放出来的时候，个体突然面临着孤单无助的状态，他们没有能力实现自己的自由，只能摆脱自由的包袱重新屈从于外部的强权，在对权威的服从中获得了安全感，消除了自己面对世界无从选择的困惑感。

土改中农民接受了阶级意识，淡化了宗法血缘关系，传统乡村文化范式受到了打击，在革命意识形态的冲击下，农民的精神世界确实发生了重大变化。不过，变化的只是表面，农民的自耕小农的生产方式没有变化，小生产者意识就不会彻底根除。"信仰和行动的传统范型具有极大的持久性，甚至比人类设计的人工器物还更为持久；对那些力图抛弃、废除或改造它们的人来说，它们并不会完全失去约制他们的作用。"[1] 在人们的生活中，旧有的惯例习俗仍然在暗中支配着他们的行为方式。小说《春节》中拜年实行"团拜"的方式，大家分成两排互相鞠躬了事，不过人们觉得这样太简单了，又找到自己的本家磕头拜年，乱成一团，"磕了一阵子头，人们才痛快啦！这才是正正经经的过了年啦！"[2] 这与《茶馆》中王利发的"请安比鞠躬更过瘾"十分相似，虽然所处的时代发生了巨大的变化，但传统习俗的惯性还在延续。

时代的巨大变迁造成物质层面的革新，而精神层面的蜕变则要慢得多。"随着时间的推移，心理结构落后于它们由之而来的社会条件的急剧变化，而且后来会同新的生活方式相冲突。"[3] 有形的偶像容易推翻，而心中的偶像却难以消除。土改中人们的精神世界既出现了新的因子，又承袭着传统的内核，呈现出新旧杂糅的状态。

---

[1] ［美］E. 希尔斯：《论传统》，傅铿、吕乐译，上海人民出版社1991年版，第267页。
[2] 陈肇祥：《春节》，《人民文学》1949年第6期。
[3] ［奥］威尔海姆·赖希：《法西斯主义群众心理学》，张峰译，重庆出版社1990年版，第16页。着重号为原著所加。

下 编

土改叙事文体论

第四章 叙事模式的发展演变

小说故事是艺术传达的材料，而小说叙事则是这些艺术材料的传达方式。叙事的组织必须要遵循一定的规律和方法，诸如承续原则（按照时间顺序、空间顺序或因果逻辑）和理念原则（事件向既定目标或相反的方向发展），就会出现某些特定的小说叙事形式，那么它必定要产生这一类小说与其他类型小说相区别的"情节模式"。这样，看似不同的土改叙事有着共同的发展逻辑和故事脉络，本章就是要探讨在不同时期的土改叙事所具有的叙事模式，即隐藏在形态各异的表层结构下的深层叙事类型。目的是从全新视角揭示叙事结构的内在组织，在此基础上总体把握叙事作品的结构。

在阅读不同时期的土改作品文本时，会发现由于所处时代的文化背景、创作潮流以及同一时代作者相近的人生经历，各时代的文本在叙事上呈现出某种特定的模式，各部分可以自由组合、增减、变化、重复，表现出类型化、模式化的倾向。情节中包含着某些变化的和不变的因素，"变换的是角色的名称，不变的是他们的行动或功能"。[1] 在经典的土改小说中，人物的名字、经历会有所不同，但他们都会基于自己所属的阶级采取类似的行动，地富破坏土改，贫雇农会起来斗争，中农会动摇不定。在"工具论"的理论范式下，作者按照阶级斗争的对立思维设计情节、刻画人物，体现出的是某种既定的叙事公式：主题是歌颂土改使广大受压迫的

---

[1] ［俄］弗·雅·普罗普：《故事形态学》，贾放译，中华书局2006年版，第17页。

下编　土改叙事文体论

农民翻身做主人，得到了土地等生产资料，"土地改革笑盈盈，丰衣足食享太平；迎接土地回老家，翻身歌声唱不停。"① 人物形象是两极分化，穷人善良、品德高尚，富人奸诈狡猾，道德低下。情节设置上必须是胜利、光明的结尾，对未来充满了希望与信心。

十七年的土改小说继续沿着这条模式化的道路前行，在种种叙事成规的限制下日益僵化。由于设定了农民天生的革命性，原有的思想转变过程被省略，农民不需要再进行广泛的动员，早就蓄势待发，等待革命的到来。小说中的地主都是阴险反动的阶级敌人，不再强调其对于乡村道德伦理的破坏，小说也就失去了传统的"惩恶扬善"的叙事张力。新时期的土改小说则颠覆了典型的情节模式，出现的是"循环暴力"的叙事方式，在工作队的发动下，村民之间的嫌隙被放大成了阶级仇恨，在斗争地主之后，地主一方再进行疯狂的报复，农民一方再予以反击，土改原本是出于对公平社会追求的美好愿望，结果却引发了一系列的暴力事件，仇恨在不断放大，暴力在不断升级。

文学具有叙事模式不是指小说叙事陷入了某种程式化的泥淖中停步不前，限制了风格多样化和艺术感染力，其实模式的不同组合变化也是富有生命力的，其不变的因素满足了读者的阅读期待，其变化的因素激起了阅读的兴致。艾略特认为，好的作家正是"非个人化"的，欣赏作品时，研究者会努力找出其独特性的书写，"实在呢，假如我们研究一个诗人，撇开了他的偏见，我们却常常会看出：他的作品中，不仅最好的部分，就是最个人的部分也是他前辈诗人最有力地表明他们的不朽的地方。"② 对同一主题作品的不断书写构成了一个连续的序列，对于作品的评价也要放在这个艺术整体中加以审视，将作品与处于时间链条的其他作品、作为背景的民族文学传统联系起来。"个人化"并不意味着艺术水平的高超，"模式化"也不应是被指责的诟病，类型化的作品往往隐藏着深刻的历史文化意义。

---

① 《土地改革小唱》，《中国歌谣资料》（第2集下册），作家出版社1959年版，第255页。
② [英] T.S. 艾略特：《传统与个人才能》，《艾略特诗学文集》，王恩衷编译，国际文化出版公司1989年版，第2页。

第四章 叙事模式的发展演变

第一节 翻身主题:历史代言者的正统叙事

"在延安,经过文艺整风运动之后,文艺的发展改变了方向,其重要特点之一也是阶级意识的迅速强化和救亡主题迅速向翻身主题转化。"[①] 土地改革正是集中反映了农民翻身获得解放的过程,土改文学在为政治服务的要求下所描写的过程必然要符合现实斗争的要求,要以昂扬的精神和胜利的结尾鼓舞人民的斗志。翻身的故事在按照既定的固定程式发展演进的同时,透过文本与历史的裂隙,会发现被作者有意隐匿的叙事盲区的存在,这预示着文本被意识形态压抑的现象。在说与不说之间,隐含了作者受外在政治话语的挤压下进行的艰难抉择。

一 情节的演进逻辑

1. 以仇恨为逻辑起点

"情节的整齐清晰(主要是时序的整齐清晰)是整齐的道德价值体系的产物,因此,一部作品的情节设计不仅体现着作家的艺术思维方式,而且也反映了作家本人的某种道德信念。"[②] 从土改小说情节发展的逻辑线索来看,翻身主题的展开进行得十分清晰,生存苦难(叙事起点)→阶级仇恨(行动原因)→翻身斗争(行动过程)→斗争胜利(行动结果)。从叙事的因果逻辑看,阶级仇恨的作用十分重要,是整个行动得以进行的行动基础。正是在工作队宣传教育的作用下,农民的阶级意识得以觉醒,领悟到自己受苦的原因,对于地主阶级产生了强烈的仇恨。在仇恨情绪的驱使下,农民才能够名正言顺地开展斗争,并且心安理得地要求"土地回老家",不会对分得别人的财产心生愧疚之感。从叙事的出发点来看,土改需要以诉苦的方式将农民生活中的苦难上升为阶级仇恨的层面,让农民接受新的阶级观念,取代旧有的传统道德。在实际的农村中,也许阶级之间

---

① 李新宇:《中国现代文学主题的三重变奏》,《学术月刊》1999年第10期。
② 赵毅衡:《当说者被说的时候——比较叙述学导论》,中国人民大学出版社1998年版,第254—256页。

下编　土改叙事文体论

的分化并不明显，贫富之间的差距并不大，但是，农民的生存状况确实是十分困苦的，他们确实有着要改变自身境遇，能够丰衣足食的强烈愿望。

"中国传统租佃关系还常充满着人的因素。这因素又被儒家的'中庸'、不走极端所浸染得富有弹性。"① 地主与佃户多是祖辈相传下来的租佃关系，又是同族或同乡，尽管要把自己辛苦种出的粮食上交作为地租，在农民看来也是天经地义的事情。他们渴望得到土地，但碍于情面，农民都不好意思撕开脸皮，公开去和地主叫板。这种类似于"抢劫"的方式也不符合农村的伦理道德。

地主在遇到面临斗争的困境时，也会用传统的人情关系来"蛊惑"人心，在《我的主家》（葛洛）中，地主就是靠拉拢关系向农民求情的，"你干大，咱们从吃奶娃娃到而今都住在一道儿，就是喝一碗冷水谁也没有忘了谁。你先人跟我家先人燃过香，咱们是世交。你该晓得，虽说我姬老大有几垧坡地，几间破窑，可是我吃自家地里打的粮食，住自家的窑，自想也没敢作下什么亏心事呀！到而今世势到了这儿，人家却要来杀我了。我这一条老命全握在大家手里。念起咱们的交情，你会帮帮忙，说句话吧！老天爷总是长着眼睛的，世界转变过来了，我绝不会忘记你的恩德。"②

为了宣传土改斗争的合理性，小说需要消除这种阻碍斗争的人情面子等心理因素，极力渲染地主与农民阶级对立的现实，在事实对比中让农民产生被剥夺之感，从而产生阶级仇恨，推动土改斗争的进行。

首先是在对比中突出地主生活的奢侈与农民生活的困苦，让穷人感到愤愤不平，不再把交粮纳租视为理所应当的，不愿像之前那样逆来顺受。"愤怒绝对不是人们对不幸和痛苦所做出的自动反应：没人会对药物无法治疗的疾病或地震或看起来无法更改的社会状况大发雷霆。只有人们注意到完全有理由改变社会状况而事实上却没有做到这一点时，才会产生愤怒。只有当我们的正义感受到侵犯时才会爆发愤怒。"③ 作品中经常出现

---

① 费孝通：《乡土中国》，上海人民出版社 2007 年版，第 160 页。
② 葛洛：《我的主家》，《雇工》，中南新华书店 1950 年版，第 10 页。
③ [美] 汉娜·阿伦特：《关于暴力的思考》，[美] 罗伯特·希尔福斯、芭芭拉·爱泼斯坦编《一个战时的审美主义者：〈纽约书评〉论文选 1963—1993》，高宏、乐晓飞译，中央编译出版社 2000 年版，第 27 页。

第四章 叙事模式的发展演变

"朱门酒肉臭,路有冻死骨"的贫富对立的描写,《暴风骤雨》中老田头在感慨:"咱们穷人家,咋能跟他大粮户比呢?人家命好,肩不担担,手不提篮,还能吃香的,喝辣的,穿的是绫罗绸缎,住的是高大瓦房,宽大院套。咱们命苦的人,起早贪黑,翻土拉块,吃柳树叶子,披破麻袋片,住呢,连自己盖的草屋,也捞不到住。"① 贫富之间的差别通过衣食住行等生活细节表现得十分明显。小说中主人公郭全海的父亲因为被韩老六骗去工钱而气病,在大雪纷飞的寒冷天气里被强行抬出屋子冻死,韩老六和杜善人在暖和的屋子里闲唠嗑,郭全海含泪埋葬父亲的场景是小说中极具感染力的部分。② 在《我的主家》中,主人公周铁旦遭遇到了饥荒,妻子和刚出生的孩子马上就要饿死了,他无奈去向东家借粮。穷人饿得连草根树皮都吃光了,地主小皮钱一家在吃油糕宴客,他挨了顿打被赶了出来。

"乡村的规范秩序对乡村的富裕成员提出了一定的行为标准。在他们同其他村民的交易中,存在着特殊的互惠准则——人们的道德期待。富人们实际上是否实行这些最低限度的道德的互惠要求是另外的问题,但无疑地存在着这样的互惠要求。"③ 由于农村中福利保障机制的匮乏,当农民的生活陷入困境时,他们本能地希望本村的富户能够伸出援助之手,这不是法律规定的责任义务,而是乡村传统道德伦理的要求,如果地主坐视不管,见死不救,打破了农民的道德期待,弱者自然会心生怨恨。这正是主人公勇于撕破脸皮与地主斗争的原因。突出贫富差距是为了强化阶级对立,既然地主不讲仁义,毫无同情心,已经先行破坏了乡村道德规范,那么农民也就不必再遵守旧有的人情观念,要反抗这个不公正的

---

① 周立波:《暴风骤雨》,人民文学出版社1956年版,第71页。
② 1947年3月12日《东北日报》第二版中的通讯《栽槐树——珠河元宝区煮夹生饭经验》曾提到郭全海的原型郭全兴的情况,"像郭长兴,母亲久病,拖欠许多债务,兄弟年幼不能干活,父亲急得天天骂他,而他不仅每晚到老槐树底下来,并且参加了许多工作。"胡光凡在《从手稿和版本看周立波对〈暴风骤雨〉的修改》中指出,周立波在原稿中对郭全海的介绍十分简略,在修改中进行了全盘改写,"比起第一稿来,不但份量大大增加了,而且事迹也更加感人,更富于思想的艺术的魅力。"(《社会科学战线》1987年第4期。) 与人物原型以及作品初稿对比,就会发现"雪地葬父"的场景是作者出于艺术想象的虚构,有意夸大地主和长工的阶级仇恨。
③ [美]詹姆斯·C. 斯科特:《农民的道义经济学:东南亚的反叛与生存》,程立显、刘建等译,译林出版社2001年版,第53页。

下编 土改叙事文体论

秩序。

其次是算"剥削账",让农民懂得"谁养活谁"的道理。封建租佃制度在中国农村已经实行了很长时间,旧有的"地主养活农民"观念早已根深蒂固。[①] 地主按照租约定时收取地租,在很多人看来是天经地义的事情。通过算"剥削账"的做法,转变了农民的观念,不是要地主献地,而是要拿回自己的地。在《太阳照在桑干河上》中文采模仿地主的口气问:"你种了咱十亩旱地,当日是你求着种的,还是咱强迫你种的?那时言明在先,白纸黑字,一年交四石租子,你欠过租没有?如今你要算账,成!把欠租交了来再算!要是不愿种,那就干脆,老子有地还怕找不到人种?咱问你,地是你的还是咱的?"农民们回答:"地自个会给你长出谷子来?""没有咱们受苦,就没有你享福!你以前多少地?这会儿多少地?要不是咱们的血汗就养肥了你?你今天不把红契拿出来,咱们揍也揍死你……"[②]

在这次模拟的对话中,地主是在强调租约的有效性,是双方自愿达成的契约,抓住了佃户思想的顾虑:一是有多年的欠租,二是担心收地,三是土地的所有权,短短一段话是在咄咄逼人指责佃户的背信弃义,在这样的语言攻势下,如果没有事先的充分准备,农民们必定会败下阵来。再来看农民的回答,他们回避契约有效性的问题,反复强调的是劳动价值观,仅有土地资本没有劳动投入是不会有收获的。也许农民理解不了马克思主义的剩余价值论,但他们已经认识到了地主发家是因为无偿地占有了自己的劳动果实,现在要算"剥削账",把自己的东西要回来。在政权力量的支持下,他们威胁可以采取一定的暴力手段,这才是让地主胆怯的关键因素。在言语反驳上,农民有了劳动价值观作武器,同时暗含着权力的指向,地主即便心有不服,也只能乖乖地败下阵来。

---

① "党—国家对农民进行教育、提高农民阶级觉悟的过程,也就是对集团中的个体进行行动规范灌输的过程。如诉苦、挖穷根、算剥削账,批判'好地主思想',批判'穷人没有地主给地种就活不成'的糊涂思想。"贾滕:《乡村秩序重构及灾害应对:以淮河流域商水县土地改革为例1947—1954》,社会科学文献出版社2013年版,第200页。进行革命启蒙教育,让农民明白"谁养活谁"的道理,是土改工作中的重要环节。在土改过程中,这一道理被改编为歌曲,到处传唱。《谁养活谁》,李广才编《土地改革歌集》,中华乐学社1951年版,第1页。

② 丁玲:《太阳照在桑干河上》,人民文学出版社1952年版,第283—284页。

第四章 叙事模式的发展演变

《地板》（赵树理）中关于"粮食是地板换的，还是劳力换的"的争论即反映了农民固有的思想意识与现行革命话语之间的矛盾。"在某种意义上，中国革命所要颠覆的，不仅是当时既有的政治和经济制度，更重要的，是颠覆这一所谓的'深刻的正统观念'，因此，文学倘若要表现这一时代，就不可能不涉及政治，就不可能不介入到这一文化领导权的争夺过程之中。"① 小说在质疑地主占有土地的合法性，继而推翻了契约的有效性。《暴风骤雨》中韩老六把马放到相邻的地里吃庄稼，地的主人敢怒不敢言，任由韩老六霸占田地。《村东十亩地》中主人公杨猴小与地主"活财神"的地相邻，被"活财神"诬陷是贼，失去了自己的土地。既然地主的土地是巧取豪夺得来的，财产来源的非法性自然也就造成了"老契"的失效。

最后是个人仇恨上升为阶级仇。土改小说中，"家破人亡（失）的境遇和苦难激发主人公进入革命话语所指称的'自发反抗'阶段，并且奉行'以血还血、以牙还牙'的复仇逻辑，"革命话语适时完成了复仇者的身份转换，"创作者将创作自觉地、有意识地纳入'革命化叙事'即'宏大叙事'中的一种比较极端的类型，其明显的叙述标志是复仇者经历了'参加革命'的成人仪式，实现了对其'革命者'／'阶级战士'身份的确认和加冕——复仇者个体生命的质的转换，这一转换在文本叙事进程中还被解释为，从此往后，朱老忠们将不再代表个人或家族，而是代表阶级整体实施复仇，所谓阶级仇、时代恨。"② 报仇是在传统社会法制无法伸张正义的情况下进行的以暴抗暴的行为，符合伦理道德的复仇就会被认为是正义之举，受到社会价值观念的认可。土改小说中也在强调仇恨哲学的重要性，无数的私人仇恨上升为集体的阶级仇恨，汇聚为罄竹难书的血海深仇，复仇的行动主体由个人、家庭转换为阶级、民族，传统的复仇叙事得到了意识形态的改造，指向了阶级压迫的宏大叙事，具有了鲜明的时代特色。

《一天》（丁克辛）中讲到一位妇女受到丈夫的打骂而自杀，作品没有

---

① 蔡翔：《〈地板〉：政治辩论和法令的"情理化"——劳动或者劳动乌托邦的叙述（之一）》，《文艺理论与批评》2009 年第 5 期。
② 杨经建、彭在钦：《复仇母题与中外叙事文学》，《外国文学评论》2003 年第 4 期。

· 187 ·

下编　土改叙事文体论

从女性的视角来批判男权思想，而是从打老婆的原因入手，地主夺地才是导致其自杀的原因。本来是家庭的矛盾冲突，却对丈夫的家庭暴力视而不见，而是追究出事件背后隐藏的阶级原因。《暴风骤雨》中白大嫂子抱着三岁的小扣子向韩老六求情，韩老六将她掀倒，小扣子的头碰到石头上，导致了一个幼小生命的夭折。从事情的发展过程来看，小扣子的死应该是个意外，韩老六横行霸道固然可恶，但他不是有意害死小扣子。而且，小扣子是受伤后半个多月死亡的，这也和白大嫂子无钱医治有关系。赵玉林家饿死的小丫也被算到韩老六的名下。经历了丧子（女）之痛的农民都将这笔血债归到了恶霸地主的身上，他们有了共同的斗争目标，为亲人报仇使他们迅速打消思想顾虑，决心与地主斗争到底。在他们心中，血亲复仇是惩恶扬善的正义行动，如果没有工作队的支持，他们没有力量打垮韩老六的威势。现在革命给了他们报仇雪恨的机会，只是将这种血亲复仇上升为阶级复仇。这是地主阶级与农民阶级不共戴天的仇恨，不仅仅是私人的恩怨。私人仇恨是农民采取斗争行动的情感动力，阶级仇恨则巧妙地遮蔽了私仇，将个人情感整合转化为革命的激情。

2. 基本序列

序列是由不同功能组成的具有时间和逻辑关系的完整的叙事句子。"一个序列是一系列合乎逻辑的、由连带关系结合在一起的核心。序列开始的时候，序列诸项之一项没有任何具有连带关系的前项，结束的时候，序列诸项之另一项再也没有具有后果关系的后项。"[①] 按照布雷蒙的说法，"任何叙事作品相等于一段包含着一个具有人类趣味又有情节统一性的事件序列的话语。没有序列，就没有叙事。"基本序列是由三个存在着严密逻辑联系的功能构成的：

（a）一个功能以将要采取的行动或将要发生的事件为形式表示可能发生变化；

（b）一个功能以进行中的行动或事件为形式使这种潜在的变化可能变为现实；

[①] ［法］罗兰·巴特：《叙事作品结构分析导论》，张寅德编选《叙述学研究》，中国社会科学出版社1989年版，第20—21页。

第四章 叙事模式的发展演变

（c）一个功能以取得结果为形式结束变化过程。①

基本序列是叙事逻辑的起点，它是富于变化的叙事类型，发展过程、故事结果都有改善或恶化两种可能，在土改小说中，这种类型被固化为阶级仇恨（行动原因）→翻身斗争（行动过程）→斗争胜利（行动结果），绝对不可能出现行动失败的结局。在故事开端，或许会处于敌强我弱的境遇，随着过程的演进，农民觉悟的不断提高，我方阵营的力量逐步增强，不断取得斗争的胜利，最终指向一个光明美好的未来。

土改的短篇小说形式较为灵活，情节较为简单，大体上可以分为三种类型：一是"翻心"模式，情节以人物思想上的转变为主线，农民被新的革命意识形态所吸引，逐步改变旧有的传统思想，从而采取斗争的行动。二是"斗争"模式，着重表现的是地主与农民之间的斗智斗勇，地主往往采用各种花招，或者明里威胁，或者暗地搞鬼，最终被农民识破。三是"对比"模式，突出的是人物在土改前后的变化，表现的是"旧社会把人变成鬼，新社会把鬼变成人"的政治主题。

"翻心"的故事展示的是农民的思想顾虑在工作队成员的帮助下逐步打消的过程，人物经历了由麻木保守到积极斗争的突然转变，可概括为"落后→改造→先进"的过程。其中对事件改善起到关键作用的是革命引导者的出现，他耐心细致地为农民做思想工作，促成了农民思想的转变。《回地》（木风）讲述了主人公才顺的哥哥代表着传统的保守思想，只希望安分守己地过日子，不敢越雷池一步，而农会主任大厚则是较早觉悟的积极分子，他到处宣传革命道理，懂得什么样的话语方式最能打动人心。大厚先是有意提起才顺受到的欺压，看到才顺有所触动之后，又这样激励说："像你这样穷小子，穷得连饭也吃不上，老婆也娶不上，还怕什么呢？做梦也碰不见这样的世道，这是咱们穷人的天下，到现在还不起来和他们干一下，难道你还怕变天么？"如此极富鼓动性的话终于彻底打动了才顺，明白了这是改变自己命运的唯一方式，"不斗争也得斗争，不干也得干，

---

① ［法］克洛德·布雷蒙：《叙事可能之逻辑》，张寅德编选《叙述学研究》，中国社会科学出版社 1989 年版，第 154—156 页。

下编 土改叙事文体论

只有一条路。"① 从中看不到多少阶级觉悟的提高，更像是农民潜意识中的"造反"思想与政权推行的先行政策达到了默契的统一。小说结尾，原来反对才顺去开会的母亲和哥哥也都发生了转变，对党充满了感激之情，而他们的思想转变是在现实利益的作用下发生的，反映了农民注重实利的传统心理。

《他第一次的笑》（申均之）中固执的老头于长贵相信的是老理儿，"只要老老实实种地，地主是不会亏着佃户的"②，三辈人都是为地主当佃户，他觉得这是挣脱不了的"命"。他的儿女作为土改的积极分子，向父亲宣传"谁养活谁"的道理，在情节中承担革命引导者的角色。第一回合，父子两代正面交锋，儿女败下阵来；第二回合在减租大会上，老于头被孤立；第三回合，斗争胜利后，老于头终于转变过来。引起老于头思想发生改变的关键因素有两个：一是环境的影响，在家里他能以家长的威严制止儿女的"胡闹"，家庭之外他就无能为力了。减租会上，他的冥顽不化引起整个会场的不满，家庭中连一向顺从的老婆也敢顶撞他，周围环境的因素都在促使他发生转变。被集体隔绝是一件精神痛苦的事情，必须要接受新的思想才能被革命集团所接纳。二是现实的教育，当看到原来威风的地主可怜巴巴地站在台上被众人指责，革命权力的后盾使人们打消了心理上对地主的畏惧，解决了后顾之忧。更重要的是，老于家得到了粮食，"麦子这宝贵的东西，这老头子想来，简直就是一个梦。然而这梦，自己老辈也没实现，却叫这批咭咭嘎嘎的年轻人实现了。他脑子里怪起来：难道地主家，真地可以不按着老规矩做么？"③ 他终于体会到了劳动者的光荣和尊严，思想彻底转变过来，看到妇救会唱歌不再觉得她们是妖精，看到地主被斗争不再感到可怜。

"翻心"模式关注的是土改中个人的精神变化，是灵魂内部的斗争，"人本性中存在其他不可缺少、迫切需要满足的部份，也即植根于人生理结构的需要，诸如饥饿、干渴和睡眠的需要等等。这些需要的每一种都存

---

① 木风：《回地》，《文艺杂志》1946 年第 1 卷第 4 期。
② 申均之：《他第一次的笑》，《胶东大众》1946 年第 44 期。
③ 同上。

第四章　叙事模式的发展演变

在某种界限，不能被满足的程度一旦超过这个限度，就将是无法承受的。此时，人将会全力以赴去满足这些需要。"[①] 农民长期处于生活水平十分低下的状态，他们积极投身到土改中去，不是因为对于革命的认识有了多么深入的体会，而是对于温饱生活的极度渴望。这才是"翻心"模式中人物思想转变的深层动机，这种渴求是如此强烈，使得他们摆脱了长期的传统思想的束缚，站到了斗争地主的行列中来。

"斗争"模式以地主与农民之间展开的斗争为主线，土改要彻底改变乡村的社会结构，要全面剥夺地主拥有的土地、房屋等经济资本以及面子、威望等象征资本。地主不会甘心就这样束手就擒，他们要利用血缘、地缘的优势对佃户软硬兼施，希望可以暂时渡过难关。然而，不管地主采取什么样的花招，佃户都会在现实的教育下觉醒，最终取得斗争的胜利。具体过程可概括为"地主设计欺骗→农民上当→农民最终觉醒"，从地主的方面来看，土改的过程是一个生存境遇不断恶化的过程，而对农民来说则是一个逐步改善的过程，最后的结果就是原来的权力金字塔颠倒过来，原来处于权力机构上层的地主沦为了社会的最底层，原来处于最底层的农民现在翻身成了乡村的主人。既然阶级理论已经先验地将地主定性为阶级敌人，他们必然与农民展开针锋相对的斗争，而作品中斗争的结局早已注定。

从作品中看，地主采取的方式主要有藏匿财产、散布谣言、威胁农民、苦苦求情等。具体来说，一是地主对佃户以乡土观念拉扯关系，私下达成秘密契约，《明暗约》（康濯）、《红契》（束为）、《村东十亩地》（孙谦）、《退租》（马加）中的地主采取明里减租、暗里照旧的方式来敷衍土改；二是利用宗族关系来教训后辈，《石碌》（韶华）中马三爷就是以家族的爷爷自居，毫不客气地教训石碌；三是故意营造"变天"的舆论氛围，借此来打压农民，使他们不敢出头。《"反攻"》（田蓬岗）中的地主指使黄先生散布谣言，《识字的故事》（萧也牧）中的地主庄三元利用自己的文化优势，错误传达上级文件的精神；四是转移粮食，破坏生产，《驴背上

[①] ［美］埃里希·弗洛姆：《对自由的恐惧》，许合平、朱士群译，国际文化出版公司1988年版，第11页。

下编　土改叙事文体论

的针》（张理）中的地主往驴背上插针破坏土改，《牛倌赫进喜》（萧也牧）中的地主周凤鸣是将针插进煮熟的山药中喂给牛吃，《借粮》（俞林）中的地主将自己的粮食藏匿起来，装穷不肯借粮；五是蓄意报复农会干部，《区委书记》（于黑丁）中的地主诬陷农会主任孙东义杀人，要将他绳之以法，《血尸案》（孔厥、袁静）中的地主蓄谋害死了积极分子陈大牛及其妻子，《水落石出》（峻青）中的陈善人与同伙害死复员军人郑刚，又杀害陈福一家灭口，可谓罪迹斑斑。小说中的地主采取了各种各样的方式来对抗土改，威胁、拉拢或分化农民，凸显的是地主阶级的奸诈、狡猾，而采取血腥报复的暴力手段，则是表现了地主罪恶反动的阶级本质。最终在面对如暴风骤雨般的农民运动时他们仍然是无能为力的，无论他们费尽心机采取什么行动，都只能是螳臂当车，于事无补。

农民在斗争地主时，都是群体性的斗争场景，在激愤热烈的诉苦中，地主被剥夺了说话的权利，只能低头认罪。租佃之间的个体斗争往往是地主占上风，随着情节的演进，无数渺小的弱者组成了群体，阶级群体的对立代替了租佃的私人冲突，当作为个体的地主面对的是集体性的指责控诉，只能败下阵来。《村东十亩地》（孙谦）中杨猴小依靠农会的帮助识破了假约的骗局，在地主吕笃谦耍赖皮，自己进退两难的时候又是农会干部的及时出现帮他解围。阶级集团的成立意味着个人找到了现实的归属感，他们有着共同的利益诉求和行动目标，在相互的影响和暗示中获得了强大的力量感。"我们"一方势力的增强在反面验证了"敌人"一方力量的变弱，预示了故事中"我们"必将胜利的最终结局。

"对比"模式着重表现的是在旧社会中人们受到的苦难以及在新制度下人们翻身后的喜悦，作品中呈现的是"先悲后喜"的结构，并指向一个光明幸福的未来，可概括为"困境→转机→改善"的过程。为了更有效地表现出新旧两个时代的对比，使艺术效果更加强烈生动，作者将旧时代的困苦与新时代的幸福表现得淋漓尽致。这种书写证明了土改运动的政治合法性和道德正义性，"权力要想成为权威——要使自己合法化、合理化，主要看它对所辖集团的福利所做出的贡献。更普遍地说，可以认为，权力要证明自己的正当性，就必须维持集体安全和繁荣的状态。权威的合理

第四章 叙事模式的发展演变

性,则依其对负有责任的义务的履行情况而定。"① 正是新生政权帮助农民获得了土地所有权,打倒了压迫人民的乡村权威,革命伦理教化也开始深入人心,个体对集体、革命等宏大价值理念无条件认同和接受。

《赵发的故事》(王炜)写出了一个庄稼人对于毛驴的爱惜,失去毛驴后的痴迷,人们还对此编出喜剧性的歇后语,"赵发喂驴——做梦!"、"赵发饮驴——假的"、"赵发打真老婆——饮假驴","赵发打水——没驴可饮","赵发不卖驴刷——等着那一天",在戏谑性的调笑背后隐藏着一个农民对于美好生活的向往,乐中寓悲,笑中含泪。与之相比,关于新社会的描写一笔带过,不如小说前半部分富有艺术的感染力。《土地的儿子》(柳青)更多地表现了一个农民李老三对于新社会的感激,他坚持要把白面馍馍留给"我"过年,"没咱的新政府,不说我手上吧,就是我孙子手上也买不起一鞋底大的一点地!"老汉说着,感奋得全身都要痉挛起来了。李老三原本穷得没有自己的土地,只能靠赌博和偷庄稼混日子,现在他终于有了属于自己的土地,大年初一就出去拾粪,初二就上地干活,是土地让他焕发出了生活的激情,对革命政权产生了感激和崇拜之情。这里表现出的感激之情是真挚质朴的,作者没有为一个农民设计几句豪言壮语以显示农民觉悟的提高,而是通过他的老实木讷的行动和简单质朴的话语表现出来的。而《老一亩半家的悲歌》(梅信)、《瞎老妈》(洪林)对于旧社会的苦难表现得触目惊心,前者中的主人公老一亩半的母亲被地主家的狗咬伤,女儿被地主侮辱后自尽,全家因此只能饿得要饭谋生;后者中的主人公孙大嫂受尽生活的磨难,土地被霸占了,丈夫因为高利贷所逼自尽,唯一的儿子又杳无音信,壮实的孙大嫂备受打击,成了形容槁木的瞎老妈。苦难的渲染正是为了后面的转机做铺垫,新政权的建立代表着新的时代到来,痛苦只能属于昨天,未来是充满光明希望的。

为了使对比效果更加明显,在叙事人称上,部分小说如《牛倌赫进喜》(萧也牧)、《赵发的故事》(王炜)、《土地的儿子》(柳青)、《黄昏》(萧也牧)采用了第一人称的叙事方式,通过一个局外人的视角来展示农

---

① [美]詹姆斯·C. 斯科特:《农民的道义经济学:东南亚的反叛与生存》,程立显、刘建等译,译林出版社 2001 年版,第 232 页。

下编　土改叙事文体论

民生活中的巨大变迁。作者并非以完全客观冷静的态度讲述一个翻身的故事，叙述者"我"会有意无意表现出对于主人公的同情理解，对于土地改革的赞赏。"关于人物的道德和智能品质的议论，总要影响我们对那些人物活动所处事件的看法。因此，它难以觉察地渐渐变为关于事件本身的意义和重要性的直接声明。"① 叙述者对于事件明晰清楚的价值判断会潜在地影响读者的接受和理解，《赵发的故事》中当"我"听到大家笑话赵发做梦喂驴的时候，心里格外阴沉，勉强笑了一下，《牛倌赫进喜》中"我"得知年幼的富顺子为了在马粪里捡黑豆吃被马踢了的时候，心中一阵发酸。"我"在面对人间苦难时的沉重心情也在向读者传递着作者隐藏的信息，期待着读者会有与"我"同样的感受。《土地的儿子》中这样描写李老三："农谚说：'地种三年亲如母，再种三年比母亲。'这个土地的儿子，还没有被属于自己的一块小土地哺育以前，已经对它亲热到痴迷的程度了。"读者可以从中感受到农民对于土地的热爱，正是新政策的实施才让农民获得了梦寐以求的土地，自然而然产生出对新社会的感恩之情。

3. 复合序列

基本序列的相互组合产生了复合序列，主要有以下三种：(1)"首尾"接续式，改善和恶化的叙事功能相互交替构成前后连接的循环。(2) 中间包含式。"这个形式的出现是由于一个变化过程要得到完成，必须包含作为其手段的另外一个变化过程；这另外一个过程又还可以包含另外一个过程，依此类推。"② (3) 左右并连式，即从不同的观察角度造成同一事件具有完全相反的功能，同一过程，在一方看来是逐步恶化的，对另一方则是不断改善的。我们可以在土改文学作品中找到这三种复合序列。

(1) 单一线索的首尾接续式

《暴风骤雨》第一部的情节主线是"三斗韩老六"，"因为小说要努力反映两个阶级，两条路线的斗争，必然要设计敌我双方的斗争过程，于是

---

① [美] W. C. 布斯：《小说修辞学》，华明、胡苏晓等译，北京大学出版社1987年版，第218页。

② [法] 克洛德·布雷蒙：《叙事可能之逻辑》，张寅德编选《叙述学研究》，中国社会科学出版社1989年版，第155页。

第四章 叙事模式的发展演变

情节按照布雷蒙所说的恶化→改善→恶化→改善的'首尾接续式'滚动前进。有意思的是，这种前进也是以单一事件的不断重复完成的。即：事件的改善是由于党的正确领导，同盟者的不断加入。"[1] 在"一斗韩老六"中，有白胡子诉苦，表面上指责韩的霸道，实际上转移群众的注意力，韩的三亲六故也在人群里帮腔，制造舆论，第一次斗争失败了。"二斗韩老六"以老田头女儿的事件为导火线，事先做好了充分准备，但还是由于缺乏经验给了韩老六辩白的机会，转移了斗争方向，又有狗腿子的"苦肉计"，最后也不了了之。"三斗韩老六"是以小猪倌事件为触发点，激起了全村人的公愤，在气氛热烈的诉苦中终于斗倒了韩老六。可以看出，每一次的斗争与上一次的相比较都是一个进步，工作队不断地访贫问苦，通过"唠嗑会"将农民组织起来，正是这种不断的改善过程，"我们"阵营的不断扩大，最终获得了土改的成功。

《暴风骤雨》的第二部结构比较松散，没有较为连贯的中心事件，只是工作队不断解决一系列问题，包括挖浮财、扫堂子、抓土匪、改造二流子、分果实、分地、参军。从整体上看，也是属于"恶化→改善→恶化→改善的'首尾接续式'"的叙事序列，最后，所有问题迎刃而解，意味着乡村革命秩序的全面建立，土地改革的胜利完成。

《暴风骤雨》的情节比较简单，阶级对立十分明显，直接干脆地表现了两大阵营的对立斗争，显示了革命叙事的典型范式，这样的结构安排也体现了作家单纯坚定的政治信念。这种"首尾接续"式的叙事方式在土改作品中较为普遍，情节基本上按照土改运动的步骤有条不紊地展开，包括动员诉苦、发动群众、组织斗争、斗争大会、分配土地果实、参军支前等环节，如此环环相扣，首尾衔接，逐步走向斗争的全面胜利。《江山村十日》（马加）基本上就是按照土改的步骤依次进行的，在开会诉苦之后组织群众斗争地主高福彬，分配斗争果实，退回了错误征收的中农财产，又批评教育了李大嘴这样的无赖型积极分子，落后的周老太太母女也加入了农会，故事在恶化与改善的不断交替中滚动着向前发展，"我们"一方由

---

[1] 郭冰茹：《十七年小说（1949—1966）的叙事张力》，岳麓书社2007年版，第6页。

下编　土改叙事文体论

于同盟者的加入与内部的思想整顿，革命的中坚力量不断发展壮大。

（2）双重线索的首尾接续式

《邪不压正》（赵树理）的情节发展线索有两条：一条是下河村农民翻身的过程，事件的起因是八路军解放了村庄，实行减租清债、填平补齐，事件的过程是人们斗争地主刘锡元，小昌钻空子成为农会主任，多占果实，斗争中农，结局是纠正了土改中的错误；另一条线索是软英与小宝的恋爱波折，先是刘家要强娶软英，接着是小昌托人为儿子说媒，在工作员的帮助下，他们终于走到了一起。作者采用了"革命+恋爱"的方式来组织情节，"我所以套进去个恋爱故事，是因为想在行文上讨一点巧。要是正面写斗争恶霸、穷人翻身、少数人多占了果实留下穷苦窟窿、二次追究连累了中农，一直写到整党、纠偏，篇幅既要增长，又容易公式化，所以我便想了个简便的方法，把上述一切用一个恋爱故事连串起来，使我预期的主要读者对象（土改中的干部和群众），从读这一恋爱故事中，对那阶段的土改工作和参加工作的人都给以应有的爱憎。"①

这种"花开并蒂"式的叙事方式要比单一线索的文本情节更加丰富多彩，革命化的恋爱故事更为符合普通读者的期待视野。期待视野"主要指由接受主体或主体间的先在理解形成的、指向本文及本文创造的预期结构"。读者在阅读之前并不是白板一块，心理上具有一种预先存在的独特意向和思维结构，对于新作品的类型、文体、形象、情节暗含着期待指向，这是读者进行新的阅读的前提条件。"所谓的新作品，从来不可能在信息真空中以绝对的新的姿态展示自身，它总是处在作品与接受者的历史之链中。这样，处在这一历史之链上的接受者总是处于从已有的状态到预期更新状态的变化之中。而一部新作品也通过预告、发布各种公开的或隐蔽的信息，暗示、展示已有的风格、特征，预先为读者提示一种特殊的感受，这样来唤起读者对以往阅读的记忆，使之进入一种特定的情感态度中，并产生对作品的期待态度。"②

可以说，小说中讲述的是革命时代中的"才子佳人"，情节模式也不

---

① 赵树理：《关于〈邪不压正〉》，《人民日报》1950年1月15日。
② 金元浦：《接受反应文论》，山东教育出版社1998年版，第122页。

第四章 叙事模式的发展演变

过是"男女相恋——被迫分开——终成眷属"的传统套路,这些对于看惯了传统戏曲的人们来说比较符合他们的期待视野。但是,爱情的线索只是将情节串联起来的工具,爱情的波折正是因为土改前地主压迫农民、土改时革命队伍中混入了不良分子,随着土改问题的逐渐解决,爱情受到的外界阻挠也就消失了,故事走向了美满的结局。小说的两条线索是交织在一起的,爱情线索只是在侧面验证了革命的正当性,它在提醒人们,是共产党政权为人们带来了生活的转机和个人的幸福。新的文本既满足了先前读者形成的"才子佳人"式的阅读期待,革命主题的渗入也在同时改变着读者既定的期待视野,在新旧交融的结合点上读者会建立新的期待视野和评价尺度。

《一个空白村的变化》(那沙)同样采用了双重线索:一是一对青年男女还穷、暖和由相恋、分开到绝处逢生、再相逢的过程;二是地主笑面虎与农民之间的斗争过程,事件的恶化都是因为地主的压迫,地主一方面在经济上剥削农民,破坏了乡村公平正义的道德秩序,同时以权势强占民女,破坏了民间的传统伦理秩序。事件的改善是由于新生政权的建立,广大农民翻了身,还穷、暖和的问题也就迎刃而解,最后是有情人终成眷属的大团圆结局。《王贵与李香香》、《白毛女》的情节安排与此类似,体现了既定的叙事成规,即摒弃了爱情的私人性,将爱情的波折融入到了革命的进程之中。这样的设计安排既符合了农民的传统审美习惯,又满足了表达政治主题的需要,在"普及"的基础上进行了"提高","对于过去时代的文艺形式,我们也并不拒绝利用,但这些旧形式到了我们手里,给了改造,加进了新内容,也就变成革命的为人民服务的东西了。"[①]

关于情节设置的合理性,有人曾经提出质疑:"(黄世仁)为什么要放弃了最大的权威(靠地租去压迫佃户倾家荡产,不得不把喜儿送上门来)不用,偏去搞一个'女子小人'的小问题呢?"[②] 实际上是发现了"革命"与"爱情"这两条线索的裂隙,政治话语、伦理道德、女性命运等因素在同一解读体系的冲突。剧作者如此设计情节显然是出于革命道德的逻辑,

---

① 毛泽东:《在延安文艺座谈会上的讲话》(1942年5月),《解放日报》1943年10月19日。
② 季纯:《〈白毛女〉的时代性》,《解放日报》1945年7月21日。

而非生活现实的逻辑。唯有地主乖张暴戾的行为（特别是荒淫无耻）冲破了传统道德的界限，才能立即激起人们的道德义愤，对地主阶级产生强烈的仇恨之感。而只通过经济层面的权威来欺压百姓情节过于平淡，不能引发读者的阅读快感。

（3）中间包含式

《太阳照在桑干河上》属于"中间包含式"的叙事序列，小说的主要内容是在叙述人们如何斗争"恶霸"钱文贵获得翻身的过程，即"农民受压迫→斗争钱文贵→获得解放"的基本序列（过程A），但在最后的"决战"进行之前，又讲述了斗争李子俊和江世荣的过程（过程B），而在准备斗争他们之前，小说又穿插了去年清算侯殿奎的事情（过程C）。这三者之间是相互包含的关系，即A包含B，B又包含C，C的讲述不是毫无意义的，它从反面给新的斗争对象提供了经验教训，B的成功为A的最后进行做好了铺垫，人们已经积累了斗争的经验，更清楚地认识了地主阶级的反动本质，最后的胜利也就在情理之中了。之所以先斗争侯殿奎，是因为"老侯那时病倒在床上，他儿子又小，大家心里盘算得罪他不要紧。"李子俊和江世荣也不过是台前的傀儡，村子里势力最大的是钱文贵，可以看出，C、B、A的演进是一个斗争的难度逐步增大的过程，是一个斗争对象从台前转向幕后的过程，正是通过这三次斗争，将原来的统治势力彻底摧毁，人们才真正地翻了身，土改斗争胜利取得了完全。

作者之所以选择这种"镶嵌"式的结构方式，在于作品中塑造的钱文贵是一个隐藏很深的"恶霸"，他不像《暴风骤雨》中的韩老六那么恶贯满盈，而是需要在斗争中逐渐发现他的真实面目。丁玲在塑造什么样的地主时曾经颇费踌躇，"有各种各样的地主：一种是恶霸地主象陈武一样强奸妇女、杀人；一种象钱文贵这样的地主。究竟要什么样的地主呢？那时候我手头有好多材料，从这些材料上看，恶霸地主最多。写一个恶霸地主吧！我考虑来考虑去，我想，地主里有很多恶霸，但是在封建制度下，即使他不是恶霸，只那种封建势力，他做的事就不是好事，他就会把农民压下去，叫人抬不起头来。尽管不是一个很突出的地主，一跳脚几条河几座山都发抖的人，就能镇压住一个村子。我认为：在某种意义上，他比恶霸

第四章 叙事模式的发展演变

地主还更能突出的表现了封建制度下地主阶级的罪恶。"①

从叙事策略上看,丁玲选择塑造一位隐藏在幕后的乡村权力掌控者,在发现的过程中需要拨云见日,先将村子里的地主李子俊、侯殿奎与保长江世荣斗倒,最后斗争钱文贵成了小说的压轴大戏。这样情节发展一波三折,比起其他的土改小说一般只设置一个突出的恶霸形象来,显然是技高一筹。现实生活中并不是每个地方都会有民愤极大的恶霸,面对无地主可斗的生活真实,作者经过反复斟酌,塑造的是掌握权力的乡村精英而非经济层面的剥削地主,显然丁玲是从"政治的土改"的角度理解土改的意义,比单纯从"经济的土改"角度分析生活更具思想的穿透力。

从阅读效果来看,设置的悬念也会吸引读者的阅读兴趣,究竟钱文贵的"伪装"何时被揭穿,人们能否取得斗争的胜利,"这些谜和问题成了悬念的来源,在小说朝着解决这些问题的方向发展时构成情节发展的主要动力。"

不过,"镶嵌式"的情节发展虽较单纯的直线式情节更为复杂一些,整体来看,情节线索还是比较清晰的。"土改小说直线而有目的地朝着预定的结局发展,与传统的小说'多枝节和多插叙'的情节特征形成了鲜明的对照……《太阳照在桑干河上》中的世界观不允许有这样的自发性和枝蔓丛生的松散现象。每一个部分在其高度统一的情节结构中都有一个明确固定的位置,并在那里为一个明确的目的服务。"② 在既定的政治要求规范下,小说必然按照既定的叙事逻辑来完成共同的思想主题,无论如何安排斗争的曲折过程,最终也一定会走向胜利的故事结局。

二 人物设置的类型化

在政治立场上,毛泽东明确指出,"谁是我们的敌人?谁是我们的朋友?这个问题是革命的首要问题。"③ 这种二元对立的思维方式也渗透到了

---

① 丁玲:《生活、思想与人物——在电影剧作讲习会上的讲话》,《人民文学》1955年第3期。
② [美]梅仪慈:《太阳照在桑干河上》,孙瑞珍、王中忱编《丁玲研究在国外》,湖南人民出版社1985年版,第319、326—327页。
③ 毛泽东:《中国社会各阶级的分析》,《毛泽东选集》(第1卷),人民出版社1991年版,第3页。

下编　土改叙事文体论

文学创作之中。在土改小说中,"我们"的阵营主要是运动的领导者(外来的工作队)、运动的参与者(贫雇农为主)、运动的跟随者(中农),"敌人"阵营的是运动的反对者(地主及其家人、狗腿子)。

情节刚展开的时候,两大阵营还不是那么泾渭分明的,农村错综复杂的宗族关系暂时掩盖了阶级关系的对立,随着故事的进行,阶级矛盾逐渐明显,原来在观望等待的中农也加入了"我们"阵营,狗腿子也被驱逐出革命队伍,这意味着斗争的双方力量发生变化,接下来的胜利也就顺理成章了。人物所属的阶级属性都十分明显:土改的领导者,工农出身的领导者一般都是无可指责的优秀共产党员形象,他们坚毅果断、原则性强,能够根据党的政策准确判断当前的革命形势并确定下一步的行动。知识分子出身的领导者则自以为是,眼高手低,虽然工作热情很高,但很容易被敌人麻痹,工作中出现漏洞,最后或者由工农干部来解决问题(如《太阳照在桑干河上》),或者改造自我转变作风(如《一个空白村的变化》),其中的领导者文采、莫步晴从名字上即可看出作者的别具匠心,对于文采突出的是作为小资产阶级知识分子的清高与无知,对于革命工作的隔膜与落后。对于"莫步晴"("摸不清"的谐音)强调的是对于农村现实的不熟悉,被地主蒙蔽视听。莫步晴认识了自己的错误之后进行了彻底的思想改造,改名为"莫得晴",他也终于摸清了村庄的实际情况,土改斗争也终于获得了胜利。

土改的参与者,小说中的贫雇农是运动的主力军,他们苦大仇恨,立场坚定,对于地主有刻骨的仇恨,包括经济上的剥削(高利贷、地租),政治上的压迫(出劳工、兵役),个人仇恨(强占妻女)等。运动的跟随者主要是中农,他们处在村子的中间阶层,受到谣言的蛊惑,对于革命犹疑不定,随着土改的展开,他们逐渐清楚了上级政策,成为运动中的团结对象。地主是乡村的既得利益者,他们必然从自己的立场出发,费尽心机要反对这场运动,从人物特征上看,外貌丑陋,道德败坏,突出地显示了人物的阶级属性。

这样,"初步确立'穷=善美'的等式。既然富人的富是丑恶和罪恶的象征,富人等于坏人,则作为对立面的穷人的穷,自然是善和美的化

第四章 叙事模式的发展演变

身,穷人等于好人。在几乎所有的土改宣传品中,富都是一种罪恶,富人统统为富不仁,行善也是伪善,意味着对穷人更大欺骗和伤害,而反过来,所有的好事都是穷人干,穷则意味着不仅道德高尚,乐于助人,还意味着富有爱国精神,勇敢坚强。"①

在土改小说的人物塑造上,人物的阶级属性与其容貌衣着、道德水准有着明显的内在一致性。通过表现地主丑陋的面孔、卑劣的人格以及可笑的绰号,从而凸显出地主阶级所应有的反动的阶级属性。地主形象的塑造也呈现出群体化的类型描写,几乎没有多少个体特征。

先看地主的绰号,绰号能够生动传神地概括出地主的典型特征,而在农村中起绰号是十分普遍的现象。"绰号是人们凭着机智根据对方的外貌、性格、特长、嗜好、生理特征、特殊经历等特点而命名的一种带有戏谑幽默讽刺色彩,或用以臧否人物的称谓符号。"② 一是突出了地主的伪善奸诈,笑里藏刀,《红契》(束为)中佃户把地主叫作阴人,外号叫笑面虎,《一个空白村的变化》(那沙)中的地主外号也是叫"笑面虎",陈立贤生得魁伟,胖脸圆头,自诩"书香门第","表面看来,他是个十分和善的人,那胖脸上,好像时刻都在笑,说话有板有眼,十分斯文,一些善于奉承的人称他是'佛爷相'。另一些人在暗地里叫他'笑面虎',意思是'笑里藏刀'。"③《村东十亩地》(孙谦)中的地主吕笃谦绰号"活财神",生得慈眉善目,走起路来慢条斯理,但为了侵占别人的土地,诬陷主人公是贼。他们"伪装"出来的笑脸与他们的心狠手辣形成了鲜明的对比,形成了强烈的反讽意味。

二是强调了地主的贪婪吝啬,《借粮》(俞林)中的地主陈百万"方圆几十里都知道他是个吝啬鬼,养个狗都给饿死,人家给他起个外号,叫'饿死狗';又因为他处处掂算着占小便宜,人们也叫他'小算盘'。"④《瞎老妈》(洪林)中的地主何家宝,"排行老五,人称何五爷,外号'五

---

① 张鸣:《动员结构与运动模式——华北地区土地改革运动的政治运作(1946—1949)》,(香港)《二十一世纪》2002年第12期。
② 王泉根:《中国人名文化》,团结出版社2000年版,第322页。
③ 那沙:《一个空白村的变化》,山东新华书店1947年版,第2页。
④ 俞林:《借粮》,《婚礼上听来的故事》,江西人民出版社1981年版,第81页。

下编　土改叙事文体论

铁耙'。他放高利，收重租，靠着喝穷人的血，弄了四五顷地。"①《我的主家》（葛洛）中的地主姬老大，外号叫"小皮钱"。"这个绰号是集上的买卖人送给他的。因为和他打交道，谁也占不了他一点光，为了一个麻钱的事，他也跟你吵闹大半天，直到那个麻钱进了他的腰包才罢休。在他的家里你休想得到一袋水烟抽。一句俗话说的对：是个'只吃不拉'的人。"②《血尸案》（孔厥、袁静）中的地主兄弟外号分别叫"钱坑人"、"钱钻心"。《晴天》（王力）中的两个地主外号分别是"五花蛇"、"四臭肉"，而"四臭肉"的夫人肥如狗熊，绰号"香骚瓜"。这些绰号形象地揭示了地主的财富是来源于不择手段的巧取豪夺，是无情地剥夺穷人的血汗而得来的，实际上是在无形地消解地主财产的合法权。

三是体现了地主的权势地位，《移坟》（包干夫）中的地主外号叫"二阎王"，向处于困境的农民追要欠账的时候，在农民眼中自然就会如阎王般可憎可怕。《暴风骤雨》中的韩老六，外号叫"韩大棒子"，"伪满时代，他当过村长，秋后给自己催租粮，给日本子催亚麻，催山葡萄叶子，他常常提根大棒子，遇到他不顺眼不顺耳的，抬手就打。下晚逛道儿，他也把大棒子搁在卖大炕的娘们的门外，别人不敢再进去。"③这根大棒子在人们心中是权力和屈辱的象征，在后来的斗争会上，众人举起来大棒子要报仇雪恨，意味着群众的复仇是正义合理的，集体的力量是不可阻挡的。

地主的外貌描写得十分丑陋，《老一亩半家的悲歌》（梅信）中公道屈要调戏巧姐，"许百福摇着他那萝卜头竟要进屋了，嘴咧着，除去满嘴的黄牙，就剩下满脸的胡子。"④小说特别提到了地主"又尖又弯的鼻子"、"淫污的小眼睛"。这种漫画式的描写方式将地主的丑行十分形象地表现出来，厌恶之情溢于言表。《晴天》（王力）中的地主"四臭肉"是个干瘪老头，"五十多岁，瘦长条子，长脸，活像一枝黄蜡烛，稀朗朗

---

① 洪林：《瞎老妈》，莫西芬等编《山东解放区文学作品选》，山东人民出版社1983年版，第12页。
② 葛洛：《我的主家》，《延安文艺丛书》（第3卷），湖南文艺出版社1987年版，第260页。
③ 周立波：《暴风骤雨》，人民文学出版社1956年版，第15页。
④ 梅信：《老一亩半家的悲歌》，《平原文艺》1947年第4期。

第四章 叙事模式的发展演变

的两撇胡,半身不遂,走起路来挂着文明棍,就像仙姑下神似的,浑身乱呼颤。"① 他还要霸占佃户的女儿、媳妇,视女性为"洗脚水","蹬了这盆端那盆"。

狗腿子的外貌描写也是极尽丑化,《韩营半月》(俞林)中的狗腿子"这人长的十分丑陋,论身材,是个矮胖子,左眼瞎,右眼睁,外号叫独眼龙,真名是瞎木头;论心眼,是一肚子螺丝转,专出坏主意。""圆胖脸上歪着一只眼,酒糟鼻子,鼻孔朝天,呲着满嘴的黄牙。"② 作者为这位反面人物设计某种身体缺陷,与其低劣的道德品质互相呼应。地主的家庭成员也都采取这种类似的描写手法,《江山村十日》(马加)中的地主老婆"晃着牛粪盘头,张着白瓜瓢脸",地主的儿子已经十五岁了,夜里还尿炕,"个头有鸡架高,长着两只招风耳朵,一对蛤蟆眼睛,鼻涕把脸蛋抹一个大蝴蝶。"③ 当然,在某些作品中也提到地主的"福态",《一把火》(俞林)中地主冯福堂"他自小就得意生得'仪表非凡',这番又仔细端详起自己的大肚子、粗腰板和一脸肥肉,暗中称赞起自己的'福态'。"④ 传统眼光中的"福相",在这里充满了反讽的意味。在穷人难以果腹的灾年里,富有者的肥胖外貌已经暗示了生活的极端不平等,寓意着一种不道德的罪恶。作者用带有讥讽、厌恶的笔调来描写这些反面人物,这是为了让"英雄美、敌人丑"的二元对立模式更加明显。一旦被贴上了反动的标签,人物的描写呈现出模式化的趋势,表现的是作为阶级群体的共同特征,没有多少个性可言。

与地主的被丑化形象相比较,"我们"阵营的人物都是品德高尚、心地善良的,在外貌描写上还没有像十七年文学中刻意塑造的光辉高大,更多突出的是身材的结实、衣着的破烂和道德的无私。身材结实说明是受苦出身,这就先验地证明了农民阶级优良的阶级品质,衣着的破烂证明将精力用在革命事业上,不注重个人享受,显示了大公无私的优秀品德。《明

---

① 王力:《晴天》,作家出版社1955年版,第2页。
② 俞林:《韩营半月》,《婚礼上听来的故事》,江西人民出版社1981年版,第151页。
③ 马加:《江山村十日》,春风文艺出版社1979年版,第18页。
④ 俞林:《一把火》,《婚礼上听来的故事》,江西人民出版社1981年版,第275页。

下编　土改叙事文体论

暗约》（康濯）中在地主眼中的干部老葛是个有些邋遢的人，"冬天穿个没挂面的皮袄，胳肢窝里裂了缝也不补"，① 这种外表的普通恰恰在反面验证了老葛的踏实的工作作风。《暴风骤雨》中的郭全海在上卷的唠嗑会上一出场就是戴着一顶破烂草帽，穿着一件补丁撂补丁的坎肩，在下卷中萧队长再看到郭全海时，他的棉袄被树杈刮破，"处处露出白棉花，他的身子，老远看去，好像满肩满身满胸满背遍开着白花花的花朵似的"。② 这两次出场都给读者留下深刻的印象，现代社会精致的审美观念在解放区文学中已经改造成为了朴实无华的实用观点，甚至有了越破烂越光荣的趋向。

　　与朴素寒酸的衣着相对应的是农民积极分子的大公无私，正直淳朴，品德高尚。《胜利之夜》（孙谦）中村民从胜利果实中拿出十五块钱，要送给帮他们翻身的马工作员，马工作员拒绝了他们的好意，并说明这是八路军的纪律。面对物质的诱惑，他没有一丝的动摇，首先感到的是无言的侮辱和愤怒，他没日没夜的辛勤工作是为了一个崇高的目标而努力，要让穷人翻身过上好日子。革命者本我的冲动被严格控制在超我的控制之下，运动成功的崇高感已经取代了本我释放的愉悦感，正是因为农民英雄的塑造需要极力地克制人性的需求，舍己为公，性格相对单一，在描写上出现模式化的特征。《暴风骤雨》中白玉山将自己的近地换了别人的远地，赵大嫂子在分东西时只挑差的东西，把好东西都留给别人，这些刻板的模范行为显然不如老孙头的小算盘更为真实生动。

　　与模式化的正面高大的农民英雄形象相比，林蓝的《红棉袄》则以女作家的细腻描写了一位血肉丰满的积极分子形象。为了全村群众的翻身，刘老三忙得顾不上回家，妻子对他也有诸多埋怨。在分胜利果实的时候，刘老三却为妻子挑了一件她梦寐以求的红棉袄，在看似平凡普通的小事上隐藏着丈夫对妻子的愧疚与温情。在表现土改运动的轰轰烈烈的场面之外，作者着重挖掘了人物的内心世界，以主人公纤细敏锐的感觉来感应土改给普通人带来的巨大变化，这一点是相当可贵的。之后的十七年文学中继续沿着二元对立的模式化道路来塑造人物形象，并且在表现程度上变本

---

① 康濯：《明暗约》，《北方文化》1946年第2卷第7期。
② 周立波：《暴风骤雨》，人民文学出版社1956年版，第283页。

加厉，人物成了失去血肉的空洞形象，成了灌输了意识形态的象征符号。

关于对积极分子的塑造中，也出现了一些当权后腐化变质的农村领导者形象，这意味着他们没有经受住革命的考验，需要反省自己的行为，改造自己的思想，才能再次回到革命队伍中来。《莫忘本》（洪林）中的朱元清打游击、斗恶霸，是百姓拥护的"一颗明晃晃的金豆子"，但是在当上村长之后，衣着打扮、说话腔调、日常饮食、工作作风都发生了诸多变化，站到了群众利益的对立面。在于指导员的帮助下，他开始反思自己的行为，在会上诚恳地检讨自己，得到大家的原谅。这类急需改造型的农村干部形象揭示了传统"官本位"思想意识的根深蒂固，即便在斗争时期十分地正直无私，在登上权力舞台之后，还是会像村庄的前任那样作威作福，这从一个侧面反映了革命意识形态的改造是一件长期而艰难的事情。

总的来看，解放区土改小说中人物形象的塑造已经出现了一定程度的模式化倾向，部分还保留着一些生动的生活细节和细腻的心理描写，在1949年后的土改书写中，这些有益的探索都消失了，类型化的人物塑造达到了登峰造极的程度。

第二节　立场问题：阶级观念强化的路线斗争

1949年之后，文学的创作、作家的组织、题材的选择、作品的出版，所有这一切都被纳入了一个完全体制化的进程。政治要求文学更加纯粹地体现党的政策，加强意识形态的宣传，原来不合规范的"杂质"，包括现代文学中对于心理分析、人物个性、叙事手法等的成功探索都被彻底过滤。"从建国初期始，新的审美话语系统的建构和新的文艺生产机制的建设已经有系统地展开：全国性文艺会议的召开，作家机构的成立，作家身份的认定，对具体的文艺作品和文艺理论的批判，以及以批判某一具体作品和理论为目标所形成的'运动'，无不在促使人们抛弃传统的文艺观，接受新的美学原则和新的审美趣味。"[①] 与之前的土改文学相比，十七年时

---

① 余岱宗：《被规训的激情——论1950、1960年代的红色小说》，上海三联书店2004年版，第5页。

下编　土改叙事文体论

期的土改文学作品的阶级斗争也更加尖锐，情节模式也更为死板。

一　斗争模式的固化定型

五六十年代土改文学的情节模式还是以阶级斗争为主线展开的，叙事动力仍然是阶级仇恨，在经过了敌消我涨的种种斗争之后，终于取得了斗争的胜利。"一场由新的社会组织所发动的社会改造运动以'绝对正确'、不容置疑并且是势不可挡的方式自上而下地而又'摧枯拉朽'地进行，即使稍有曲折、回旋和斗争，但顺我者昌、逆我者亡，最终的胜利（不管付出怎样的代价）显然属于发起运动的一方。"① 其情节模式失去了变化的弹性，在种种叙事成规的限制下形成了固定化的样板，主要表现在以下几个方面：

1. 思想转变从渐进到突变

在解放区土改小说中，情节发展的突破点是农民思想的转变，土改运动的目的就是要引导农民认识到自己受苦的真正原因，从而萌发要翻身闹革命的信念，诉苦正是其中的关键一环。在诉苦会上个人生存苦难的讲述被归因与总结为阶级压迫的痛苦，激发起农民的阶级仇恨和对新生政权的认同，继而实现乡村社会的重新分化与治理。土改要经过一系列的发动、诉苦、组织、斗争，包括易受忽视的老人、儿童、妇女在内全体农民充分地动员起来，联合成为一个组织严密的庞大革命集团，这一革命群体的形成意味着情节发展开始逆转，一切向有利于"我们"阵营的方向发展。这种循序渐进的启发式工作程序在十七年的土改文学中被极力淡化了，农民已经在生活苦难中领悟到了阶级压迫的根源，先天具备了革命的斗争精神，只要稍加点拨甚至不用指点，农民就自动走到了革命队伍中来。《春回地暖》（王西彦）中的章老五未经宣传教育就已经认识到了"是地主总归冒得好人！""若要富，租上租嘛，哪个地主不是靠剥削起家的？冒得剥削，就冒得地主啦！"② 正是从"地主没好人"的观念出发，他断定章耕野绝不是什么开明地主。而在小说中，章耕野正是潜伏已久的国民党特务，

---

① 范家进：《中国现当代小说点击》，文化艺术出版社2004年版，第190页。
② 王西彦：《春回地暖》，作家出版社1963年版，第8页。

第四章 叙事模式的发展演变

是地主阵营的幕后主使。

这里思想觉悟高的农民显然不是村落中尚需启蒙的无知民众，而是权威意识形态所急需的社会主义革命新人。"人民，只有人民，才是创造世界历史的动力。"① 在政治话语中人民的地位已经提高到了无以复加的地步，这里的"人民"并不是指所有的公民。"在人民民主论的界定中，'人民'是一个抽象的道德符号，行为符合这一道德符号的市民才是'人民'，否则就是社会渣滓。"② 作家正是从权威意识形态对于"人民"的要求出发来塑造新时代的农民形象，强调的是农民已经天然具备阶级觉悟，是革命斗争需要的参与者。实际上，处于偏僻乡村的农民文化水平很低，形如一盘散沙，能够在工作队的启蒙之前就具有革命思想，这是件很难想象的事情。这样的人物预设失去了旧有的叙事张力，受苦的农民早就翘首企盼革命的到来，一览无余的革命过程也没有了惊心动魄的紧张感。为了弥补阶级斗争叙事进程的单调乏味，作者又在其中加入爱情描写、风情民俗描写等作为土改叙事的补充调剂，这些旁逸斜出的细节描写与阶级斗争的主线关系并不大，主要起到了调节叙事节奏的作用，增加了小说的趣味性。

2. 叙事线索更趋复杂

传统土改小说情节的驱动力是农民意识到自己被剥削之后所迸发出来的生命力量，如火山爆发式的革命激情。地主对于农民在政治上压迫，在经济上剥削，在生活中欺压，这种阶级压迫的存在验证了革命的政治正确性，农民参与到土改运动中来也就成了被逼无奈的正义之举。按照"压迫→反抗→胜利"的叙事模式，诉苦会、斗争会上的集体场景宣泄着人们的复仇快感。

由于已经预设了农民苦大仇深，自发地具备了阶级觉悟，没有必要再去努力宣传革命的思想，新的土改小说情节不再需要前面启发教育的铺垫，更多注重的是工作队中两条人民思想路线的斗争（内部的阶级斗争），地主、农民两大阵营之间的激烈斗争（外部的阶级斗争）。在《翻身记事》（梁斌）中，队长周大钟和副队长李蔚分别代表的是两条不同的阶级路线：

---

① 毛泽东：《论联合政府》，《毛泽东选集》（第3卷），人民出版社1991年版，第1031页。
② 刘小枫：《沉重的肉身》，上海人民出版社1999年版，第22页。

下编　土改叙事文体论

是深入群众调查研究,公开进行宣传鼓动,还是要秘密进村扎根串联;是依靠旧有的农村干部班子开展工作,还是要将原有的村干部一脚踢开;是优待地主家属,每天发给粮米,还是要将地主全家扫地出门;是按照政策规定划分阶级成分,还是要将所有的有剥削行为的都划为地主;是要一边搞运动,一边开展春耕,还是继续大搞运动,不问生产。地主阶级的力量十分孱弱,对于即将到来的运动,只能采取一些消极的方式对抗土改,如大吃大喝,散布谣言,使"美人计"等,对于地主的斗争进程势如破竹,节节胜利。与雷声大雨点小的阶级斗争相比较,更为突出的是内部思想斗争,是按照政策的"右倾",还是彻底革命的"左倾",革命阵营内部的阶级路线之争是此次阶级斗争胜利的关键,错误的思想路线将会给革命事业带来难以弥补的重大损失。

　　毛泽东曾经指出,"政策和策略是党的生命。""政策是革命政党一切实际行动的出发点,并且表现于行动的过程和归宿。一个革命政党的任何行动都是实行政策。不是实行正确的政策,就是实行错误的政策;不是自觉地,就是盲目地实行某种政策。"[①] 在阶级敌人已经消失的国内和平环境里,对于阶级斗争的强调要比国共内战时期更加重视。政治路线的斗争渗透到小说之中成为情节的主线,文本成了路线之争的形象演绎。当路线之争的问题得到解决之后,相应的现实中土改遇到的问题也就迎刃而解,斗争过程的胜利显然是正确的思想路线指引下的必然结果。

　　3. 阶级斗争贯穿一切

　　在十七年的文化语境下,很多时候作家注重的是是否正确地传达了意识形态的训诫引导功能,而不是文本层面的创作技巧。在"社会主义现实主义"的框架下,叙事者以政治的眼光贯穿在文本中,来完成民族国家的宏大叙事。文学创作注重的是内容的政治性,转述政党的权威意志。李欧梵认为,"毛回避任何有关各种文学形式的社会根源的讨论,而把注意力集中到内容方面的问题。这样一来,他也给社会主义的现实主义的主题和题材,强加了一些限制。工农兵的三位一体,圈订了诸如土地改革、斗地

[①] 毛泽东:《关于情况的通报》,《毛泽东选集》(第4卷),人民出版社1991年版,第1298、1286页。

第四章 叙事模式的发展演变

主、游击战争和工业建设这样一些主题。毛派文阀们随后以僵硬的方式执行这种规定,不给作家留下重新解释教条或填补空白的余地,只能起到进一步削弱产生优秀的社会主义文学所需要的那种创造力。"①

作家按照阶级斗争的二元对立思维展开故事情节,无论是私人聊天场景,还是热火朝天的生产场景,都不失时机地渗透进阶级教育。阶级斗争的逻辑贯穿着小说的整个情节,纯粹的宏大革命话语全面渗透到小说的各处细节,在《翻身记事》(梁斌)中连牲口也知道要为社会主义建设服务了,"它们觉察到今天劳动的人群不同了,改换了把式,不知有多么高兴!""(牲口)今天干活特别卖力,一个个把头一低一扬,前腿一弓,后腿一蹬,使出全身的力气,为贫雇农干活,不住地'嘿儿','嘿儿'地叫唤。"② 阶级观念被匪夷所思地强加到了牲口身上,为贫雇农干活就格外卖力,让人思之可乐。作者急于在作品中传达意识形态意旨,成了政治话语的留声机,过于直白的表达削弱了作品的思想深度,丧失了文学应具有的美学价值。

在这种僵硬的文学模式下,人物只是宏大话语的传声筒,按照其阶级属性划分为"先进"与"落后"的不同阵营,情节中贯穿着不同政治路线的斗争,最终正面人物所代表的正确路线取得胜利。作品一味地进行拔高式的政治说教,崇高神圣的革命殿堂充斥着空洞的话语。

二 不同的情节类型

1. 单一线索的首尾接续式

陈学昭的《土地》是 50 年代初期反映浙江农村土改的小说,作者在出版前对作品进行了较大的修改,"人物太多,没有消化材料,没有典型化,只是记述了一些事实。我下决心修改,从近三十万字的原稿,改成十五、六万字的一个中篇,抄清以后,交给了人民文学出版社。"③ 最终出版时只剩八万余字。作者对材料进行了大胆取舍,目的正是使叙事线索更为

---

① 李欧梵:《现代性的追求》,生活·读书·新知三联书店 2000 年版,第 318 页。
② 梁斌:《翻身记事》,人民文学出版社 1978 年版,第 443 页。
③ 陈学昭:《写作、修改、再下基层》,《浮沉杂忆》,花城出版社 1981 年版,第 33 页。

下编 土改叙事文体论

单纯明晰,明确传达出创作的主题。从情节发展来看,与40年代的土改小说大同小异,事件是按照土改的步骤有条不紊地进行的,诉苦动员、斗争大会、枪毙恶霸、揪出特务、没收地主财产、分配果实、抗美援朝,随着运动的不断进行,敌人的势力逐渐瓦解,我方的力量不断增强,最终土改胜利完成,小说的结尾表现了对社会主义美好的展望,"他们仿佛看到幸福的种子,社会主义、共产主义的种子也开始在这新鲜的肥沃的土地上生长……"[①]

从阶级斗争的角度来看,地主恶霸对于到来的土改运动一筹莫展,他们被民兵限制了人身自由,根本没有力量与人民政权做任何对抗。所谓的"特务"组织也不过是要求以村为单位分果实,企图造成混乱,并没有对土改运动产生多大的威胁。尽管地主俞有升是一个类似于韩老六的横行乡间的恶霸,人们对于他的控诉很容易就发动起来了,很快在斗争会上枪毙了他。原来的"道魔斗法"模式带来的情节张力消失了,读者期望看到的两军对垒的剑拔弩张的气势不见了,事件进行得异乎寻常的顺利,毫无阻滞的情节行进不免有些单调。随后的抓特务、挖浮财、分果实等一系列活动都按部就班地顺利完成,一切描写都在政策规范的框架内,完全符合政治主题的要求。虽然作者俞建章坦白特务组织时的矛盾心理描写十分细腻,但整体上看,前面斗争地主的叙事节奏过快,失去了被压迫阶级打倒地主的复仇快感,作品单线索的叙事易于沦为政策文件的图解。

从叙事逻辑上看,事件的起因(阶级压迫)、过程(阶级斗争)、结局(土改的胜利完成)与40年代的土改小说是基本一致的,只不过由于时代语境的不同,增添了抗美援朝、抓捕特务等情节。在事件的发展中突出了农民的主体作用,俞士奎的被抓是因为民兵的警惕性高,浮财的发现是由于民兵的暗中盯梢,特务组织的暴露是落后分子的自愿坦白,而以往需要反复动员的诉苦和参军,农民也都毫无顾虑地积极地参与。当然这些英勇的行为是接受了党的教育,对党充满了无限热爱的情况下自发产生的。简单纯粹的情节线索对于革命意识形态的歌颂一目了然,符合革命叙事的既

[①] 陈学昭:《土地》,人民文学出版社1953年版,第136页。

第四章 叙事模式的发展演变

定规范,然而,过于拔高的人物形象与过于顺利的情节进程减弱了文本的可读性。

2. 双重线索的首尾接续式

单一线索的小说能够清楚无误地表现主题,不过情节的容量太小,难以涵盖更为复杂的社会生活,不少作品选择以双重线索来贯穿文本,增加了叙事的容量,其中的主线必然是阶级斗争,这是政治主题所决定的,另外的线索可以是爱情婚姻、思想改造、路线斗争等,这样反映的生活面更加广阔。

(1) 爱情婚姻、阶级斗争的双重线索

陈残云的《喜讯》、《山村的早晨》都是以爱情婚姻、阶级斗争的双重线索展开情节的,地主集团不仅采取各种手段阴谋反扑,还利用人们头脑中的封建思想挑拨离间,造成人民内部的矛盾。《喜讯》中一条线索是讲述根生二嫂要改嫁给杨九所遭遇的社会阻力,事件的起因是二人都是积极分子,在土改工作的过程中产生了感情,事件的恶化是周围人的嬉笑谩骂,特别是根生的父亲激烈地反对儿媳改嫁给同族人,改善则是根生二嫂耐心地进行思想工作,矛盾得以解除。土改已经胜利结束了,人们头脑中的传统思想还未完全转变过来,尤其是婚恋问题特别能刺激人们敏感的神经,产生捍卫正统的道德感。

"绝对的新是难以想象的。不仅从全新起家是非常困难的,而且,有太多的保守派和旧习俗,阻碍着新事业对旧定制的取代。更重要的是,在所有经验模式中,我们总是把我们的个别经验置于先前的脉络中,以确保它们真的明白易懂;先于任何个别经验,我们的头脑已经预置了一个纲要框架和经验事物的典型形貌。"[①] 人们依然按照传统习俗来看待根生二嫂的改嫁,认为这是破坏族规,背后议论什么"寡妇多心"、"不守妇道"、"搅野人心",在村中营造出强大的舆论氛围。根生二嫂面对众人的议论,先是置之不理,后来在村干部刘大福引导下积极面对,做通了公公的思想工作,有情人终于走到了一起。另一条线索是"敌人利用人们头脑中的封建

---

① [美] 保罗·康纳顿:《社会如何记忆》,纳日碧力戈译,上海人民出版社2000年版,第1页。

思想，来进行对积极分子的反扑"，① 事件的恶化是反动地主倒眼二奶收买了大刀伦和扁鼻五婶，挑唆根生二嫂与公公不合，借机兴风作浪，要将根生二嫂赶出村子，重组农会；事件的改善是经过思想教育，扁鼻五婶交代了幕后主谋，于是召开了倒眼二奶的斗争会，地主的阴谋终于破产。没有阶级斗争的线索，寡妇再嫁的故事也能独立成篇，加入了这一线索，仅是为了强化政治主题的表现。这样，人们的偏见是由于地主散布落后言论，而不仅仅是由于自身麻木保守的精神症状，增加了情节的戏剧性。

《山村的早晨》（陈残云）的情节线索与此类似，一条是刘平与妻子平三嫂之间的家庭矛盾，事件的起因是刘平不满于妻子忙于开会，整日早出晚归，事件的恶化是刘平以大男子作风来对待妻子，动辄以离婚相威胁，事件的改善是刘平在大家教育下打通了思想，夫妻俩和好如初；另一条线索是地主阶级阴谋搞破坏，单眼照去挑拨刘平的夫妻关系，马二娘装作老实能干的样子来迷惑群众，最终查出马二娘偷窃大家财物，单眼照也坦白了自己的罪行。在小说中，婚恋问题不是单纯的私人事件，而是处于公众空间受到外界干预，特别是和阶级斗争紧密联系在一起，当阶级斗争死灰复燃时，引起了婚恋矛盾的加剧，解决了阶级斗争存在的隐患，婚恋矛盾也就随之解决。"人们写恋爱的纠纷，从来只当作一种手段——醉翁之意不在酒，目的是通过这一触媒，使其企图宣扬的观点容易引起共鸣而发生其艺术的社会效果。"②

（2）思想改造、阶级斗争的双重线索

《美丽的南方》（陆地）的情节发展由两条线索贯穿始终：一条是工作队中的知识分子在土改中思想改造的过程，"一部分资产阶级（或小资产阶级）知识分子，怎样通过与工农群众的同甘共苦，通过斗争和劳动的实践而得到了真理的启示，终于修正了原来的阶级偏见，精神上获得了新生。"③ 工作队成员包括不同年龄段的知识分子：北大学生傅全昭、柳眉、冯辛伯、王代宗，女干部李金秀，诗人丁牧，教授黄怀白，副教授徐图，

---

① 陈残云：《喜讯》，华南人民出版社1954年版，第66页。
② 陆地：《迎新》，《创作余谈》，广西人民出版社1982年版，第115页。
③ 陆地：《美丽的南方·后记》，作家出版社1960年版，第335页。

第四章　叙事模式的发展演变

诗人兼画家钱江冷，队长冯文等，大多数人身上还存在着在小资产阶级精神世界的琐屑与丑陋：清高傲慢、胆怯自私、明哲保身等，事件的恶化就是这些知识分子虽然来到了农村参加土改，在立场上没有转变过来，感情上与农民保持着相当的距离。柳眉抱怨农村水土不好，不与农民接触，盼望早日结束土改回到北京，钱江冷沉浸在对国外生活的回忆中，晚上不去开会，待在宿舍看《简·爱》。事件的改善是经过现实的教育，他们的立场终于转变过来，积极地参与到土改中去，对农民产生了深厚的感情。

另一条线索是土改中农民与地主的阶级斗争，事件的恶化是覃俊三、何其多等反动地主勾结村干部梁正、赵佩珍，阻挠土改工作的进行，事件的改善是土改工作队员深入发动群众，召开了斗争大会，揭穿了地主的真面目，农民们翻身做了主人。作品没有对斗争会这一通常出现的情节高潮进行详细描述，只是进行了侧面描写。这种避重就轻的写法，会使读者的阅读期待落空。"在二十一章之后，按照情节发展的逻辑进程，艺术渲染的必然趋势，应该马上揭开斗争恶霸地主覃俊三的高潮场景，阶级敌人的毒辣阴谋要再一次痛快淋漓地当众揭露，广大群众，特别是中心人物韦廷忠，应该在这个斗争的高潮里激起金光迸射的性格火花，显示出飞跃的发展。总之，此时此地，似乎应该酣畅淋漓地渲染出一幕惊心动魄的史诗性画面。"[①]

作者为了表现出敌我之间阶级斗争的激烈特意安排了敌人用麝香害死韦大娘以促成韦廷忠的觉醒，这一细节的真实性受到质疑，"覃俊三根本就没有暗害韦大娘的必要，因为她并没掌握敌人什么特别不可告人的材料"，"麝香这贵重的东西只有覃俊三这样的人家才有，若放在韦大娘身上被发现的话，会马上被追查出来的。事实上，当人们一经在死者身上发现了麝香之后，便毫不怀疑地肯定了是覃俊三干的。同时，一贯阴险狡猾的覃俊三，决不会愚蠢到这种地步。第二，韦大娘也不会麻痹到这种地步，因为麝香的气味很大。"[②] 作者不顾生活的真实性而强加这一细节目的有三：一是为了显示出地主的凶狠残暴，草菅人命；二是在残酷的事实面前

[①] 曾庆全：《〈美丽的南方〉艺术浅赏》，《广西文艺》1961年8月号。
[②] 《讨论〈美丽的南方〉来稿综述》，《广西文艺》1962年4月号。

下编　土改叙事文体论

让韦廷忠思想迅速转变过来；三是让韦廷忠与苏嫂这对苦命鸳鸯终成眷属。在完成政治观点的表达时，细节的不真实造成了表达层面与现实层面的断裂，对于意识形态的权威性构成了隐伏的威胁。

（3）思想斗争、阶级斗争的双重线索

《翻身记事》（梁斌）描写的是在华北解放区进行的土改过程，这场斗争"这不只是一场阶级斗争，而且也是一场内部的思想斗争。"[①] 一条线索是两大阶级的激烈斗争，地主阶级不甘没落，施展各种路数，和农民进行对抗。刘作谦不惜用女儿设美人计勾引干部，李福云拉拢二流子砂锅子转移财产，王健仲吃喝浪费隐藏财产，他们还发蒙头帖子混淆视听，不管他们绞尽脑汁采取何种方式企图过关，最终都被农民识破原形，土改运动胜利结束。为推动情节的发展，作者设计了土改队员闻小玉被敌人砍伤的细节，这个事件立即激起了人们的阶级仇恨，掀起了斗争地主的高潮，"土改运动正在进行，阶级斗争正在顶牛拉锯的时候，一个贫农的女儿为了广大贫雇农的利益受了重伤，她们心上有无限的悲愤。"[②] 如果是阶级敌人搞破坏，何以不去对付土改的领导者周大钟、王二合，偏偏对一个豆蔻年华的女孩下手，显然，弱者的受伤害更能激发人们内心的同情，对敌人产生无比的憎恨。在此情节立刻反转过来，两大阵营的对峙阶段结束了，愤怒的农民开始斗争地主，开启了小说情节的高潮。这一细节与前文所述的韦大娘之死、《暴风骤雨》的小猪倌被打，有着异曲同工之妙，两大阵营不断造势，暂时成为势均力敌的局面，农民已经发动起来，还缺乏行动的导火索，这些贫雇农被伤害的事件就成为了事件的催化剂，引领情节的进一步发展。

另一条线索是作者着力刻画的思想路线之争。土改队长周大钟代表着党的正确群众路线，广泛宣传土改政策，深入发动群众。副队长李蔚则代表着错误的斗争思想，他主张秘密进村扎根串联，将原来的村干部"搬石头"，这是将工作队与群众孤立起来。李蔚还认为应该多划地主成分，对地主要扫地出门。这是作者刻意塑造的代表党内错误路线的人物形象，处

---

① 梁斌：《翻身记事》，人民文学出版社 1978 年版，第 117 页。
② 同上书，第 328 页。

第四章 叙事模式的发展演变

处与周大钟形成对照。李蔚代表的是"左倾"路线,这是他从实践中取得的经验,"左"比"右"好,犯了"左"的错误只要检讨就行了,而犯了"右"的错误则是严重的立场问题。同时,作者又设计了李蔚是出身富农家庭,周大钟是贫雇农出身,这样,二人的思想倾向就与家庭出身紧密联系起来,陷入了阶级血统论的窠臼。在小说的第十二章,各村工作队长汇报工作时出现了多种工作方式,有的村子激烈的宣传,打造声势,群众运动来势凶猛,难以控制,甚至打死干部,有的村子撇开老干部另起炉灶,包办代替,大家进行了热烈的讨论,最终洪部长总结出正确的土改路线,就是要访贫问苦,调查研究,充分发动群众,避免犯"左"的错误与和平土改的"右"的错误。

"按照共产党人的阶级斗争观念和其总结的历史上的经验教训,在任何情况下,坚持阶级路线,都是最简单,也是最可靠,即最不容易犯错误的一种工作方法。因此,'宁左勿右',不仅是基层干部的座右铭,即使高级干部,也是习惯使然。而在关系到贫苦农民切身利益的问题上,所谓阶级路线,就是要尽可能给贫苦农民以好处,允许农民为自身利益展开对地主的斗争。"[①] 在40年代的北方土改中,"左"的错误曾经产生了极大的危害,作者在作品中刻意强化革命阵营内部的路线之争,正是为了总结历史的经验教训,为革命事业提供前车之鉴。

3. 左右并联式

土改的进程对于敌我双方的意义是截然不同的,敌人的受挫过程意味着我方的改善过程,土改在农民眼中是改善生存条件、扬眉吐气的好事,在地主看来则是失去财产、沦为最底层的坏事。《春回地暖》(王西彦)不是单纯从农民角度书写人们如何翻身解放的过程,作品始终贯穿着地主阶级如何进行反扑的线索,从农民、地主两头着手展开情节,更有利于表现出阶级斗争的复杂性。小说一开头就烘托出阶级斗争"山雨欲来风满楼"的气势,乡主席章培林在开会回来的路上被敌人砍伤,乡村中充斥着中国志愿军在朝鲜战场上打败仗的谣言,夜间出没的"贫农没收队"偷砍树

[①] 杨奎松:《开卷有疑——中国现代史读书札记》,江西人民出版社2007年版,第299页。

下编　土改叙事文体论

木，随着情节的行进，地主秘密开会，密谋要放火烧掉粮库，打黑枪要害死政委，还杀死章侯之的妻子喜妹子和积极分子甘彩凤，犯下了诸多罪行，甚至在土改结束后，地主箭大嫂还往水田里撒盐破坏生产。针对阶级斗争严峻的形势，土改队员采取了正确的群众路线，广泛发动群众，通过诉苦会提高了群众的阶级觉悟，最终揭开了"开明绅士"章耕野的真实面目，粉碎了敌人的阴谋，取得了最终的胜利。

作者为了表现阶级斗争的残酷而强化了地主阶级的反动本质，企图借农民的胜利贬低敌人的恶行，以达到歌颂主流意识形态的目的，而这种刻意的对照描写由于脱离了真实的历史情境给人以夸大其词的感觉。"正如小说所描写，地主阶级的基本队伍是老弱病残、孤儿寡妇，让这伙不堪一击的乌合之众主动进攻强大的新生政权，似乎很可笑。作家一再强调了地主的暴力与仇恨，写得非常夸张，可是在农民和土改干部的一方却始终生动不起来。""为了强调土改暴力的合理性，不得不强化地主阶级的残忍报复，结果把正面的力量表现得很软弱，土改暴力的严重和激烈难以表现。"[①]

《欢笑的金沙江》（李乔）是描写四川彝族地区进行的翻天覆地的社会变革，不仅涉及奴隶主与奴隶之间的阶级矛盾，也牵扯尖锐的民族矛盾，反映的社会矛盾更为复杂。第一部《早来的春天》讲述了丁政委采取政策过江的方式，认真宣传执行党的民族政策，使凉山得到和平解放。另一方面也写了沙马家与磨石家连年打冤家的过程，最后发现这是国民党反动派的阴谋。焦屠户挑唆两家械斗造成事件的恶化，阻止解放凉山的进程，两家和解的过程意味着国民党特务诡计的破产，党的民族政策的胜利。在情节结构上，解放军的行动与凉山彝族头人的行动交替进行，并以过江为二者的交汇点。在两岸对峙的紧张局势下，丁政委耐心地做彝人的思想工作，设立贸易公司、人民银行、医院等更好地为彝人服务，最终成功地调解了彝族的械斗，消灭了国民党残匪。

彝人由于民族隔阂不相信汉人的政策，对解放军怀有莫名的敌意，而

[①] 陈思和：《土改中的小说与小说中的土改——六十年文学话土改》，《南京大学学报》2010年第4期。

第四章 叙事模式的发展演变

解放凉山的过程对于下层彝人来说是一个重见天日的伟大事件，对于上层彝人来说则可能是他们失去现有的权力和财富的过程，自然容易引起他们心理上的抵触。由于少数民族的改革是特殊情况，对于上层彝人以团结、教育为主，而不是单纯以暴力解除叛乱。在第二部《早来的春天》中，凉山推翻了旧有的奴隶制度，广大奴隶翻身获得了自由，这对上层彝人来说触犯了他们的阶级利益，觉醒的奴隶与顽固的奴隶主之间展开了激烈的阶级斗争，人们获得了人身自由，分到了土地。第三部《醒了的土地》中，国民党残匪勾结反动奴隶主发动武装叛乱，彝族人民在党的指挥下，平息了这场叛乱，推进民主改革，开始了幸福的生活。由于历史语境的影响，在小说中强调了国民党残部的凶狠狡猾，挑起了彝族部落之间的械斗，暗害了丁政委一家，鼓动奴隶主暴动，彝汉文化之间的差异并未得到呈现，阶级矛盾掩盖了其他所有的矛盾，一切罪恶都是国民党残匪造成的，这就削弱了作品所应具有的历史深度。

总的来说，50—70年代的土改小说继续延续着过去的阶级斗争模式，这种模式日益僵化限制了文学的自由发展，在适宜的环境到来之后，人们会对于空洞单调的赞歌心生厌倦，这种革命文学的创作潮流于是发生了突然的逆转，出现个性化的多样书写。

第三节 个人视角：解构历史的另类叙述

经典的土改叙事模式在80年代之后终于被彻底颠覆，同样的历史事件在年轻作家那里出现了全新的解读。土改事件的描述不再是一个清晰有序的过程，其中充满了偶然性、模糊性，叙事者不再引导读者做出明确的道德判断，试图保持着客观冷静的叙事态度。

霍尔的编码/解码理论对于理解同一事件不同解读方式提供了有益的借鉴。"与传统的大众传播研究中所勾勒的'发送者—信息—接收者'的线性模式不同，霍尔提出的这个编码/解码新模式，使阐释的意义更加多样。"解读的三种经典模式分别是："（一）在主导符码内解读，即不问原因，直接接受主导意识形态话语，根据霍尔文本中使用的术语可以翻译为

'推介意义解读'或'首选意义解读'（preferred reading）、'主导意义解读'（dominate reading）和'霸权意义解读'（hegemonic reading）；（二）应用协商性符码解读（negotiated or corporate reading），即能够反映受众社会地位的主流意识形态被译为'协商意义解读'；（三）以完全不同的另一种方式抵制性地解读（counter - hegemonic reading），即反对主导意识形态，具有批判意识性地解读，所以被译为'抵抗意义解读'或'抵制意义解读'。"[1]

这样，信息的意义不仅是发送者进行编码的过程，也是处于不同社会地位、文化背景的信息接收者进行解读的过程，符码的意义是在不断地波动变化的。生活在四五十年代的革命作家，他们是受到党的教育成长起来的，对于新生的革命政权无比地崇拜与敬仰，他们力图通过作品传达出革命意识形态的价值取向，论证土改运动对于乡村建设和人民解放的伟大意义，以严谨神圣的态度书写一段壮怀激烈的红色历史。他们对于土改的解读或许属于"霸权意义解读"或"协商意义解读"，尽管他们作为土改的亲历者，对于土改中的偏差和错误有所察觉，也会意识到农村实际的土改与主流话语的表述存在着一定的裂隙，他们做出的选择是尽力弥补二者之间的裂隙，撤去边缘性、异质性的内容，毫无保留地积极参与到主流意识形态的传达中来。而80年代的年轻作家刚刚经历了荒谬的"文革"岁月，革命神话已经完全破产，只剩下激情过后的虚无与失落。面对前辈作家的政治化写作，他们更多的感到的是虚伪和沉重，力求展示被宏大的历史叙述所遮蔽的一面。这种"抵制意义解读"真实地展示了（甚至有所夸大）现实土改的复杂状况，与主流话语的论述形成了鲜明的对照。这两种截然不同的解读方式从完全对立的角度来讲述同样的土改事件，构成了明显的互文关系，新的文本正是在对前文本的对照、颠覆、改写、戏拟、放大、聚焦中完成了不同的解读，它们共同构成了历时性书写的价值体系。经典的土改叙述中努力填补的现实与政策的裂痕成了新的阐释空间，对这些裂痕的发掘与再现展示了另一种生命境遇和历史真实。

---

[1] 武桂杰：《霍尔与文化研究》，中央编译出版社2009年版，第127页。

第四章 叙事模式的发展演变

一 消解经典的叙事方式

1. 叙述时间的"非时间化"

经典的土改小说在叙述上采取的是"再时间化"的方式,要在历史事件的描述中强化"压迫/反抗"的因果关系,作品呈现出严密清晰的逻辑关系,指引着历史发展的必然走向。新时期的土改小说则打破了因果关系的束缚,事件不再具有先后关联的密切联系,时间的碎片化与历史的偶然性拒绝了理性对于历史的规范理解,这种摆脱时间连贯性的束缚的努力正是为了挑战旧有的规范。"这样两种模式的叙述实际上为两种历史观服务。再时间化认为历史(或现实,或底本)有必然的因果规律可循。像亚里士多德,像福斯特,像一切理性主义的历史学家(写作历史书的人),用自己的稳定价值体系和规范去抽取历史事件,删剪历史事件,从而使历史被叙述化,被纳入一定社会文化形态的框子。""与之相反,非时间化是基于一个事实,即历史现实并不服从一个必然的因果规律,其复杂性无法纳入任何现存的价值规范体系。在非时间化的作品中,历史现实就被非叙述化,也就是说,不像在历史写作那样被纳入一定的解释性体系之中,不被强安上一个社会文化形态的框子。"[①]

革命文学作品打破了传统文学的循环历史观,体现的是现代性的历史观念,它积极地指向一个光明美好的未来,作品呈现出的是由恶化到改善的不断前进的过程。在革命眼光的透视下,历史是阶级斗争的过程,是被剥削阶级推翻剥削阶级的不断斗争。新历史小说质疑线性发展的进化史观,展示的是个人化、边缘化的历史,在破碎、偶然的历史片段中表现历史规律的不可知性。在《生死疲劳》(莫言)中,以西门闹的六次轮回转世为线索见证了人世间的沧桑巨变,而他不断转世的原因就是他无处可诉的冤屈,作为"靠劳动致富,用智慧发家"的乡村绅士,无论如何也想不明白为什么自己会莫名其妙地死于土改运动中,"像我这样一个善良的人,一个正直的人,一个大好人,竟被他们五花大绑着,推到桥头上,枪毙

[①] 赵毅衡:《当说者被说的时候——比较叙述学导论》,中国人民大学出版社1998年版,第200—201页,着重号为原有。

下编　土改叙事文体论

了!……我不服,我冤枉,我请求你们放我回去,让我去当面问那些人,我到底犯了什么罪?""天和地,人和神,还有公道吗?还有良心吗?我不服,我想不明白啊!"正是这无法排解的冤屈让西门闹刻骨铭心,虽历经多次转世一直念念不忘。作者以中国民间传统的投胎转世的循环史观打破了权威的进化史观,50年代以来的乡村一直是一个熙熙攘攘、不断在上演人生悲喜剧的社会大舞台。土改的胜利结束并没有给人们的生活带来多大的改观,随之而来的农村合作化运动又将分配的土地收归集体。蓝脸单干的资本一亩六分地正是土改时分配的土地。也就是说,土改的成果反而成为了合作化运动的障碍。而在"文革"结束后,农村实行联产承包责任制,再次将土地分散给个体经营。这样,50年代的土改将地主的土地分给农民,紧接着合作化将分散的土地集中经营,80年代的新土改又将土地分给个人耕种,这个"分散——集中——分散"的土地流转过程,从整体上看,构成了一次循环。新时期的土改作品从一个较为广阔的历史时间来考察土改的进程,土改只是农村现代化运动一个开端而已,消解了经典作品中土改胜利后的美好梦想。

2. 底层化的叙事眼光

"'叙事眼光'指充当叙事视角的眼光,它既可以是叙述者的眼光也可以是人物的眼光。""一个人的眼光不仅涉及他/她的感知,而且也涉及他/她对事物的特定看法、立场观点或情感态度。"[①] 在不同的叙事眼光下,相似的事件有了截然不同的阐释方式。在经典的土改作品中,乡村发生的一切事件都是从阶级论的角度出发来认识,以此来强化原本模糊不清的阶级界限,达到启发阶级意识、渲染阶级仇恨的目的。《暴风骤雨》中老田头的女儿裙子被韩老六折磨致死,这原本只是一个强占民女的老套故事,表现恶霸地主的荒淫好色。在意识形态的眼光下,作者将一个普通的霸占民女的故事改造成了一个革命女儿保守秘密的壮举,强调的是裙子对于革命事业的忠贞不渝,在严刑拷打下也不承认自己的姑爷是抗日联军。这样,裙子从一个被凌辱的底层弱者被塑造成了一位大义凛然的烈士。《太阳照

---

① 申丹:《叙述学与小说文体学研究》,北京大学出版社2001年版,第186、188页。

第四章　叙事模式的发展演变

在桑干河上》中出现的侯忠全的故事不是常见的地主霸占人妻的故事，而是侯忠全的妻子与同族的侯殿财勾搭在一起，二人是两相情愿的，并非出于强迫。那时侯忠全还是小康之家，并非侯殿财家的佃户，他们之间的私人恩怨更与阶级无关。作者从现实主义的角度出发，较为平实客观地讲述故事，没有把这个乡间普通的偷情故事改写成政治话语所需要的阶级斗争故事。

新时期的土改小说中以民间视角与政治视角两种方式来透视同一乡间事件，民间视角下的桃色事件在政治视角中演变成了两个阶级的冲突，解读视角的不同造成了对事件的不同解释。《丰乳肥臀》（莫言）中瞎子徐仙儿在诉苦会上大诉冤屈，自己的老婆如何被地主司马库霸占，喝了大烟土，母亲气得上了吊，在政治眼光中这是令人发指的地主阶级的罪恶行径，阶级暴力也就有了逻辑上的正义性。在民间视角中，这只是一个普通的通奸事件，知情人道出实情，"你那个骚老婆，勾引了司马库，在麦子地里胡弄，被人抓住，她无脸见人，才吞了鸦片。我还听说，你成夜咬她，像狗一样，你老婆把被你咬伤的胸脯给多少人看过，你知不知道？"①他母亲是死于血山崩，并非是上吊死的。可以看出，在底层化的叙事眼光的透视下，原有的阶级仇恨故事有了全新的诠释，贫农的妻子因为丈夫的家庭暴力才会主动勾引地主，而她的死亡是偷情时被人发现羞愧自杀。

《故乡天下黄花》中还展示了一个相似的乡间通奸事件如何被编排成感人的阶级仇恨故事的过程，揭示出鼓动群众情绪的故事策略，工作队老范认为赵刺猬的母亲是被恶霸迫害致死，"就是通奸，肯定也是屈于地主恶霸的压力，不得已而为之；不然怎么最后上吊自杀了？还是思想不通，被李家强奸致死。老范还建议赵刺猬发言时，不要说他母亲以前和李家怎么样，只说上吊那天的事，李文闹怎么逼人，赵的母亲怎么上吊；上吊以后李家不闻不问，似乎像死了一条狗一样的态度；及母亲被李家逼死后赵家生活如何艰难，一家老小围着棺木哭……"②经过精心的安排和组织，诉苦会上群情激奋，阶级仇恨就这样被"制造"出来。现实被任意地剪

---

① 莫言：《丰乳肥臀》，作家出版社2012年版，第265页。
② 刘震云：《故乡天下黄花》，人民文学出版社2009年版，第220页。

下编　土改叙事文体论

取、编织、渲染、组合，加以阶级观点的阐释和渗透，这一系列政治话语操作机制揭示了仇恨的产生方式，人们如何被灌输了阶级观念。改写的策略首先在于情绪的感染。事件中强调的是母亲的被逼身亡，失去亲人后的无限痛苦，这些人性中共同的情感可以瞬间打动人心，营造出同仇敌忾的氛围，引起大众情感上的共鸣。其次是典型形象的塑造。在改写后的故事中，赵母俨然是一位受到地主欺压的穷苦妇女形象，而她到底是羞愧自杀还是被逼而死，她与地主的关系是强迫还是自愿，这些都略过不提。这样，民间的叙事眼光颠覆了政治话语中苦难与仇恨的真实性，有力地揭示了官方话语与民间话语的内在裂隙与转变机制，达到了消解正统革命叙事的目的。

3. 客观中立的叙事态度

"一部小说的内容就是它的主题加上作家对这一主题的态度。同样的素材，如果以不同的态度进行处理，势必产生不同的主题思想，而不同的主题思想又将产生不同的故事情节。作者的态度奠定了作品的基调，为小说提供了微妙的内在统一的因素。不管作家的写作态度是如何超然物外，不管是他自己作为叙述者，还是通过一个人物来说话，或者从一个人物的角度去叙述，归根结底，是作者对小说中的事件作出解释和评价。"[①]

四五十年代的作家是怀着满腔的激情投入到现实的土改中的，他们希望在作品中重现这段辉煌的革命历史，揭示出这场历史变革的重大意义。在作品中，叙述者不时介入进来，发表对于事件的看法，引导读者做出明确的价值判断。在《太阳照在桑干河上》中，叙事者对于取得的胜利做了简单的评论，"他们要把身翻透。他们有力量，今天的事实使他们明白他们是有力量的，他们的信心加高，暖水屯已经不是昨天的暖水屯了，他们在闭会的时候欢呼。雷一样的声音充满了空间。这是一个结束，但也是开始。"[②] 叙述者强调了这次斗争会的重要性，这意味着农民阶级觉悟的苏醒

[①] [美] 利昂·塞米利安：《现代小说美学》，宋协立译，陕西人民出版社1987年版，第70页。

[②] 丁玲：《太阳照在桑干河上》，人民文学出版社1952年版，第404页。其中的"信心加高"在1979年人民文学出版社的版本中改为"信心提高了"（第269页）。

第四章 叙事模式的发展演变

和新的革命权力体系的建立,乡村已经发生了翻天覆地的变化,并预言还会发生更深刻广泛的农村变革。这种随时随地的干预性评论在向读者灌输着革命的必胜信念,从而引导读者对土改运动产生强烈的认同之感。

《暴风骤雨》则通过萧队长的日记点明土改之于解放的重要意义,"彻底消灭封建势力,就是彻底消除几千年来阻碍我国生产发展的地主经济。地主打垮了。农民家家分了可心地。土地问题初步解决了,扎下了我们经济发展的根子。翻身农民在共产党的领导之下,会向前迈进,不会再落后。记得斯大林同志说过:'落后者便要挨打。'一百年来的我们的历史,是一部挨打的历史。一百年来,我们的先驱者流血牺牲渴望达到的目的,就是使我们不再挨打的目的,如今在以毛主席为首的中共中央的英明领导下,快要达到了。"① 这里的日记是作为主流意识形态的传声筒来传达政党意志,高屋建瓴地指明了消灭地主所有制对于建设一个现代意义的民族国家的伟大意义,土改迅速改造了农村的经济结构、权力体制和价值规范,为中国现代化的推进奠定了发展的基础,而这只是现代化进程的开端。这段升华性的政论文字以较为生硬的方式来引导读者从小说中热闹的生产氛围中超越出来,领悟到土改的重大意义,显示了叙事者不遗余力要向读者灌输革命意识形态的目的。

80年代的年轻作家不再探究土改的历史意义,他们更想从一个较为宏观的视角来梳理现代中国农村发生的巨大变化,更注重叙事的技巧方法,挖掘政治之外的人性内涵。叙事者有意与文本拉开一定的距离,保持客观冷静的叙事态度,对于发生的事件不作任何明确的评判,作品在价值取向上变得含混晦涩。《古船》(张炜)中写到了土改中农民对地主富农的肉刑逼供,还乡团回来后长达半月的血腥报复,将栾大胡子五马分尸,之后就是农民对地主更加疯狂的复仇,群情激奋下将地主当场打死。"血和泪交织的夏天好不容易过去了。埋过四十二人的红薯窖由长脖吴记入镇史。他特意将春天的连阴雨也记下来,但十年以后又被红笔涂去。夏天过去了,整个秋天都被悲愤之气笼罩起来。"② 叙事者对于革命队伍内部和国民党还

---

① 周立波:《暴风骤雨》,人民文学出版社1956年版,第502页。
② 张炜:《古船》,人民文学出版社1987年版,第243页。

下编　土改叙事文体论

乡团的暴力行为不作臧否，究竟孰是孰非要由读者自己进行判断。不过尽管叙事者竭力隐藏自己的声音，从其字里行间可以隐约看出作者对于这场人间浩劫的悲悯情怀，对于生命被践踏残害的人道关怀。

"非人格化叙述已经引起了许多道德困难，以致于我们不能把道德问题看成是与技巧无关的东西而束之高阁。"① 叙事者的零度介入固然可以回避政治话语对文学的粗暴干预，而有意地混淆道德价值判断会让读者产生含混迷惑的阅读效果，在解构了传统历史的神圣庄严后陷入了失去方向的轻浮和虚无。《预谋杀人》（池莉）中王腊狗一直密谋要杀死丁宗望，他借助土改运动将丁打倒在地，阴差阳错，丁又成了革命的功臣，土改对于农村的变革并未提及，反倒是为卑鄙之徒的报复提供了契机。叙事方式的轻松快意让读者感受到故事的趣味和传奇色彩，王腊狗本是忘恩负义的小人，作品对其传奇性人生经历的展示，对其内心世界的揭示，可能会使读者对其产生同情之感，对土改的意义产生怀疑。

4. 情节的非线性发展

传统的土改小说是按照土改进行的既定程序而演进的，首先要访贫问苦，启发阶级觉悟，继而召开斗争大会，达到了运动的高潮，最后是分配果实，建立组织，参军支前、发展生产等等。其中，"戏剧性的、猛烈的、常常带有恐怖性质的'清算'运动"是情节的高潮部分，是群众长期被压抑情绪的突然爆发，意味着处于底层的民众终于获得了财产、权利与尊严，翻身做了主人。而"热情高涨的、活跃的、往往有些幽默的'分果实'运动"② 反映了获得果实的农民的喜悦之情，充满了浓郁的生活气息，是暴风雨后的安宁静谧，而在分果实的过程中往往还要灌输意识形态的教育，故事的结尾是热闹壮观的参军场面或紧张有序的生产场景，革命指向一个美好的未来。

"作品的言语来自某种沉默，但是这种沉默被赋予形式，正是在这个

---

① ［美］W. C. 布斯：《小说修辞学》，华明、胡苏晓等译，北京大学出版社1987年版，第42页。

② ［美］韩丁：《翻身：一个村庄的革命纪实》，韩倞等译，北京出版社1980年版，第178页。

第四章　叙事模式的发展演变

基础之上，作品追溯着某种形象。因此，作品不是自足的，而是必须由某种缺失相伴，否则就不可能存在。要了解一部作品，就必须把这种缺失考虑在内。因此，探问每一件产品的缄默的含义和没有说出来的意思，似乎不仅有用，而且十分必要。"① 在看似完整的情节线索中，实际上隐含着很多叙事空白处，而这些欲说还休的沉默处间接地表现了意识形态。土改小说中对于普遍存在的土改暴力与地主的境遇都有意地忽略，地主自始至终都是被剥夺语言表达权力的失语者，是一个反动的象征符号。《暴风骤雨》中的斗争会上，棍棒下的韩老六是什么模样，《太阳照在桑干河上》中被斗的钱文贵在土改后如何生活，黑妮的命运如何，读者都无从得知。

亲身经历过土改的作家对于土改中的"左"的倾向应十分清楚，他们有意地绕开这些敏感的事件，周立波曾经对此做出解释，"关于题材，根据主题，作者是要有所取舍的。因为革命的现实主义的反映现实，不是自然主义式的单纯的对于事实的模写。革命的现实主义的写作，应该是作者站在无产阶级立场上站在党性和阶级性的观点上所看到的一切真实之上的现实的再现。在这再现的过程中，对于现实中发生的一切，容许选择，而且必须集中，还要典型化，一般的说，典型化的程度越高，艺术的价值就越大。"② 叙事空白的存在显示了作家缝合掩盖土改中官方建构与客观现实的裂隙所做出的巨大努力，也暗示了背后所隐藏的政治权力机制。

80年代的土改小说不是按照既定的程序展开的，土改中充满了波折与变数，显示了历史的偶然性、多变性与不可预知性。小说情节非线性的发展在于作品中插入了大量土改暴力的叙述和关于地主活动的讲述，填补了以往的叙事空白。这些叙事空白展示了历史中真实的土改所经历的过程，揭开了被长久隐匿的历史阴暗的一面。

一是从和平土改到暴力土改。土改初期碍于人情面子，领导人采取和平方式让地主富农主动献地，很快，这被当作富农路线受到严厉的批判，

---

① ［英］拉曼·塞尔登编：《文学批评理论——从柏拉图到现在》，刘象愚等译，北京大学出版社2000年版，第501页，着重号为原有。

② 周立波：《现在想到的几点——〈暴风骤雨〉下卷的创作情形》，《生活报》1949年6月21日。

下编　土改叙事文体论

取而代之的是更为严酷的暴力土改。《缱绻与决绝》（赵德发）、《故乡天下黄花》（刘震云）等作品中都十分清晰地展示了从和平土改到暴力土改的演变，由于和平土改没有广泛地调动农民的积极性，即便农民得到了土地，也会有所不安，甚至将土地或其他财产悄悄再送回去。在《古船》中，"他们在分东西的场子上乱跳乱蹦，胡乱唱一些歌，要求先分死物，后分活物，分分分。可是到了半夜，不少人家都偷偷地把东西送回原主手里了。他们叫开了门，悄声说：'这个柜子我认出是二叔你的，我给你送来了……就这么个世道，二叔可莫怪我！'"① 土改的目的不仅仅是经济意义上的"耕者有其田"，更重要的是要将乡村民众完全纳入到革命政权体系中来，形成具有共同行动目标和严密组织的阶级群体。而一旦成功地将农民发动起来之后，为了保证农民斗争的积极性，往往会出现难以控制的集体暴力场面。

　　二是愈演愈烈的暴力事件。"首先应当认识这种情绪是带有正义性的，但同时也应当注意这种情绪是含有若干落后的单纯的报复因素。发生打人现象的另一原因，则是过分强调挖浮，甚至认为挖浮比分地还重要。农民追地主浮物财宝的时候，想不出好办法，便动手打人。"② 土改是一个秩序更替、结构转型的时期，也为某些人报私仇提供了机会。《丰乳肥臀》中的张德成因与卖包子的赵六有仇，在斗争会上趁机报复，赵六被当场枪毙，而赵六的姑表兄弟徐仙儿为赵六出头，要求枪毙司马库的儿女以绝后患。土改中为了挖浮财，往往对地主及其家属采取肉刑，在《苍茫冬日》中，"七爷爷在牛屋熬了七天，跪过碗片，喝过辣子水，终于改了口，答应回去拿账本。后半夜，看守见他没回来，追到七爷爷家要人，才知七爷爷根本没回家。第二天早上，人们在河边的老柳树上发现了他，早硬了。"③ 对地主实施的肉刑引发了一连串不断升级的暴力事件，乡村成了

---

　　① 张炜：《古船》，人民文学出版社1987年版，第235页。
　　② 《东北局关于平分土地的基本总结（1948年3月28日）》，《中国的土地改革》编辑部、中国社会科学院经济研究所编《中国土地改革史料选编》，解放军国防大学出版社1988年版，第490页。
　　③ 柳建伟：《苍茫冬日》，中华文学基金会编《第九届庄重文文学奖获奖者作品精选》，中国文联出版社2006年版，第255页。

第四章　叙事模式的发展演变

不同权力集团的争斗场，带给民众的不是翻身的喜悦，而是生灵涂炭的残酷。

三是地主在土改中的境遇，作者以人道关怀的眼光揭示了他们失去辛苦半辈积攒的财产后内心的无奈痛苦，面对家人受辱时的无能为力，整个家庭成为社会的最底层，遭受着人们的冷落和白眼。"过去人老几辈都是当东家，站在人前看到的都是笑脸，现在却站在人前被人挂牌捺头斗了一把。背后还有几个吹鼓手吹着喇叭，玩他像玩猴一样。当天斗完回家，他就扑倒到铺上哭了。共产党真是厉害，房子地收回去也就算了，你不该这么羞辱人。现在又听到消息，斗完一把还不算，还要斗第二把。李文武当时就想拿根绳子上吊。但想想一家老小，地窖里还有个快坐月子的儿媳妇，又叹口气，打消上吊念头。他晚饭也没吃，就早早上床睡觉了。等被子捂上了头，老头又'呜呜'地哭了。"[①] 财产的剥夺使地主失去了物质的保障，人身侮辱使地主失去了生命的尊严，他们无力反抗，只能任由外力的捉弄，他们无处倾诉，在现实中已经失去了发言权。

二　"循环暴力"的情节模式

新时期的土改小说大多有意偏离了传统小说中翻身主题的固定程序，出现的是滚雪球式的一连串暴力事件，事件起因也许只是琐碎小事，逐渐引起了阶级的对立，对地主实施的暴行很快引来还乡团的报复，造成更多的暴行，继而是人民军队的武力镇压，农民再对地主实施更严重的暴力，最终给乡村带来巨大的破坏。其叙事逻辑突破了既定的革命框架，而是要得到的改善→改善过程→恶化，其结局不是充满光明和希望的胜利结尾，而是对暴力心有余悸的惶惑不安。

1. 事件的起因：放大的仇恨

按照阶级斗争的理论，农民深受地主的沉重压迫，而现实中，农民对于自己的贫困生活并没有多少不平之感，他们认为上交地租是天经地义的，甚至对于地主的"恩惠"充满了感激之情。"理论指出了工人或农民

---

① 刘震云：《故乡天下黄花》，人民文学出版社2009年版，第200页。

下编 土改叙事文体论

遭受的剥削,而他们的知觉(假定知觉可以精确地加以测量)同他们的'客观境况'却不一致,那么,他们就被说成是处于'错觉'状态。一些或全体被剥削者对自己的真实境况的误解,为典型的革命政党提出了一项关键任务:揭露那些妨碍人们认清事物本来面目的社会神话或宗教学说。"① 农民按照生存伦理为标准的道德分类来判断人物,地主中也有道德高尚的人物,贫农中也有品质败坏的小人,这显然与阶级标准产生了严重的错位,这就需要工作队深入发动群众,让他们接受阶级理论,产生强烈的被剥夺感,从而积极投身到土改运动中来。

土改初期,面对着无苦可诉的僵局,工作队采取多种手段来引导人们回忆苦难,将个人生存之苦上升为阶级压迫之苦,从而产生强烈的仇恨感。《故乡天下黄花》中第一次的斗争会开得十分热闹,老范认为还不够深入,群众说说笑笑,只是来看吹打,没认识到斗争地主的重大意义。"根据他在东北搞土改的经验,凡是一场斗争会下来,群众都鼻涕眼泪的,围着地主仇恨得不行,甚至砖头、棒子下去,群众才算真正发动起来了。"群众的诉苦只是细枝末节,还没有能抓住人心的大仇恨,"我们贫农团的领导,还要下去发动群众,发动群众回忆。这次就不要回忆那些鸡毛蒜皮的事了,要回忆就回忆些带劲的,有没有人命呢?有没有逼得人家破人亡的事呢?我想是有的,天下没有一个地主没有这样的事。没有这样的事,就不叫地主了。关键是我们能不能发动大家回忆。"经过回忆,找出了典型的、能激起民愤的事例,第二次斗争会开得十分成功,听到动情处,"群情激愤了。不讲不知道,原来地主李文武欠了我们这么多血债。原来以为李家享福是应该的,谁知他为了自己享福,逼得我们家破人亡。这个狗日的,真不是人×的!"② 经过回忆,原本无足轻重的个人生活中的痛苦被挖掘出来,成了地主罪恶的典型材料,引发了人们对于地主的痛恨感,对于地主的暴力也就顺理成章了。

在《生死疲劳》中,地主西门闹的三姨太秋香看准形势,摇身一变成

---

① [美]詹姆斯·C. 斯科特:《农民的道义经济学:东南亚的反叛与生存》,程立显、刘建等译,译林出版社2001年版,第205页。

② 刘震云:《故乡天下黄花》,人民文学出版社2009年版,第221页。

第四章 叙事模式的发展演变

了被压迫的受害者,说自己被西门闹霸占,"说她每天都要受白氏的虐待,她甚至当着众多男人的面,在清算大会上,掀开衣襟,让人们看她胸膛上的伤疤。这都是被地主婆白氏用烧红的烟袋锅子烫的啊,这都是让西门闹这个恶霸用锥子扎的,她声情并茂地哭喊着,果然是学过戏的女人,知道用什么方子征服人心。"她的表演获得了大众的同情,"这婊子,哭着诉着,把假的说得比真的还真,土台子下那些老娘们一片抽泣,抬起袄袖子擦泪,袄袖子明晃晃的。口号喊起来,怒火煽起来了,我(西门闹)的死期到了。"[①] 实际上,西门闹是出于好心收留了秋香,而她却忘恩负义,颠倒是非,捏造了自己受苦的事实,煽动起群众对地主的仇恨。一旦仇恨被激发出来,群众获得了真理在手的正义感,就要报复剥削自己的地主,往往出现平时所无法想象的暴力之举。

2. 事件的过程:循环的暴力

经典土改小说中也有关于暴力的书写,多是在斗争大会上出于义愤而出现的群体暴力行为,由于事先渲染了地主的罪恶,即便出现了对于地主的暴力,读者也会产生惩恶扬善的阅读快感,不会产生对于血腥暴力的反感和生命消失的悲悯。在阶级眼光的关照下,暴力成了打击敌人、除暴安良的神圣行动,是充满道德色彩的正义之举。董均伦《血染潍河》、鲁特的《血账》描绘了还乡团对农民进行的血腥报复,这里的血腥场景是为了展示地主阶级令人发指的罪恶行径,同时也为农民报仇雪恨提供了道德上的正义性。小说没有深入探究事件发生的原因,土改斗争中农民对地主的暴力应当是对还乡团复仇的动机,这些都略过不提。

在新时期的土改小说中,剥离了地主身上的政治色彩,对于地主个性化、人性化的塑造,已经动摇了复仇的革命逻辑,对于地主的暴力也失去了崇高的神圣感。《缱绻与决绝》中别的村消灭的地主多,为了工作更积极,积极分子决定当晚就消灭四个地富,超过他们!仅仅为了表现自己更革命的先进性,四条生命就悄无声息地消失了。而人们长期压抑的本能一旦释放出来,就如同打开了潘多拉的魔盒,就会引发一连串

[①] 莫言:《生死疲劳》,作家出版社2012年版,第26页。

下编　土改叙事文体论

难以预料的后果。

《故乡天下黄花》中的国民党军官李小武原本打算要投降共产党，不料得到消息，土改中父亲被打死，妻子被强暴，从道德伦理的角度来看，他要为亲人报仇也可以理解。但是他报复的对象不过是些老弱病残，用手榴弹将其残忍地杀害。这样，土改中对于地主的暴力造成了国共双方的势不两立，带来了对方的疯狂报复，遭殃的只是普通的民众。而如果土改中采取较为和平的方式，也许李小武会归顺共产党，就不会有之后一系列的血腥暴力。还乡团的报复必然又遭到解放军的镇压，被还乡团害死亲人的民众又要向地主复仇，在复仇的循环往复中，仇恨重复叠加，暴力不断升级，又夺走一些无辜的生命。《古船》中细致地描述了这个"循环暴力"的过程，还乡团回乡报复，将四十多个村民用铁丝穿成一串，活埋在红薯窖里。作者表达了对于暴力践踏生命的悲愤，"老太太没有一点错，活得老老实实，吃谷糠时，里面的虫子又白又胖，不舍得扔，一块儿煮了。假使她真有错，八十岁的老太太又怎么不能原谅？她爬了一辈子，再有几尺远就爬到头了，怎么不能高抬贵手让她再爬一会儿，爬到头？"①

这样，一些微不足道的琐事被加工放大成了地主的罪状，煽动了群众心中长期被压抑的屈辱和仇恨，引发了一系列愈演愈烈的暴力事件，人们沉浸在失去亲人的痛苦和为亲人复仇的快感中，并没有意识到被复仇的同样也是受害者。斗争双方既是加害者，又是受害者，在循环更替的复仇中迷失了人性，视对方生命为草芥，急于除之而后快。

3. 事件的结局：每况愈下的困境

经历了土改所引发的腥风血雨之后，乡村并没有因为分得了地主的胜利果实而过上幸福的生活，获得了土地的农民还没有高兴多久，在随之而来的农村合作化运动中他们又失去了自己的土地。与有限的物质财富相比，给人们带来的更多的是巨大的精神伤害，土改破坏了乡村旧有的伦理道德秩序，而革命给了他们对于未来的美好许诺，却迟迟无法兑现。新时期的土改小说是从漫长的历史长河来回溯这场轰轰烈烈的运动，这只是乡

---

① 张玮：《古船》，人民文学出版社 1987 年版，第 224 页。

第四章 叙事模式的发展演变

村现代化变革的一个开端而已。与人们满怀希冀地投入到革命中相比,土改后他们的斗争激情退去,只会剩下失望与痛苦。土改带来的后果之一是一些道德败坏者成了村庄领导者。"在一些村子里,这种阶级斗争运动使一部分人走上领导岗位,他们具有好战精神,反对有威望的前领导人,其中很多新的地方掌权者是年轻的无家可归者,甚至是没文化的恶棍。有些人利用运动攫取权力,忌妒成性,强奸偷盗,牢固确立自己和老朋友的地位,并表明自己是绝对忠实于阶级斗争的行动者。"[①] 在斗争中他们敢打敢拼,为运动打开局面,他们的暴力行为被认为是正义的革命行动,得到政权的默许和支持。而他们的低劣品行又注定会滥用权力,在村中横行霸道。《古船》中的赵多多念念不忘要将老隋家置之死地,在发现茴子服毒并点燃房子后,他用剪子铰破了茴子身上的衣服,并在茴子的身体上撒尿,这是对美丽的亵渎,对生命的凌辱。《故乡天下黄花》中的赖和尚和赵刺猬在除夕夜强暴了地主家的儿媳,土改后二人争权夺利,在村庄中继续上演着权力的争斗,人们不自觉地投入不同的派系,斗得你死我活。

土改在乡村中建立了新的权力结构和等级秩序,特别是阶级成分的划分对于村庄影响深远。"家庭成分有着广泛的政治和社会内涵,他通过男性血统带给妻子和子孙。那些划为地主和富农的儿孙们面临着折磨和成为替罪羊,而阶级成分越低微(贫农、雇农),则其新的政治社会地位就越高。"对于农民来说,"一旦生活被冻结在单一模式中,命运便被永远地封存不变。在充满阶级斗争的土改中产生的不是解放和平等,而是一种类似于种族等级制的东西。"[②] 地主由原来的权力金字塔尖跌落下来,成了乡村权力结构的最底层,成为任人欺侮的反动分子。地主的阶级成分还会转嫁给妻子儿女,给他们的心灵带来巨大的伤害。《模糊年代》中地主的妻女作为胜利果实被分配给贫雇农为妻,生活毫无幸福可言。《缱绻与决绝》中地主的小儿子宁可玉在土改的动乱中被藏在地瓜窖中幸免于难,但地主成分的帽子使他一直备受冷落,难以过上普通人的家庭生活,痛苦中他自

[①] [美]弗里曼、毕克伟、赛尔登:《中国乡村,社会主义国家》,陶鹤山译,社会科学文献出版社 2002 年版,第 140 页。

[②] 同上书,第 147 页。

下编 土改叙事文体论

残身体,更给今后的人生种下了苦果。

新时期的土改小说以全新的历史观重新打量土改的历史,拒绝意识形态对历史的权威图解,有效地填补了以往革命叙事中避而不谈的叙事空白,从而展示民间历史中真实的土改。群众在工作队的宣传下产生了仇恨,使原本平静的村庄发生了意想不到的血腥暴力事件。翻身的农民因分得土地而对政权心怀感激,要积极地投身到战争中来,隐晦地揭示了土改要达到的战争动员的功利目的。虽然某些小说流露出的游戏调侃的态度造成了作品的轻浮单调,它们对革命史的颠覆与解构揭示了被宏大话语所遮蔽的另一种历史真实。

同样的土改事件,在 40 年代的革命作品中洋溢着翻身农民的喜悦和惩恶扬善的快感,在 50—70 年代的作家笔下成为你死我活的阶级斗争,到了新时期的土改作品展示了历史舞台中无谓的厮杀和人性中欲望的放纵,这是不同时代对于同一事件的不同叙述,其中隐含着政治权力机制的制约和时代文化语境的影响。对于土改的别样书写并不意味要对革命历史叙述进行全盘否定,在对文本的互相印证对照之下,我们对于历史的认识会更加全面深入,比较其中蕴含的裂隙和矛盾,发现历史表象隐藏的惊人真相,值得进一步探索思考。

第五章 人物形象谱系分析

在20世纪50年代之后逐渐定型的土改小说叙事成规中,人物类型是按照所属的阶级地位划分的,受二元对立的艺术思维模式的影响,具体人物描写呈现出脸谱化和概念化的倾向。每种类型的人物在情节中的功能、在土改中采取的行动以及最后的结局呈现出共同的模式。在小说中,农民作为革命者,是正义和道德的化身,他们在土改斗争中不断地成长,成了革命队伍中的重要力量。地主是土改的反对者,是罪恶和无耻的代表,他们想尽千方百计来破坏土改,最终被人们打翻在地。在激烈对峙的阶级阵营之外,知识分子扮演了一个尴尬的角色,他们的政治立场游移不定,需要在革命的熔炉中锻炼成长。

第一节 典型化:地主形象的塑造

一 地主的定义与分类

在传统的阶级理论中,封建土地所有制是中国经济落后的主要原因,地主是依靠地租不劳而获,而广大无地农民生活在饥寒交迫的状态中。在人们的观念中常常将经济层面地租剥削的"地主"和政治层面占有权力的"恶霸"混为一谈。由于文学作品的不断渲染,少数地主的罪恶被扩大推广到整体的地主阶级,给人们的认识就是凡是地主都是残酷无情、横行乡里的恶霸,凡恶霸又无不良田千顷,不劳而获,榨取民脂民膏。

下编 土改叙事文体论

"地主"是一个动态的概念,大约产生于东周,词义较为中性,有东道主、土地神、土地主人等多重含义,只有到了近代才开始频繁地使用,并且带上了明显的褒贬色彩和感情倾向。[①] 在1951年出版的《人民文学辞典》对地主和恶霸是这样定义的,"占有土地、自己不劳动,或只有附带的劳动,而靠剥削为生的,叫做'地主'。""依靠或组织一种反动势力,称霸一方,为了私人的利益,经常用暴力和权势去欺压与掠夺人民,造成人民生命财产重大损失的人,就是恶霸。"[②] 可见,地主与恶霸是完全不同的两个概念,占有土地的中小地主或经营地主不一定能够掌握权力;相反,他们的生活境遇相对较好,更容易受到外在权势的欺压。如《太阳照在桑干河上》中的地主李子俊是一个懦弱无能的人,当伪甲长还赔上了一百亩地和一座房子。掌握了政治特权的恶霸并不一定会占有大量的土地,因为土地的经营利润太少,无法迅速聚敛财富,不如选择其他门路来积累财产。秦晖先生指出,"'恶霸'主要并不是一个以财产所有制关系为基础的阶级概念,而是一个以人身依附关系即统治——服从关系为基础的等级概念。关中的恶霸中有相当一部分有形资产尤其是地产并不多。"[③] 而《暴风骤雨》中的韩老六则是比较少见的恶霸地主的代表,他并不是依靠占有土地先成为地主后成为恶霸,而是先不择手段从日伪政权获得权势,再兼并土地,成为地主的。人们对他的控诉多是作为恶霸的政治上的欺压,道德上的败坏,忽视了作为地主对农民经济上的剥削。由此可以发现,经济层面的土改只是乡村社会变迁的一部分,更为重要的则是地方政治权力机构的改造。

关于地主的分类,可以按照占有土地规模的大小分为大、中、小地主。按照经营情况,可以分为离地地主和经营地主,前者多居住在都市,拥有土地所有权,但不过问农事,只是按时收取地租;后者居住在农村,多是靠雇工经营,亲自参与或监督生产活动。依据地主对共产党的政治态

---

① 参见安宝《离乡不离土:二十世纪前期华北不在地主与乡村变迁》,山西人民出版社2013年版,第5页。
② 陈北鸥编著:《人民学习辞典》,广益书局1952年版,第133、314页。
③ 秦晖、金雁:《田园诗与狂想曲:关中模式与前近代社会的再认识》,语文出版社2010年版,第60页。

第五章 人物形象谱系分析

度不同,可以分为开明绅士和反动地主,开明绅士是支持清明廉洁的新生政权的地方领袖人物,他们主动献田捐款,参与到政权建设中来;反动地主是与国民党政权勾结在一起,一旦财产被没收分配,触犯了自身的利益,他们会组织"还乡团"进行报复。

在土改过程中还产生了一个新词"化形地主",这是1947年2月康生在临县郝家坡村领导土改时发明的,他认为,"不要看表面上地主穿了破袄,在土地上装作贫农和破产,在政治上对我们表示开明或同情等,但实际情况常常是在经济上把土地变成白洋藏起,在政治上用一种奸猾的手段来篡夺我们的政权,实际上是化了形。"[1] 这类名词的使用导致"左"倾错误的蔓延,人们会对已经破产或老实服帖的地主继续斗争。此外,还有破产地主(失去财产,但不从事劳动,靠其他来路生活)和"二地主"(转租地主土地与农民)的划分。[2]

二 乡村精英与恶霸地主

毫无疑问,《暴风骤雨》中的韩老六是恶霸地主的代表,横行乡里,鱼肉百姓,农民们控诉他勾结胡子,强摊劳工,霸占水井,不给工钱,糟蹋妇女,等等。显然,这都是他作为拥有权势的乡村"恶霸"政治上压迫民众的罪行,而他拥有的几百垧土地是他个人权力财富的象征,人们对他的愤恨主要是政治上受的压迫,较少提到在经济层面受到的剥削。在作品中,早年间,韩老六引诱郭全海父亲赌博,骗去了父子一年的工钱,郭全海长大后又在韩家扛活,辛苦一年只换得几斤猪肉。在经济上的榨取包括收租、雇工,只要在合理的范围之内,人们是能够接受的,而韩老六任意地欺凌乡民,不给工钱,在村子里飞扬跋扈,不可一世,已经严重违背了传统乡村社会的伦理道德,引起了老百姓的强烈愤慨,只是大家敢怒不敢言而已。这样,斗争的矛头已经悄然转向,由"地主"转移为"恶霸",似乎偏离了土改的应有之义。

---

[1] 罗平汉:《土地改革运动史》,福建人民出版社2005年版,第123页。
[2] 《太行区党委关于农村阶级划分标准与具体划分的规定(草案)(1946年10月12日)》,《中国的土地改革》编辑部、中国社科院经济研究所现代经济史组编《中国土地改革史料选编》,解放军国防大学出版社1988年版,第321页。破产地主与化形地主的区别是,前者确实没有财产,靠坑蒙拐骗或其他方式维持生活,后者是将财产隐藏起来,故意装穷企图蒙混过关。

下编　土改叙事文体论

　　为此，作品受到了指责，"作为一部表现历史阶段的作品来看，在第一部里没有强调地写出土地关系，看不出农民对土地的强烈要求来，这是很可惜的。"① 实际上，作者是利用这种巧妙的叙事策略来解决土改的叙事困境，只有像韩老六这种罪大恶极的恶霸才能煽动起人民积压已久的愤恨，才会引发暴风骤雨般的土地革命。第二部中没有像韩老六这样的典型恶霸，斗争矛头指向了杜善人、唐抓子这样的平民地主，没有政治上的劣迹无法造就慷慨激昂的斗争场面，自然不能调动起读者强烈的复仇快感。尽管作者创作第二部耗费的功夫比第一部要更多，效果却差强人意。

　　民怨极大的恶霸地主在现实中比较少，韩老六这个文学形象也是作者综合了诸多典型刻画出来的，真实的韩老六与作品中的韩老六其实相去甚远。② 在当时的农村中普遍存在的是大量平民地主，甚至某些偏僻村子里根本没有地主，这样的情况又该如何处理呢？这成了作家创作的一大难题，是根据亲身体会较为真实地反映土改情况，还是按照政策的要求渲染恶霸地主的罪恶，作家丁玲显然做出了与周立波不同的选择。

　　很多研究者都认为《太阳照在桑干河上》中的钱文贵是恶霸地主，冯雪峰认为钱"虽只是一个中等的恶霸地主，他的势力可并不小。"秦林芳认为钱"与《暴风骤雨》中的韩老六等地主形象一样，这是一个类型化、性格单一的'恶'的人物，是作者依据'意识形态预设'、并满含道德义愤塑造出来的一个妖魔化的地主形象。"③ 将钱文贵归入恶霸地主，大约是因为他在村子中所具有的权势。但他与韩老六不同，作为"一个摇鹅毛扇的，一个唱傀儡的提线线的人"，是他在幕后支配着村庄的一切事物。笔者认为，钱文

---

　　① 周洁夫等：《〈暴风骤雨〉座谈会记录摘要》，《东北日报》1948年6月22日。
　　② 在张鹭的《〈暴风骤雨〉内外的"元茂屯"》（《中国新闻周刊》2008年8月18日）中提到"与人们想象中不同的是，现实中，被划为'恶霸地主'的韩向阳本人其实并不那么富裕。尚志市文联主席隋祯说，韩老六实际上是经营地主，自己没有地，像中间人一样替人收租，'也没有啥，这一点跟书上写的不一样。'83岁的'土改'老人吕克胜回忆韩老六时谈到，韩其实'就那么三间小房，搁现在还不如咱自家盖的小仓房。'"该文还指出斗韩老六综合了斗陈福廷的场景，另外，周立波在《深入生活，繁荣创作》曾谈道："三斗韩老六是由周家岗的'七斗王把头'演化而来的。"（《红旗》1978年第5期）
　　③ 冯雪峰：《〈太阳照在桑干河上〉在我们文学发展上的意义》，《文艺报》1952年5月25日。秦林芳：《在"传达意识形态的说教"之外——〈太阳照在桑干河上〉中的人文精神》，《文学评论》2010年第1期。

第五章 人物形象谱系分析

贵不是恶霸,因为他并没有多少明显的劣迹,总的来说,群众的诉苦主要是:一是撺掇刘满的爹开磨坊,推荐的伙计携款而逃,二是把刘满的大哥绑去当兵,刘满的二哥刘乾被迫当上甲长,后被逼疯,三是捆王新田去青年团勒索房子钱财,四是张真的儿子被他送去当苦力。当兵、当苦力在当时都应该是普遍现象,战争年代不同的政权力量自然向下面的乡村征收众多的人力,他们只是被征收的一员,普通老百姓是没有能力摆脱这种差役的。刘满的哥哥当甲长被逼疯,这应该是受到敌人压迫、乡亲的误会的结果,多种政权力量的犬牙交错,无休无止地向农村摊派勒索,这种错综复杂的局面不是一个老实人能够应付了的,只有像江世荣这样的无赖当上甲长,才能应付自如,并捞到不少好处。"大乡里今天要款,明天要粮,后天要夫,一伙伙的特务汉奸来村子上。咱二哥侍候不来,天天挨骂,挨揍,哪一天不把从老乡亲们那里讹来的钱送给他去?"① 经过三个月的煎熬,刘乾终于受不了这种内外挤压,高度的心理压力使得他精神崩溃。这是当时的政治环境所致,不是钱文贵的个人力量所决定的。至于与顾长生一家、亲家顾涌的矛盾只是个人之间恩怨,从乡村的传统伦理道德来看,钱文贵不是仁慈厚道的正人君子,而是善于算计的乡村能人。他的所作所为与韩老六的血债累累是迥然不同的。

从占有土地的数量来看,钱文贵只有六七十亩地,还分了五十亩地给两个儿子,在村上另报了户口。从剥削方面看,钱文贵雇用过程仁当长工,后来又租了一些地给程仁,在经济上不完全依靠地租过日子。同时他作为抗属理应受到优待,无论他是真分家还是假分家,单从经济层面上看,定阶级成分可能是富农或富裕中农。② 那么,钱文贵既不是罪恶昭彰

---

① 丁玲:《太阳照在桑干河上》,人民文学出版社1952年版,第386页。
② 关于钱文贵的阶级成分,可以比照他的亲家顾涌。顾涌动员父亲主动献地时说,"咱们家的地,比钱文贵多多了。"顾二姑娘在娘家需要干农活,出嫁后"生活上总算比在娘家还好,他们家里的妇女,也是不怎么劳动,他们家里就没有种什么地,他们是靠租子生活,主要的还是靠钱文贵能活动。"在顾涌眼中,钱文贵"不是正经庄稼主"。根据龚明德对小说手稿中人物表的介绍,富农顾涌,有地二百亩,地主钱文贵,有地七八十亩,地主李子俊有地三百余亩。(参见龚明德《新文学散札》,天地出版社1996年版,第256页。)从土地的占有情况上看,顾涌比钱文贵的地更多,顾涌是被错划为富农的富裕中农,那么钱文贵的成分应当比他稍低才对。钱文贵的收入来源是靠他的活动能力,交际广泛,地租收入应该是其收入的一小部分。这就是他的地少,但生活水平比亲家顾涌的更高的原因。阶级划分是以土地占有和剥削收入为标准的,对于钱文贵这种依靠非农业收入的乡村"精英"就产生了明显的错位。

下编 土改叙事文体论

的恶霸,也不是占地甚广的地主,之所以要彻底打倒钱文贵在村子中的权势,是因为他才是暖水屯真正的领袖人物。只有经过有效的思想动员,发动群众进行斗争,解除了他的一切外在权威和心理优势之后,才能将村庄的权力结构进行彻底的改造,政权才能渗透到乡村社会,而广大农民在此过程中接受了革命意识形态的灌输,产生了对政权强烈的认同感,激发了前所未有的政治热情,参与到中国革命的历史进程中来。有学者指出,"土地革命的基本环节就是推翻现存的农村精英阶层。至于这个阶层是否真的封建,是否由每个村庄的地主组成,这些都不是问题。关键在于这场斗争运动通过斗倒许多斗争对象,摧毁了统治阶级的政治与经济垄断,这是创建一个新的农村权力机构的必要步骤。"[①] 当时农村中土地占有的不平等并不像党内领导人估计的那么严重,一些地区面临着无地主可斗的尴尬境遇,经济上的土改实际上意义并不大,而动员群众,改造乡村社会的权力结构,重塑革命文化价值观,这才是政治上的土改的真正价值所在。否则,从经济的角度来看,只分土地、不斗地主的"和平土改"完全可以实现平分土地财产的目的,而这恰恰是党内所严重批判的。[②]

钱文贵能够成为村庄领袖,首先在于他为人精明,洞察世事,能够把握时局的变化。顾涌赶车回来说是亲家病了,先借用车子几天,别人都相信了,只有钱文贵不相信,他还立刻派自己的儿媳回娘家打听消息。他安排儿子参军,是认为当上"抗属"将来对家庭有利,让女儿嫁给村干部,笼络住新的乡村领导干部,与儿子假分家,是为了减少财产,躲避斗争,这一系列的事情早在土改进行之前就已安排妥当,可以看出钱文贵善于谋略,精明能干,可以看作是乡村的土"政治家"了。他一直密切地关注政治时局的发展,打探消息,先发制人,指使任国忠散布不能拿地的谣言,

---

[①] [美]胡素珊:《中国的内战:1945—1949年的政治斗争》,王海良译,中国青年出版社1997年版,第360页。

[②] 杜润生曾指出,土改有两条道路,一个是有偿征购,一个是无偿没收,"最后选择了没收政策,这是因为中国共产党的土地改革,既是作为一项经济制度的改革,又是作为推进政治变革的一场阶级斗争。"杜润生:《杜润生自述:中国农村体制变革重大决策纪实》,人民出版社2005年版,第19页。而和平土改的倾向为党内领导者所警惕,要求发挥群众的主动性,彻底打倒地主阶级的反动气焰。《变相的和平土改,是当前土改工作中的最大危险——在中南人民广播电台的广播词》,《湖北日报》1950年12月12日。

第五章 人物形象谱系分析

这与村庄中的农民普遍缺乏政治热情形成了鲜明的对照。

其次在于他活动能力很强,社会关系复杂,善于交际,处事圆滑,"拥有社会资本的村庄领袖往往是村民接触外界,获取外来资源的窗口与纽带,利用外来的广泛社会关系满足社区内民众的需求是村庄领袖获得声望的极佳方式。"[①] 钱文贵是村子中少有的出过远门、见过世面的人,他和保长们很熟,和日伪政权也有关系,正是他所拥有的人际网络使得他成为村庄与外界联系的中介,受到人们的敬畏与依赖,成了事实上的村里的领袖。

而钱文贵之所以没有抛头露面出任村庄领导,而在暗地里支配村庄的一切,这是他出于复杂的政治环境而选择的生存策略。同时这也是当时的普遍现象,乡村精英纷纷躲避公职,不再热心参与村中事务。"战争年代,上层亲自担任乡保甲长的更不多见,幕后操纵的程度大大降低。因为这个时期的村庄主要面临着繁重的粮款、战勤负担,交付稍有迟缓便会挨日伪军队的打骂与扣押。所以,这一时期的乡保甲长有'挨打的架子'之称。再者,上层一般属于富户,随时有遭土匪、汉奸、特务、士兵绑架或直接敲诈钱财的危险,故上层一般视保甲长行政人员为畏途。"[②] 杜赞奇认为,"乡村精英逃离村中公职的主要原因在于,他得自这一公职的精神和物质报酬越来越少,而这一公职所带来的麻烦却越来越多,这主要表现在分派和征收摊款之上。"[③] 正是因为直接出面会有损自己的利益,钱文贵才主动抽身出来,撺掇地主李子俊和老实人刘乾当上甲长,结果二人不只是受了很多窝囊气,还赔钱赔地,刘乾还因为巨大的心理压力而精神失常。这样,钱文贵是作为实际的乡村领袖而受到政权的打击,而不是表面上的压迫别人,只有打倒他作为乡间统治者的权势和荣耀,打消他在民众心目中的声望和威严,才能对农村进行彻底的革命化改造,土改才能顺利进行。

[①] 渠桂萍:《华北乡村民众视野中的社会分层及其变动(1901—1949)》,人民出版社2010年版,第88页。

[②] 朱德新:《二十世纪三四十年代河南冀东保甲制度》,中国社会科学出版社1994年版,第114页。

[③] [美]杜赞奇:《文化、权力与国家:1900—1942年的华北农村》,王福明译,江苏人民出版社2010年版,第181页。

将钱文贵的阶级属性在修辞层面上的模糊处理是为了保证叙事上革命意识形态的纯粹性,深入探析微妙的情节设置和构思安排,才会发现作者巧妙地在革命主题需要与表达作家的独特认识之间取得了平衡。

三 地主形象的演变:从类型化到个性化

在政策的指向下,40年代土改小说中的地主形象都集中了剥削阶级的罪恶,凸显阶级敌人的本质,其性格特征主要有以下几个特点:第一,以经济上的贪婪吝啬来揭示其剥削性质。按照劳动价值论,地主的财富都是强行剥削穷人的结果,他们通过地租、高利贷、劳役等多种方式来占有农民的劳动果实。《乌龟店》(韩川)、《移坟》(包干夫)、《瞎老妈》(洪林)等小说都塑造了奸诈狡黠的地主形象,他们锱铢必较,一毛不拔,用高利贷将农民逼得走投无路,家破人亡。只要是借了高利贷,农民的生活就会背上永远无法摆脱的重负,被迫出卖自己的产业。《地覆天翻记》(王希坚)中形象地展示了地主对雇工的残酷剥削,"要进剜眼堂,先办事三桩,嘴上带嚼子,累死别开腔,膏药找几贴,打破好贴伤,一领破芦席,死了不用装。"[①] 小说特意强调了贫富的二元对立,地主逼债时的残忍和无情,正是地主毫不留情地将农民手中仅有的粮食和土地全部强占过去,将农民的生活逼进了绝境。

第二,强调道德上的低劣品行,激起读者的义愤。人们习惯于以生存伦理为基础的道德标准来判断人的善恶,他们对传统道德十分敏感,特别是关乎性的道德。《老一亩半家的悲歌》(梅信)、《一个空白村的变化》(那沙)中的地主都是荒淫无耻、道德败坏的,他们依仗自己的权势强占民女,这种卑劣的行径能够迅速唤起读者朴素的道德感,要比经济上的剥削更能激起读者对地主的憎恨之情。

第三,以其政治上的反动立场来突出革命的正当性。小说除了凸显地主在经济上的剥削性,道德上的低劣化之外,还着重渲染地主在政治上的反动性。他们依仗着日本人或国民党的权势,欺压农民,横行霸道,引起

---

① 王希坚:《地覆天翻记》,新华书店1949年版,第3页。

第五章 人物形象谱系分析

广泛的民愤。《李家庄的变迁》（赵树理）中的李如珍就是一个无恶不作的汉奸地主，他独揽大权，随意讹诈穷人，在村中乱捕乱杀，人们对他恨之入骨，最终在斗争会上将他活活打死。《血尸案》（袁静、孔厥）、《水落石出》（峻青）中的地主则蓄意破坏土改，谋害干部，血债累累。

经济上的剥削、政治上的压迫、道德的败坏这三个不同层面共同构建了一个恶霸地主的典型形象，文本中的形象塑造一般只强调其某个层面。除了减租时期还出现了少数遵守法令的开明地主之外（如《铁牛与病鸭》、《王德锁减租》），土改时期的地主形象塑造由初期强调地主个人的贪婪奸猾到突出地主阶级的政治上的罪恶，作家的关注点由经济上的剥削逐渐滑向了政治上的压迫，其罪恶行径不断升级。"以'恶霸地主'的面貌来置换全体地主形象（包括以前所认可的'开明士绅'），可以造成农民和地主之间更尖锐的阶级对立，也容易'唤醒'农民对整个地主阶级的复仇意识。在抗日战争和解放战争时期，解放区小说中的'地主'就经历了由批评讽刺到彻底揭露打击的基调变化。'地主'形象也由偷奸耍滑、剥削吝啬，搞点小破坏转变为凶残狠毒、恶贯满盈、毫无人性。'地主'形象正是立于政策规定下在小说中被不断'塑造'着自己的乡村生活状态，从而也方便作者剥离农民和地主之间错综复杂的乡村伦常关系，进而实现'外来'的革命政权对乡村的直接领导和改造。"[①]

由于十七年阶级论的盛行，为了营造阶级斗争的氛围，地主形象塑造更加强调人物的阶级属性，人物站在农民代表的进步势力的对立面，无论其言行举止，还是外形相貌，都戴上了"敌人"的面具，出现雷同化、类型化的倾向，成了反动的政治符号。与之前三位一体的恶霸地主相比，十七年的地主形象更注重其政治上的反动，他们与国民党政权有千丝万缕的联系，妄想破坏土改，卷土重来。《春回地暖》（王西彦）中的章耕野是国民党的退伍军官，他伪装成开明绅士，积极参与到村子中的支前迎解、减租退"稳"、修路砌桥等大小事务，实际上是潜伏在村中的土匪头子，秘密集会，采取各种方式来破坏土改。《美丽的南方》（陆地）中的地主覃俊

[①] 沈仲亮：《在小说修辞与政治意识形态之间——从峻青〈水落石出〉看解放区小说"地主"形象的嬗变》，《中国现代文学研究丛刊》2009年第1期。

下编 土改叙事文体论

三曾是乡长，欺上瞒下，诬陷韦廷忠的父亲是贼，使奸计霸占了韦家的财产，韦廷忠成了他的佃户，为他当牛做马，他还把自己玩弄过的已经怀孕的丫鬟阿桂配给韦廷忠做妻子。《山谷风烟》（陈残云）中的地主刘耀庭强拉壮丁，逼得农民卖儿卖女，妻离子散。

从外貌描写上看，由之前的揶揄性地讽刺地主丑陋、猥琐、贪心、好色转而严肃性地揭露地主的凶狠残暴、虚伪狡诈。《山谷风烟》中的地主刘耀庭，"他身穿一套破旧的不合身的唐装衫裤，脚穿一对露出脚趾头的破胶鞋，刮光了脑袋，宽阔的腮膀上面，有一双露出凶光的金鱼眼。"[①] 破旧的衣着原是贫雇农的标志，现在成了地主的伪装，即便如此也掩饰不住其邪恶的本性。《春回地暖》中的潜伏特务章耕野生得相貌堂堂，偏偏鼻梁凹里长了颗犯凶杀的黑痣，在提示读者章的伪善和异己性。

作者为了营构阶级斗争的浓烈的火药味，地主都是顽冥不化，费尽心机与新政权抗衡的，然而从具体描写上看，章耕野集合的土匪不过是群老弱病残，不断叫嚣的"血洗凤形山"不过是一句空喊，《山谷风烟》中的地主刘耀庭等人逃到山中生不如死，留在村中的地主家属都要参加训话会，行动都要受到管制。面对强大的政权力量，他们要破坏土改实际上是有心无力。十七年时期的地主形象是特定意识形态的产物，失去了个性的丰满，成为阶级敌人的空洞符号。

到了新时期开放的文化语境下，作家力图摆脱政治对文学的束缚，开始寻求个人对社会、历史的独特思考。这一时期出现了众多各具特色的地主形象，打破了原来单一僵化的思维方式。人物不再仅仅是简单浮夸的政治符号，只能按照预设的阶级属性成为革命的绊脚石，他们成了个性丰满的生命个体，注入了厚重的文化内涵。

第一，地主的类型由单一走向多元，不再仅仅是单一的恶霸地主，出现了平民地主、开明绅士、华侨地主、经商地主、族长地主等多种类型，还原了现实中地主的复杂面貌，大大丰富了地主的形象。《玉龙村纪事》（马烽）中的"讨吃老财"方万宝全家穿着补丁衣服，顿顿吃稀饭糠窝窝，

---

① 陈残云：《山谷风烟》，上海文艺出版社1979年版，第429页。

第五章 人物形象谱系分析

任凭打下的粮食发霉沤烂,自己却舍不得吃穿,一到冬天就出去讨吃。《生死疲劳》(莫言)中的西门闹是一位勤俭持家、乐善好施的开明绅士,平时亲自劳动,而且修桥补路、多行善事。《还乡》中的林耀祖是一位经商的华侨,并不靠地租生活,尽管他小心谨慎,左右逢源,由于家境富裕在土改中还是被划为地主遭到斗争。《仙人洞》(程贤章)中的张远香是一位殷实商人,开办了煤炭行和肥皂厂,所谓的"参议员"只是个空的头衔。按照土改法,本不应当受到牵连,工作队为了斗出浮财,将他押解回乡进行批斗,侥幸保住性命,成分在复查时也被纠正,但他无法面对家破人亡的潦倒局面,愤而自杀。《白鹿原》(陈忠实)中的族长白嘉轩是宗法家族制度的代言人,他恪守仁义道德,办学堂,定族规,正民风,受到族人的尊重爱戴,具有巨大的人格魅力。这些地主不再是传统意义上的剥削者,他们的财富都是自己亲自参加劳动勤俭起家的或者合法经商而获得的。

第二,人物的性格由平面走向立体。传统土改小说中的地主形象多是"扁平人物",性格单一,缺乏变化,人物的阴险狡诈从其肖像描写即可看出,面目丑陋不堪,都戴着反动的人物面具。新时期的地主形象则更多是"圆形人物",具有多侧面多层次的复杂性格,能够深入揭示人性的丰富深刻,折射出社会生活的多样性,因此具有更高的审美价值。《缱绻与决绝》(赵德发)中的地主宁学祥发现女儿结婚前夕被土匪绑票后,十分伤心,但他还是舍不得拿出毕生积蓄来赎出女儿,任凭女儿在山上受辱,女儿逃回来后与他恩断义绝。对土地的依恋使他成了罔顾亲情的守财奴。他贪恋女色,以粮食为诱饵娶了贫穷女子银子为妻。在每次同房之后,银子才能拿些粮食接济娘家。他精打细算,拾粪都要送到自己种的地里而不是租出去的地里。这样,通过多维度的性格刻画,一个固守土地的传统地主形象跃然纸上。

第三,地主形象的内涵由单一走向复杂,由单纯的政治符号到被注入深邃的文化、社会、历史、哲学等诸多内涵。白嘉轩的身上凝聚着传统的宗法文化,折射出儒家道德理想。他淡泊名利,不愿为官,与政治保持距离。他仁义为怀,以德服人,与长工鹿三情谊深重,原谅了黑娃的忘恩负义。他崇尚道德,遵从礼法,是封建礼法的实际践行者和坚定维护者,只要有人违背了纲常名教,即便是自己寄予厚望的长子,他也严惩不贷,毫不手软。其刚毅果决、坚忍不拔的人格魅力,代表了中华民族的正统文化理想。《故乡天下黄花》(刘震云)中孙、李两家地主为了村长的位置争斗不休,家族之间仇恨不断升级,在风水轮流转的权力游戏中,每个人的活动都被权力欲望所推动,他们都是权力争斗中的牺牲品,谁也不能把握自己的命运。这种在劫难逃的宿命感体现了现代主义对命运的嘲弄和对现实的反抗。

有论者将《活着》(余华)中的福贵称为"道具地主","'地主'作为一种政治身份在作品中所起的作用,仅此两项:一为人物的衰败提供资本;二为作品增加历史的沧桑感。"① "道具地主"的称谓一针见血地指出了新时期地主形象塑造的某些误区。在一些作品中,地主的身份只是随意贴在人物上的标签,人物或者成为欲望驱动下的奴隶,或者沦为暴力的牺牲品,在作者的意念下随意摆布,在烂熟的情节走向中失去了人物应有的历史内涵。另外,为了对之前的模式化地主的形象进行有力的反拨,某些作品出现了"地主都是好人,积极分子都是坏人"的描写倾向,这依旧是传统的二元对立的思维在支配作家的头脑。

第二节 纯粹化:成长中的农民主体

一 意识形态对正面人物的询唤

解放区的土改小说积极回应着政治的需要,塑造着新的模范人物,以此反映新的时代。这些正面人物只是面目朴素的新人,还未上升到高大的英雄典型。丁玲说过,"我不愿把张裕民写成一无缺点的英雄,也不愿把程仁写成了不起的农会主席。他们可以逐渐成为了不起的人,他们不可能一眨眼就成为英雄。""从丰富的现实生活来看,在斗争初期,走在最前边的常常也不全是崇高、完美无缺的人;但他们可以从这里前进,成为崇

---

① 陆衡:《百年文学地主造型的演变及其意义》,《学术论坛》2006年第4期。

第五章 人物形象谱系分析

高、完美无缺的人。"①

按照政策对于农民的阶级分类,贫雇农苦大仇深,是土改的主力军;中农担心损害自己的利益,摇摆不定;地富则是土改的反对者,是革命的对象。作家会按照既定的指向在塑造人物时注入政治的内涵,力求村中各色人物对土改的反映恰如其分。有论者曾指出《暴风骤雨》中人物塑造的问题,"关于政策方面,中农刘德山写得太机械,似乎是先有一种概念,硬按上这样一个人物似的。""写得比较成功的人物之一的赵玉林,使人感觉不够真实;从开始'这会想透啦,叫我把命搭上,也要跟他干到底,'直到最后的'死',简单得如同一条直线。如果要问:为什么这样简单呢?只能回答:生活问题。"② 对于中农刘德山,阶级成分决定了他对于土改的观望犹疑,他本人的勤劳能干在文中略过不提。先入为主的观念限制了人物性格的发展,只注意突出人物的阶级性,人物形象显得单薄无力。

赵玉林是作者刻意塑造的新人形象,有批评者指出其形象过于平面化,缺乏发展变化,"我认为没有内在的思想的揭露,新与旧的斗争,进步的思想怎样克服落后观念的斗争,就不能突出的表现一个新人物底成长。赵玉林的坚决勇敢和最后的流血牺牲是可以想象的,是现实斗争当中的真实的人,但整个说起来,作者在他底思想的成长却表现得不够。全书里作者在某些人物身上——如花永喜、老孙头等,或多或少的表现了农民落后的一面,而对赵玉林,郭全海作者就没有注意到他们的身上是否也存在着某种落后的观念?没有这样深刻的观察,没有仔细的研究,分析,好像他们原来就是坚决勇敢,精明干练,完美无缺。当然描写积极因素是主要方面,但也应描写积极因素是怎样在与消极因素斗争中成长起来的。"③他的思想转变是一夜之间迅速完成的,这也脱离了生活的真实,因为农民要接受新的阶级斗争理念,改变其传统的价值观念是一个艰难的转变过程,不是一朝一夕之功。小说中赵玉林最终壮烈牺牲的结局和郭全海的不

---

① 丁玲:《太阳照在桑干河上·重印前言》,人民文学出版社1955年版,1980年10月第1次印刷,第3页。
② 《〈暴风骤雨〉座谈会记录摘要》,《东北日报》1948年6月22日。
③ 蔡天心:《从〈暴风骤雨〉看东北农村新人物底成长》,《东北文艺》1950年第1卷第2期。

下编 土改叙事文体论

善言辞的性格特征都受到了研究者的指责,这说明人物形象的理想化程度与意识形态的期望还存在着很大的距离。

从土改的相关资料来看,贫雇农并非都是阶级觉悟较高的积极分子,其中也混入了不少地痞流氓,中农中也有不少劳动起家的能手,"在老区,有些乡村贫雇很少。其中,有因偶然灾祸贫穷下来的。有是地、富成分下降还未转化好的。有因好吃懒做、抽赌浪荡致贫的。故这些地区组织起的贫农团在群众中无威信,他们起来领导土改,就等于把领导权交给坏人。因而就出的乱子很多,吓得区乡干部有逃跑的,有自杀的。群众中也同样发生此种现象。很多地区掌握不好,这也是其中一个很大原因。因之,老区就要不怕中农当道,真正的基本好群众在中农阶层及一部分贫农中。"[1] 在某些地方,"劳动好"不能作为参加农会的条件,改成了"贫苦农民出身",[2] 原因就在于"劳动好"并不局限于贫雇农,而是大量的中农,甚至包括一部分地主富农,这样就会造成阶级的界限不清楚,只好改成贫富对立的阶级划分。而在土改作品中,阶级成分决定了人物的思想和行动,只要看其阶级标签,就可大致推断人物的行为。这种表述性现实与客观性现实的背离在1949年后表现得更为明显。

周扬在1953年的第二次文代会上指出,"创造正面的英雄人物"是"文艺创作的最崇高的任务",为了塑造英雄典型,"有意识地忽略他的一些不重要的缺点,使他在作品中成为群众所向往的理想人物,这是可以的而且必要的。"[3] 时代需要高大完美的英雄形象,这就要求作家们不能塑造普遍意义上的农民积极分子,是剔除了性格杂质、进行了美化与提纯的理想化英雄人物形象,他们是接受了革命意识与党的政策保持高度一致的农民英雄。其特点是除了苦大仇深,大公无私的品质外,更重要的是政治觉悟高,是党的意志的忠实执行者。

《春回地暖》(王西彦)中的章培林是充满了斗争热情的贫苦农民,经

---

[1] 习仲勋:《习仲勋关于西北土改情况的报告(1948年1月19日)》,中央档案馆编《解放战争时期土地改革文件选编(1945—1949年)》,中共中央党校出版社1981年版,第130页。
[2] 《"劳动好"不能作为条件》,《晋绥日报》1947年11月16日第2版。
[3] 周扬:《为创造更多的优秀的文学艺术作品而奋斗》,《人民文学》1953年第11期。

第五章 人物形象谱系分析

过党的培训教育后担任了乡主席。他全身心地投入到土改运动中，斗志昂扬，立场坚定。不过，作者并没有把他塑造成完美无缺的英雄形象，而是写到了人物心理中爱欲与革命的矛盾。他借哥哥的话向彩凤提出早日成亲，这是他"隐藏在心灵深处的冲动——尽早和彩妹子生活在一起。"彩凤批评他"自私自利"，他的心中充满了自责和悔恨："只要想一想，如果不搭帮解放，他和彩妹子的前途将会怎样呢？他怎么能在目前土改运动的鼓点子打得正紧的关头上，分心去盘算那个问题呢？可是，一临到感情冲动的刹那间，他竟在甘彩凤面前说出那些该死的话来！这有多么胡涂可笑！"[①] 虽然革命的意志很快压倒了个人的私欲，但主人公还是为自己隐秘的情感冲动感到羞耻。情爱是革命者的禁忌，沉溺于儿女私情必定会侵蚀革命者的斗志，革命者需要放弃对情感、欲望的追求，才能百炼成钢，成为纯粹化的无产阶级英雄。《呼啸的山风》（李乔）中的丁政委听到母亲和哥哥被害的消息，"他感到悲哀；但同时又警觉到这事情发生得太突然，太不简单，里面一定隐藏着恶毒的阴谋。他不免沉思起来。"[②] 亲人的惨死并没有让他在悲痛中失去理性，他马上警觉到这是敌人采取的卑鄙手段来阻止凉山的民主改革。个人的情感无论何时何地也不能僭越对革命的忠诚，要将亲人离去的悲痛转变为对敌人的仇恨，让革命的意志更加坚定。

《翻身记事》（梁斌）中的周大钟是作者梁斌刻意塑造的理想化的英雄形象，满足了意识形态的对正面人物的要求。他坚持正确的路线政策，与富农出身的副队长李蔚形成了鲜明的对照。除了具备较高的思想境界和饱满的战斗激情外，他还是公而忘私的道德楷模，与身边的女队员刻意保持距离，坚持要进入社会主义才会结婚。周大钟对党的政策具有极强的领悟能力和运用能力，当他看到天空中的雁群后，立刻想到自己肩上的责任，"如今我是一个村的土改队长，是标兵、是表率，我要当好这个带头人。大雁是禽鸟，会受到猎人的欺骗；土改队是毛主席派来的，不能受到坏人的蛀蚀和侵袭。"在工作中，他对上级领导充满了崇敬之情，在遇到困难的时候，是上级给以鼓舞，指引了前进的方向。"周大钟在上级面前，一

[①] 王西彦：《春回地暖》（上），作家出版社1963年版，第368页。
[②] 李乔：《呼啸的山风》，作家出版社1965年版，第75页。

下编 土改叙事文体论

向规规矩矩,坐有坐像立有立像,活象一个小学生在听老师讲课。"① 英雄人物都是置身于阶级中的集体英雄,是紧紧跟随党的政策,与上级精神保持高度一致的革命者。他们可以有工作中的惶惑不安,这些都会在无所不能的上级领导那里得到解决,同时在上级的帮助下不断提高自己的工作能力和精神境界。这一切都是在说明只有在代表劳动人民利益的党的领导下,革命事业才能无往而不胜,英雄正是掌握了革命意识形态的忠诚战士,是党的政策路线的积极推行者。

面对生活真实与政治需求的距离,作家需要站在党性的立场上,对现实生活进行筛选与集中,将人物原型进行升华与拔高,根据政策来塑造形象,并通过形象来反映政策,力图将二者统一起来。"构成'新小说'的主人公的不是一般意义上的农民,而是接受了革命意识被革命化了的农民,这也就是人们所说的'新人'(新的农民英雄)","他们的革命思想又确实是党通过自己的正确的农民政策对农民实行教育与引导的结果。这就是说,占据这类'新小说'的主导地位的,无疑是革命的意识形态;而掌握了革命意识形态、并因此被认为天然地代表了包括农民在内的劳动人民的最大利益的革命政党,才是其真正的主人公。"② 在"文革"时期,英雄人物表现为政治上的先进性和纯粹性,人格上的完美无缺,失去自我的个性和思想。在英雄形象逐渐"正典化"的同时,人物包含的过多的意识形态信息已经严重破坏了形象的审美性,往往成了理念化的空洞符号。

二 土改中的流氓无产者

土改中一些敢打敢杀的二流子混入了革命队伍,尽管他们品行不端,令人不屑,面对土改初期多数人还在观望犹豫的现实,工作队迫切需要这样的"急先锋"打开沉寂的局面。"在运动之初,他们(工作队)对那些乡村的二流子也很反感,专找村里正经八百的贫雇农做积极分子,扶植这些人领导运动,然而,这些人大半木讷老实,脑筋不灵,什么事都说不清道不白的,而且往往不够勇敢,指望他们斗地主、分田地,形成一种革命

---

① 梁斌:《翻身记事》,人民文学出版社 1978 年版,第 18、151 页。
② 钱理群:《1948:天地玄黄》,中华书局 2008 年版,第 167 页。

第五章　人物形象谱系分析

的气氛，似乎是连门儿也没有。而那些明白事理、有文化的，此时又大半是革命对象，所以没有办法，只好请这些'革命先锋'出山，这些人一冲二杀，大家跟上去，土改也就轰轰烈烈了。"① 土改中混入一些道德败坏的无耻之徒显然有现实的因素，他们积极地向工作队靠拢，只是出于个人的私欲，而不是革命觉悟的提高。正因为如此，他们的革命性同时也是破坏性，为当时的"左"倾路线起到了推波助澜的作用，对农村的生产力造成了很大的破坏。

在土改中，普通农民还在观望形势的时候，流氓分子出于对物质利益的渴望，开始蠢蠢欲动。"'勇敢分子'之所以勇敢，不仅仅是因为他们较少牵挂，更由于他们将土改看成了发横财的好机会，一时间，土改运动中人们挖地主浮财的积极性相当高，甚至高过了分配土地。滥用私刑，拷打致死的现象，多出于逼索浮财之时，而且最在意的就是地主的金银首饰、银元和金条。"② 农村中的二流子处于社会的边缘地位，他们贫困潦倒，没有产业，对于革命没有后顾之忧，渴望颠覆既有的社会秩序获得解放，而且他们头脑灵活，惯于趋炎附势，斗争起来不留情面，既是革命不得不倚重的运动骨干，同时也是潜伏在革命队伍中的异质分子。

革命需要进行广泛的群众动员，地痞流氓并没有因为其低劣的道德水平被驱逐出去，他们身上的潜在的巨大斗争性很早就受到了领导人的注意。早在1925年的《中国社会各阶级的分析》中，毛泽东就注意到了游民无产者的革命性，"处置这一批人，是中国的困难的问题之一。这一批人很能勇敢奋斗，但有破坏性，如引导得法，可以变成一种革命力量。"③ 之后风起云涌的农民运动果然验证了这一点。1927年，毛泽东在《湖南农民运动考察报告》中指出参加革命的队伍中不乏乡间痞子，包括"那些从前在乡下所谓踏烂鞋皮的，挟烂伞子的，打闲的，穿丝长褂子的，赌钱打

---

① 张鸣：《乡下人的革命性——〈林村的故事〉有感》，徐勇主编《中国农村研究》（2002年卷），中国社会科学出版社2003年版，第389—390页。
② 张鸣：《在"翻身"大动荡中的乡村政治》，《乡村社会权力和文化结构的变迁（1903—1953）》，陕西人民出版社2008年版，第225页。
③ 毛泽东：《中国社会各阶级的分析》，《毛泽东选集》（第1卷），人民出版社1991年版，第9页。

下编 土改叙事文体论

牌四业不居的。"他们作为革命的先锋,"一切破坏的工作,都只有他们做得出",毛泽东特别强调要维护贫农领袖的革命积极性,"我们要反对那些痞子运动、惰农运动的反革命口号,同时尤要注意不做出帮助土豪劣绅(虽然是无意的)打击贫农领袖的错误,事实上贫农领袖中从前虽有些确是'赌钱打牌四业不居'的,但现在多数都变好了。"①

赵树理对于土改中的农村情况非常熟悉,他认为,"土改中最不易防范的是流氓钻空子。因为流氓是穷人,其身份很容易和贫农相混。"②"每个村子里,都有一种灵活的滑头分子,好像不论什么运动,他都是积极分子——什么时行卖什么,吃得了谁就吃谁;谁上了台拥护谁。这些人,有好多是流氓底子,不止没产业,也不想靠产业过活,分果实迟早是头一份,填窟窿时候又回回是窟窿。可是当大多数正派贫雇农还不相信自己的时候,偏好推这些人出头说话,这些人就成了天然的积极分子。"③

在《邪不压正》中,小旦就是一个流氓的典型代表。在刘锡元得势的时候,他处处逢迎,强迫软英与刘忠订了婚,刘家败落后,他又反戈一击,成了土改中的积极分子,再去吓唬王家,威逼软英与小昌的儿子定亲。无论村子中权力如何变迁,他总是能够依附最有权势的政治力量,是村中屹立不倒的能人。八路军来了之后,刘家人逃到山上,小旦为他们通风报信,后来看风声不好,又将功补过,把刘家父子抓回来。"在斗争那一天,人家看见刘家的势力倒下去,也在大会上发言,把别人不知道光人家知道的刘家欺人的事,讲了好几宗,就有人把人家也算成了积极分子。清债委员会组织起来以后,他说刘锡元他爹修房子的地基是讹他家的。大家也知道他是想沾点光,就认起这笔账来了。后来看见元孩、小昌他们当了干部,他就往他们家里去献好;看见刘忠的产业留得还不少,就又悄悄去给刘忠他娘赔情。不用提他了,那是个八面玲珑的脑袋,几时也跌不倒!"他利欲熏心,没有"问题"也会捏造"问题",分到了一个骡子几石粮食。在填平补齐的会议上,小旦更是极力煽风点火,鼓动大家将很多的

---

① 毛泽东:《湖南农民运动考察报告》,《战士周报》1927 年第 38 期。
② 赵树理:《关于〈邪不压正〉》,《人民日报》1950 年 1 月 15 日。
③ 赵树理:《发动贫雇要靠民主》,《新大众报》1948 年 3 月 16 日。

第五章　人物形象谱系分析

富裕中农也当作封建尾巴进行斗争，导致了斗争范围的扩大化。"像小旦那些积极分子，专会找条件，又是说这家放过一笔账，又是说那家出租过二亩地；连谁家爷爷打过人，谁家奶奶骂过媳妇都算成封建条件。元孩和小宝他们几个说公理的人，虽然十分不赞成，无奈大风倒在'户越多越好'那一边，几个人也扭不过来。"①

勇敢分子的积极性对于土改工作是一把双刃剑，他们既能够很快营造革命的氛围，也会因为自己的私欲侵蚀革命事业。工作队只是利用无赖之徒的积极性打开斗争的局面，当土改工作走向了预定的轨道，大多数贫雇农都敢于出头之后，一旦发现这些积极分子兴风作浪，恶习不改，为了维护组织的纯洁性，就会将其清除出革命队伍。《邪不压正》中的故事结尾，小旦受到了严厉的批评，不过，像这样的投机分子，在条件适宜的时候，难保不会东山再起，继续活跃在乡村政治舞台上。

同时期的《暴风骤雨》中出现的积极分子都是苦大仇深的贫雇农，是在斗争中不断成长的革命新人，不是浑水摸鱼的投机之徒。实际上在东北，游民问题也同样突出。"这里的游民成份比关内各地都要多，他们因为日本人的殖民地统治，强夺土地、强抓劳工，长期流于失业、失去家庭，他们迫于生计，有的当土匪、小偷，有的当地主恶霸狗腿子，有的当警察特务的爪牙、抽大烟、扎吗啡、嫖赌喝，不务正业，到处流荡，他们善于应付逢迎，欺上瞒下，看风使舵，在我们工作开始，因我们对情况了解不够，挑选积极分子不慎重，而他们为着得果实，常是敢做敢为，缺少顾虑，开始时首先挺身而出，充当了积极分子。"②《暴风骤雨》第二部中，张富英斗地主老崔家有功，只是因为二人有私仇而已，以阶级仇恨的名义来报个人的恩怨，他当上农会副主任后安插了自己的亲信，想方设法把郭全海排挤出去，把农会搞得乌烟瘴气。土改工作队萧队长的再次到来很快解决了这个问题，郭全海重新得到重用。"只是作者为了使下卷所发生的

---

① 赵树理：《邪不压正》，《赵树理全集》（第1卷），北岳文艺出版社1986年版，第474、482页。

② 《东北局关于解决"半生不熟"与准备春耕的指示（1947年2月20日）》，《中国的土地改革》编辑部、中国社科院经济研究所现代经济史组编《中国土地改革史料选编》，解放军国防大学出版社1988年版，第343页。

事件成为可能,有意表现因为肖祥离开了村子地主便实行'翻把',只有肖祥重新回到村子以后才又恢复了正常的秩序。这里作者强调共产党的代表人物肖祥的领导作用,却令人感到有了组织也曾有过斗争的群众十分软弱。这可以说是一个显著的缺点。"① 这个小插曲从一个侧面反映了流氓轻而易举便可掌握村中权力,这对于革命队伍的纯洁和领导人的能力水平均构成了潜在的质疑。

既然二流子参加土改的目的只是为了"吃斗争饭",他们想尽方法得到了比别人更多的果实之后,并不是要借此发展生产,而是好吃懒做,吃喝浪费,很快将果实挥霍一空,希望再来一次土改。快板剧《发土地证》中的懒汉淘气也曾是土改的积极分子,"闹斗争,闹清算,这些事儿我爱见。年上冬天闹平分,我也参加了贫农团。查阶级,分土地,样样工作干的欢,分配果实要双份,我得先把好的拣。要了好地四亩整,带着麦苗一亩半。分了小米三斗二,分了麦子二斗半。有了麦子推白面,烙大饼、炒鸡蛋,羊肉饺子蘸辣蒜。小米也能换烧饼,不动烟火也吃饭。我大吃大喝不生产,吃喝完了再清算。土改要一年来一回,我就不愁吃来不愁穿。"他打算把分的地卖掉,"一年一平分,二年一改革,年年都分胜利果。"②最后,在干部的批评教育下,懒汉决定要洗心革面,安心生产,剧中的人物思想转变过于突兀,一点内心的挣扎和矛盾都没有,马上就脱胎换骨了。而人们内心深处的平均主义心态和对于财富的贪婪是很难彻底根除的。

三 "翻得高系列":蜕化的革命者

"翻得高"是《三里湾》中的村长范登高的绰号,他在土改中翻身翻得高了,置了几亩好地,又买了两头骡子,开始热衷于个人的发家致富,雇人做买卖,并以革命老资格自居,表面上是维护党的利益,实际上是为自己开脱。他圆滑世故,能把反对意见"说得很圆滑",连领导也"在形

---

① 陈涌:《〈暴风骤雨〉》,《文艺报》1952 年 6 月 25 日。
② 张学新:《发土地证》,《张学新文集》(第 2 卷),百花文艺出版社 2006 年版,第 105—106 页。

第五章 人物形象谱系分析

式上也找不出驳他的理由;跟他讲本质他又故意装听不懂,故意绕着弯子消磨时间。"① 他已经从土改时的积极分子蜕变成了关注个人利益的落后分子,类似的人物还有《创业史》中的郭振山,他曾是走街串巷卖瓦盆的农民,凭借出色的口才在土改中大显身手。"在土地改革的期间,郭振山被人叫做'轰炸机',他在斗争地主的群众大会上出现,大喝一声,吓得地主浑身发抖,尿到裤子里头。"② 而土改之后,他宣布"人们都该打自己过光景的主意了。"他和富农姚士杰同在富裕中农郭世富家坐席,阶级路线并没有贯彻到日常生活中来,他还暗地里与别人投资搞砖瓦买卖,对于梁生宝组织的互助组冷眼旁观。昔日光辉的"轰炸机"已经成了无用的一堆废铁。

这些翻身后思想变质的村干部共同构成了土改人物形象的"翻得高系列","指那些贫苦农民,解放后当上了干部,掌握了一部分权力,由于小生产者的严重思想局限,便很快地背弃了自己参加革命或入党时的信念,学着剥削者的样子,或在土改中多占胜利果实,或利用职权谋一己的私利,还有的则革命意志消退,甚至蜕化变质。"③

"翻得高"之流从土改的功臣蜕化为革命的绊脚石,一个重要原因是对于物欲的追求,他们当年积极地投身到土改的革命潮流中来正是出于对于未来幸福生活的美好期待,现在他们获得了梦寐以求的土地,拥有了可以凌驾于他人的权力,自然就会努力将发家的理想变为现实。《翻身》中提到,民兵一开始没有参加果实分配,"可是干部们耐心地、无私地等待了很久,却始终不见有人提出建议说他们也应该从斗争中获得好处。许多民兵都觉得当一个普通老百姓比'积极分子'还要强些,因此纷纷要求退出。"④ 在一般人看来,实际利益要比空洞的荣誉实在得多了。在缺乏权力制约机制的情况下,干部自然容易走上为己谋私的堕落之路。

土改为贫困的农民带来了未来的光明图景,许诺了一个桃花源式的美

---

① 赵树理:《三里湾》,《赵树理全集》(第2卷),北岳文艺出版社1990年版,第88页。
② 柳青:《创业史》,人民文学出版社2005年版,第45页。
③ 黄修己:《赵树理研究》,山西人民出版社1985年版,第97页。
④ [美]韩丁:《翻身——中国一个村庄的革命纪实》,韩倞等译,北京出版社1980年版,第175页。

下编　土改叙事文体论

好社会，而当人们努力去实现个人的幸福时，却一不留神站到了革命的对立面。革命的过程是一个消失了思想、个性、欲望等个体表征，完全融入集体中，成为具有标准化思想和行为的集体成员。革命是"以消灭蕴涵在物质情感中的私有制思想为己任的，革命和私有化思想是不共戴天的对手。革命过程中，革命政治的一个很重要的工作就是对私有化感情、心理、哲学、理想、制度和观念的改造，任何放松对于物质话语的改造都是极大的政治错误。"①

《李有才板话》中的小元当上干部就颐指气使，穿上制服再也不愿和从前一样下地干活，摆出一副高高在上的派头。《邪不压正》中的小昌借助权势自己分得了较多的胜利果实，妻儿都变得趾高气扬，还胁迫软英嫁给自己还未成年的儿子。《老赵下乡》（俞林）中的村长刘应禄因为贪心地主的二亩好地被地主抓住了把柄，不得不处处照顾他，结果被地主钻了空子，减租法令成了一纸空文。作品中还提到了家属的落后是造成干部堕落的原因之一，刘妻蛮横无理，不让丈夫去管村务，只想过好自己的日子。其实，悍妻不过是他们借以推卸责任的借口，谋求私利本是他们潜意识中的念头，只是碍于身份不便说出来，借妻子表现出来而已。刘应禄在大会上坦白错误，并对顶嘴的妻子大打出手，以此来保存自己男人的颜面。正如《三里湾》中的"糊涂涂有个怕老婆的声名，不过他这怕老婆不是真怕，只是遇上了自己不愿意答应的事，往老婆身上推一推，说他当不了老婆的家，实际上每逢对外的事，老婆仍然听的是他的主意。"②

土改中这些积极分子确实为革命立下了汗马功劳，他们冲锋在前，任劳任怨，所体现出来的大公无私的品质得到了群众的认可和尊敬，不过，运动的激情很快退去，蛰伏的自私念头、官本位思想都会出现在意识层面，并支配人们的行为选择。"在一些村子里，这种阶级斗争运动使一部分人走上领导岗位，他们具有好战精神，反对有威望的前领导人，其中很多新的地方掌权者是年轻的无家可归者，甚至是没文化的恶棍。有些人利

---

① 蓝爱国：《解构十七年》，华东师范大学出版社2003年版，第18页。
② 赵树理：《三里湾》，《赵树理全集》（第2卷），北岳文艺出版社1990年版，第93页。

第五章 人物形象谱系分析

用运动攫取权力,忌妒成性,强奸偷盗,牢固确立自己和老朋友的地位,并表明自己是绝对忠实于阶级斗争的行动者。"① "他们(积极分子)在每次斗争中都冲锋在前,带头殴打'斗争对象',挖掘老财的土炕,豁出命站岗,……可是土改后期,他们中的不少人由地主阶级的灾星变成普通人的灾星。"②

在初期土改小说中干部的腐化还只是个别现象,是夹杂在激昂的主旋律中的不和谐的音符。而在新时期的土改小说中多数村干部都是滥用职权的卑鄙小人,他们借土改之机获得了领导权力,开始在村中兴风作浪,为所欲为。这在一定程度上呈现出了传统土改作品中被遮蔽的真实一面,《故乡天下黄花》中的赖和尚是贫农出身,他有爱听房的毛病,不过,在工作队老范看来,这只是个无关紧要的小事,赖和尚的毛病是在旧社会被地主给逼出来的,是地主阶级的罪恶。在土改后期,老范刚走,他们恶的本性暴露无遗,以审问为借口强暴了地主家的女人们。土改结束后,原本臭味相投的赖和尚和赵刺猬又反目成仇,为了争权夺利在村子中再次掀起了斗争。

不过,千篇一律的坏干部形象又会让人觉得矫枉过正。而且一而再地召开政治运动会将这些干部洗刷出去,至少使他们暂时收敛一下。"参加土地改革和四清运动的经验告诉我,在积极分子或'革命先锋'当中,确实既有原属赤贫,除了革命别无出路,'苦大仇深'因而格外坚定的觉悟分子;但也确有家无恒产亦无恒心,只求趁风捞一把的'勇敢分子'即投机分子,这一部分在经济地位和道德面貌上原属流氓,革命顺利时会成为希意承志矫枉过正的暴民,革命退潮时往往反水。"③ 关于积极分子的形象,作品如果只是指向坚定无私的革命者,或者是见风使舵的投机者,难免会有失偏颇。

---

① [美]弗里曼、毕克伟、赛尔登:《中国乡村,社会主义国家》,陶鹤山译,社会科学文献出版社 2002 年版,第 140 页。
② [美]韩丁:《翻身——中国一个村庄的革命纪实》,韩倞等译,北京出版社 1980 年版,第 255—271 页。
③ 邵燕祥:《邵燕祥自述》,高增德、丁东编《世纪学人自述》(第 6 卷),北京十月文艺出版社 2000 年版,第 452 页。

第三节 边缘化:思想改造与知识分子

一 从启蒙者到学习者

在现代中国历史中,知识者所扮演的角色由"启蒙者"逐渐变成了"学习者"。"知识分子以自任'启蒙'和'唤醒'民众的光荣使命开始,却渐渐地觉得在'群众'面前自惭形秽,愧为'启蒙'之师;继而觉得自己不得不跻身于革命的洪流里,跟在后面跑;终于又觉得自己变成必须受群众'再教育'甚至挨批挨斗的角色。"① 40年代土改文学中出现的对知识分子的丑化与五四时期小说的知识分子启蒙者形象形成了鲜明的对照,知识者的学问由改造社会人生的力量源泉变成了只是用来炫耀自己、毫无实际价值的资本,这样的变化与延安整风有着密切的关系。延安文艺座谈会之后,广大知识分子开始投入到实际的斗争中,他们内心有种落后于时代的焦灼感,"不断追赶潮流,试图经过改造进行自我救赎;每一次运动都觉得自己跟不上,认为一定是我错了,于是在自责中更积极地追求潮流……"② 知识分子在战争的血与火中油然而生一种沉重的"原罪感",面对目不识丁的工农群众产生一种由衷的自卑感。他们认为自己过着不劳而获的优越生活,是广大的劳动人民养活了自己。为了追赶革命的步伐,必须诚心诚意地接受改造。

20世纪初,知识分子处于秩序混乱中的传统与现代的断裂社会之中,他们以学校、社团、刊物为中心,借助于文化传媒,拥有了相对独立的知识空间。他们高举着"科学"与"民主"的旗帜,猛烈抨击传统观念,开展文化启蒙运动,呼唤民众的觉醒,希望能够借助西方的价值观念来让古老的中国重新焕发出生机。"知识分子与社会的关系变得象征化和符号化,

---

① 陈建华:《"革命"的现代性:中国革命话语考论》,上海古籍出版社2000年版,第259—260页。
② 资中筠:《重建知识分子对"道统"的担当》,马国川《中国在历史的转折点 当代十贤访谈录》,中信出版社2013年版,第134页。

第五章　人物形象谱系分析

只是以知识的符号形态影响社会，通过抽象的话语方式启蒙民众。知识分子与社会特别是乡土社会这种的象征化的联系，背后所缺乏的，正是过去士大夫阶级那种制度化的渊源。而抽象的话语一旦匮乏建制化的基础，就会变得无足轻重。现代知识分子不再是社会的中心，反而在'断裂社会'中愈趋边缘。"① 知识分子空有宏观大论，他们是没有根基的社会阶层，缺乏权力的后盾和社会的支持，因此他们的呐喊在死寂的中国是寂寞的，得不到任何的回应。作为"自由漂浮者"的知识分子，希望可以采取实际的革命行动以实现社会的重大变革。

知识分子几经周折，终于找到了革命的理论和政党。社会越是混乱无序，人民就越急于采用极端的暴力方式使问题彻底解决。"暴力对某些知识分子总是具有强大的吸引力，它同希望得到激进的、绝对的结论是一致的。""知识分子同暴力的结合是如此经常地发生，不能认为这是一种偶然现象。它常常采用赞美'行动者'即实行暴力者的形式。"②

按照毛泽东的说法，"皮之不存，毛将焉附？"如果说初期的知识分子是随风飘浮的"毛"，延安时期的知识分子终于找到了可以依附的"皮"。"现在，知识分子附在什么皮上呢？是附在公有制的皮上，附在无产阶级的身上。谁给他饭吃？就是工人、农民。"③ 体制下的知识分子失去了尖锐批判问题的自由，在革命实践中也充分暴露出自身眼高手低、虚荣骄傲的特点，再加上当时知识者盛行的"原罪说"，知识分子开始洗心革面，转而向工农兵学习，认真地按照政策的要求改造自我的思想。"共产党说'思想改造'是一种'民主的'教育方法，是通过连续的批评与自我批评实现思想转变的方法。这种方法始于40年代初期的延安'整风运动'，自那时起它一直是一种重要而有特色的社会、政治和意识形态控制的手段。这种方法首先不是被看作一种惩罚形式——虽然有时被用于惩罚的目的或最后导致惩罚的结局，但主要是作为一种产生'正确思想'的'教育'工

---

① 许纪霖：《"断裂社会"中的知识分子》，《20世纪中国知识分子史论》，新星出版社2005年版，第3页。
② [英] 保罗·约翰逊：《知识分子》，杨正润等译，江苏人民出版社1999年版，第433页。
③ 毛泽东：《打退资产阶级右派的进攻》，《毛泽东选集》（第5卷），人民出版社1977年版，第453页。

下编 土改叙事文体论

具,这种正确思想随后会带来正确的社会行为和政治行为。虽然这种方式被看成是改造知识分子的特别有效、特别适当的方法,但是这种方式不仅仅局限于对知识分子,更确切地说,它被看作是一种普遍有效的做法,既适用于党的最高领导人,也适用于最缺乏政治意识的农民。"①

知识分子敏于思考,怯于行动的弱点,也在革命实践中暴露无遗。他们受过高等教育的熏陶,虽然渴望社会革命带来新的气象,更希望以温和渐进的方式来完成。知识者温文尔雅的个性与土改所需要的激进狂热的气氛显得有些格格不入。"运动一来,知识分子也就帮着做个记录什么的,口号都喊不响亮。农民提出实际问题回答不了,白天干不了农活,又不敢摸黑走夜路,江涛滚滚,驾不得船,山路漫漫,攀不得崖;甚至不会说大话,不会说粗话,不会说胡话,更不会说假话,得,赤贫革命的性质,决定了知识和知识分子的贬值,决定了理性精神的苍白无奈,也决定了人性道德的不着边际。尽管早期中国革命首先是由知识分子精英所发动的。"②知识分子是脑力劳动者,习惯于在书斋中埋头于学问,在土改中面对着错综复杂的宗法关系,要和没有文化的农民打成一片,的确是件不容易的事情。正是因为这先天的弱点,在土改小说中,只有贫雇农出身的干部才能扭转乾坤,顺利完成土改工作。

《暴风骤雨》中的知识分子刘胜一进村就主张开大会,而不是先去调查研究,结果遭到了"意料之中的失败",在一斗韩老六失败之后,他就开始收拾行李打算离开。在萧队长看来,"他碰到过好些他这样的小资产阶级出身的革命的知识分子,他们常常有一颗好心,但容易冲动,也容易悲观,他们只能打胜仗,不能受挫折,受一丁点儿挫折,就要闹情绪,发生种种不好的倾向。"③虽然萧队长也是知识分子,但他作为知识者的印记只是一支金星钢笔和写日记的习惯,他是已经脱胎换骨的革命知识分子,是能够与党的政策方针保持一致的成熟的革命者的形象。《太阳照在桑干

---

① [美]莫里斯·梅斯纳:《毛泽东的中国及其发展——中华人民共和国史》,张瑛等译,社会科学文献出版社1992年版,第109页。
② 赵瑜、胡世全:《革命百里洲》,中国青年出版社2003年版,第256页。
③ 周立波:《暴风骤雨》,人民文学出版社1956年版,第15页。

第五章 人物形象谱系分析

河上》中善意地讽刺了文采的不懂装懂、自命清高,开了六个钟头的大会,只会夸夸其谈,不深入群众。文采先入为主,认为张裕民有流氓习气,沉浸在斗争江世荣的胜利中,对钱文贵还保留着恻隐之心。章品的到来打开了工作的局面,"他的出现,结束了工作组中文采和杨亮间空洞的争论,结束了村干部们的变天思想的发展,结束了暖水屯工作的混乱情况,他的出现,突出了小说斗争钱文贵的中心,完成了小说的反霸的主题思想。然后,在斗争钱文贵以前,他匆匆地走掉了,正象一阵风一样地来了又去了。"[①]

土改小说中主角多是根正苗红的工农干部,知识分子在情节中只能承担可笑的配角,后者以自身的幼稚、冲动、自满处处反衬出领导者的成熟、稳重、谨慎。他们需要在实际的斗争中锻炼,才能改正小资产阶级知识分子的思想弱点,磨掉自身性格上的棱角,加入革命者的行列。虽然小说中的知识分子都是受到嘲讽的灰色人物,他们对于革命的积极性还是得到一定程度的认可,文本中还留下了继续成长的空间。《一个空白村的变化》(那沙)中的莫步晴,对待实际工作也是"摸不清","他为人十分能干,性质好强,工作总想占先,喜欢把事情弄得轰轰烈烈,呼呼啦啦。"他被"笑面虎"的开明假象所迷惑,没有深入群众调查研究,习惯于做表面功夫。"对于减租,莫步晴是十分热心的。那样的大热天气,他蹲在屋里连夜写减租计划。方式、方法,中心、步骤,一个大问题几个小问题,一个大点几个小点,写了厚厚一小本。满心想把工作搞在别人头里,弄出一点成绩来。"[②] 经过在县上的学习之后,莫步晴洗心革面,改名为莫得晴,广泛地发动群众,成功地组织了翻身大会,将"笑面虎"斗倒,改选了农会组织。可见,知识分子只要经过了从"摸不清"到"摸得清"的变化,努力改变自己的思想和工作作风,最终是可以成为成熟的革命领导者的。

二 艰难的选择

人的改造是十分艰难的过程,即便知识分子充满了革命的热情和赶上

[①] 竹可羽:《论〈太阳照在桑干河上〉》,《人民文学》1957年第10期。
[②] 那沙:《一个空白村的变化》,山东新华书店1947年版,第13、15页。

下编 土改叙事文体论

时代的迫切心理，在实际的工作中他们还是要面对生活习惯、思想方式、个人情感等诸多方面的挑战。

知识分子都接受了现代都市文明的熏陶，奉行的是现代的生活方式。为了拉近与群众的距离，知识者不得不放弃自己的日常生活习惯，看书的爱好甚至连刷牙这样基本的卫生习惯都无法坚持下来，因为这些现代的生活方式，在村民眼里是古怪的西洋景，会造成无法理解的隔阂。"临下乡以前，故意连一本文艺书也不敢带，甚至因为刘老太婆天天用诧异的眼睛看我刷牙，我觉察了，就连牙也不敢刷了。"① 孙犁的《山地回忆》也描写了妞儿对知识者生活习惯的不理解，"我们是真卫生，你们是装卫生！你们尽笑话我们，说我们山沟里的人不讲卫生，住在我们家里，吃了我们的饭，还刷嘴刷牙，我们的菜饭再不干净，难道还会弄脏了你们的嘴？为什么不连肠子肚子都刷刷干净！"②

知识分子向农民的学习是单方面的膜拜，而不是双方的交流，知识者没有能力促成乡村由保守到现代的转变，向村民灌输现代的思想观念，只能入乡随俗，尊重农民的生活习惯，努力消灭知识者的印记。他们首先面对的困难就是生活中的衣食住行。《咆哮了的土地》（蒋光慈）中的革命者李杰下乡后面对着难以下咽的食物，"饭菜异常地粗劣，碗筷在表面上看来是异常地不洁，那上面似乎粘着许多洗濯不清的黑色的污垢。张进德拿起碗筷来就咕哧咕哧地吃起来，似乎那饭菜是异常地甜蜜，而李杰在开始时却踌躇了一下，皱了一皱眉毛，接着那饭菜的味道使着他感觉到他和张进德的分别……"③ 这是摆在革命者面前的生活关，对于革命的激情使他们对低劣的生活条件反而甘之若饴，他们怀着革命的激情坦然承受低劣的生活条件，并在苦难的磨砺中升华出一种崇高感。

---

① 韦君宜：《三个朋友》，《解放区短篇小说选》，人民文学出版社 1978 年版，第 477 页。
② 孙犁：《山地回忆》，《孙犁全集》（第 1 卷），人民文学出版社 2004 年版，第 246 页。有意味的是，80 年代路遥的代表作品《人生》中也写到了巧珍刷牙这一"壮举"在乡村掀起的轩然大波，引来了众人的围观，遭到了父亲的责骂，"放屁！牙好牙坏是天生的，和刷不刷有屁相干！"从刷牙这一细节可以看出，农民传统的生活习惯是如此根深蒂固，舆论压力如此之大，仅仅从生活习惯的细节上就可看出知识者与农民的天壤之别。
③ 蒋光慈：《咆哮了的土地》，《蒋光慈文集》（第 2 卷），上海文艺出版社 1983 年版，第 184 页。

第五章 人物形象谱系分析

韩丁在《翻身》中曾描写过工作队员在村民家吃派饭的情形,"我们走进他家的屋门,一阵难忍的恶臭扑鼻而来。地上散发呛人的童尿的臊气,隔壁传过来鸡屎的强烈臭味,燃烧麦根的余烬腾起一股股的青烟,整个屋子的空气里充满着那个女孩从溃烂的肺里呼出来的腐败的气味。""我知道,在这些碗筷上面,在我们呼吸的空气里,都已经沾染了结核病的细菌,可是我必须作出若无其事的样子吃饭,这是每一个土改工作者全都经历过的毅力考验。如果你不愿意与人民同甘共苦,你就得不到他们的信任。"另一位工作队成员戚云"对寒冷、疲劳、虱子、跳蚤、粗糙的食物和坚硬的木板床似乎都毫不介意。她把这一切都看做是'到群众中去'的一部分。"他还注意到了这样的现象:"知识分子的干劲远远要比地方干部高得多,虽然土地改革对于知识分子来说,意味着生活方式的彻底改变。"[①]

艰难的生活条件没有吓退知识分子,他们将其视为革命必须克服的困难坦然接受。对于知识分子来说,物质的匮乏可以忍受,难以忍受的是精神上的寂寞空虚。生活中骤然失去了书本的相伴,没有了志同道合的朋友,言谈举止必须符合农民的生活习惯,避免流露出些许不安的情绪,这才是对灵魂的残酷凌虐。在《三个朋友》(韦君宜)中,"我"遭遇到了一场精神的危机,"挖土担粪我全不怕,只有咬牙就能成;只有一点终归骗不了自己,心里总好像有一块不能侵犯的小小空隙,一放开工作,一丢下锄头,那空隙就慢慢扩大起来,变成一股真正的寂寞,更禁不住外界一点刺激。好像靠'枪手'替考了一百分的小学生,一当堂试验就露了马脚。"在石碾子的嗞唔声,女人"唠唠唠"的长吼声,大猪"哼哼哼"、小猪"吱吱吱"的叫声中,"我"陷入了难以摆脱的寂寞之中,怀念着过去充满情趣的日子。"这一个黄昏,他们全家老小就只在谈论那掉在茅坑里的小猪,吃饭也在谈,做活也在谈。我本来知道,我应该随着一起谈的,但是那寂寞既经来了,就不肯去,越扩越大,象一块石磨一样压在我的心思,我一言不发的吃饭,连饭都吃得很少。放下饭碗,背着手走到院心,

---

[①] [美]韩丁:《翻身——中国一个村庄的革命纪实》,韩倞等译,北京出版社1980年版,第333、301—302页。

下编 土改叙事文体论

在这阵寂寞的袭击之下,我把别的道理一下子都忘了。"① 知识分子与普通农民的精神世界是有距离的,单纯迁就农民务实本分的传统心理难免会发出寂寥的感慨。在小说中,这种寂寞感很快随着在劳动英雄刘金宽的影响教育下得到了改观,在红太阳绿麦田的劳动中,"我"不再留恋那个淡蓝色墙壁的世界,拒绝了地主黄四爷的拉拢,对另一位虚浮的知识者罗平也产生了反感。

《太阳照在桑干河上》中的文采在人群中感到了一种无法言传的孤独,街上的女人正叽叽喳喳地说话,"看见文采同志走过来,就都停住了,四个眼睛定定地望着他。"而等他走过,两个人又开始叽叽喳喳,"文采听不清,也听不懂,好像这次正说他自己,他只好装做完全不知道,"在街上他看不见一个认识的人,不知去哪里才好,街上众人又对他指指点点,"他并不怕这些人看他说他,可是总不舒服。"② 当知识分子处身于普通大众中必然会产生异己的隔膜感,这种精神上的寂寞感是很难消除的。只有产生融入人群的惬意感,才意味着思想改造的成功。作者丁玲对这种孤寂感是深有体会的,"这里很热闹,全部的人马都到了这里。我一整天夹杂在这里面,并不感觉舒服。我的不群众化,我的不随俗,是始终没有改变,我欢喜的人与人的关系现在才觉得很不现实。"③

知识分子要在向大众学习的过程中实现自我灵魂的蜕变,承受着蛹化为蝶时破茧而出的痛苦。"一面是真实而急切地去追寻人民、追寻革命,那是火一般炽热的情感和信念;另一面却是必须放弃自我个性中的那种种纤细复杂和高级文化所培育出来的敏感脆弱,否则就会格格不入。这带来了真正深沉、痛苦的心灵激荡。""把知识者那种种悲凉、苦痛、孤独、寂寞、心灵疲乏统统抛去,在残酷的血肉搏斗中变得单纯、坚实、顽强。"④

知识分子所遇到更为艰难的选择,是自己的家庭与革命事业之间的

---

① 韦君宜:《三个朋友》,《解放区短篇小说选》,人民文学出版社1978年版,第477—478页。
② 丁玲:《太阳照在桑干河上》,人民文学出版社1952年版,第148页。
③ 丁玲:《东行日记(1947年5月29日)》,《丁玲全集》(第11卷),河北人民出版社2001年版,第336页。
④ 李泽厚:《二十世纪中国(大陆)文艺一瞥》,《中国思想史论》(下),安徽文艺出版社1999年版,第1063、1066页。

第五章　人物形象谱系分析

冲突。他们往往出身小康富足之家，否则就很难有受高等教育的机会。在经历了物质和精神的双重考验之后，他们还要舍弃自己的家庭，自觉地站在革命的战线。"出身于地主、富农家庭的知识分子，因为他们与封建制度有若干联系，如果舍不得割掉封建的尾巴，舍不得为整个革命的利益而牺牲个人的和家庭的利益，就会发生立场上的动摇，其中一部分就会堕落到袒护地主反对农民的立场上去，或者堕落到自私自利独占农民斗争的果实的富农立场上去。""在这个时候，我们队伍中一切由地主、富农家庭出身的革命知识分子，必须警惕到自己的立场，即是在地主与农民之间的斗争中，要坚决站在为农民服务的立场上，然后才有正派的作风。"[1]

这些地富家庭出身的知识分子要与自己的家庭划清界限，更要与自己的亲人反目成仇，以此证明革命的坚定性。个人只有抛弃了家庭的束缚，尤其是摆脱剥削阶级的家庭，才能够加入到革命的大家庭中来。这对于普通人来说是情感上难以接受的事情。有的人甚至会因为巨大的心理压力而精神失常。韩丁就遇到一位想不通出身问题而精神崩溃的年轻学生，"他是北京清华大学，即国立工科大学的学生。他没有真正懂得革命到底是怎么一回事，就跑到解放区来了。在学习会上，他拒绝正视地主家庭出身这一事实，受到不断的责备。在土改工作队里，他因为骄傲自大受到同事们的严厉批评。他感觉失望、孤独，不能理解或同情农民。他的精神最后终于完全垮了下来，成为他的同志和他自己的一种讨厌的负担，后来他想逃回国民党统治区去。这是土地改革没有能够改造好的一个年轻干部，至少是暂时地把他压垮了。"[2]

即便是已经划清界限的革命者，心理也是充满了难言的歉疚。一位干部的私人信件中提到了要"舍父保母"的无奈之举，以尽可能地保全家人。"我生平（四十岁）从未敢批评我父亲，此次不得已我写了逾三千言的一封信，这是破天荒新纪元的批评和揭发我父的缺点"，提出把父亲孤

---

[1] 《学习晋绥日报的自我批评》（新华社社论），《人民日报》1947年9月1日。
[2] [美] 韩丁：《翻身——中国一个村庄的革命纪实》，韩倞等译，北京出版社1980年版，第427页。

立起来，全家人搬出去自立门户。他想尽量在不违反革命性的同时对父母略尽孝道，"我们党员既非枭獍，谁无父母？苟非万不得已，孰肯与父母决裂如此？"①

小说《秋千》（孙犁）中的大绢在冬学会议上被别人指出爷爷当年曾经剥削别人，立刻觉得十分羞愧。"李同志觉得在他的面前，好像有两盏灯刹的熄灭了，好像在天空流走了两颗星星。他注意了一下，坐在他前面长凳上的大绢低下了头，连头发根都涨红了。"她哭着离开了会场，此后，她再也不到冬学来了，再见到李同志时，他好像比平时矮了一头。直到纠正了她家的成分，大绢重新上学了，"她瘦了些，可是比以前更积极更高兴了，就是：火色更纯净，刚性也更坚韧了。"②小说见微知著，反映了人们因家庭成分不好而造成的精神伤害，这种痛苦的经历孙犁也有过切身的体会。"冬，土改会议，气氛甚左。王林组长，本拟先谈孔厥。我以没有政治经验，不知此次会议的严重性，又急于想知道自己家庭是什么成分，要求先讨论自己，遂陷重围。有些意见，不能接受，说了些感情用事的话。会议僵持不下，遂被'搬石头'，静坐于他室，即隔离也。"在土改中为了避嫌，更是不敢擅自回家。"麦收时，始得回家。自土地会议后，干部家庭成分不好者，必须回避。颇以老母妻子为念。到家后，取自用衣物，请贫农团派人监临，衣物均封于柜中。"③

三　在斗争中成长

在新中国成立后不久，很快又开始了对于新区的土改。这次土改涉及地区更多，范围更广，号召知识分子参加土改，不仅解决了当时土改干部不足的急迫问题，更重要的是在实际的斗争中，让知识分子逐步接受阶级观点，改造思想，促进他们对国家政权产生认同和崇拜之感。"他们亲眼目睹了中国乡村的落后、封建土地制度的危害，了解了地主对农民的剥

---

① 邵燕祥：《一封1949年的旧信》，向继东编选《2009中国文史精华年选》，花城出版社2010年版，第139页。
② 孙犁：《秋千》，《孙犁全集》（第10卷），人民文学出版社2004年版，第20、25页。
③ 孙犁：《陋巷集·〈善闇室纪年〉摘抄》，《孙犁全集》（第8卷），人民文学出版社2004年版，第17、18页。

第五章 人物形象谱系分析

削、中农在革命中的动摇、贫苦农民觉醒后的伟大。激动、痛苦、惶惑、愧疚、愤怒、怜悯……种种情感体验交相更替，构成了这些特殊的土改工作队员的典型心态。正是在激烈的现实阶级斗争和复杂无比的内心冲突中，他们获得了执政党所期望的政治上思想上的进步。"[1]

毛泽东曾在1951年1月召开的第二次全国统战工作会议上强调"状元三年一考，土改千载难逢"，鼓励民主人士去各地进行参观视察，[2] 各机关部门号召知识分子积极参加土改。在当局的积极倡导下，大量知识分子参与到了这次"千载难逢"的革命斗争中来。其实，这也是很多知识分子的主动要求，他们多是从国统区或海外过来，在新中国成立后万象更新的气氛中为自己的不劳而获感到羞愧，为自己的思想与革命理论的差距产生落伍之感，他们希望在实际的锻炼中能够接受革命的洗礼，接受先进思想的武装，正式成为革命队伍的一员。"反观自己，觉得百无是处。我从内心深处认为自己是一个地地道道的'摘桃派'。中国人民站起来了，自己也跟着挺直了腰板。任何类似贾桂的思想，都一扫而空。我享受着'解放'的幸福，然而我干了什么事呢？我做出了什么贡献呢？……我处处自惭形秽。我当时最羡慕、最崇拜的是三种人：老干部、解放军和工人阶级。对我来说，他们的形象至高无上，神圣不可侵犯。在我眼中，他们都是'最可爱的人'，是我终生学习也无法赶上的人。"[3] 这种未参加革命的羞愧感和原罪感是当时知识分子普遍的心态，他们积极主动要求参加下乡土改，在革命实践中改造自我。

这些埋头书斋的知识分子在土改中接触到了农村的真实境况，在斗争过程中对农民的苦难感同身受，对地主也产生了仇恨之情。他们在思想感情上受到了巨大的冲击，进一步坚定了阶级的立场，确立了群众观点、劳动观点，在世界观、阶级感情上悄然发生了变化，对于政治的态度由之前的超然物外转而为对政权的拥护。这样，参加土改的过程实际上就是自我

---

[1] 于风政：《改造》，河南人民出版社2001年版，第46页。
[2] 《第二次全国统战工作会议概况》，中央统战部研究室编《历次全国统战工作会议概况和文献》，档案出版社1988年版，第43页。
[3] 季羡林：《我的心是一面镜子》，《东方杂志》1994年第5期。

下编 土改叙事文体论

思想改造的过程。"土改的土字,要是下面的一横写短了就是士字,那么土改就成为士改了。"①

在身临其境的斗争现场,知识分子和农民的感情发生了共鸣。"我听到农民对地主诉苦说理,说到声泪俱下时,自己好像就变成那个诉苦的农民,真恨不得上前打那地主一下。有时诉苦人诉到情绪激昂时,情不自禁地伸手打地主一耳光。我虽记得这算违背政策,心里却十分痛快,觉得他打得好。如果没有这一耳光,就好像一口气没有出完就被捏住喉管似的。像这样情感的变化不是读书听讲所可得来的,它必须由实际斗争经验才能体验到。"② 这段立场鲜明的土改体会竟是出自美学家朱光潜之手,这位喜欢"曲终人不见,江上数峰青"的静穆幽远之美的知识分子,在现实的土改教育中,在思想上逐步向大众靠拢。

小说《美丽的南方》(陆地)具体描写了知识分子如何在土改中进行思想改造的过程,塑造了一批蕴含着"50年代精神"的知识分子,他们对党和国家的无比的崇敬,对劳动人民无比热爱,对于生活怀着满腔热忱,以昂扬的斗志积极投入到革命事业中来。其中的傅全昭、杜为人是作者着力塑造的人物形象,也是知识分子思想改造的典范。杜为人走过的思想历程极富代表性,"他觉得自己经历的思想道路是崎岖的,他曾经忍受无数失眠之夜的煎熬,也流过不少的个人主义者的眼泪。开头,要他放弃美术的爱好,服从当时革命斗争迫切的任务,他思想曾经那样的缠绵,那样的悲痛呵,后来,实际斗争的锻炼,把他从个人主义的歧途慢慢引上宽阔的集体主义的道路来了。过去,曾经那样魅惑着他的幻象,他都把它埋葬了。"③ 小说中,傅全昭与柳眉形成了鲜明的对照,傅全昭积极深入群众,用自己所学的医学知识为农民服务,也拉近了与农民的距离。而柳眉一开始是一位娇小姐,整天皱着眉,撅着嘴,每天忙于买零食,跑邮局,不与群众接触。此外,还有画风景画的画家兼诗人钱江冷,忙于抄写县志的俞任远,口头禅是"不堪设想"的教授黄怀白、思想在逐渐进步的副教授徐

---

① 袁方:《我们的土改工作组》,《新建设》1950年第2卷第4期。
② 朱光潜:《从土改中我明白了阶级立场》,《光明日报》1951年4月13日。
③ 陆地:《美丽的南方》,作家出版社1960年版,第241页。

第五章　人物形象谱系分析

图、不时诗兴勃发的诗人丁牧、个人主义者王代宗等，构成了一幅生动的知识分子群像图。

经过整风之后，知识分子结束了东游西逛的"休养"状态，开始深入到群众中，尽心尽力帮助农民翻身。钱江冷为土改绘制了宣传画，柳眉也去做土匪家属的工作，他们似乎已经在革命的熔炉里脱胎换骨了。不过，钱江冷留给傅全昭的《苦难的历程——两姐妹》里头夹着一张金色的鹰爪兰花瓣。"'她还没有读完！'全昭不觉低语道。"《苦难的历程》没有读完，这也意味着现实中的改造还未真正完成，里面夹着的美丽花瓣意味着知识分子纤细敏感的审美趣味，这与改造所要求的粗犷豪迈之气也相差甚远。用小说中人物的话来说，"觉得自己小资产阶级的病根还是没有除净，遇到相当的气候又要发作了。"①

这里的改造也不是在和风细雨中顺利完成的，在批评会上，人们先是进行自我批评，接着又开始对他人进行批判，对于问题严重的同志采取集中批判的方式。"思想斗争的气氛迅速地弥漫了整个工作团。被点了名批评的人表现不安，凄凄惶惶；有类似这种思想错误的人，显得苦闷、紧张，异常敏感。休息时的歌声和笑声少了，邮局、糖果店的门口忽然冷落了。"② 在革命与落后之间已经截然划出了一道界限，人们必须对此做出明确的选择，否则就会被划为另类。这是在巨大的集体舆论压力下被迫做出的选择，他们除了改造已经无路可走。

在土改小说中，知识分子所暴露出来的思想问题以反面教材的形式一一进行了批判。一是人道主义思想。《春回地暖》（王西彦）中塑造了一位怀着热烈期望参加土改，又经受不住土改考验的知识分子肖一智。促使他"临阵脱逃"的直接原因是"可怕的"公审大会。"自始至终，他肖一智都情绪紧张地参加着，还站在一处离台不远的地方。好几次，他接触到那个跪在台上的罗佩珠的眼睛；每接触一次，就使他胸口发一阵紧。公审大会一结束，茶山上的枪声一响，他肖一智就再也撑持不住自己。他惶惶惑惑地回到村子里，就没有吃饭，晚上也睡不好觉，胃病也发作了。"他对于

---

① 陆地：《美丽的南方》，作家出版社1960年版，第331页。
② 同上书，第143页。

下编　土改叙事文体论

枪毙五个地主的做法心有疑虑，"这样你杀我，我杀你，难道不是生命的悲剧吗？符合崇高的人道主义的原则吗？还有那罗佩珠，徒刑一判就是十年！对一个像她那样的年轻女人说，这够多么悲惨！多么不人道！"① 消灭地主在群众眼中是大快人心的事件，而在肖一智的眼里是一种对人的生命价值的漠视。

　　这种对地主及家属的恻隐之心会被认定为立场不稳受到指责。土改中特别强调政治立场的问题，要以阶级作为判断一切事情的标准，绝对不允许对地主有同情的心理。"我们只看到今天这个服服帖帖的老头子，但是农民所看到的却是当年作威作福的土皇帝……我们潜意识中仿佛认为地主扫雪是可怜的，假如扫雪的是一个长工，我们就会视为当然，再也不去理会它了。我们只知道地主没有骡子就活不下去，但是忘了多少农民从来没有过一亩地。"②

　　二是知识分子的自负清高。要在实际行动中与农民同食同住同劳动，是一件不容易的事情。《美丽的南方》中的教授黄怀白私下里讲，"老实说，我脑子还是想不通，老百姓那样落后，有的简直是愚蠢，粗野，叫我们这些人跟他们三同，打成一片，岂不是开倒车，向落后看齐了？"③ 知识分子以启蒙者自居，为渊博的学识所自许，在见识了城市文明之后再来看落后的乡村，要认同一直沿袭着传统的农耕方式和行为习惯的农村社会，他们确实在思想上不容易转不过弯来。他们也都有读书的习惯，容易失眠，在生活习惯、思想观念上与农民简直是云泥之别。

　　三是"和平土改"的思想。《美丽的南方》中黄怀白认为，"象何其多那样，认识到大势所趋，愿意把田地交出来的，一定不在少数。只要政府出一张布告：宣布没收地主的田地，分配给贫雇农就行了，为什么一定要发动群众斗争呢？"④ 一些知识分子认为采取暴力革命的形式必然会破坏正常的社会秩序，对人们造成巨大伤害。既然地主已经老实伏法，就没有必

---

①　王西彦：《春回地暖》，作家出版社 1963 年版，第 718 页。
②　陈体强：《从土改中学习马列主义》，《文汇报》1950 年 8 月 14 日。
③　陆地：《美丽的南方》，作家出版社 1960 年版，第 152 页。
④　同上书，第 100 页。

第五章 人物形象谱系分析

要选择激进的方式实施土改。这种"和平土改"的思想在党内受到严厉的批判,邓小平指出,"我们之所以反对和平土改,就是因为它即使真正分了田,也没有打坍地主阶级的统治,地主阶级还有力量进行各种各式的反攻。"① 仅仅将土改理解为经济层面的平分土地显然还没有真正领会土改的真正意义。只有以土改为动力将广大的农民发动起来,打倒地主的威势,才能彻底改造乡村政权结构,实现乡村治理的目标。

四是对艺术的品位情趣。以农民的实用观点来看,艺术品不能吃穿,只是废物而已。他们对艺术品的糟蹋浪费在知识分子眼中就是煮鹤焚琴,大煞风景。《仙人洞》中用形象的比喻来比较农民与知识分子的不同眼光,"什么叫小资产阶级思想?辉同志活生生一个。那些死物件——硬木家具啦,贵重陶瓷字画啦,农民把它当废物,不像粮食,可以充饥;不像衣服,可以防寒。所以说,农民不需要。小资产阶级就不是这样,对农民拒绝把这些废物当果实感到不理解,藐视贫农不识宝。同志们,你们把白米和珍珠掺和起来喂老母鸡,老母鸡吃不吃珍珠?有人试验过,母鸡把米吃下去,把珍珠推到水沟里——你看,小资产阶级的好恶怎么比不上老鸡?"②

五是对"原罪"的不满。知识分子被认定受过反动思想的毒害,必须正确认识自己的出身,而出身又是先天注定无法更改的,这种罪就成了永远无法赎清的"原罪"。在《翻身记事》中,地富出身的知识分子李蔚抱怨待遇的不公,"现在你们这些老贫农吃开了,一土改就当队长,土改完了就是一个县委书记。不,分区司令员等着你呢?我们这个样的,一闹运动就挨整,先整思想,后整作风,要不就整立场,一条一段没个完了!"③土改中更是把所有问题都归结为思想问题,与政治联系在一起,《春回地暖》中的肖一智以胃病为由要求请假遭到拒绝,被指责为思想问题。"思想问题!这简直是他们这些人的口头禅!他们总爱把什么事情都归结到这个问题上面去!连胃病发作也是个思想问题!"④

---

① 邓小平:《土改斗争要有方法有策略》,中共中央文献研究室编《邓小平文集》(1949—1974年上卷),人民出版社2014年版,第279页。
② 程贤章:《仙人洞》,花城出版社2005年版,第90页。
③ 梁斌:《翻身记事》,人民文学出版社1978年版,第9页。
④ 王西彦:《春回地暖》,作家出版社1963年版,第711页。

下编 土改叙事文体论

耐人寻味的是，在小说《春回地暖》中没有明确地交代肖一智的结局，他最终是被成功改造思想，成为革命队伍的一员，还是冥顽不化，受到严厉的批判，这些都不得而知。这里出现的叙事空白是意味深长的。叙述盲区"比明白说出的内容能揭示更多的东西，它们是作品不完美的'症状'，它们无法造成逼真感。……它们讲出的是关于观念形态的真相，被意识形态所压抑的真相，存在于意识形态本身之中的真相。"[1] 作为体制内的知识分子，作者应该为自己所依附的政治意识形态进行形象化的阐释与宣扬，按照这样的话语逻辑，小说中的肖一智最终必须转变思想，重返革命阵营，或者改造失败，逐出革命队伍。在这里，作者不想让人物落入俗套，既没有把人物塑造为改造成功的样板，也没有过于愤激地批判其"异端邪说"。或许，作者在肖一智的身上投射出自己的思想情感，希望这个人物形象能够保持自身的完整性，而作者又无力与主流话语正面对峙与抗衡，最终只能不了了之。

这些以反面角色登场的知识分子也从一个侧面反映出了他们的真实心声，尽管是以批判的形式出现在读者面前的。他们对于暴力革命的反感，对于农民落后思想的批判，对于艺术品位的追求，对自我的认知定位，现在看来都对当时的主流意识形态构成了质疑，这种质疑成为涌动在地下的暗流，只能改头换面地出现在作品中。而知识者的这种不合主流的思索与反省同时折射出知识者的独立人格精神，无论在现实中受到何种挤压与打击，思想上产生怎样的波动与煎熬，在万马齐喑的年代里，知识者还在试图发出自己的声音，尽管这声音十分微弱。在强势的权力面前，知识者并没有全部缴械投降，他们所接受的现代科学知识与西方启蒙观念的影响，在革命的疾风骤雨下还没有彻底荡涤干净。至少在他们的心中对于现实中天翻地覆的斗争场面存在着某种疏离，对于盛行的主流意识形态话语表现出某种抗拒。

总之，尽管知识分子极力追赶时代的步伐，他们怀着真诚的信念，以大无畏的勇气走上了义无反顾的朝圣之路，在土改叙事中，知识者的独立

---

[1] 赵毅衡：《当说者被说的时候——比较叙述学导论》，中国人民大学出版社1998年版，第256页。

第五章 人物形象谱系分析

人格与批判精神、内心的纠结挣扎与痛苦的抉择都被主流话语遮蔽了,他们沦为了夹缝中生存的可笑又可悲的角色。作品中的知识分子形象正是现实中知识者命运际遇的一种折射。可以看出,作家作为体制中的一员,他们受限于这种体制的束缚,而又试图在狭小逼仄的有限空间里传达出复杂多元的信息。"相比而言,知识分子是最不安分的,他们好像不懂得向命运低头,即使他们已被定位在社会体制的某一环节上,他们很可能仍然没有安身立命之感。在灵魂深处,他们总是漂泊的,他们在漂泊不定中不断寻找着归宿……"[①] 知识者依附于政治权力,并没有真正找到自己的归宿,知识者的独立人格和自由思想在小说文本中还是时有闪现。而在当下社会,市场经济的繁荣使得知识者再次面临边缘化的境遇,他们需要摆脱政治话语的挤压和物质利益的诱惑,始终保持自身的独立性,才能坚持对社会公共问题的思想关怀,成为社会的批判性良知。

[①] 黄平:《知识分子:在漂泊中寻求归宿》,许纪霖编《20世纪中国知识分子史论》,新星出版社2005年版,第10页。

第六章 文本的生产与不断的改写

当代文学在很长的一段时间里,文学的生产、传播、批评都被整合到体制化的秩序中来。从下文将要讨论的《暴风骤雨》的创作与《东北日报》通讯的互动关系可以看出,文本的生产过程就已经受到政治的干预。20世纪50年代后,文学界出现了很普遍的修改旧版本的现象。在批评环境愈加严厉的情况下,为了更好地适应主流意识形态的要求,作家需要对土改文学作品中不合规范的地方进行删减和改写,内容上涉及性的部分都被删去,革命者的形象都被不同程度地拔高,语言上也更加规范。文本的修改迎合了新的文学规范,破坏了作品的内涵的丰富性,遮蔽了人性的复杂化,在艺术层面的提高却不大。

第一节 作品的生成:与现实的互动

周立波在创作《暴风骤雨》时,深入农村基层,参加了实际的土改工作,并将从现实斗争中取得的先进经验加以总结,在《东北日报》上发表相关报道;在创作时根据需要再将现实体验进行升华和转化;同时,他也认真学习报纸上的政策法令和成功典型,在小说情节设计和细节描写中很明显受到了报纸中某些报道的启发和影响。《暴风骤雨》的创作和《东北日报》是双向互动的,二者之间存在着千丝万缕的联系。

周立波于1946年10月到松江省珠河县(后改称尚志市)元宝区元宝镇参加土改,1947年5月调走,历时大约半年。1947年7月又到五常县周

第六章 文本的生产与不断的改写

家岗深入生活，10月离开，生活了接近4个月。此外，他还去过拉林、苇河、呼兰等地搜集材料。他在现实的土改运动中获得了大量的第一手材料，在工作中总结的先进经验也在《东北日报》上发表，这构成了他创作《暴风骤雨》的素材。而由于土改政策的不断变化和现实斗争的复杂，他也以《东北日报》为指引补充、修正、升华创作素材，使之切合相关政策的规定。

一 从现实斗争中得到的经验加以升华与转化

1. "栽槐树"与"唠嗑会"

1947年3月，林蓝曾在《东北日报》上发表了一篇关于土改斗争经验总结的文章《栽槐树——珠河元宝区煮夹生饭经验》，文中主要介绍了在土改积极分子训练班上发展的以"栽槐树"的方式深入基层，发动群众，具体做法是"把屯子划分了几个区域，到黄昏，以小组为单位，各自选取一家贫苦的基本群众来栽槐树，就是召集附近的老百姓到这家来唠嗑，天上地下，政治家常，无所不谈，干部们把白天听的课向群众宣传一遍，有时还唱唱歌，说说笑话，会开热闹了，常常深夜不散，干部就住在这里，第二天晚上，人们就三三两两地又来了。"①

"栽槐树"是周立波等工作队成员在实践中摸索出来的经验，在《暴风骤雨》中也得到了一定的体现，虽然在文本中没有直接出现"栽槐树"的字眼，取而代之的是更带有东北地方色彩的"唠嗑会"。小说描写的工作队深入发动群众的过程是对"栽槐树"经验的应用、放大和铺开，生动展示了群众是如何逐步发动起来的。这样作者巧妙地糅合了报纸和小说的优点，既有了政治上的正确性，又有了生活的丰富性，作品也成了当时土改工作队中的人手一册的工作指南。小说中，工作队成员分头到穷人家里串门，了解情况，在发展了一些积极分子之后，再去分别联系更多的人，"下晚，屯子的南头跟北头，从好些个小草房的敞着的窗口看去，也看见有三三五五的人们在闲扯，有生人去，就停止说话。这是元茂屯的农会积

---

① 林蓝：《栽槐树——珠河元宝区煮夹生饭经验》，《东北日报》1947年3月12日第2版。

下编　土改叙事文体论

极分子所领导的半秘密的唠嗑会。也就是基本群众的小会。在这些小小的适应初起的庄稼人的生活方式的会议上，穷人尽情吐苦水，诉冤屈，说道理，打通心，团结紧，酝酿着对韩老六的斗争。"这是发动群众的唠嗑会。"萧队长、小王和刘胜，经常出席唠嗑会，给人们报告时事，用启发方式说明穷人翻身的道理。用故事形式说起毛主席、共产党、八路军和抗日联军的历史和功绩。刘胜教给他们好些个新歌，人们唱着毛主席，唱着八路军，唱着《白毛女》，唱着《没有共产党就没有新中国》。"① 这是启发群众的手段和方法。

《栽槐树》中提到了周立波小说《暴风骤雨》的两个人物原型：花玉容（有的写作花玉银）和郭长兴。"如参加工作队的优秀的新起干部花玉银，也坦白他隐瞒了一段历史，在山东时，他曾参加过红枪会和当过五年的区丁。""像郭长兴，母亲久病，拖欠许多债务，兄弟年幼不能干活，父亲急得天天骂他，而他不仅每晚到老槐树底下来，并且参加了许多工作。"② 小说中的老花未提到他的历史，而郭全海的父亲因被韩老六逼着赌博输了一年的工钱而气病，在大雪纷飞的寒冷天气里被强行抬出屋子冻死，郭含泪埋葬父亲的场景是小说中极具感染力的部分。不过，与人物原型对比就会发现这是作者在有意夸大地主和长工的阶级仇恨。③

2. 斗争方式的变化

周立波曾谈到，"三斗韩老六是由周家岗的'七斗王把头'演化而来的。七斗是为了压倒当时地主阶级的威风，是斗争的需要。但七次斗争，反复太多，在小说里不好处理，我改成了三斗。"④ 除了斗争次数的变化之外，在故事原型中为了追问浮财的下落，群众多次对他及其家人进行拷打，甚至对其儿子进行了假枪毙，将王把头打得昏死过去，又泼冷水醒过来。王把头以说出浮财为条件向百姓请求饶命，最后为了免除后患，还是被枪毙。文中比较详细地记叙了对地主的肉体和精神折磨，并用赞赏的语

---

① 周立波：《暴风骤雨》，人民文学出版社 1956 年版，第 143—144、154 页。
② 林蓝：《栽槐树——珠河元宝区煮夹生饭经验》，《东北日报》1947 年 3 月 12 日第 2 版。
③ 具体可参见胡光凡《从手稿和版本看周立波对〈暴风骤雨〉的修改》，《社会科学战线》1987 年第 4 期。
④ 周立波：《深入生活，繁荣创作》，《红旗》1978 年第 5 期。

第六章 文本的生产与不断的改写

气充分肯定了群众的积极性,"只要许老百姓打,交给老百姓处理,不怕整不彻底他。其实早知道能这样斗法,早就彻底了。"① 这些都在小说中有意地忽略了,虽然小说中斗争场面渲染得十分热闹,关于韩老六被打的情况并没有介绍,斗争大会上韩老六是处于失语的状态,他只是一场革命狂欢仪式上的祭礼而已。小说中只是提到在刚开始棒子还没落下时,韩就倒在地上,以便凸显韩的性格狡诈。至于被打的原因,则是韩老六平时的作恶多端,触犯众怒,与挖浮财毫无关联。②

很多斗争场面的细节十分类似,报道中写"棍子举起来像树林子一样,谁也拉不开,且有许多人挨了不少冤枉打。"③ 小说中则是"无数的棒子举起来,像树林子似的。人们乱套了。有的棒子竟落在旁边的人的头上和身上。"④ 小说中开会的长桌子也叫"龙书案",而五十二两的大元宝则出现在杜善人被挖出的浮财中。称地主为"财神爷",请他上爬犁去挖浮财的情节在文本中则发生在杜善人身上,只不过小说中杜善人推脱太累给他叫来爬犁,而故事中的王把头是被打得遍体鳞伤,没法走路,只能被抬上爬犁。

3. 关于团结中农的问题

毛泽东在《目前形势和我们的任务》中着重强调"第一,必须满足贫农和雇农的要求,这是土地改革的最基本的任务;第二,必须坚决地团结中农,不要损害中农的利益"。⑤ 在土改斗争中,由于片面强调贫雇农打江山,对中农地位和作用认识不清,地主被斗之后,中农开始惶恐不安,害怕轮到自己挨整,消极生产和吃喝浪费的现象很严重。

---

① 关寄晨:《七斗王把头》(下),《东北日报》1947年9月9日第4版。
② 关于斗争韩老六的细节,在版本的变迁中作者进行了调整。1952年人民文学版本中为"大伙跑到操场上,一下拥上去,狠狠揍他:'叫人好找,揍死你这老王八操的。'"(第255页)在1956年人民文学版本中则改为"大伙跑到操场上,一下拥上去,动手要揍他,一面骂道:'叫人好找,揍死你这老王八操的。'萧队长拦住大伙,叫他们不要动手。"(第183页)原来的版本为大伙已经动手,打人的事情在群情激愤的情况下已经不可避免地发生,萧队长并没有及时制止,而修改后则凸显了在群众运动中党的领导的重要作用,更符合政策的要求。
③ 关寄晨:《七斗王把头》(下),《东北日报》1947年9月9日第4版。
④ 周立波:《暴风骤雨》,人民文学出版社1956年版,第191页。
⑤ 毛泽东:《目前形势和我们的任务》,《东北日报》1948年1月1日第1版。

林蓝的报道《如何团结中农》即是反映的这一现象。"这些自耕自种够吃够穿的中农就先后向农会'自愿'起来（献牛马土地），他们想屯里除了分的人家，再就是他们了。勤劳起家的李占海呢，今年他的地少铲少趟一遍，往年，他因精心喂牲口，夜里常睡不沉，他的四匹马都是膘肥毛光，后臀圆呼呼的，拉起车来真是一溜风，而今年，却都露出后胯骨了；他干活再提不起劲来。"①

小说《暴风骤雨》中也有类似的描写，"人们谣传着，有两匹马的，要匀出一匹，有两条被子的，要匀出一条……有的中农，干活懒洋洋，太阳晒着腚，还不起来。下晚不伺候牲口，马都饿得光剩一张皮，都爬窝了。"②

《如何团结中农》中曾经提到造成中农害怕的原因之一就是中农与贫雇农的隔膜，以及干部对中农的错误态度。"从前部分中农对地主的态度。中农过去多和地主有瓜葛，够得上和地主说话，对贫苦群众也侧目而视……由于这些自然就形成现在干部积极分子对中农另眼看待。干部积极分子在行事说话上，都常对中农耍态度，许多会议不叫中农参加，语言打耳，更说不上接近了。"③ 这些现实中的冲突作为人民的内部矛盾在小说中被迅速消弭于无形中，小说中贫雇农与中农的对立是坏人挑拨离间造成的，调整了政策后，召开团结大会，农民们立刻就亲如一家，私人间的恩怨纠葛在政策的调和下无声地消失了。

4. 追悼会

烈士温凤山之死对作家周立波触动很深，"目击烈士爱人的恸哭和她的屯邻们的悲悼，以及干部和群众对于烈属的体贴入微的慰问，我深深地感动了。我把这些生动的情景编织在赵玉林的故事里，突出了他的勇于牺牲的崇高品质，使得这位贫农的形象更为鲜明、高大和动人"。④

林蓝的报道《温凤山之死》讲述的温凤山的追悼会与小说中赵玉林的

---

① 林蓝：《如何团结中农》，《东北日报》1947 年 10 月 21 日第 2 版。
② 周立波：《暴风骤雨》，人民文学出版社 1956 年版，第 369 页。
③ 林蓝：《如何团结中农》，《东北日报》1947 年 10 月 21 日第 2 版。
④ 周立波：《深入生活，繁荣创作》，《红旗》1978 年第 5 期。

第六章 文本的生产与不断的改写

葬礼在程序安排上很相似，包括烈士家属的痛哭，众人代表的讲话，讲述死者的功绩和临死时的情况，追认其为党员等过程。在人物描写上有些不同，原来的描写是具体生动、符合人性的，"他突然清醒过来，睁开一下眼睛说：'给我添一枪吧，我是不行了……''那里话，'我心里一阵酸，好半天才说出话来：'我马溜就送你上县，再上哈尔滨的大医院里去扎古。'这时候，林子里嚷做一团，枪声也响个不住，他又睁了一下眼吃力的说：'别管我了，快找犯人要紧……'"① 温凤山在送医院途中就不幸逝世了。在小说中则舍弃了某些不利于塑造英雄形象的细节，"他痛得咬着牙根，还要人快去撑胡子。"同时增加了赵玉林临终时的情景，"'没有啥话。死就死了，干革命还能怕死吗？'才说出这话，就咽气了。"通过朴实无华的话语传达了对革命忠贞不贰的坚定信念，这样更能够以真挚的感情来打动读者。②

在《温凤山之死》中，在温的棺木入土后，县里的组织部长赶来宣布温是中国共产党的优秀党员，而在小说《暴风骤雨》中这一细节被大大渲染，先是萧队长召开支干会讨论赵玉林转正的事，然后向县委请示，得到批准后，才正式宣布。③

二 学习报纸上的政策法令和成功典型

周立波是经过延安整风运动洗礼的知识分子，"由于旧社会的影响，

---

① 林蓝：《温凤山之死》，《东北日报》1947年11月6日第4版。
② 关于赵玉林临终情形的描写，1956年的版本中是"他痛得咬着牙根，一定要人给他添一枪。'不能，赵主任，你能扎古好。'老万说。"（第245页），在1977年版本中改为"他痛得咬着牙根，还要人快去撑胡子。"（第228页）人物的形象变得更加高大光辉，在凸显英雄形象的同时也削弱了作为普遍存在的人性。
③ 在赵玉林牺牲后追认为中共党员的描写中，与1952年版本相比，1956年的版本增加了一段叙述，"萧队长忍住伤痛，召集小王和刘胜，在白杨树荫下，开了一个支干会，讨论了追认赵玉林同志为中共正式党员的问题，大伙同意他转正。萧队长随即走进工作队的办公室，跟县委通了电话，县委批准了赵玉林转正。"（第243页）由领导个人的现场处理改换为经组织许可后的正式宣布，在事件的处理上严格地履行必要的程序。萧队长在葬礼上的讲话也做了修改，"现在他为人民牺牲了，我代表中国共产党追认他为中国共产党的正式党员，并在这儿公开的宣布"（1952年版，第343页）改为"现在他为人民牺牲了。刚才，中共元茂屯工作队支委会开了一个会，决定追认赵玉林同志为中国共产党的正式党员。这个决定，得到中共尚志县委会的批准，我代表党，现在在这儿公开的宣布。"（1956年版，第246页）

下编　土改叙事文体论

由于资产阶级和小资产阶级的思想和文化的灰尘的不时的侵袭，由于在旧式学校里养成的脱离实际、脱离群众的积习"，① 他痛感自己受到资产阶级思想感情的腐蚀，要在实际的斗争锻炼中改造自己的思想。在当时的情况下，报纸就成为了周立波了解和学习政策的重要途径。尽管周立波已经在农村亲身体验了土改运动的过程，对于如何发动群众、团结中农等实际问题都有了深入的认识，其先进的经验还在《东北日报》上加以报道，但是土改的实际情况十分复杂，期间政策的变化非常快，如何准确恰当地把握政策是作家创作时的关键问题。

作家是这样处理材料与政策的关系的，"但是所用的材料，都是个人的经历和见闻，不知是不是典型？我借了东北日报登载土改消息最多的几本合订本，把半年多的二版上的文章和消息全部阅读了，把构思中的人物和故事，又加上一回修正，稀奇的删削，典型的留存。这样，下卷里的情节和人物，虽说不是东北各地一致的典型，至少也是北满农村普遍的事例。"②

《暴风骤雨》的下卷中不少地方直接出现了土改中的重要文件，在第二节萧队长向大家解说《中国土地法大纲》："这比天书还灵验，这叫地书，是毛主席批下来的平分土地书，凭着这书，大伙日子管保都能过得好。"③ 此外，还出现了《目前形势和我们的任务》④ 与《高潮与领导》。⑤

在情节设计和描写中也受到了报纸中相关报道的启发和影响：

1. 关于扫堂子。扫堂子是当时东北农村中出现的农民到外村联合扫荡的现象，这是农民在挖浮财的驱动下自发地组织去斗争外村地主，实施过程中难免出现邻村间因分配果实而产生矛盾的现象。《东北日报》开始肯定了群众自发斗争地主的积极性，并介绍了一些地区的先进经验，随着运

---

① 周立波：《谈思想感情的变化》，《文艺报》1952 年 6 月 25 日。
② 周立波：《现在想到的几点——〈暴风骤雨〉下卷的创作情形》，《生活报》1949 年 6 月 21 日。
③ 周立波：《暴风骤雨》，人民文学出版社 1956 年版，第 270 页。
《中国土地法大纲》，《东北日报》1947 年 10 月 12 日第 1 版。
④ 毛泽东：《目前形势和我们的任务》，《东北日报》1948 年 1 月 1 日第 1 版。
⑤ 《高潮与领导》，《东北日报》1948 年 2 月 15 日第 1 版。

第六章　文本的生产与不断的改写

动展开过程中问题逐渐暴露出来，报纸上又强调不能机械照搬"扫堂子"的做法。

在《暴风骤雨》中关于扫堂子的叙述有几处细节与报纸相关，一是老孙头对"扫堂子"这个说法不满意，对外屯来扫堂子的干部说："亏你还当团长呢，啥好名不能叫？叫扫堂子。杜善人的老佛爷也给咱们砸歪了头了，你们还使大神的话。"① 在《东北日报》的一则报道中提到，有的村群众对于"扫堂子"这个名词就不愿意叫，他们说："我们斗争地主是正大光明的事，啥名不好叫，偏叫'扫堂子'。我们又不跳大神！"② 这两种说法十分相似。二是小说中两个村因为分配浮财的问题发生了争吵，矛盾的解决却是十分的简单，郭全海说："都别吵吵，咱们穷人都是一家人，有事好商量，不能吵吵，叫大肚子笑话。这天下都是咱们的……"③ 在报纸上提到扫堂子的经验，"由于分配斗争果实，未事先规定生产工具（特别马匹）斗出归本村，以及群众中存在宗派思想，也会在个别村中发生纠纷，然而均在'天下姓穷的是一家，贫雇农打架叫地主看笑话'这种教育下，很快得到适当解决。"④ 虽然小说中两村间的矛盾一触即发，郭全海的几句话很快平息了这场风波，两个屯子开始互相谦让，元茂屯"逼着"民信屯收下浮物。几句话起到了化干戈为玉帛的巨大功效，个人的私欲很快在崇高的阶级共同利益前自动退却。三是对于扫堂子的处理意见，小说中提到郭全海向萧队长请示，萧队长回信说："扫堂子是呼兰的经验。这办法对呼兰长岭区兴许还合适，咱们这儿行不通。"⑤ 1948 年 1 月在《东北日报》连续出现了多篇文章对长岭区扫堂子的经验进行详细介绍，而在 2 月 7 日的报道《巴彦西集区领导未克服包办代替，机械搬长岭经验失败》，指出机械照搬扫堂子的方法导致运动流于形式，群众感到不满。显然，萧

---

① 周立波：《暴风骤雨》，人民文学出版社 1956 年版，第 365 页。
② 《巴彦西集区领导未克服包办代替，机械搬长岭经验失败》，《东北日报》1948 年 2 月 7 日第 2 版。
③ 周立波：《暴风骤雨》，人民文学出版社 1956 年版，第 367 页。
④ 《呼兰平分土地运动全县展开进入高潮，五天之间卷入人口达总数三分之一》，《东北日报》1948 年 2 月 9 日第 1 版。
⑤ 周立波：《暴风骤雨》，人民文学出版社 1956 年版，第 368 页。

下编　土改叙事文体论

队长得出的结论不仅仅是个人的体会感悟，而是在领会上级政策的情况下做出的指示。

2. 发动落后。在《暴风骤雨》中提到萧队长看《东北日报》第二版的拉林通讯受到启发，召开了发动落后的座谈会。该报道应该是刊登在1948年1月17日《东北日报》上的《发动落后进入运动，拉林各区获得经验》，其中的第四条"沟子沿村，由干部赶着爬犁拿着被子远接远送，召开老人会的方式，在曹家开老人会还专门收拾了一间暖房子，烧炕烧水，由地主上山砍柴卖钱买瓜子招待老年人，主任村长亲自赶爬犁接送。在这种会议上常常会讨论到朝代对比上去，老人们总爱把清朝'前民国'伪满和现在对比起来，讲出很多过去的痛苦和'现在能分到房子地等于上了天堂'的事实……"①老人会的组织形式与小说中的很相似，是前者的形象化演绎，只是小说中没提到招待的费用是地主的劳动所得。

报道中的第一条讲到对落后分子"专门召集他们开会，组织他们自己诉苦，启发觉悟，他们讲出了牛家站地主田变三有金镯子金镏子等金属首饰一大包"。第二条"着重讨论'咱们的这些不名誉，是谁给的？'觉悟群众帮助开脑筋……"这些在小说中也都有所体现，李发经教育后说出了为地主藏匿的浮财，萧队长开会时将二混子的落后归结到地主身上，以此鼓励他们改造自己。

3. 分配果实。这是土改过程中农民热情最高涨、动员最广泛的阶段，涉及个人的切身利益，这个过程最能表现私人物质欲求与集体利益的冲突。小说中的分浮财的方式、过程与当时报纸报道的基本一致。报道中是："补了窟窿然后再平分，方法是先排号，一般的鳏寡孤独军人家属排在前面；其次是贫雇农（补过窟窿的一样排号在前面），中农有的亦排了号，按号、按价（平分的价钱）、自己要什么即去挑什么。"②小说中也是如此，排在第一号的是作为烈属的赵大嫂子，以往被忽视的中农也分配果实，只是在具体的分配过程中是否就是像书中写得那么喜气洋洋，积极分子都大公无私，先人后

---

① 《发动落后进入运动，拉林各区获得经验》，《东北日报》1948年1月17日第2版。
② 《呼兰长岭区分浮物填平补齐，联系深入斗争继续起出浮物，决定年前再掀起个分地热潮》，《东北日报》1948年2月6日第1版。

第六章　文本的生产与不断的改写

己呢？同篇报道中提到，"这中间的问题是：先去挑净拿好的，后进去挑大部都是破烂的、价钱一样、质量差的太多，这个矛盾的解决，有以下几个办法。好东西分成两堆放着，各拿一半"。可见，在实际的过程中因为东西的斤斤计较，肯定会发生诸多的争吵、不满，在面对物质的诱惑时，农民很难以先进的标准来要求自己，即便是积极分子也是如此。

在现实中，土改果实的分配确实出现了很多问题，特别是某些村干部利用职权将好的果实占为己有，"一、果实中比较贵重的物品，藉口太少难分，便私自保存，日久私吞。""二、果实较多，藉口'生产忙没时间分'，长期保存。""三、以解决农会办公困难为藉口。""四、把'大家斗争大家一样分'（即不分等级）说成是群众意见，村干却暗中将好物摆好，实行迷人阵办法（即将好物放后，坏物放前，先叫群众抓阄，阄上还暗划有记号）。""五、村干不负责好好掌握，坏分子趁机浪费。"[①] 那么现实中的人的物质欲望与政策中积极分子要公而忘私形成了矛盾，在小说中是要按照生活的真实面目如实书写，还是依据政策的指引来升华现实呢？在分果实的描写中，作者显然是以政策的导向来牵引情节的发展，同时又通过巧妙的安排让这些先进分子在表现了自己的大公无私之后，又由别人帮忙同样领到了较好的果实，赵大嫂子一开始领的都是破旧的东西，后由热心的老初帮她挑选了好的衣物，而郭全海虽然腼腆地不好意思去挑，老孙头也自告奋勇地帮他挑选了东西，包括结婚用品。

通过1947—1948年《东北日报》的相关报道，可以看出周立波在创作中与报纸的互动过程，一方面他的工作队经验体会作为典型刊登在报纸上得以推广，有效转化、取其精华用于小说创作；另一方面他也不断学习报纸上的先进地区的做法巧妙地化用到作品中去，二者之间存在着双向互动的过程。不过，小说毕竟不是新闻报道，作家必然要将大量原始材料加以典型化的处理，不能简单依据小说与新闻的不同就地断定作者在粉饰生活，掩盖矛盾。在周立波将自己积累的素材与报纸上的新闻报道为基础进行创作的时候，通过分析如何取舍、转化、增删材料，可以更好地理解

[①]《五常七区纠正分配果实弊端，不当部分重新清理》，《东北日报》1947年8月19日第2版。

《暴风骤雨》的产生过程中政治环境与现实政策所给予的重要影响。

第二节　版本的变迁：以《暴风骤雨》为例

　　《暴风骤雨》是周立波根据亲身参加土改斗争的经历而创作的，作者认为"这部小说是我遵循毛主席革命文艺路线的一次创作实践"①，作为经历过整风运动，努力向工农兵方向靠拢的知识分子，文学作品的创作不仅是作家个人艺术修养、语言能力的体现，更是衡量其思想改造、政治态度的标尺。周立波于1946年10月到松江省珠河县（后改称尚志市）元宝区元宝镇参加土改，1947年7月完成上卷初稿，感到材料不够，又带初稿去五常县周家岗继续深入生活，参加"砍挖运动"，10月回哈尔滨，完成上卷创作。其中，《暴风骤雨》第一节、第二节、第三节、第四节分别连载于1947年12月25日、26日、27日、28日的《东北日报》，抓地主（第十六节）、欢天喜地（第十八节上、下）分别连载于1948年1月15日、24日、25日《东北日报》。1948年4月，《暴风骤雨》上卷由东北书店出版。

　　1948年7月13日，周立波开始写作下卷，8月26日写出初稿，9月4日起，对初稿进行修改。第三稿到1948年12月2日，完成下卷的创作。1949年5月，《暴风骤雨》下卷由东北书店出版。之后主要的版本包括：(1) 收入"中国人民文艺丛书"，北京新华书店1949年10月初版。(2) 人民文学出版社，1952年4月北京第1版。(3) 人民文学出版社，1956年8月北京第2版。(4) 人民文学出版社，1977年8月第19次印刷。(5) 收入《周立波文集》第一卷，上海文艺出版社，1981年10月第1版。(6) 收入"红色经典"，人民文学出版社，1997年12月北京第1次印刷。②

---

　　① 周立波：《暴风骤雨》，人民文学出版社1956年版，1977年8月第19次印刷，第491页。
　　② 此外还有进行改编的版本：(1) 电影剧本版，林蓝改编，中国电影出版社1960年版。剧本修订本由林蓝、谢铁骊改编，北京出版社1961年版。(2) 改写本，周立波原著，杨廷治摘录，林易改写，外国语学院出版社1985年版，以汉英对照形式出版，主要供学习英语的人和懂英语的外国人在学习现代汉语时用作阅读材料。(3) 少年版，谢明清、宋昌琴节编，四川少年儿童出版社1987年版。(4) 缩写版收入《中华爱国主义文学名著文库》，童心缩写，北京燕山出版社2000年版。(5) 连环画，杨根相改编，施大畏绘画，上海人民美术出版社2008年版。

第六章　文本的生产与不断的改写

《暴风骤雨》单行本在正式出版前即进行了反复的修改,[①]《暴风骤雨》的部分章节在《东北日报》上进行连载时,有位叫霜野的读者来信对其中的某些生活细节提出意见,如建议将"五十石"改为"五十多石";绵羊票子没有五十元的票版,只有百元的,伪康德五年,不是民国二十六年,是民国二十七年。对于这些建议,周立波都虚心接受了。而出版单行本之后,比较重要的修改有两次,一是从1952年的第1版到1956年的第2版,二是从1956年的第2版到1977年的版本。

一　第一次修改

由于初版本到1952年的版本只有细微差别,因此主要以1952年版本为主,来对照比较1952年版本与1956年版本的不同。经仔细对校,1956年版本中大约修改五百余处,上卷改动较多的是十九节(40处),十二节(36处),十五节(35处);下卷改动相对较少,改动较多的是第一节(29处),第六节(21处)。

首先是关于使用的东北方言。周立波曾举例说明方言的必要性,"东北话里的'牤子',学名叫公牛,要是你把东北一个小猪倌的叫喊:'牤子吃庄稼哪',写成'公牛吃庄稼哪',不但没有东北味,而且人家还会说你是个书呆子,称呼牛大哥也要叫它的学名。这说明了,在反映东北农村生活的文章里,有时用'牤子'的完全的必要。"[②]虽然作者认为文本有使用方言的必要,但方言的使用又对读者的理解造成障碍,为了解决这一问题,作者增加了大量的注释,1956年版本中,作者共增加了三百余处注释,上卷加的注释相对较多,共238处。

作者使用方言的本意是为了接近人民群众,让读者感到熟悉与亲切,不过,需要增加如此多的注释也证明了作者在语言的运用上矫枉过正,适得其反。"作者在吸收群众语言时,也采用了一些使别处人难以理解的不

[①] 从初稿到定稿作的修改参见胡光凡《从手稿和版本看周立波对〈暴风骤雨〉的修改》,《社会科学战线》1987年第4期。一般的版本研究只注意出版本,手稿的修改尚未引起研究者的关注。实际上,手稿的反复修改更能看出作者在坚持艺术创作追求与外在的政治规约下的矛盾下如何进行取舍。

[②] 周立波:《谈方言问题》,《文艺报》1951年第10期。

下编　土改叙事文体论

必要的方言……过多地使用这类方言，势必使读者对于作品的理解受到限制或发生误解，这是《暴风骤雨》在语言方面的一个缺点。"① 为了弥补这一缺陷，周立波也尽力对一些不必要的方言词汇进行调整，打破方言造成的语言隔阂，"有些表现法，普通话里有，而且也生动，在叙事里就不必采用土话。有些字眼，普通话和方言都是有的，只是字同音不同，那就应该使用普通话里的字眼。"② 因此，1956 年版本就将原版本中的某些意思相同的方言词替换为普通话的词汇，如"电车道"改为"公路"（上卷第一节），"毛子壳"改为"向日葵"（上卷第四节），"猫"改在"藏"（上卷第四节），"唠嗑"改为"聊天"（上卷第十二节），"抬钱"改为"贷钱"（下卷第六节），"老儿子"改为"小儿子"（下卷第七节），等等。另外，叙述话语和人物语言中末尾的"啦"全部换为"了"，这样就进一步减弱了小说叙述中的口语色彩。

其次，为了更好地塑造人物形象，对某些细节进行了调整。在关于郭全海叙述中，初版本提到李振江的老婆曾经主动诱惑他，遭到拒绝后情感上受到冷落，于是她才会产生报复的念头，放狗咬他，并且指桑骂槐，大吵大闹。这样的情节铺垫会让读者觉得李氏的吵闹是一种因爱生恨的心理失落，与阶级仇恨没有多大的关联。在 1956 年版本中，为了进一步塑造郭全海的形象，删去了与李氏的这段纠葛，这样人物形象更加纯粹高大，与李氏的争吵也就单纯成为霸道雇主与受苦雇工之间的冲突。

关于郭全海的形象，曾有人提出这样的质疑："作者因为使下卷工作队有再来元茂屯工作的可能，而选择了二流子张富英窃取了农会大权，……从这一点就明白的显露出郭全海的无能，尽管作者在下卷如何描写郭全海的机智，有办法，但绝不能完全遮掩作者在无意中所加于郭全海的损害。"③ 为了显示出郭全海所进行的必要抗争和无奈的屈服，作者对初版本进行了适当的调整。初版为"郭全海嘴头不行，跟人翻了脸，到急眼的时候，光红

---

① 陈涌：《暴风骤雨》，《文艺报》1952 年 6 月 25 日。
② 周立波：《谈方言问题》，《文艺报》1951 年第 10 期。
③ 蔡天心：《从〈暴风骤雨〉看东北农村新人物底成长》，《东北文艺》1950 年第 1 卷第 2 期。

第六章 文本的生产与不断的改写

脸粗脖,说不出话来。"① 修改为"郭全海干活是好手,但人老实,跟人翻了脸,到急眼的时候,光红脸粗脖,说不出有分量的话来。"② 原文只是直白地叙述了郭全海的性格特点,老实能干,不善言辞,修改后突出了叙事者的潜在情感倾向,让读者感觉到郭全海是一个朴实的好人,不会讲话只是其性格中的小缺陷而已。

初版中的"好老百姓说:'郭主任是茶壶里煮饺子,肚里有,嘴上倒不出。'"③ 修改为"好老百姓有的给蒙在鼓里,有的明白郭全海有理,张富英心歪,可是,看到张富英的人多,也不敢随便多嘴。屯里党员少,组织生活不健全,象花永喜这样的党员,又光忙着自己地里的活。"④ 经过改动之后凸显了郭全海被赶出农会时的外在原因和客观条件,是由于一些百姓的胆小怕事和党员的自私自利造成了他在农会的孤立无援,才会这么轻而易举地被坏分子夺权。在1956年版中,增加了郭全海去找上级反映问题的细节,这样,改动后的情节安排在一定程度上缓解了郭全海被赶出农会给人造成的无能为力的印象。

关于中农刘德山的形象,1956年版增加了他在前线受教育后思想改造的细节,"接着,刘德山滔滔地谈起前方战士的英勇的故事,谈起轻伤不肯下火线的那些彩号,听的人都感动了。萧队长说:'你们这回可是受到教育了。'刘德山点头答道:'嗯哪,我算是受了锻炼了'。"⑤ 这样,在前线受到感染和教育成为刘德山思想转变的起点,作为中农,他就不再是之前摇摆不定的观望者,终于成为农会中的积极分子,成了斗争中团结的对象。

再次,1956年版本也就初版本中某些不太符合党的政策和组织原则的地方进行了调整。初版上卷第八节中因斗争韩老六失败,小王和刘胜产生了悲观情绪,1956年版增加了开会批评的情节,十一节中白大嫂子将豆角黄瓜鸡蛋送给萧队长,增加"根据工作队规矩,萧队长婉言谢绝了"⑥,强

---

① 周立波:《暴风骤雨》(下册),人民文学出版社1952年版,第8页。
② 周立波:《暴风骤雨》,人民文学出版社1956年版,第260页。
③ 周立波:《暴风骤雨》(下册),人民文学出版社1952年版,第8页。
④ 周立波:《暴风骤雨》,人民文学出版社1956年版,第260页。
⑤ 同上书,第482页。
⑥ 同上书,第123页。

下编　土改叙事文体论

调了工作队的严格纪律。十三节中老孙头到工作队来找萧队长，他走了之后萧队长召集队员开会，总结斗争失败的经验教训，1956年版本则改为老孙头来时萧队长正在开会，这样就成为工作队积极主动地开展工作，不是被动地由群众反映问题后才意识到问题的严重性。对于赵玉林入党时的手续进行了补充，这样在入党的组织程序上显得更加严谨正式。在赵玉林牺牲后追认为中共党员的叙述中，增加了萧队长开会讨论的细节，由领导个人的现场处理改换为经组织许可后的正式宣布。

土改中出现的打人、杀人现象是一个很敏感的问题。金人指出"打人问题，书里写到了……作为工作经验来介绍，拿到新地区去，这点也是值得考虑的。"[①] 在1947年《土地法大纲》颁布后，北方土改过程中出现了一些"左"的倾向，1948年后开始逐步纠正。毛主席在《关于目前党的政策中的几个重要问题》中指出："必须坚持少杀，严禁乱杀。主张多杀乱杀的意见是完全错误的，它只会使我党丧失同情，脱离群众，陷入孤立。"[②] 为了使作品更加符合政策的要求，作者对作品中的打人细节进行了修改，初版本为群情激愤中大伙已经动手，而修改后则是萧队长及时制止打人行为，凸显了在群众运动中党的领导的重要作用。

修改本也对花永喜在打胡子时的行为进行了必要的改动，初版本中花永喜是借了旁边小战士的枪击退胡子，带有几分炫耀本事的色彩。在战斗中是不允许随便把枪借给别人的，花永喜当时只是普通群众。1956年版本中则改为花永喜是替一位受伤的战士守住岗位，这样老花得到战斗机会变得合情合理。

最后，作者对有些叙述细节进行了调整，1956年版本丰富了"美人计"这一带有喜剧色彩的场景描写，增加了阅读的趣味性。在端来的吃饭用具中增加了"醋瓶"[③]，为叙述下文的闹剧做好了铺垫。炕桌上的菜增加了"糖醋鲫鱼、红烧麂肉"[④]，韩爱贞和杨老疙瘩打翻了炕桌，沾满了菜汤

---

① 金人：《〈暴风骤雨〉座谈会记录摘要》，《东北日报》1948年6月22日。
② 毛泽东：《关于目前党的政策中的几个重要问题》，《毛泽东选集》（第4卷），人民出版社1991年版，第1271页。
③ 周立波：《暴风骤雨》，人民文学出版社1956年版，第158页。
④ 同上书，第164页。

第六章　文本的生产与不断的改写

汁水，原文中"真是又咸又热，又酸又辣，"① 修改为"真是又咸又热，又甜又酸，又香又辣，"② 在味觉上更加丰富，以多种混合的刺激性的味道来比拟这场闹剧的诸多意味，韩爱贞故意勾引杨老疙瘩，而当杨老疙瘩上钩后自己又摆出正经的样子，可谓酸中带甜。杨老疙瘩不知不觉迈入陷阱，偷鸡不成反而蚀把米，真是先甜后苦，作者以饶有意味的丰富细节不仅给读者强烈的视觉效果，而且充分地调动读者的味蕾从而感受到作者描写的言外之意，味外之旨。

一些不合时宜的词语也进行了必要的改动。"老毛子"改为"苏联红军战士"以示对苏联老大哥的尊重，"娘们"改为"妇女"，修正了原来版本对女性的漠视和鄙夷之感，歌曲《没有共产党就没有中国》改为《没有共产党就没有新中国》，以便与现实保持一致。同时也相应地删去了一些民间口语中的粗话，这些带有乡土气息的粗鄙村话不利于文本的传播与语言规范的建立，删去后的语言净化了文本。

二　第二次修改

周立波在"文革"中遭受劫难，作品也被污蔑为毒草而无法出版。在1977年，《暴风骤雨》终于再次出版，作者在后记中说："我只删去了几句，并在全书文字上略有改动。"③ 这次版本变动上最大的特点就是进行了洁化处理，对某些涉及两性关系的段落进行了大刀阔斧的删除。第一节中老孙头谈到土匪的胡作非为"白日放哨，下晚扎古丁，叫娘们把裤子脱光，还得站起来，给他们瞅瞅，真不是人作得出的呀"④。在新版本中把侮辱女性的细节去掉，简化为"还糟蹋娘们，真不是人"⑤。1956年版本中，在斗争会上韩老六嬉皮笑脸地承认自己玩弄过十几个妇女，借此机会转移斗争会中群众的注意力。1977年版本中韩老六的态度由油滑轻浮变为老实认罪，更符合斗争会上严肃庄重的气氛。

---

① 周立波：《暴风骤雨》（上册），人民文学出版社1952年版，第229页。
② 周立波：《暴风骤雨》，人民文学出版社1956年版，第164页。
③ 周立波：《暴风骤雨》，人民文学出版社1956年版，1977年8月第19次印刷，第491页。
④ 周立波：《暴风骤雨》，人民文学出版社1956年版，第9页。
⑤ 周立波：《暴风骤雨》，人民文学出版社1956年版，1977年8月第19次印刷，第9页。

下编　土改叙事文体论

上卷中韩爱贞勾引杨老疙瘩的情节，删去了一些具有挑逗意味的细节，如韩穿着水红小褂，胸脯突出，头发松散，杨见了之后"神魂动荡，手脚飘飘"等。这样，韩的极具异性吸引力的身体叙述被简化，对杨的心理冲击力也减少了。下文中因杨老疙瘩慌里慌张不慎摔坏了扇子，韩哈哈大笑起来。1956 年版本中有对此的议论，"民歌里说：'多少私情笑里来。'破鞋劲的女人本能地领会这一点。这女人用笑声，用她胖手背上的梅花坑，用她从日本人森田那里练习得来的本领，来勾引老杨。"① 叙述者出于强烈的道德感十分鄙夷韩的无耻行为，不屑之意溢于言表，这在一定程度上损害了文本冷静客观的叙述，而且也隐含男性作者意识深处中"红颜祸水"的菲勒斯中心文化想象，女性只是一具诱惑异性的躯壳。1977 年版本中这段话被删掉。而杨老疙瘩的"心魂飘荡"以及听到韩的娇笑后"这下越发撩起了他心头的火焰"，这些人物内心的心理变化生动形象，不过这样的细节与全书严肃的革命历史主题构成了潜在的冲突，在 1977 年版本中作者进行了删改。

在下卷中删去的主要是张富英和小糜子偷情的情节、刘桂兰被公公欺负的细节。经过大幅度的改动，作品中关于性的内容基本已经删干净了，尽管在农村"性的方面也比较的有自由，农村中三角及多角关系，在贫农阶级几乎是普遍的。"② 这些普遍存在的事实不适于在作品中呈现，革命历史小说要担负起传承革命精神、教育后来者的重大责任。较多的情爱描写固然容易引起读者的阅读趣味，但也会将读者注意力由激烈的阶级斗争转移。

除此之外，随着时代的变迁，政治层面上的叙述也需要进行必要的修改。较为明显的是对于林彪、苏联叙述的改动，林彪由革命的功臣成为了反党分子，其在解放战争中的功绩不宜再提起。第一节萧队长在路上"想起了林彪同志在哈尔滨南岗铁道俱乐部里的讲话"③，改为"想起了松江省

---

①　周立波：《暴风骤雨》，人民文学出版社 1956 年版，第 163 页。
②　毛泽东：《湖南农民运动考察报告》，《战士周刊》1927 年第 38 期。
③　周立波：《暴风骤雨》，人民文学出版社 1956 年版，第 10 页。

第六章 文本的生产与不断的改写

委的传达报告"①;"林彪将军率领的民主联军,遵照毛主席的战略,把蒋匪的美械军队打得大败了"②,改为"人民军队遵照毛主席的战略,把蒋匪的美械军队打得大败了"③;"咱们林司令员带的兵,在前方打了大胜仗"④,改为"毛主席的军队在前方打了大胜仗"⑤;在婚礼现场"现在贴着毛主席、朱德司令和林司令员的放大的照片"⑥,改为"现在贴着毛主席和朱总司令的肖像"⑦。

苏联从早期的老大哥成了敌对关系,有关苏联的叙述也进行了修改。送给赵玉林衣裳的由苏联红军战士改成了八路军。"光复那年,苏联红军驻扎在他们屯子里,听说这情形,送了两套军装给他们。"⑧改为"八路军三五九旅三营,来这屯子打胡子,听说这情形,送了两套灰军装给他们。"⑨"不是八一五苏联红军的大炮声,咱们都进了冰窟窿了。"⑩改为"不是三营来,咱们都进了冰窟窿了。"⑪"往后就用拖拉机,跟咱们老大哥苏联一样。"⑫改为"往后就用拖拉机。"⑬还有些名词也进行了改动,东北民主联军是东北人民解放军的前身,在1977年版中,对这一旧有的称呼进行了调整。另外,对纪年方式也进行了修改,将原来的中华民国纪年改为公元纪年。

为了更好地塑造人物形象,作者对有碍表现人物英雄性格的细节进行了删除。赵玉林是作者着力塑造的英雄人物,但在"文革"时期,他的壮烈牺牲被指责为是对农民形象的污蔑,"塑造起一个英雄形象却让他死掉,

---

① 周立波:《暴风骤雨》,人民文学出版社1956年版,1977年8月第19次印刷,第9页。
② 周立波:《暴风骤雨》,人民文学出版社1956年版,第153页。
③ 周立波:《暴风骤雨》,人民文学出版社1956年版,1977年8月第19次印刷,第144页。
④ 周立波:《暴风骤雨》,人民文学出版社1956年版,第491页。
⑤ 周立波:《暴风骤雨》,人民文学出版社1956年版,1977年8月第19次印刷,第447页。
⑥ 周立波:《暴风骤雨》,人民文学出版社1956年版,第511页。
⑦ 周立波:《暴风骤雨》,人民文学出版社1956年版,1977年8月第19次印刷,第464页。
⑧ 周立波:《暴风骤雨》,人民文学出版社1956年版,第30页。
⑨ 周立波:《暴风骤雨》,人民文学出版社1956年版,1977年8月第19次印刷,第28页。
⑩ 周立波:《暴风骤雨》,人民文学出版社1956年版,第52页。
⑪ 周立波:《暴风骤雨》,人民文学出版社1956年版,1977年8月第19次印刷,第48页。
⑫ 周立波:《暴风骤雨》,人民文学出版社1956年版,第539页。
⑬ 周立波:《暴风骤雨》,人民文学出版社1956年版,1977年8月第19次印刷,第489页。

下编　土改叙事文体论

人为地制造一个悲剧的结局。"① 作者为了让赵玉林的形象更高大光辉，回击之前"四人帮"对其上纲上线的政治化批评，于是对人物形象进行了提纯和放大，使他从一个人性化的先进分子形象成了光彩照人的革命战士的高大形象。初版本中赵玉林是有血有肉的普通农民形象，他会因疼痛而叫妈，要求添上一枪以结束难挨的痛苦，改动之后，赵玉林成了一心为公的革命英雄，以坚强的毅力忍住剧痛，要求大伙去撵胡子，将个人的生死置之度外。这样，人物的阶级性压倒了身体的感觉，在凸显英雄形象的同时也削弱了作为普遍存在的人性。

关于老孙头的形象也进行了修改，去掉表现人物胆小怕事、摇摆不定的细节，第一节中小王拿出枪来打兔子和在赵玉林葬礼上听到礼炮时老孙头害怕的细节都去掉了，同时加强了人物坚定的革命性。当老孙头接工作队回村时，韩长脖前去打探，老孙头的反应由简单的点头变成了置之不理，立场上更为坚定。下卷第四节中老孙头撕下"主任训话处"的徽子，1956 年版本是没有说啥，新版本改为"他说：'姓张的这狗腿子主任，我们扔定了。'"② 原来老孙头的行为只是对自己曾经挨踢的简单的报复，经过改动之后由私仇而成为公愤，在一定程度上拔高了老孙头的形象。

关于萧队长的塑造使其更符合党性原则。萧队长找老花做思想工作，增加一句"他又寻思等老花再来农会时，要多跟他谈一谈。"③ 显示了萧队长在工作上的尽职尽责。萧队长问郭全海，"地主还有不坏的？"④ 改为"封建大地主都是靠剥削起家，还有不坏的？"⑤ 原来的反问句是将所有的地主归为坏人，改动之后，加上了地主"坏"的原因陈述，他们是靠剥削生活的，所以是坏的。尽管前面加上了地主剥削是坏的原因，表达上更为严密，但用经济原因的剥削来直接对等道德判断上的好坏，即将贫富等同于善恶，仍然是有些牵强的。

---

① 江青：《林彪同志委托江青同志召开的部队文艺工作座谈会纪要》，《江青同志讲话选编》，人民出版社 1968 年版，第 16 页。
② 周立波：《暴风骤雨》，人民文学出版社 1956 年版，1977 年 8 月第 19 次印刷，第 263 页。
③ 同上书，第 400 页。
④ 周立波：《暴风骤雨》，人民文学出版社 1956 年版，第 248 页。
⑤ 周立波：《暴风骤雨》，人民文学出版社 1956 年版，1977 年 8 月第 19 次印刷，第 231 页。

第六章 文本的生产与不断的改写

新版本对一些词语进行了调整,将"洋火"改为"火柴","八个马"改为"八匹马","合计"改为"部署","说到死者的功劳"改为"赞颂死者的功劳","死了"改为"牺牲了","跟胡子豁上"改为"跟胡子肉搏",修改后用语更加准确生动,行文更加流畅,有助于新的时代环境下读者的理解。同时对某些语言的表述上也做了修改,提到老侯家男的说了算,"东风压倒了西风",老花家是女的说了算,"西风压倒了东风"①,以东风与西风的力量的消长来比拟家庭内部权力关系的变化,男的当家成了天经地义的事情,女的当家就成了牝鸡司晨,是不符合男女平等的。在1977年版中,这一具有丰富意义指涉意味的"东风西风"论被去掉了,家庭中权力争斗的色彩淡化了。

此外,在1977年版中去掉其中某些容易理解的注释,第一部去掉58个注释,第二部去掉27个注释。某些词语虽是地方口语,但其他地方的读者也能大概猜到什么意思,这样就不必面面俱到地对每个方言词语进行解释。

三 文本变迁的背后

总的来说,随着时代的变迁,周立波在不断地修改《暴风骤雨》的版本,除了一种文字技术上的精益求精的艺术追求之外,更重要的是由于读者的接受时空的变化和政治语境的变迁。

一方面,读者圈不仅只是东北地方的土改工作队成员,也扩展到了全国的不同年龄、职业的读者。原本作品中使用了大量方言土语是作者引以为傲的向农民学习的成果,现在却对其他地区的读者的理解造成了巨大的障碍。于是,作者将其中不必要的方言词汇改换为普通话,同时对某些必须使用的方言词语做出注释,以消除东北方言的使用造成的阅读障碍,便于不同地区读者的理解。这样,作者煞费苦心地学习群众语言,为作品增添了生动淳朴的乡野气息,结果出版作品反而要加上诸多的注释才能让读者理解,这种做法使作家陷入解释的困境中。这就说明,在学习群众的语言上,作者走到了另一个误区,即从高高在上的俯视者成了俯首称臣的学习者。农民方言应当有所批判地吸收,予以恰当运用,不应该是不加审视

---

① 周立波:《暴风骤雨》,人民文学出版社1956年版,第437页。

地照盘全收，更不能炫耀式地直接塞进文章里，除了能证明作者是努力学来的地方语言之外别无用处。

另一方面，随着时代环境的变化，政治对文学的制约越来越严重，文学自身的审美性被忽视，而工具性则大大加强。作家需要按照新的创作原则修改自己的旧作，来积极呼应意识形态对文学的要求。一是去粗去俗，凡是涉及农村中不正当的两性关系的描写如逛窑子、偷情、勾引干部、扒灰等，都进行简化或删除。农村的散漫自由的性关系不适于在具有重大革命教育意义的作品中出现，唯有郭全海和刘桂兰的因革命而产生的爱情才能在文本中保留下来。这也是在暗示只有道德败坏的反动人物才放纵自己的欲望，而正面的人物需要革命理性来克制本能的欲望。另外涉及性器官修辞的粗俗语言在文本中也被删去。二是人物形象的塑造上突出革命品质，深化阶级属性。郭全海的不善言辞、老孙头的胆小怕事、赵玉林受伤后的人性流露等这些人物性格"缺陷"在文本修改中被去掉，在削减丰富的人物个性的同时使人物的革命性得以放大，高大光辉的形象令读者不免感到几分空洞。人物形象从丰富的生活细节中高度提纯，并且呈直线式缺乏变化的发展轨迹，成为阶级性突出的"扁形人物"，而这正是《暴风骤雨》的主要艺术缺陷之一。三是历史叙述层面的修改和组织原则的加强，涉及林彪、苏联的地方进行了调整，纪年方式也做了修改，消除了历史的时代印记，在某种程度上有违实事求是的历史精神。而对于入党、开会、工作纪律等方面叙述更加严密完整，力求符合相应的政策制度。在生动的生活细节中贯穿着政策的正确有序地执行，这种不甚协调的情节组织方式削弱了作品的艺术魅力。

于是，"现实人生被叙述成无性的人生，人的自然属性被抽空，作品越来越洁化。同时作品也或浓或淡地意识形态化了。修改以后，作品更清晰地表达了阶级观念，更有效地服务于当时的政治路线，有的甚至更突出地将人抽象为残缺的政治主体。总之，关于性和革命或政治问题的修改最终都可以归因于新的国家意识形态对文学的影响。"[①]《暴风骤雨》的不断

[①] 金宏宇：《论中国现代长篇小说的修改本》，《文学评论》2003年第5期。

第六章 文本的生产与不断的改写

修改可以说有利有弊，修改后加强了语言的规范性，用语更为贴切，行文更为流畅自然、通俗易懂。同时删去了很多与主题无关的枝蔓细节，加快了故事进程，有利于突出主题，不过在人物形象上的过分拔高使原本平面化的人物显得更为单薄，政治性原则的加强也会破坏文本的可读性。作品版本的不断变迁带有特定时代的烙印，其变动情况所带来的文本释义的差别需要在解读文本时细心体会，这是在研究《暴风骤雨》时不能忽略的一个重要问题。

第三节 文本的修改：紧趋形势的自我规训

对作品进行不断修改的并不仅仅只有《暴风骤雨》，修改是当代文学史中的一个非常普遍的现象。在五六十年代，不少作家对于之前成名的作品都进行了修改，这不仅仅是对早期著作的润色调整，追求艺术上的完美，更多的是在政治层面上对作品的意义规范，是作家按照新的历史语境下对文学的要求而对不合时宜的旧作进行了大刀阔斧的修改。不少作品的初版本经过多次修改，已经和最后的定本相去甚远，无论思想主题、人物形象、语言风格都发生了重大变化，对文本的解释自然也要随之而变。在文学研究中如果不指明版本而笼统地论述其大致内容，会影响到批评的严谨性。

具体到每个文本，作家进行几次修改、每次修改的时间、进行的具体的操作，可能会不尽相同，需要仔细校对不同版本才能知晓，而大致上的修改主要有以下几个方面：

一 语言：从通俗化到规范化

50年代初，全国开展了一场声势浩大的规范汉语的运动，要求在口语和书面语中使用普通话。如《人民日报》1955年的社论："尽力提倡在书面语言中使用普通话，要纠正那种不承认普通话、不愿听普通话、甚至不许子弟说普通话的狭隘地方观念，纠正那种在出版物中特别是文学作品中滥用方言的现象……语言的规范必须寄托在有形的东西上，这首先是一切作品，特别重要的是文学作品，因为语言的规范主要是通过作品传播开来的。作家们和翻译工作者们重视或不重视语言的规范，影响所及是难以估计的，我们不能不对他们提出特别严格的要求。"[1] 40 年代解放区文艺在"为工农兵服务"的指引下，为了要创造百姓喜闻乐见的通俗文艺作品，必然要从民间文艺中汲取营养，在创作中放弃精致文雅的知识分子语言，要用通俗易懂的农民语言来写作明白晓畅的文艺作品，这不仅是语言层面的改变，更是涉及作家思想是否改造成功的政治问题，这样，作家都不遗余力地认真学习群众语言，这正是显示思想积极向工农兵靠拢的标榜，不少作家因为使用了地道纯粹的群众口语而得到评论界的赞扬。当时没有注意到方言对外地读者接受造成的障碍，文学批评中也不会提到方言，而是被称为"群众语言"。"这种称呼的运用不能仅仅看作是用词的不同，其中蕴涵着丰富的时代信息。"[2]

而现在读者接受群体发生变化了，方言的使用固然会使当地读者感到亲切，又会给外地读者造成隔阂。对作品的要求不再看重通俗化的形式，更注重的是革命主题的纯粹性，更好地呈现新的国家意识形态。方言土语的过多运用已经不合时宜，不再看作是语言的通俗化大众化，而会被判定为"滥用方言"。

作家们自然要积极响应汉语规范的号召，将作品中的方言词语调整为普通话词汇，作品的面貌发生了重大改观，语言的时代印记慢慢消磨掉，原来浓重的地方色彩逐步淡化，通俗化的生活口语渐渐消失。丁玲的《太阳照在桑干河上》初版本中刻意模仿群众口语，出现了一些粗俗的语言，在 1955 年出版的修改本中进行了修改。第十六节"好像过节似的"中，羊倌骂自己的老婆"你妈的屄"[3]改为了"他妈的"[4]，对农民粗鄙口语的照实录入，虽符合生活实际，但有丑化农民形象的嫌疑，作者需要将这些脏话修改为读者可接受的书面语。作者同时还对章节标题、语句不通的地

---

[1] 社论：《为促进汉字改革、推广普通话、实现汉语规范化而努力》，《人民日报》1955 年 10 月 26 日。
[2] 颜同林：《陕北方言和〈王贵与李香香〉》，《文艺理论与批评》2008 年第 3 期。
[3] 丁玲：《太阳照在桑干河上》，新华书店 1950 年版，第 102 页。
[4] 丁玲：《太阳照在桑干河上》，人民文学出版社 1955 年版，第 72 页。

第六章 文本的生产与不断的改写

方进行了修改，使得描写更为细腻生动，加强了语言的艺术化。周立波作品中的东北方言印记更为明显，他将大量的方言词语转换为普通话词汇，又将一些文中使用的方言进行了注释，删去了一些粗话，在文本语言的规范化上下了很多功夫，修改后，语言更加通俗晓畅，易于读者接受。

相比之下，诗歌是注重语言的艺术，在语言层面的修改更为明显。《王贵与李香香》中借用了陕西民歌信天游的形式，使用了不少陕北的方言，在新版本中进行了全面的调整，如"胡日弄"改为"胡打算"，"迩刻"改为"而今"，"大"改为"爸爸"，这样有助于不同地区读者的理解。作者对诗中一些不太恰当的比兴进行了修改，诗中运用了很多形象化的比喻，形象生动，如果所用比喻不太妥帖的话，反而会影响到主题的传达，造成读者的误解。有研究者指出，用"穷汉饿的象只丧家狗"来比喻穷人的饥饿状，是"比喻不当，起兴消极甚至相反的"。[①] 在后来的版本中，这句话改为"穷人饿的皮包骨"。原作中有些过分让人觉得惊悚的诗句，"坟堆里挖骨磨面面，娘煮儿肉当好饭"，[②] 即便要写荒年中人们的苦难，也不必写挖坟、食子的行为，这些会让读者感到人性的可怖，这是在挑战人类道德的底线。作者在1955年的版本中改为"百草吃尽吃树干，捣碎树干磨面面"。[③] 同时，作者在新的版本中对错漏的文字、标点符号进行了修订。更为重要的是，通过对字句的调整，使诗行更加工整，韵律更加和谐，诗歌读起来朗朗上口、合辙押韵，艺术性更强。

叙事诗《赶车传》也进行了不断地修改，作品中有一些戏谑性丑化人物的细节，如在介绍地主朱桂棠时说"朱桂棠/窝瓜相/三尺半长/有五在行"，并详细介绍了杀佃户、打算盘、查长工、爱吃荤、好摘花五大恶习，极尽嘲讽挖苦之能事，在诗中显得有些啰唆，在喜剧性的细节中容易让读者忽略其中蕴含的严肃革命主题，在1958年版本中将其删去。书中还借用谐音，多次称地主朱贵棠为"猪"，文中的"敢不敢杀那猪？"后改为"敢

[①] 代一：《〈王贵与李香香〉中比兴的运用》，李小为编《李季作品评论集》，时代文艺出版社1986年版，第71页。
[②] 李季：《王贵与李香香》，生活·读书·新知联合发行所1949年版，第4页。
[③] 李季：《王贵与李香香》，人民文学出版社1955年版，第2页。

不敢杀他?"借用"猪"的比喻讽刺朱贵棠的不劳而获与不知廉耻本来无可厚非,但是直接代指朱贵棠本人就显得有所不妥。"取的一碗水,叫蓝妮头顶住"改为"拿来一碗水,硬叫蓝妮顶住",这样改动之后,会让读者感受到朱贵棠的凶狠残暴。诗中石不烂想火烧朱家,结果引来祸端,受到了父母的埋怨,在新版本中将父母的埋怨改成了"村里有人说",由具体的人物变成了虚指的对象。

在初版本中诗行参差不齐,每句字数不一,这样的状况在新版本中进行了调整,在新版本中改成了整齐的诗行,"老财在车上/又胖又白/借钱一百/一文不少/说明天还/好说好说"改为"老财在车上/长的又胖又白/说要借钱一百/一文钱也不少/说是明天还吧/也是好说好说"。不过有的诗句只是为了字数相等而加上了无意义的语气词,"太阳不变色/苦河里水不换"改成了"太阳呵不变色/苦河里水不换",对于诗歌的艺术水平没有多大影响。

总的来看,作家在语言层面上对作品的修改还是比较成功的,因为在战争年代条件有限,作家创作比较仓促,印刷较为粗糙,现在有机会对之前的版本进行必要的修改,斟酌字词,调整语序,在艺术上进行了"再加工",在满足官方汉语规范的要求的同时,对作品内在的语句瑕疵也进行了修改。不过,对于通俗化的创作提倡已经一去不返,原来作品赖以成功的地方特色和群众口语不能满足现在政治对文艺的要求了,作家需要在语言层面进行转型,走向语言的规范化和政治化。李季曾反思自己:"过去我写的《王贵与李香香》,在不识字的人中间都很流传,这几年来写的却有人看不懂。后来,我检查一下,感到的确太洋气了,自己下决心要改,要恢复我原来的风格。"① 而这由"土气"到"洋气"的过程,正是语言由亲切随意的方言改造成规矩严谨的普通话的过程,也是从解放区到新中国,作家要共同经过的转变之路。

二 内容:作品的洁化与主题的深化

与语言层面的改头换面相比,在内容方面的修改才是触及本质的重要

---

① 李季:《要为更广大的人民群众所接受》,《人民日报》1957年5月23日。

第六章 文本的生产与不断的改写

改动。与革命无关的情爱描写成为描写的禁区,在新的版本中这些都被删去。"对情爱欲望的避讳,其最终目的是要消除情欲以达到革命的圣洁与崇高要求的标准。这是只有被净化了的欲望才不至于威胁革命的宏大前程,而且欲望也只有在顺应革命的意旨与需要的时候才是合理与合法的,即要顺从于革命伦理的规范准则。"①

在《暴风骤雨》初版本中,有李振江老婆勾引郭全海、韩爱贞的"美人计"、张富英和小糜子偷情、刘桂兰被公公欺负等情爱细节,在新版本中,对于主要人物的此类细节被删除,对于次要人物进行了必要的简写,保证了内容的单纯明朗。《赶车传》中的主人公蓝妮被抵债给地主做小老婆,旧版本中有蓝妮的控诉:"你姓朱我姓石/本不是一条路/我配不上你/睡在一个床上/我不笑你不笑/花枕头哈哈笑/我不哭你不哭/花枕头吃吃哭。"诗中可以看出,蓝妮虽然很不情愿,还是和朱贵棠有了夫妻之实,这就破坏了女性主人公应有的贞洁,在新版本中修改为"你姓朱我姓石/本不是一条路/生来就是冤家/死了还是对头。"作家对作品涉及性描写的地方都进行了一一排查,主要人物只能保留符合革命标准的进步婚姻,只有反动人物才能公开表现自己的性欲,这通常是要在描写中受到节制的,以免误导读者。不过,解放区文学早已受到政治的规训,所谓性的书写只是些细枝末节,大多数作品已经非常"干净",无性可删。

政治问题的修改则更为普遍,在新的国家意识形态的照耀下,一些带有旧社会印记的描写显得跟不上时代的步伐,需要进行调整。作品中出现的中华民国纪年方式都改成了公元纪年的方式。涉及某些政治有问题的领袖,都进行了删除。如《暴风骤雨》的描写去掉了林彪的名字,《王贵与李香香》中旧版本中提到"头名老刘二名高岗,红旗插到半天上",后改为"领头的名叫刘志丹,把红旗举到半天上",作家出于安全考虑隐蔽这些会带来麻烦的人物。

为了更好地满足新的民族国家意识对文学的要求,作家对与革命无关的细节进行了删除,强化了革命主题的叙述,自觉追求书写的史诗性,文

---

① 孙红震:《解放区文学的革命伦理阐释》,博士学位论文,华中师范大学,2008 年,第 112 页。

下编 土改叙事文体论

本成了红色历史的通俗化演绎,实现"从黑暗走向光明"的主题预设。一方面,作家对于不利于表现阶级斗争的细节进行了删除,如在实际斗争中人们要经过思想的转变才能接受外来的阶级观念,投身到土改运动中,在作品中这一必经的思想转变过程省略了。《赶车传》中曾提到一贯道的道规说:"泄露真诀,巨雷焚身,泄露真诀,脓血化身,泄露真言,死在乱刀之下。"这些作为封建思想的残余不宜在新时代公开传播,在新版本中被删去。

《白毛女》早期版本的第四幕是描写喜儿在山洞中的悲惨生活,观众普遍感到沉闷,"经过讨论后,感到主要问题在于第四幕表现的事件,是喜儿山洞生活的叙述,是说明喜儿在山洞中怎样生活下去,对于这些,我们没有生活的根据,只能凭想象写出来,因之不可能生动、现实,同时它也降低了剧本主题发展的速度,因而也显得累赘,我们认为应该去掉它。"[①] 除了艺术效果的考虑之外,这一幕表现的喜儿内心的挣扎,作为未婚女性失身后的羞耻感和对于孩子的自然母性错综地交织在一起,所表现的女性生命体验真切感人,但是并不利于表现政治意识,激发阶级仇恨。这里的性压迫固然属于阶级压迫的范畴,性的意味一定要压缩到最少,彻底抽空女性个体的痛苦感觉,使她成为被压迫阶级的代言人,才能更好地表现阶级斗争的主题。

另外,修改后的作品普遍提高了群众的觉悟,加强了斗争场面的渲染。改编后的《白毛女》中"增加了农民在旧社会的反抗性,添了王大春、大锁反抗狗腿子逼租,被迫出走,后来王参加八路军回来。"[②] 第一幕中增加了赵大叔回忆当年红军到来时人们翻身后过的美好生活,那时人们分到粮食,吃上饺子,表现了对于幸福生活的强烈向往,这为后来八路军的出现埋下伏笔,政治主题得以贯彻始终。同时结尾也发生了重要的变化,原来的结尾是喜儿回到村子,过上了正常的生活,母子还分到了黄世仁的部分财产,这样的"大团圆"结局满足了观众的期待视野,不过对于

[①] 延安鲁艺工作团集体创作,贺敬之,丁毅执笔:《白毛女·再版前言》,新华书店1949年版,第1页。
[②] 延安鲁艺工作团集体创作,贺敬之,丁毅执笔:《白毛女》,新华书店1949年版,第43页。

第六章 文本的生产与不断的改写

阶级主题的表现还不够充分、有力，无法充分调动观众的情绪，新的结尾改成了"太阳升起，灿烂的阳光照耀着喜儿和沸腾的人群。众欢呼接唱。"画面一转，"黄世仁如砍倒的树干一样在群众脚下跪倒。农民群众骄傲的站在太阳下，无数的手臂高高举起。"[①] 热闹激动的斗争场面不仅为戏剧本身画上完美的句号，也为之后的群众斗争的开展预先提供了模仿的样本。

《赶车传》中也加强了群众斗争场面的描写，让人感到精神振奋，气势磅礴。原来对于换心会的场面描写非常简单，"这伙人／不谢天、要换天！／共产党金不换／他那背小小驼／石碑上一靠／脸望大伙笑／大苦人石不烂／他的腰很是拐／石桌上一坐／笑得望大伙／众人围的他俩坐／围成一个大圆盘。"这只是对于开会场景的简单描述，甚至还提到了这两位领导者的生理缺陷，驼背和拐腰，这无法表现出群众受压迫已久的阶级仇恨。在1959年的版本中，作家对于斗争场面进行大肆渲染，"咱们这伙人／不谢天要换天／长工拿着镰刀／羊倌扛着矛枪／老汉打着红旗／老婆举着瓦片／听呵，雷在响／听呵，风在吼／共产党员金不换／站在众人面前／他的腰他的背／靠着那块石碑／鹰似的眼睛／眼里打着闪电——'我呵是党员／要站在前线／'赶车手石不烂／站在石桌上／两眼冒着火／两手擎着天！"修改之后，人物的生理缺陷消失了，取而代之的是冒火打闪的眼睛，诗意变得更加饱满，人们的斗争热情如火山喷发，党员的形象更加生动鲜明。

1959年版本的最大变化是篇幅的大量增加，上卷第一部为"赶车传"，二、三、四、五、六部分别以主要人物命名，《蓝妮》、《石不烂》、《毛主席》、《金娃》、《金不换》、第七部为《乐园歌》，作者的修改时间正是建立人民公社的时候，诗中所要追求的人间乐园，便是人民公社。这一修改"提供了分析这一时期中国文学流变的很有意义的文本，即文学的整体上的'写实'风格，如何向着以'象征'作为主要表达手段的浪漫主义的倾斜、推进。"[②]

《太阳照在桑干河上》的书名也进行过"画龙点睛"的修改，"《桑干

---

① 延安鲁迅文艺学院集体创作，贺敬之、丁毅执笔：《白毛女》，人民文学出版社1952年版，第120页。
② 洪子诚：《〈赶车传〉的潜文学价值》，《诗探索》1996年第1期。

下编　土改叙事文体论

河上》易名《太阳照在桑干河上》是在一九四九年十一月，"正好是在新中国成立后的一个月，"'红太阳'已朗照中华大地，作者因此把这部描写农村土地改革，迎接新中国诞生的长篇易名为'太阳照在桑干河上'重新出版，也就顺理成章。"[①]

总之，作品在内容上进行了重要的修改（甚至是重写），这是在外界愈来愈严厉的批评压力之下，作家为了适应形势的需要而进行的修改，非政治的细节被删除，政治主题不断强化，建立了新的革命叙事规则，而文学书写中的禁忌却是越来越多。这种修改破坏了文本自身的完整性和真实性，在政治强加的沉重框架下，作品的生命力在日渐萎缩。

三　人物塑造：阶级性的彰显与人性的遮蔽

在政治话语的支配下，农村错综复杂的现实斗争被简化为两大阶级的对垒，强化的是地主阶级的凶狠残酷与农民阶级的苦大仇深，作品中人物的复杂性逐渐消失，只具有出身阶级的属性，性格呈现出单一化、平面化的倾向。

在修改后的《太阳照在桑干河上》，明确了人物的阶级身份。本来丁玲是将顾涌设计为富农的，小说中曾提到顾涌家在农忙时"不能不雇上很多短工，"在校订本中改为"不能不临时雇上一些短工，"同时强调他家生活的节俭，这样其阶级成分就成了富裕中农而非富农。有学者指出，"这部作品反映的故事发生的时间是1946年夏秋之间，也就是说暖水屯土改工作中划分农村阶级成分的依据还是1933年的土改文件《关于土地斗争的一些问题的决定》。"[②] 而实际上，直到1947年下半年"左"的错误愈演愈烈的时候，任弼时要找1933年的这份文件做参考都很难找到，在实际的土改斗争中更不可能普及到基层干部手中，正因为划分标准的不明确、不细致，才会导致土改工作出现一些偏差。[③] 在中央决定纠"左"之后，在

[①] 陈子善：《〈桑干河上〉和〈太阳照在桑干河上〉》，《捞针集——陈子善书话》，浙江人民出版社1997年版，第153—154页。

[②] 金宏宇：《名著的版本批评——〈桑干河上〉的修改与解读差异》，《武汉大学学报》2004年第1期。

[③] 罗平汉：《土地改革运动史》，福建人民出版社2005年版，第223页。

第六章 文本的生产与不断的改写

1947年11月29日下发了《怎样分析阶级》和《关于土地斗争的一些问题的决定》,在实际的土改工作中才有了划分阶级的详细规定。所以在当时的条件下,划分阶级成分就会带有某种主观性、随意性,像顾涌这样的雇工劳动有可能会被划为地主,没收其财产,少量雇工也会被划为富农成分。若划为富农,在1947年10月的《中国土地法大纲》也规定可以征收其多余财产。丁玲正是出于对现实生活中劳动起家的富农所受到的不公正待遇引发了思考,将顾涌的成分设计为富农。后来将其下调为中农,显然与土地政策的变化有关,但这样的修改已经失去了针对现实批判的锋芒,中农自始至终都是团结的对象,富农则因其身份的边缘性容易被孤立。①

丁玲同样对于小说中的人物进行了修改,性格更加单纯明确,对于黑妮更加强调了她在情感上与大伯父的亲近,与钱文贵的疏远,逐渐消除其阶级归属的模糊性。对于张裕民减少了他本人性格上的缺点,形象上被拔高了。对于钱文贵更加强调了其性格上的奸诈狡猾,凸显了文采的自大狂妄,突出了李子俊女人失去财产后的心中愤恨,故意做出可怜的样子博得群众的同情。可以看出,作者对于农民阵营的人物更加肯定其正面形象,对于地主阵营的人物则更多地贬抑否定,二者构成了明显的反差。文采作为知识分子的形象遭到了更多的贬低,他作为教条主义的书呆子,不能认清斗争的方向,导致土改斗争的拖延,这显然与现实中知识分子的角色定位有关。

社会主义现实主义文学注重英雄人物的塑造,文学既然承担起教育人民特别是青少年的任务,必然"要求我们作家创造出各种明朗而生动的,足以为人民作榜样的,先进人物的艺术形象,使人民群众能够从他们身上

---

① 丁玲在《生活、思想与人物——在电影剧作讲习会上的讲话》中指出,当时划分阶级的标准不清晰,"我们开始搞土改时根本没有富裕中农这一说。""我们的确是把顾涌这一类人划成富农,甚至划成地主的。"丁玲的修改显然也与当时的政治氛围有关,她还提到自己在会议中被不点名批判有"地富"思想,"而顾涌又是个'富农',我写他还不是同情'地富'?所以很苦恼"。(见《人民文学》1955年第3期)丁玲直面现实的勇气固然可嘉,她做的修改也情有可原,但也可以看出,写到富农尚且受如此大的精神压力,而现实中还有很多劳动起家的平民地主,自然也会成为写作的禁忌,无法呈现在文本中。

下编　土改叙事文体论

感到必须向他们学习的高尚品质，从他们身上，看到新时代的伟大理想，从他们身上得到鼓舞和振奋，得到亲切的感受"。① 修改后的文本更加强调了主人公对于地主阶级的仇恨，性格的反抗性，这样复仇的情感动力推动了人物参加革命的行动，其明确的意识形态指向也能有效地指引读者的接受与理解。样板戏《白毛女》中的杨白劳不再像以往那么懦弱无能，在黄世仁抢喜儿的时候，他奋起反抗，他死在黄世仁的枪下不是以往版本中的羞愧自杀。在《赶车传》的不断修改中，主人公石不烂的形象越来越高大，首先是外貌上的变化，"大牛眼，方额头，厚嘴唇，小黑胡"修改为"大大的牛眼／方方的头额／豪爽的性格／结实的身材"，原来只是相貌的简单描述，改写后更符合政治话语对农民形象的塑造。性格变得更加坚强倔强，1949 年版本中写到石不烂到衙门告状，"他哪知／进一进衙门／还得磕人下头／石不烂作了揖／磕了三十个头／衙门才挂牌／放他走进去／他一入铁门／两腿跪下哀求。"② 在后来的版本中去掉了这段下跪磕头的描写。当老爷问他是否交租时，石不烂也由"作揖答"改成了"大声答"，他爱喝酒的缺点也在新版本中被删去。修改之后，主人公天生就是具有铮铮铁骨的反抗者，性格中的犹豫、软弱等都在文本中消失了，人物形象没有发展演变的过程，趋于平面化。

　　《白毛女》和《赶车传》的初版本中，女主人公都是因为受到地主的逼迫，无法还债，而被地主所霸占，生了孩子，由于传统社会根深蒂固的贞洁观念，她们都曾对现实有过短暂的动摇，这虽然符合人性的逻辑，却不符合革命的原则，在修改本中加强了人物的斗争意识，喜儿被黄世仁强暴之后，无计可施，"忍辱含羞眼含泪啊，身子难受不能说啊，事到如今无路走啊，哎，没法，只有指望他，低头过日月啊"，③ 怀孕后幻想着黄世仁会娶她，人性与阶级性发生了冲突。而在 60 年代改编的样板戏中，增强了喜儿的阶级仇恨。"舞剧中喜儿形象的斗争性也明显加强，到黄家后喜儿英勇不屈，黄世仁不但不能加辱，反而被打得狼狈不堪。为喜儿配写的

---

① 邵荃麟：《沿着社会主义现实主义的方向前进》，《人民文学》1953 年 11 月号。
② 田间：《赶车传》，新华书店 1949 年版，第 19 页。
③ 延安鲁艺工作团集体创作，贺敬之、丁毅执笔：《白毛女》，新华书店 1949 年版，第 54 页。

第六章 文本的生产与不断的改写

歌词改得更有'阶级性',她和黄家的冲突中充满了阶级仇恨。"① 喜儿的形象从一个受到侮辱的不幸少女演变为坚贞不屈的复仇女神,人性的复杂性被抽空,蜕变成了形象化政治符号。

在1959年出版的《赶车传》中,作者将原第八回的标题《跪香》改为《问答》,去掉了主人公蓝妮曾参加一贯道和遭到二黑调戏的情节,增强了人物对现实的抗争,"你姓朱我姓石/本不是一条路/生来就是冤家/死了还是对头/这就是我的坟/这就是我的墓/我死在这地上/也不沾你的土/我要变一只鸟/我要飞出去!"②

此外,孩子的存在对女主人公获得新生是一个重大的障碍,不论女性情愿与否,他的出生暗示着女性的不贞,破坏了读者潜意识中的伦理原则,同时给注重血缘关系的阶级划分出了一道难题。在后来的版本中,喜儿的"小白毛"和蓝妮的孩子都消失了,二人被塑造成为坚贞不屈的反抗形象。

对照《白毛女》的故事原型和初版本,可以发现增加了喜儿的恋人大春的形象,而比较《赶车传》的1959年版和1958年版,也会发现类似的现象,多了蓝妮的恋人金娃的形象。男性主人公是情节发展中的"行动者",这样的安排不仅是为了让女主人公在久经磨难之后找到幸福的归宿,而是让他成了被压迫者的解救者,代表着新生的政治力量和革命权威。男女主人公的结合主要是政治觉悟的先进,人生方向的一致,真正情感的因素反而被忽略掉了。这样,既满足了民间话语对"有情人终成眷属"的期待,又实现了政治话语对现实生活的指引。

修改后的文本中,地主的形象越来越趋于概念化、象征化,他们不仅仅是道德败坏的恶霸,不劳而获,还是社会恶势力的代表,是人民苦难生活的根源所在。原来只是在道德层面批判地主是不够的,还要在更高的层面挖掘其罪恶反动的阶级本性,这样才能符合十七年中革命话语对于地主概念的建构。在修改后的《白毛女》中,加强了对黄世仁罪恶的描写,他荒

---

① 孟悦:《〈白毛女〉演变的启示——兼论延安文艺的历史多质性》,唐小兵编《再解读:大众文艺与意识形态》,北京大学出版社2007年版,第67页。
② 田间:《赶车传》,作家出版社1959年版,第51页。

淫无耻,鱼肉百姓,还投靠日本,卖国求荣,集中体现了统治阶级的所有罪恶,"第四幕表现了在抗战开始的混乱中,地主黄世仁仍旧想借用各种势力,甚至日本法西斯的势力继续他的统治和压榨,但是八路军来了,打破了他这种企图,一向被压迫的农民,找到自己的军队,有了力量,有了希望。"[1] 在《赶车传》的文本修改中,地主朱贵棠由一个剥削农民的普通地主被改写成了拥有武装的反动地主,在1949年版本中这样描述朱贵棠,"头一在行/杀佃户/二一在行/早起打算盘/三一在行/晚上地里转/调查他长工/受的苦如何?/四一在行/吃荤又吃素/三天一大荤/五天一大素/五一在行/好摘花/好说鬼/好跳墙、好爬树/他有五在行/又有地做本/又有钱做胆/就成了个二知县"[2],强调的是他生活奢侈和道德败坏,对佃户的贪婪压榨。在1959年版本中,朱贵棠住的地方由村东头改成了石堡,成为封建势力的象征,"石堡是座古堡/石堡是封建窝/四周都是围墙/它的围墙很高/它有小碉两个/它有枪眼四处"。朱贵棠成了当地的霸主,"朱贵棠他在这里/一手把天遮住/这人是大恶霸/高利贷大债主/这人是川上狼/这人是山边虎/王法在他手上/土地在他脚下/他霸占了山头/他霸占了果树/他说的话呀/句句都得算数"。[3]

可以看出,在文本的不断修改中,人物的阶级立场更加鲜明,成了政治教化中的文学标本。作品在丧失生活真实感的同时也破坏了艺术感染力,原本丰富复杂的作品内涵变得单一苍白,在一定程度上影响了文本的历史价值和文学价值。作家的一再修改是在权威意识形态的指引下进行的自我调整,只是为了政治的正确性而非艺术上的完善。

由于外在压力的要求而对作品进行修改的现象并不只是在十七年,即便到了80年代思想解放的时期,这种政治化的批评方式还未得到彻底的改变,张炜的《古船》即因为描写到了土改中的乱打乱杀的现象,在发表与出版的时候受到了很大的阻力,不得不按审稿要求进行了修改。"和张炜

---

[1] 延安鲁艺工作团集体创作,贺敬之、丁毅执笔:《白毛女·再版前言》,新华书店1949年版,第1页。

[2] 田间:《赶车传》,新华书店1949年版,第36—37页。

[3] 田间:《赶车传》,作家出版社1959年版,第26—27页。

第六章 文本的生产与不断的改写

面商的结果,是由他加了土改工作队王书记制止乱打乱杀坚决执行党的土改政策的一个片段(一千多字)。"[1] 在出版时负责的编辑为此写了愿意承担责任的保证书,经过一番波折,张炜的《古船》才得以顺利出版。作家受制于时代环境的影响,或自觉或被动地对文本进行修改,不同时期的文本也都相应地保留了产生时代的文化烙印。这种版本的变迁过程,是当代文学中的普遍现象,越改越差的文本效果也体现了文学史的某种规律。在文本研究中,需要注重初版本与修改本之间的诸多差异,透过版本变化的裂隙,才能捕捉到作者修改留下的信息,领会到修改后作品释义和艺术价值的变化,从而对作品做出更加全面细致的探讨。

---

[1] 何启治:《文学编辑四十年》,人民文学出版社2001年版,第20—24页。

结　语

在中国文学史中，作家们对于土地有着血肉相连的亲近感，厚实沉重的大地、田园牧歌的乡村是中国文人永远的精神家园。自近代以来，农村承受着越来越多的战乱与灾难，统治者的竭泽而渔、政权制度的朝令夕改使得乡村日益凋敝破败，民不聊生。农村问题成为中国走向现代化的一大障碍，作为"地之子"的现代作家们始终眷恋着这片灾难深重的土地，关注着农民和乡村的变化，思考乡村文化的改造和转型。

现代乡土小说大致有以下三种主题形态：一是烛照现实的启蒙之光。五四运动之后，以鲁迅为代表的现代作家以现代的文明视角审视着落后的乡村社会，并对其中腐朽、愚昧、没落的文化成分进行了冷峻犀利的批判。他们的作品往往笼罩着一种浓厚的悲剧氛围，荒凉、沉寂、衰败的乡村就像一个黑暗冷酷的铁屋子，人们对窒息人性的专制文化习焉不察，还是按照旧有的礼教秩序周而复始地生活下去。比起农民生活的苦难，其精神上的重负更不容小觑。作家深刻剖析了国民的劣根性，他们麻木不仁，默然忍受人生的种种打击，对于其他人遭到的不幸没有丝毫的同情，却有着充当看客、慢慢品鉴的兴趣。虽然作家在理性上认同了西方的现代文明，并以其为参照系对停滞、狭隘的乡村文化进行沉痛的批判，作家在情感上不能割舍对于乡土家园的深沉眷恋，笔端也时时流露出对于农民的同情，对于乡土的依恋之情。他们对于乡土社会的态度可谓是爱恨交织，严峻的笔触中饱含着深情，犀利的剖析中隐藏着希冀。

二是回归传统的抒情色彩。与启蒙作家痛心疾首的积极入世精神不

结 语

同，一部分作家如沈从文，选择了以浪漫的诗情来构建理想的乡村世界，在与世无争的世外桃源中寻求自然和谐的人性之美。他们对于现代城市中的浮华奢靡、喧嚣嘈杂十分反感，认为这是文明的进步对人性造成的桎梏，只有在自然的乡村中还保留着纯真健康的人性。正因为失望于现实的污浊阴郁，人们才会对悠远清新的田园牧歌更加渴望。作品中往往出现恬淡静谧的山水风光，自然和谐的人际关系，淳朴热烈的民间习俗，还有与这氛围浑然一体的充满原始生命力的人物形象。作家对精神家园的诗意追求并不是对现实的逃避，而是希望引入原始雄强的生命活力，实现民族文化人格的重塑。启蒙之作以思想批判的力度见长，而抒情作品以艺术技巧的圆熟为人称道。远离了现实政治的侵扰，作家以从容不迫的态度追求文体的精巧与语言的雅致，为无所皈依的精神流浪者建构了理想的灵魂栖息地。

三是指向革命的斗争文学。在外忧内患的危急时刻，一些作家已经无心在炮火声中对民族文化做深刻的反省，或者沉浸于美好的乡村乌托邦，他们要吹起战斗的号角，要用火一样的热情来唤醒广大的民众奋起抗争，冲决一切束缚的枷锁，使古老的民族如凤凰涅槃般获得自由和新生。由于底层民众承载着未来的希望，革命文学塑造的农民不再是愚昧怯懦的庸众，而是逐渐觉醒了的反抗者形象。他们对于生活的重担已经到了忍无可忍的地步，要奋起抗争统治者的压迫，挣脱奴隶的锁链，为此，即使付出生命的代价也在所不惜。正是出于对正义公平的追求，对理想社会的向往，他们才毅然决绝地向旧势力、侵略者宣战，放弃对土地的耕耘劳作，积极投身到改造旧秩序的革命运动中来。乡村中阶级矛盾、民族矛盾异常尖锐，革命成为解决中国社会问题的唯一途径，是根除民族沉疴的一剂猛药。作家急于跟上时代的步伐，为政治宣传摇旗呐喊，他们的思想观念固然进步，但缺乏相应的生活积累和情感体验，在他们的笔下，革命就是一呼百应、星火燎原的过程，忽略了农民作为小生产者的思想负累。作品大多是战争中的急就章，洋溢着激愤的爱国热情，充满了宣言式的战斗呐喊，艺术上颇为简陋粗糙，缺乏含蓄蕴藉的回味。

土地改革是20世纪发生在农村中的重大事件，农民长期期盼的"耕

结 语

者有其田"的理想终于变成了现实。土改文学自然要及时反映这伟大的历史变革，反映了农民在土改中的觉醒、反抗、新生，从受压迫的社会底层到翻身做主人的过程。从主题形态上看，土改文学多是从政治角度来切入主题的，按照阶级斗争的逻辑，农村中地主阶级在残酷地压迫着农民，工作队的到来为沉闷死寂的乡村带来了希望。农民在接受了革命道理之后，认识到了自己所承受的剥削，并奋起反抗，向地主阶级复仇。群情激昂的斗争大会昭示着乡村社会权力的变迁，农民作为已经觉醒的革命力量登上了历史舞台。欢乐喜庆的分果实、生产劳动、参军支前等场景在预示着农村美好的前景。由于事先预定了颂歌的基调，土改文学只能将真实生活中对政治主题有所抵触的部分往往略过不提，农村中复杂的宗法血缘关系被简化为两大阶级的对立，农民文化意识转变的艰难过程被一笔带过，土改中"左"的倾向、村干部的以权谋私、农村生产力的极端落后、土改后地主家庭的遭遇等往往在文本中成为了叙事的空白。与五四时的严峻的文化批判不同，在新的时代里乡间不是绝望的死水，而是蕴含着蓬勃的生机。启蒙视野下揭示阴暗面的犀利锋芒转化为对于新的人民的热情歌颂。丁玲、周立波、赵树理等解放区作家都曾经下乡参加过土改，他们笔下的乡村充满了浓厚的乡土气息，人物形象也较为鲜明生动，不过，作者急于描绘壮观的斗争场面和前进的农民英雄来回应时代的召唤，人物的思想转变的成长历程、人性的多面复杂性都没有进行深入的挖掘。

从价值观念上看，作家放弃了知识分子的精英立场，主要以农民的价值观念来衡量现实，农民成了作品中浓墨重彩所要描绘的英雄。人们获得了土地，满足了基本的生存需要，小生产者的劳作方式得以固化，传统的道德观念仍然在支配着他们的生活。近代以来乡村社会秩序混乱，乡绅阶层退居幕后，原来连接上层政权与底层民众的缓冲机制消失了，一些流氓无赖趁机攫取了权力，鱼肉乡民，乡村处于内外交困的危机边缘，农民饥寒交迫，一贫如洗。在工作队的宣传教育下，农民所承受的政治上的压迫、生存中的苦难都被归罪为地主阶级的罪恶，人们的奋起抗争固然有着物质利益的诱因，其中更包含着对于原始公平正义的向往和诉求。农民选举出可靠能干的干部，原来政权中的无赖之徒被赶下台来，人们在政治清

结　语

明的新政权下感到做人的尊严,做劳动者的光荣。正如《邪不压正》中的王聚财感叹道:"这真是个说理的地方!"① 与其说是外来的工作队的介入掀起了土改,不如说是土改的实际目标与农民的生存状态的相契合,经济上满足了农民平均主义的诉求,政治上迎合了百姓对于清廉政权的渴求。这样,原本消极保守的农民也积极行动起来,形成了激情澎湃的群众运动。除了政治伦理上的认同之外,土改中所宣传的劳动光荣、勤俭持家的生活伦理完全符合农民传统的道德观念,维护了劳动者的价值尊严,得到了民众的深广认同。正因为作家对农民价值观念的全盘认可,原本应该重新审视、去芜存精的传统观念并未得到认真的清理,启蒙也仅限于在政治观念上进行阶级压迫的解释宣传,文化意识上并未进行现代文明的启蒙,农民仍然沿袭着传统小生产者的生活方式和思想意识。

从艺术选择上看,为了适应农民的审美习惯,达到宣传效果,土改文学主要采取的是以事件为中心的结构方式,以全知视角按照土改事件的发展顺序展开情节。作品首先要呈现出乡村中农民生活在水深火热的惨况,地主欺压百姓,无恶不作,这样,"压迫—反抗"的斗争模式才会符合阶级斗争的演进逻辑,之后对于地主的斗争才会顺理成章,革命行动才会有强烈的正义感。实际上文本是以"惩恶扬善"的文学母题来唤起读者的道德义愤,地主犯下的罪行越多,人们在斗争地主时就会获得强烈的复仇快感,这样的除暴安良的正义之举方能大快人心。由此形成的审美张力让前面压抑的情绪得以释放,给人酣畅淋漓的阅读快感。在艺术手法上采用的多是写实的现实主义创作方法,乡村的苦难生活与其中形形色色的人物得到了真实的描摹,给人强烈的真实感。而其他可供选择的艺术方式如象征主义、荒诞手法、心理分析等都被摒弃,人物的性格单一平面,突出的是所属阶级的共性,少有深层心理的透析。语言上追求大众化通俗化,丁玲、周立波等作家放弃自己原本成功的语言特色,认真地学习地方方言,甚至在文本中故意加上几句农民的粗话以显示向群众学习语言的成果。对方言俗语的刻意追求造成了矫枉过正的后果,在语言风格上出现了浅陋直

---

① 赵树理:《邪不压正》,《赵树理全集》(第1卷),北岳文艺出版社1986年版,第497页。

结　语

白的特点。为了缩短与大众的距离，作家无意于在艺术上的探索创新，原来已经相当成熟的艺术手法和结构形式弃之不用，这种削足适履的方式影响了艺术水准的进一步提高。

按照发生的时间和范围，土改可以分为1949年前的老区土改和1949年后的新区土改。40年代的土改文学中斗争的对象是在乡间横行霸道的地主恶霸，是在讲述被侮辱被损害的弱势群体在政权的支持下进行抗争的快意恩仇的故事。与道德上的"惩恶扬善"不同，十七年的土改文学描写的是代表不同政治利益集团的两大阶级之间的殊死搏斗，特别强调的是地主的政治反动立场。除了在土改发生的进程中给予同步的反映之外，在新时期出现了解构权威历史叙事的新锐之作，在他们的笔下，土改煽动起了不同阶级的对立，并开始引发了一连串的暴力事件，仇恨在滚雪球般的不断放大，在相互仇杀的恶性循环中造成的人间惨剧。

从空间范围来看，土改叙事在大陆的胜利者书写之外，也有同时期在港台地区出现的不同政治立场的书写。出于意识形态的对立，他们揭露出土改暴力的阴暗面，土改后乡村走向了由天堂到地狱的不归之路。

另外，土改还可以分为亲历者和非亲历者的书写，前者置身其中，感染着人群中的狂热与激情，在当时由于意识形态的限制无法真切地传达出个人对于土改的思考，心灵深处的茫然、挣扎与不安，90年代出现的亲历者的回忆之作，则以冷静的态度对那段历史进行了理性的反思。非亲历者的素材多取自乡野传说，作家的目的是要合适的材料勾兑出自己所想象的民间历史，传达出个人对于历史的观点。历史的惨烈悲壮对他们来说没有切肤之感，土改的材料与其他历史时期的材料一样，只是写作的资源而已。

"文变染乎世情，兴废系乎时序。"土改文学的发展要受到产生时代的文化语境的影响，因此，对于同样的土改事件，出现了不同的叙述，它们差异甚大，在某些细节上甚至背道而驰，折射出其中蕴含的不同意识形态性。历史已经逝去，没有一种绝对正确的主导叙事能够代言历史，不同的文学叙事只是承载着不同权力的意识形态功能的文本。土改是真实存在的历史事件，但历史只能通过文本的叙述才能呈现出来，究竟是叙述为农民

结　语

翻身获得解放，还是善良无辜者受迫害，抑或是权力争斗中无谓的惨剧，这才是叙述的意义所在。

中国是一个农业大国，农村问题一直都是关乎大局的关键所在。土改文学正是因为反映了土地与农民血脉相连的关系而获得了长久的生命力。而透析对于这段历史的多元化书写，能够引领人们更为接近历史的真相，更好地理解文学与历史的互动关系。

参考文献

一 主要著作

历史、政治、社会学类等

[美] 詹姆斯·C. 斯科特:《农民的道义经济学:东南亚的反叛与生存》,程立显、刘建等译,译林出版社2001年版。

[美] 詹姆斯·C. 斯科特:《弱者的武器》,郑广怀等译,译林出版社2007年版。

[美] 黄宗智:《华北的小农经济与社会变迁》,中华书局1986年版。

[美] 黄宗智主编:《中国乡村研究》(第一辑),商务印书馆2003年版。

[美] 黄宗智主编:《中国乡村研究》(第二辑),商务印书馆2003年版。

[美] 黄宗智主编:《中国乡村研究》(第三辑),社会科学文献出版社2005年版。

[美] 黄宗智主编:《中国乡村研究》(第四辑),社会科学文献出版社2006年版。

[美] 杜赞奇:《文化、权力与国家:1900—1942年的华北农村》,王福明译,江苏人民出版社2010年版。

[俄] 尼古拉·别尔嘉耶夫:《论人的奴役与自由——人格主义哲学体验》,张百春译,中国城市出版社2002年版。

[美] 塞缪尔·P. 亨廷顿:《变化社会中的政治秩序》,王冠华等译,上海人民出版社2008年版。

参考文献

［美］本尼迪克特·安德森：《想象的共同体：民族主义的起源与散布》，吴叡人译，上海人民出版社2005年版。

［英］安东尼·吉登斯：《民族国家与暴力》，胡宗泽、赵力涛译，生活·读书·新知三联书店1998年版。

［法］米歇尔·福柯：《规训与惩罚》，刘北成、杨远婴译，生活·读书·新知三联书店2007年版。

［法］米歇尔·福柯：《疯癫与文明》，刘北成、杨远婴译，生活·读书·新知三联书店2007年版。

［美］胡素珊：《中国的内战——1945—1949年的政治斗争》，王海良等译，中国青年出版社1997年版。

［瑞典］达格芬·嘉图：《走向革命——华北的战争、社会变革和中国共产党1937—1945》，杨建立等译，中共党史资料出版社1987年版。

［美］费正清主编：《剑桥中华民国史》（第二部），章建刚等译，上海人民出版社1992年版。

［美］弗里曼、毕克伟、塞尔登：《中国乡村，社会主义国家》，陶鹤山译，社会科学文献出版社2002年版。

［美］杰克·贝尔登：《中国震撼世界》，邱应觉等译，北京出版社1980年版。

［美］马克·赛尔登：《革命中的中国：延安道路》，魏晓明、冯崇义译，社会科学文献出版社2002年版。

［美］韩丁：《翻身：一个村庄的革命纪实》，韩倞等译，北京出版社1980年版。

［加］伊莎贝尔·柯鲁克、［英］大卫·柯鲁克：《十里店——一个村庄的群众运动》，安强、高建译，北京出版社1982年版。

［美］保罗·康纳顿：《社会如何记忆》，纳日碧力戈译，上海人民出版社2000年版。

［奥］西格蒙德·弗洛伊德：《弗洛伊德后期著作选》，林尘等译，上海译文出版社1986年版。

［美］埃里希·弗洛姆：《对自由的恐惧》，许合平、朱士群译，国际文化出版公司1988年版。

参考文献

［美］赫伯特·马尔库塞：《爱欲与文明——对弗洛伊德思想的哲学探讨》，黄勇、薛民译，上海译文出版社2005年版。

［法］古斯塔夫·勒庞：《乌合之众：大众心理研究》，冯克利译，中央编译出版社2005年版。

［法］古斯塔夫·勒庞：《革命心理学》，佟德志、刘训练译，吉林人民出版社2004年版。

［法］勒内·吉拉尔：《替罪羊》，冯寿农译，东方出版社2002年版。

［美］莫里斯·迈斯纳：《毛泽东的中国及后毛泽东的中国》，杜蒲、李玉玲译，四川人民出版社1992年版。

陈北鸥编著：《人民学习辞典》，广益书局1952年版。

潘光旦、全慰天：《苏南土地改革访问记》，生活·读书·新知三联书店1952年版。

吴景超等：《土地改革与思想改造》，光明日报社1951年版。

杜润生：《杜润生自述：中国农村体制变革重大决策纪实》，人民出版社2005年版。

杜润生主编：《中国的土地改革》，当代中国出版社1996年版。

中央档案馆编：《解放战争时期土地改革文件选编（1945—1949年）》，中共中央党校出版社1981年版。

《中国的土地改革》编辑部、中国社科院经济研究所现代经济史组编：《中国土地改革史料选编》，解放军国防大学出版社1988年版。

董志凯：《解放战争时期的土地改革》，北京大学出版社1987年版。

农业部农村经济研究中心当代农业史研究室编：《中国土地改革研究》，中国农业出版社2000年版。

罗平汉：《土地改革运动史》，福建人民出版社2005年版。

郭德宏：《中国近现代农民土地问题研究》，青岛出版社1993年版。

秦晖、苏文：《田园诗与狂想曲——关中模式与前近代社会的再认识》，中央编译出版社1996年版。

王友明：《解放区土地改革研究：1941—1948——以山东莒南县为个案》，上海社会科学院出版社2006年版。

参考文献

张学强：《乡村变迁与农民记忆：山东老区莒南县土地改革研究（1941—1951）》，社会科学文献出版社 2006 年版。

高王凌：《租佃关系新论——地主、农民和地租》，上海书店出版社 2005 年版。

周晓虹：《传统与变迁：江浙农民的社会心理及其近代以来的嬗变》，生活·读书·新知三联书店 1998 年版。

张鸣：《乡村社会权力和文化结构的变迁（1903—1953）》，陕西人民出版社 2008 年版。

张鸣：《乡土心路八十年——中国近代化过程中农民意识的变迁》，生活·读书·新知三联书店 1997 年版。

费孝通：《乡土中国》，上海人民出版社 2007 年版。

费孝通：《江村经济》，上海人民出版社 2006 年版。

杨念群主编：《空间·记忆·社会转型——"新社会史"研究论文精选集》，上海人民出版社 2001 年版。

杨念群等主编：《新史学：多学科对话的图景》，中国人民大学出版社 2003 年版。

金冲及：《转折年代——中国的 1947 年》，生活·读书·新知三联书店 2002 年版。

郭于华主编：《仪式与社会变迁》，社会科学文献出版社 2000 年版。

毛泽东：《毛泽东选集》（1—4 卷），人民出版社 1991 年版。

张闻天选集传记组等编：《张闻天晋陕调查文集》，中共党史出版社 1994 年版。

杨奎松：《开卷有疑——中国现代史读书札记》，江西人民出版社 2007 年版。

黄仁宇：《黄河青山》，生活·读书·新知三联书店 2001 年版。

黄仁宇：《中国大历史》，生活·读书·新知三联书店 1997 年版。

俞吾金：《意识形态论》，上海人民出版社 1993 年版。

季广茂：《意识形态》，广西师范大学出版社 2005 年版。

卢周来：《穷人经济学》，上海文艺出版社 2002 年版。

刘铁芳：《生命与教化——现代性道德教化问题审理》，湖南大学出版社

2004年版。

1946—1949年的《解放日报》、《晋绥日报》、《东北日报》、《人民日报》等报纸。

文艺理论类

［英］约翰·斯道雷：《文化理论与通俗文化导论》（第二版），杨竹山等译，南京大学出版社2001年版。

［美］弗雷德里克·詹姆逊：《政治无意识——作为社会象征行为的叙事》，王逢振等译，中国社会科学出版社1999年版。

［美］孙隆基：《中国文化的深层结构》，广西师范大学出版社2004年版。

［法］罗贝尔·埃斯卡皮著，于沛选编：《文学社会学——罗·埃斯卡皮文论选》，浙江人民出版社1987年版。

［法］吕西安·戈德曼：《文学社会学方法论》，段毅、牛宏宝译，工人出版社1989年版。

［美］W.C.布斯：《小说修辞学》，华明等译，北京大学出版社1987年版。

［美］华莱士·马丁：《当代叙事学》，伍晓明译，北京大学出版社2005年版。

赵毅衡：《当说者被说的时候——比较叙述学导论》，中国人民大学出版社1998年版。

徐岱：《小说叙事学》，中国社会科学出版社1992年版。

张寅德编选：《叙述学研究》，中国社会科学出版社1989年版。

申丹：《叙述学与小说文体学研究》，北京大学出版社2001年版。

唐小兵编：《再解读：大众文艺与意识形态》（增订版），北京大学出版社2007年版。

李杨：《抗争宿命之路——"社会主义现实主义"（1942—1976）研究》，时代文艺出版社1993年版。

李杨：《50—70年代中国文学经典再解读》，山东教育出版社2003年版。

黄子平：《"灰阑"中的叙述》，上海文艺出版社2001年版。

蓝爱国：《解构十七年》，华东师范大学出版社2003年版。

郭冰茹：《十七年（1949—1966）小说的叙事张力》，岳麓书社2007年版。

阎浩岗：《"红色经典"的文学价值》，人民出版社 2009 年版。

余岱宗：《被规训的激情——论 1950、1960 年代的红色小说》，上海三联书店出版社 2004 年版。

贺桂梅：《转折的时代——40—50 年代作家研究》，山东教育出版社 2003 年版。

陈建华：《"革命"的现代性——中国革命话语考论》，上海古籍出版社 2000 年版。

陈顺馨：《中国当代文学的叙事与性别》，北京大学出版社 1995 年版。

孟悦、戴锦华：《浮出历史的地表——中国现代女性文学研究》，河南人民出版社 1989 年版。

常彬：《中国女性文学话语流变 1898—1949》，人民出版社 2007 年版。

刘禾：《跨语际实践——文学，民族文化与被译介的现代性》，生活·读书·新知三联书店 2008 年版。

李恒基、杨远婴主编：《外国电影理论文选》，上海文艺出版社 1995 年版。

钱理群：《1948：天地玄黄》，山东教育出版社 1998 年版。

丁帆：《中国乡土小说史论》，江苏文艺出版社 1992 年版。

张志平：《中国二十世纪"四十年代"乡土小说研究》，中国社会科学出版社 2006 年版。

刘增杰：《中国解放区文学史》，河南大学出版社 1988 年版。

许怀中：《中国解放区文学史》，海峡文艺出版社 1994 年版。

于风政：《改造》，河南人民出版社 2001 年版。

作家作品研究、传记类

袁良骏编：《丁玲研究资料》，天津人民出版社 1982 年版。

孙瑞珍、王中忱编：《丁玲研究在国外》，湖南人民出版社 1985 年版。

[美] 梅仪慈：《丁玲的小说》，沈昭铿、严锵译，厦门大学出版社 1982 年版。

郜元宝、孙洁编：《三八节有感——关于丁玲》，北京广播学院出版社 2000 年版。

李华盛、胡光凡编：《周立波研究资料》，湖南人民出版社 1983 年版。

参考文献

华中师范院校中文系编：《中国当代文学研究资料·周立波专集》（内部参考），1979年版。

中国赵树理研究会编：《赵树理研究文集》（上、中、下），中国文联出版公司1998年版。

黄修己编：《赵树理研究资料》，知识产权出版社2010年版。

刘金镛、房福贤编：《中国当代文学研究资料·孙犁研究专集》，江苏人民出版社1983年版。

长青、徐国伦编：《中国当代文学研究资料·马加专集》，辽宁民族出版社1996年版。

艾以等编：《王西彦研究资料》，知识产权出版社2009年版。

丁茂远编：《中国当代文学研究资料·陈学昭研究专集》，浙江文艺出版社1983年版。

刘云涛等编选：《中国当代文学研究资料·梁斌研究专集》，海峡文艺出版社1986年版。

孙露茜、王凤伯编：《中国当代文学研究资料·茹志鹃研究专集》，浙江人民出版社1982年版。

扬州师范学院中文系编：《中国当代文学研究资料·陈残云专集》（内部参考），1980年版。

蒙书翰编：《中国当代文学研究资料·陆地研究专集》，漓江出版社1985年版。

牛运清主编：《中国当代文学研究资料·长篇小说研究专集》（上），山东大学出版社1990年版。

林曼叔、孙德喜编：《寒山碧作品评论集》，（香港）文学研究出版社2006年版。

周良沛：《丁玲传》，北京十月文艺出版社1993年版。

胡光凡：《周立波评传》，湖南文艺出版社1986年版。

戴光中：《赵树理传》，北京十月文艺出版社1987年版。

郭志刚、章无忌：《孙犁传》，北京十月文艺出版社1990年版。

黄玲：《李乔评传》，云南人民出版社1997年版。

王洋、田英宣：《梁斌传》，南开大学出版社2008年版。

陈徒手：《人有病　天知否：一九四九年后中国文坛纪实》，人民文学出版社 2000 年版。

龚明德：《〈太阳照在桑干河上〉修改笺评》，湖南人民出版社 1984 年版。

金宏宇：《中国现代长篇小说名著版本校评》，人民文学出版社 2004 年版。

吴宓：《吴宓日记续编》（第一册，1949—1953），生活·读书·新知三联书店 2006 年版。

茹志鹃著，王安忆整理：《茹志鹃日记 1947—1965》，大象出版社 2006 年版。

葛剑雄整理：《谭其骧日记选（之一）》（1951 年 10 月 27 日—1952 年 2 月 5 日），《史学理论研究》1996 年第 1 期。

二　论文类

文学类论文

赵园：《也谈〈太阳照在桑干河上〉》，《芙蓉》1980 年第 4 期。

董大中：《重新认识〈邪不压正〉》，《中国现代文学研究丛刊》1982 年第 3 期。

张毓茂：《重评〈网和地和鱼〉》，《社会科学辑刊》1986 年第 3 期。

严家炎：《开拓者艰难跋涉——论丁玲小说的历史贡献》，《文学评论》1987 年第 4 期。

胡光凡：《从手稿和版本看周立波对〈暴风骤雨〉的修改》，《社会科学战线》1987 年第 4 期。

戴光中：《关于"赵树理方向"的再认识》，《上海文论》1988 年第 4 期。

王雪瑛：《论丁玲的小说创作》，《上海文论》1988 年第 5 期。

唐再兴：《文学史不能这样"重写"——评戴光中的〈关于"赵树理方向"的再认识〉》，《文艺理论与批评》1989 年第 2 期。

刘再复、林岗：《中国现代小说的政治式写作——从〈春蚕〉到〈太阳照在桑干河上〉》，《二十一世纪》1992 年第 3 期。

唐小兵：《暴力的辩证法——重读〈暴风骤雨〉》，《二十一世纪》1992 年第 11 期。

李陀：《丁玲不简单》，《今天》1993 年第 1 期。

参考文献

秦林芳:《〈暴风骤雨〉中的迷失》,《名作欣赏》1994年第4期。

王辉:《五十年来赵树理研究述评》,《聊城师范学院学报》1999年第2期。

万直纯:《〈太阳照在桑干河上〉中的农村宗法社会》,《中国现代文学研究丛刊》2000年第3期。

程光炜:《论50—70年代文学中的农民形象》,《中国现代文学研究丛刊》2001年第4期。

张清华:《"演讲"话语之于革命叙事——当代红色叙事研究》,《文艺争鸣》2002年第3期。

於可训:《一部书的命运和阐释的历史——重读〈太阳照在桑干河上〉》,《江汉论坛》2003年第12期。

金宏宇:《名著的版本批评——〈桑干河上〉的修改与解读差异》,《武汉大学学报》2004年第1期。

贺仲明:《重与轻：历史的两面——论中国当代文学中的土改题材小说》,《文学评论》2004年第6期。

胡玉伟:《"太阳""河""创世"史诗——〈太阳照在桑干河上〉的再解读》,《社会科学辑刊》2005年第3期。

常彬:《延安时期丁玲女性立场的坚持与放弃》,《文学评论》2005年第5期。

张谦芬:《从互文性评张爱玲与丁玲的土改书写》,《理论与创作》2006年第1期。

黄勇:《土改的两张面孔——〈暴风骤雨〉、〈故乡天下黄花〉叙事比较》,《小说评论》2006年第1期。

余晓明:《土改小说：意识形态与形式》,《浙江师范大学学报》2006年第2期。

陈国和:《乡村政治与四五十年代的土改小说》,《湖北社会科学》2007年第1期。

王进庄:《周立波：乡村叙事与现代民族国家想象——以〈暴风骤雨〉和〈山乡巨变〉为例》,《名作欣赏》2007年第2期。

张玉贞:《空间中的"政治"——"土改小说"再解读》,《海南师范大学学报》（社会科学版）2007年第3期。

王琳：《苦难的变迁——红色经典文学中的诉苦运动》，《文史哲》2007年第4期。

郭战涛：《当代文学史上一个罕见的地主形象——秦兆阳小说〈改造〉细读》，《当代作家评论》2008年第2期。

袁红涛：《"一部关于中国变化的小说"——重评〈太阳照在桑干河上〉》，《中国现代文学研究丛刊》2008年第2期。

严家炎：《〈太阳照在桑干河上〉与丁玲的创作个性》，《北京大学学报》2008年第2期。

樊会芹：《欲说还休之间——论〈太阳照在桑干河上〉的潜在意蕴》，《西北民族大学学报》2008年第4期。

刘云：《土改与现代民族国家的生成——重读〈暴风骤雨〉与〈太阳照在桑干河上〉》，《小说评论》2008年第6期。

张谦芬：《沈从文建国后的土改书写》，胡星亮主编《中国现代文学论丛》（第三卷第一期），上海人民出版社2008年版。

沈仲亮：《在小说修辞与政治意识形态之间——从峻青〈水落石出〉看解放区"地主"形象的嬗变》，《中国现代文学研究丛刊》2009年第1期。

秦林芳：《论〈太阳照在桑干河上〉的国民性批判》，《齐鲁学刊》2009年第4期。

张根柱：《土地改革政策的文学化演绎——论解放区长篇土改小说与土地改革政策之间的互文性》，《临沂师范学院学报》2009年第4期。

肖菊蘋：《〈赤地之恋〉对〈太阳照在桑干河上〉的借鉴》，《长城》2009年第5期。

黄曙光：《名家与败笔——重读〈太阳照在桑干河上〉》，《名作欣赏》2009年第5期。

秦林芳：《"宏大叙事"中的细节瑕疵——〈太阳照在桑干河上〉"侯殿魁描写"献疑》，《中国现代文学研究丛刊》2009年第5期。

黄曙光：《革命经典中的惩恶扬善与阶级外衣——以〈太阳照在桑干河上〉的钱文贵为例》，《江汉论坛》2009年第7期。

苏奎：《土改叙事中的女性形象研究》，《文艺争鸣》2009年第10期。

秦林芳：《在"传达意识形态的说教"之外——〈太阳照在桑干河上〉中的人文精神》，《文学评论》2010年第1期。

陈思和：《土改中的小说与小说中的土改——六十年文学话土改》，《南京大学学报》2010年第4期。

孙晓忠：《当代文学中的"二流子"改造》，《文学评论》2010年第4期。

阎浩岗：《"土改"叙事中的道义问题——就〈太阳照在桑干河上〉、〈暴风骤雨〉的评价与刘再复等先生商榷》，《海南师范大学学报》2010年第6期。

李卫华：《试析〈邪不压正〉的叙事时间》，《文艺理论与批评》2011年第2期。

社会学类论文

李立志：《土地改革与农民社会心理变迁》，《中共党史研究》2002年第4期。

吴毅：《从革命到后革命：一个村庄政治运动的历史轨迹——兼论阶级话语对于历史的建构》，《学习与探索》2003年第2期。

莫宏伟：《新区土地改革时期农村各阶层思想动态述析——以湖南、苏南为例》，《广西社会科学》2005年第1期。

莫宏伟：《苏南土地改革后农村各阶层思想动态述析（1950—1952）》，《党史研究与教学》2006年第2期。

王瑞芳：《土地改革与农民政治意识的觉醒——以建国初期的苏南地区为中心的考察》，《北京科技大学学报》2006年第3期。

李里峰：《华北"土改"运动中的贫农团》，《福建论坛》2006年第9期。

李巧宁：《建国初期山区土改中的群众动员——以陕南土改为例》，《当代中国史研究》2007年第4期。

李里峰：《土地改革与村社话语空间的重塑》，《长白学刊》2007年第4期。

李里峰：《土改中的诉苦：一种民众动员技术的微观分析》，《南京大学学报》2007年第5期。

李里峰：《运动中的理性人——华北土改期间各阶层的形势判断和行为选

择》,《近代史研究》2008年第1期。

李里峰:《阶级划分的政治功能——一项关于"土改"的政治社会学分析》,《南京社会科学》2008年第1期。

李里峰:《经济的"土改"与政治的"土改"——关于土地改革历史意义的再思考》,《安徽史学》2008年第2期。

张昭国:《动员结构与运作模式——土改运动中农民"过激"行为的原因分析》,《成都大学学报》2008年第3期。

李里峰、王明生:《革命视角下的中国农民政治参与研究》,《江海学刊》2008年第6期。

杨奎松:《新中国土改背景下的地主问题》,《史林》2008年第6期。

王瑞芳:《农村土改后恶风陋俗的革除与新民俗的形成》,《当代中国史研究》2009年第1期。

李里峰:《土改结束后的乡村社会变动——兼论从土地改革到集体化的转化机制》,《江海学刊》2009年第2期。

李里峰:《工作队:一种国家权力的非常规运作机制——以华北土改运动为中心的历史考察》,《江苏社会科学》2010年第3期。

李里峰:《运动式治理:一项关于土改的政治学分析》,《福建论坛》2010年第4期。

王锦辉:《1947—1949年土改中农民政治参与的透视》,《中国延安干部学院学报》2009年第3期。

彭正德:《土改中的诉苦:农民政治认同形成的一种心理机制——以湖南省醴陵县为个案》,《中共党史研究》2009年第6期。

罗平汉:《老区土改中的"周扒皮"问题》,《理论视野》2009年第10期。

吴毅、吴帆:《传统的翻转与再翻转——新区土改中农民土地心态的建构与历史逻辑》,《开放时代》2010年第3期。

李放春:《苦、革命教化与思想权力——北方土改期间的"翻心"实践》,《开放时代》2010年第3期。

硕、博士学位论文

胡穗:《中国共产党农村土地政策的演进——从农村土地所有权和经营权

参考文献

角度进行考察》，博士学位论文，湖南师范大学，2004年。

胡玉伟：《"历史"的规约与文学的建构：中国解放区文学研究（1942—1949）》，博士学位论文，东北师范大学，2006年。

吴高泉：《乡土叙事——20世纪中国文学中"关于农民"的话语研究》，博士学位论文，浙江大学，2006年。

张丽军：《想象农民——乡土中国现代化语境下对农民的思想认知与审美显现（1895—1949）》，博士学位论文，东北师范大学，2006年。

马西超：《红色版图上的想象之旅——17年（1949—1966）农村题材小说研究》，博士学位论文，浙江大学，2007年。

佘丹清：《周立波新探》，博士学位论文，华东师范大学，2007年。

孙红震：《解放区文学的革命伦理阐释》，博士学位论文，华中师范大学，2008年。

杨利娟：《时代诉求与革命规限下的乡村言说——1940年代（1937—1949）解放区农村题材小说研究》，博士学位论文，浙江大学，2008年。

沈文慧：《延安文学与农民文化》，博士学位论文，华中师范大学，2008年。

林霆：《十七年小说的农业合作化叙事》，博士学位论文，南开大学，2009年。

闫薇：《1950—1970年代农业合作化小说研究》，博士学位论文，吉林大学，2009年。

黄勇：《土改小说论——以文学叙事、知识分子、现代化为中心》，硕士学位论文，暨南大学，2005年。

赵璇昆：《在文学与政策之间——20世纪40—50年代土改小说研究》，硕士学位论文，西南大学，2006年。

林雨平：《"翻身"与农民主体的诞生——20世纪40—50年代土改小说研究》，硕士学位论文，华东师范大学，2008年。

刘金良：《现代中国土改小说研究》，硕士学位论文，兰州大学，2008年。

郑立群：《多维文化视野下的"土改"叙事——从解放区到新时期"土改书写"的叙事变迁》，硕士学位论文，山东师范大学，2008年。

舒畅：《历史的重与轻——大陆土改小说的两种书写》，硕士学位论文，江西师范大学，2009年。

刘媛媛：《"土改"：不同时空中的文学影像——论20世纪四五十年代与八九十年代对土改事件的不同书写》，硕士学位论文，曲阜师范大学，2009年。

周彩秋：《〈暴风骤雨〉再研究——人类学如何回访文学作品？》，硕士学位论文，黑龙江大学，2010年。

后　记

　　本书是在我的博士论文的基础上修改增补而成的。论文的选题来自李新宇老师课上的启迪，土改文学是一个值得探讨的学术课题，而对于土地的怀念也许是我对这个题目产生兴趣的内在原因。我清楚地记得中学时拿着镰刀在地里割麦子的情景，后来村子搬迁，金黄的麦田只能成为记忆中的风景。土改是农村所有政治运动中农民积极性最高的一次，虽然无法亲历那个天翻地覆的年代，但我能够体会到当时农民获得土地的喜悦和翻身做主人的畅快。土地就是农民生活的命根子，尽管后来的世事变迁远远超出了当时农民的想象。当然，由于作者能力有限，本书只是对这一课题进行了粗略的解读，远未达到满意的程度，希望可以在今后进一步深化这一课题的研究。

　　论文的完成离不开诸多师长和朋友的帮助。首先要感谢我的导师李锡龙教授，无论是思想的启迪，学术上的指导还是生活上的关怀都令人难以忘怀，论文的顺利完成更离不开他的悉心指导。从选题立意、框架建构、观点推敲直至字词斟酌、标点注释，每一个环节都渗透着导师的心血。李老师特别重视学问的扎实，确定题目之初就建议我查看大量的原始材料，而在阅读第一手资料的过程不仅加深了对于历史的认识体悟，更是从中发现了一些有价值的史料。先生严谨的治学态度和不懈的学术追求将使我受益终生。在此向导师表示最衷心的敬意和感谢。

　　同时，在论文开题到写作过程中，乔以钢、李新宇、耿传明、罗振亚等老师都给予了大量宝贵的建议，在此向各位尊敬的老师一并致以谢意。

后　记

感谢评阅答辩老师黄万华、王学谦、郑春、涂险峰、高恒文等先生提出的宝贵意见！

本课题获得了 2013 年菏泽学院博士基金项目和 2014 年山东省高校人文社科研究计划项目的资助支持。在此向菏泽学院科研处、文学与传播系的各位领导和老师们表示衷心的感谢！

最后，感谢我的父母在学业上对我的默默支持，在精神上的关怀。